Niklas Maak

Fahrtenbuch
Roman eines Autos

Carl Hanser Verlag

1 2 3 4 5   15 14 13 12 11

ISBN 978-3-446-23558-8
© Carl Hanser Verlag München 2011
Alle Rechte vorbehalten
Satz: Satz für Satz. Barbara Reischmann, Leutkirch
Druck und Bindung: Friedrich Pustet, Regensburg
Printed in Germany

Prolog
Der Fahrzeugbrief

Der Wagen stand bei einem Schrotthändler im Norden der Stadt, in einer Lache aus feuchter Erde und Öl. Durch einen Aufprall war die Motorhaube zerstört worden, sie hing aufgerissen an einem Scharnier wie der Schnabel eines seltsamen Urvogels; wo einmal die Vorderräder gewesen waren, schleiften die Kotflügel im Dreck. Die Fahrertür stand offen, innen roch es nach warmem Plastik und Leder und Benzin. Die Tachonadel war ausgeblichen, auf dem Holzfurnier neben dem Schalthebel hatten Getränkeflaschen dunkle Ränder hinterlassen, der Teppich im Fußraum war mit feinen Tierhaaren übersät: Offenbar hatte hier einmal ein Hund gelegen.

Im Handschuhfach befanden sich eine alte Europakarte – Deutschland war noch geteilt, in Frankreich gab es keine Autobahnen –, ein hellblaues Serviceheft, ein kaum mehr lesbares Parkticket und ein Foto, das eine Frau am Heck des Mercedes zeigte. Die Ledersitze waren abgewetzt, im Polster des Beifahrersitzes klaffte ein Riss. Im Serviceheft hatte jemand handschriftlich Modell und Baujahr des Wagens notiert: Mercedes 350 SL, 1971.

Der Händler saß vor seinem Container in der Sonne. Er trug ein feingerippstes Unterhemd. Seine Tätowierungen – der Name Kati, ein Herz und ein Totenkopf – mussten schon älter sein, oder der Mann hatte in letzter Zeit viel trainiert, jedenfalls waren Schriftzug und Herz seltsam in die Breite gezogen. Er stand auf, warf seine Zigarette in den Matsch und trat auf den Stummel, bis er versunken war. Dann wusch er sich die Hände, aber das brachte wenig; das Öl saß so tief in den Poren, dass es zum Bestandteil seiner Haut geworden war.

Neben dem Container standen Kisten mit Außenspiegeln, alten Leichtmetallfelgen, Kopfstützen und Stoßstangen, die er von den Unfallwagen abmontiert hatte und als Ersatzteile nach Afrika, in die Ukraine und in den Libanon verkaufte. Er deutete auf einen Aktenordner, in dem ein paar Fahrzeugbriefe aus den frühen siebziger Jahren hingen. In den Briefen standen die Namen der Besitzer, ihre Adressen und das Zulassungsdatum. Ein deutscher Name, ein italienischer, Adressen in Hamburg, Starnberg, Leumnitz und Berlin.

Der Fahrzeugbrief ist die kürzeste Form einer Erzählung, das Skelett einer Handlung, der Schlüssel zu den Geschichten der Fahrer. Am 3. November 1971 verlässt der Wagen die Fabrik in Stuttgart Untertürkheim, nach 327 000 Kilometern ist er ein Unfallwrack. Was geschah in dieser Zeit, auf dieser Strecke? Wer waren die Fahrer, was passierte auf diesen Sitzen, welche Geschichten findet man, wenn man den Namen im Fahrzeugbrief folgt, und welche Geschichten werden mit diesem Wrack verschwinden?

Es gibt nicht viele Anhaltspunkte für eine Suche: den Brief, die Adressen, ein Serviceheft, in dem die Postleitzahlen, wenn man zurückblättert, irgendwann vierstellig und die benutzte Tinte blasser werden. Einige der Fahrer leben noch, einige sind gestorben oder verschwunden, und nur ein paar Nachbarn erinnern sich noch an sie. Manche wollen, dass ihre Geschichten erzählt werden. Andere verlangen, dass Namen, Wohnorte, Berufe geändert werden. Es sind Menschen, die sich nie kennenlernten, Ärzte und Studenten, Italiener, Türken und Amerikaner; sie fuhren nacheinander einen Mercedes, der Beulen und Kratzer bekam, Öl verlor, in Unfällen demoliert, durch Schneewehen geprügelt, tiefergelegt, zerkratzt, umlackiert, dabei immer billiger und schließlich wertlos wurde. Was die Fahrer verband, war die Hoffnung, dass der Mercedes ihr Leben ändern könnte.

1971
Amerika

Kilometerstand 000 000

»Wissen Sie, ich glaube nicht an das Schicksal. Ich bin Arzt. Ich glaube an die Medizin. Von meiner Exfrau höre ich nichts mehr, sie ist mit ihrem Mann nach Australien ausgewandert. Ihr gemeinsamer Sohn hat dort eine Firma. Vielleicht ändern Sie meinen Namen und ihren, wenn Sie das aufschreiben – obwohl ich nicht glaube«, sagt er, »dass sie das hier lesen wird, und wenn doch, macht es auch nichts. Schließlich bin ich der Idiot in dieser Geschichte und nicht sie.«

Aber wie hatte es begonnen? Was war damals passiert? Wie kam es, dass er Phyllis kennenlernte und seine Frau verschwand und die Dinge den Lauf nahmen, den sie nahmen?

Es gibt ein Foto von ihm aus dem Winter des Jahres 1972, das ihn vor seinem Haus zeigt.

Es war, sagt er, kalt an diesem Tag; die Kälte war über Nacht gekommen, eine Kälte, die die Felder mit einem weißen Rauhreif überzog und das Wasser in den Pfützen und in den Furchen des Feldwegs gefrieren ließ.

Er war zeitig aufgestanden. Er hatte, wie jeden Morgen, einen Kaffee gekocht und das Radio angeschaltet und war dann mit einer Schachtel Ernte 23 auf die Terrasse getreten. Am Südrand des Hochs über Skandinavien floss Kaltluft nach Deutschland. Die Tageshöchsttemperaturen lagen um den Gefrierpunkt. Bei der Mission Apollo 17 hatten sie, hieß es im Radio, am Mondkrater Shorty orangefarbene Kügelchen aus einem glasähnlichen Material gefunden.

Hinten am Waldrand hing der Reif in den Bäumen, die Luft war klar und kalt und brannte ihm im Gesicht. Die Terrasse war vereist, und das, was von den Büschen, die im Sommer in hellen Rosafarben blühten, übriggeblieben war, stand schockgefroren an der Auffahrt. Er zündete sich eine Zigarette an; seine Finger waren klamm von der Kälte.

Der Mercedes stand vor dem Haus. Er hatte sich den Wagen im vergangenen Winter gekauft, nachdem er neun Jahre lang einen Ford gefahren hatte. Er wusste nicht genau, ob es wirklich an dem Ford lag, dass es ihm nicht gutging, dass er schlecht schlief und unkonzentriert war, es konnte auch sein, dass es an dem vielen Kaffee lag, den er trank, oder an der Arbeit oder am Zustand seines Hauses, eines Bungalows, dessen Farbe langsam abblätterte und der dringend renoviert werden musste. Ingrid, seine Frau, kam in letzter Zeit immer sehr spät nach Hause und verbrachte die Wochenenden mit irgendwelchen Freundinnen von früher bei anderen Freundinnen von früher in anderen Städten, aber er hatte sich dafür entschieden, dass sein Unwohlsein, das ihn vor allem am Abend überkam, wenn die Sonne hinter der Hecke des Gartens versank und alles für zwanzig Minuten in ein fahles, schließlich verlöschendes Licht tauchte, daher rührte, dass er keinen Mercedes fuhr, obwohl er schon immer einen haben wollte und sich auch längst einen leisten konnte.

Also hatte er, Hans Joachim Bellmann, damals knapp vierzig Jahre alt, Arzt, 1971 einen Mercedes 350 SL bestellt, alpinweiß, mit dunkelblauen Ledersitzen, und dieser Wagen stand jetzt, an diesem Wintertag des Jahres 1972, vor seinem Haus, vor dem Schlafzimmerfenster.

Die Gardinen des Schlafzimmers waren nie zugezogen, und als er an diesem Morgen ums Haus ging, sah er, dass seine Frau noch schlief. Ihr Haar, das sie am Tag zu einer Pyramide aufsteckte, floss über das Kopfkissen und ihren rechten Arm. Sie war nicht wirklich blond; sie färbte ihr Haar, ihr Haaransatz war dunkel und hatte einen grauen Schimmer.

An der Decke des Schlafzimmers hatte sich ein gelber Fleck gebildet, ein Wassereinbruch. Die vergangenen Winter hatten dem Haus zugesetzt; die Stahlprofile der Pergola begannen zu rosten, das Dach würde er neu teeren lassen müssen.

Der Wagen passte nicht in die Gegend. Die Nachbarn fuhren Volkswagen oder mittelgroße Limousinen von Opel, einer hatte auch einen Mercedes, aber das kleine Modell, einen mattgrünen 220er, ein sozialverträgliches Auto, das allenfalls schüchternen Reichtum andeutete (ein paar Mark mehr als der Nachbar verdiene ich, teilte dieses Auto mit, aber auch ich gehe ins Freibad, stelle mich an der Kasse hinten an, finde die Erhöhung der Heizölpreise unverschämt und tanke vor den Feiertagen, wenn das Benzin ein paar Pfennige günstiger ist).

Sein Wagen war anders. Er war eine Provokation, eine chromglänzende Demütigung der sechs hinter ihm geparkten Kleinwagen, die zusammen nicht so viel kosteten wie dieses Auto. Der große Mercedes mit seinen Nebelscheinwerfern, dem mächtigen, verchromten Bug, dem gigantischen, wie die Mündung einer Waffe in den Kühler eingelassenen Stern, mit den rotglühenden Rückleuchten, dem außerirdischen Donnern seines Achtzylinders, stammte aus einer anderen Welt. Der Wagen ignorierte alles, was den Nachbarn wichtig war: Für eine Familie war in dem Zweisitzer kein Platz, und wo die anderen Autos ein festes Dach über dem Kopf hatten, war hier nur ein Stoffverdeck. Alles an diesem Ding deutete darauf hin, dass es gemacht war, um dem zu entkommen, worauf sie hingearbeitet hatten.

Die Nachbarn sprachen ihn nicht an, wenn er ausstieg, aber er wusste, was sie redeten. Die Männer betonten, dass der Wagen unkomfortabel und im Falle eines Überschlags lebensgefährlich sei. Die Bäckersfrau schüttelte den Kopf: Was der Arzt denn jetzt so etwas nötig habe. Die Kundinnen pflichteten ihr bei, nur die Frau des Lebensmittelchemikers, der vorn an der Kreuzung in einem alten Walmdachhaus mit Sprossenfenstern wohnte, schaute dem neuen Cabrio immer lange nach, als sehe sie in ihm die Möglichkeit eines anderen, weniger vergitterten Lebens.

An dem Tag also, an dem das Foto entstand, ließ Bellmann den Motor in der Garagenauffahrt länger als nötig warm laufen, schaltete das Becker-Mexico-Kassettenradio an und wieder aus, verfolgte, wie die elektrische Antenne hinten neben dem Kofferraum aus dem Blech fuhr und wieder versank, klappte das Handschuhfach auf, in dem Ingrids alte Hasselblad lag, drehte an den kugelförmigen Lüftungsdüsen, schaltete den Automatikwählhebel von D auf P, trat aufs Gas, hörte dem Achtzylindermotor zu, sah, wie die orangefarbene Nadel des Drehzahlmessers auf viertausend Umdrehungen stieg, und betrachtete sein Gesicht im Rückspiegel – ein Anblick, der ihn ernüchterte. Jahrelang hatte er eine Frisur wie Chuck Berry gehabt, eine abenteuerliche Tolle, die beim Tanzen auf und ab wippte, ein Helm eher als eine Frisur, aber seit einigen Jahren gingen ihm die Haare aus; er bekam eine Stirnglatze.

Er fuhr fünf Minuten den Feldweg hinab, bis er die Telefonzelle an der Straße erreicht hatte. Es war sechs Uhr morgens, Mitternacht bei ihr. Er stand jetzt allein hier, auf einem Acker in einem gelben Kasten, hielt den modrig, nach dem kalten Atem zahlloser Raucher riechenden Hörer in der Hand und hörte die Aufzeichnung ihrer Stimme, die ihm mitteilte, dass sie nicht da sei. Sie hatte einen Anrufbeantworter, in New York hatten jetzt viele so ein Ding. Im Hintergrund hörte er das Heulen der New Yorker Sirenen auf dem Band, dann ihre metallisch klingende Stimme, *Hello, this is Phyllis, you can leave a message after the beep.*

Weil es Sonntag war und er nichts zu tun hatte, verbrachte Bellmann den Tag damit, durch die Gegend zu fahren. Er sah sich die Schaufenster in der sonntäglich leergefegten Mönckebergstraße an und traf einen Freund zum Mittagessen. Auf dem Rückweg kamen ihm die Nachbarn entgegen; sie fuhren mit ihrem Opel Rekord zur Kirche, wie jeden Sonntag, sie waren gläubige Menschen: Als er ihren Wagen passierte, sah er die offenstehenden Münder der drei Kinder hinten und der Eltern am Seitenfenster, offenbar sangen sie gemeinsam ein Lied, während der Vater den Opel steuerte. Straßenbahnen ratterten vorbei, das Licht ihrer Scheinwerfer fiel auf das nasse Kopfsteinpflaster, und für einen Moment sah er die reglosen Fahrgäste, die ins Leere starrten – vom Leben zerzauste Menschen, die abends Hühnchenklein aßen und sich Geschichten aus Russland erzählten oder versuchten, diese Geschichten zu vergessen. Das Einzige, was nicht hierher passte, waren er und sein Mercedes, der weiß wie Neuschnee in der Kälte leuchtete.

Er fuhr vorbei an Klärbecken und Gasometern und Überlandleitungsmasten bis zum Ölhafen, vorbei an Türmen aus Beton und Stahl mit Röhren und Schloten und Leitungen, dem komplizierten metallischen Herzen der Stadt; er sah die Fernsehantennen wie Gestrüpp auf den Häusern wuchern, Peitschenmasten rasten vorbei, Schienen glänzten, er drehte das Radio auf – es kam, jedenfalls hat er das so in Erinnerung, »Glad All Over« von den Dave Clark Five –, und obwohl ein scharfer Wind vom Hafen in die Straßen zog, öffnete er das Verdeck und fuhr, vorbei an den Hafenkränen, über die Brücken, auf die Schnellstraße.

Er fotografierte sein Auto. Auf diesen Bildern sieht man: den Mercedes und einen Bugsierschlepper, der mit flachgelegtem Schornstein durch einen Kanal fährt. Die Sonne, die im braunen Dunst verschwindet. Die Schornsteine der Kupferhütte, einen alten Deutz-Lastwagen, das Vorkriegsmodell. Schienen, die im Gegenlicht glitzern. Kinder, die im Morast spielen. Die Stahlgerippe der Hüttenwerke. Frauen mit gebümten Gummischürzen und dicken Oberarmen. Die weiße Wäsche vor den rußigen Reihenhäusern, wie ein Protest gegen das Braune und Graue hier. Das matte Licht der Gaslaternen. Arbeiter mit scharf gezogenen Scheiteln. Einen jungen, akkurat gekleideten Mann mit einem Aktenkoffer – vielleicht sein erster Arbeitstag; er schaut aus seinem Anzug heraus wie aus einem Hotelzimmer. Eingewachsene Ruinengrundstücke. Eine Straßenbahn mit einer Werbeaufschrift – »Waren Sie diese Woche schon bei C&A?«. Einen Mann, der an der Bude ein

Bier trinkt und einem Jungen mit der Hand über den Kopf fährt, dahinter die Hochhäuser …

Dort also stand er, mit seinem Mercedes, im Stau vor den neuen Wohntürmen, die sie hinter den Brücken gebaut hatten, und sah Hunderte von erleuchteten Fenstern, hinter jedem Fenster ein Mensch, eine Geschichte, eine unbekannte Person. Diese Menschen kamen aus kleinen Dörfern, hatten eine diffuse Vorstellung vom Glück, zogen in die Türme, suchten einen Job, rasten mit zu kleinen Autos über Autobahnen, gerieten ins Schleudern, betranken sich in winzigen Wohnungen, gingen im Hafen aus, gründeten Familien, kauften Weihnachtsbäume, aßen Bratwurst und falschen Hasen, versuchten zu vergessen, tanzten mit Fremden, schliefen mit den Falschen, ließen Sachen in fremden Wohnungen liegen, hockten an quadratischen Fenstern und hörten traurige und wütende Lieder und hofften und starrten in die Nacht, die ihnen aus Tausenden anderer Fenster entgegenleuchtete. Und sie bekamen Bauchschmerzen, Blinddarmentzündungen, Juckreiz, sie brachen sich Arme und Beine und das Nasenbein. Und dann kamen sie zu ihm.

Was sah er, als er damals im Stau stand? Autos, in denen Paare saßen, die Beifahrer und Beifahrerinnen links von ihm zum Greifen nah, keine zwei Meter entfernt.

Natürlich ließ Bellmann nie das Fenster herunter, und nie sprach er jemanden an (es ist, anders als im Café, fast unmöglich, sich in einem Stau kennenzulernen), aber das, was er vor und neben sich hinter Auto- und Wohnungsfenstern erahnte oder sah, setzte den Gedanken in ihm fest, dass es neben seinem eigenen Leben dort draußen noch Hunderte, Tausende anderer Leben gab, in die er einfach einsteigen könnte wie in das Auto eines Fremden.

Als er an diesem Tag nach Hause kam, war es dunkel. Er öffnete den Kühlschrank und machte sich einen Drink. Draußen trieben ein paar Schneeflocken vorbei, im Wohnzimmer roch es nach Holz und Wärme, ein paar verkohlte Scheite lagen im Kamin; offenbar hatte Ingrid, bevor sie gegangen war, ein Feuer gemacht.

Er hatte Phyllis im Krankenhaus kennengelernt. Sie war Ärztin, ein paar Jahre jünger als er und über irgendein Austauschprogramm nach Deutschland gekommen. Jetzt war sie, wegen Thanksgiving und einer Hochzeit, einen Monat lang in New York.

Er machte sich, nachdem er, wie er erst jetzt merkte, seinen ersten Drink in einem Zug ausgetrunken hatte, noch einen zweiten und schaute sich in seinem Haus um wie ein erstaunter Archäologe. Im Foyer schwebten drei angriffsbereit aussehende, helmförmige Plastiklampen. An der Wand hingen Bilder mit abstrakten roten Formen auf gelbem und braunem Grund, Werke eines befreundeten Malers, daneben Familienfotos: seine Mutter in Neapel mit einem italienischen Strohhut auf dem Kopf; Ingrid auf einem Pferd, Ingrid auf einem Sofa, Ingrid auf einer norditalienischen Steinmauer, er selbst auf dem Campo dei Fiori (Eistüte in der Hand, schwarze Sonnenbrille, Chefarztlächeln); Ingrid in einem leichten sandfarbenen Sommerkleid, aufgenommen bei ihrer Hochzeitsreise auf einem Vaporetto in Venedig, 1962. Als die Schiffe mit den russischen Atomraketen Kurs auf Kuba nahmen, als die Welt um ein Haar mit einem gigantischen Knall in die Luft geflogen wäre und die Bundesregierung Toastbrot und Wurst für mehrere Monate in ihrem Atombunker irgendwo bei Bonn einlagern ließ, saßen er und Ingrid auf einem verrosteten Kahn und fuhren von San Marco hinüber zum Hotel des Bains und hatten allerbeste Laune.

Etwas war in diesem Haus nicht in Ordnung. Die Wand hatte seltsame Flecken. Die Fotos waren, bei genauem Hinsehen, ausgebleicht. Dort, wo die Mittagssonne auf eines der Bilder fiel, war nur noch ein Schatten zu sehen; dieser Schatten war einmal er gewesen.

Er drehte sich um und betrachtete die Fensterscheiben. Ingrid hatte aus schwarzem Papier die Silhouetten von Vögeln ausgeschnitten und an die große Panoramascheibe geklebt, damit keine echten Vögel dagegenflogen, aber jetzt fielen die Schatten der falschen Vögel auf den Boden und auf das Sofa, so, als kreisten Geier an der Decke seines Wohnzimmers. So war das Wohnzimmer nicht bewohnbar. Er riss zwei Pappvögel von der Scheibe und stellte fest, dass sie mit Uhu auf die Fenster geklebt worden waren. Pappvögel, mit Uhu direkt auf die Scheibe geklebt!

Er verließ, leicht schwankend, mit einem dritten Drink in der Hand, das Wohnzimmer und betrat den Flur. Dort stand, zwischen einem polierten Stahltisch und einer orangefarbenen Stehlampe, etwas, das hier nicht hingehörte, ein schiefer, uralter Bauernstuhl, ein wackeliges Ding mit einem in die Lehne gesägten Herz und einem abgeschabten roten Kissen, das mit Fäden an der Rückenlehne befestigt war. Der Stuhl stand dort wie ein stummer Vorwurf, ein Immigrant unter den vier eleganten weißen Plastikblasen, die als moderne Möbelfamilie das Wohnzimmer besiedelten. Nur seine Mutter konnte diesen Stuhl so vorwurfsvoll in den Flur stellen.

Seine Mutter bewohnte ein Zimmer am Ende des Korridors. Es war im Stil einer Bauernstube des 19. Jahrhunderts eingerichtet und wurde von ihr energisch gegen alle Modernisierungsversuche verteidigt. Seine Mutter mochte den Bungalow nicht. Das Haus hat ja kein Dach, sagte sie, als sie ihn zum ersten Mal betrat, und die Antwort, dies sei ein Bungalow, und ein Dach habe er schon, nur eben ein flaches, ließ sie nicht gelten. Auch die Nachbarin, eine blutarme Person, die bei Regen eine Plastikfolie über den Kopf zog, damit ihre Frisur keinen Schaden nahm, beklagte bei jeder Gelegenheit das schachtelartige Aussehen des Nachbarhauses, das mit seiner ausgefallenen Form Unordnung in die Siedlung bringe.

Er musste jetzt rauchen. Er öffnete eine neue Schachtel Ernte 23 und ging ein paar Schritte durch den Garten. Die Bäume am Zaun wuchsen in einem unsympathischen Durcheinander in die Höhe. Die Kühe, die hinter dem Zaun weideten, hatten, als die Pflanzen noch klein waren, die Äste weggefressen; mit den Bäumen waren auch die Bisswunden gewachsen und bildeten jetzt unschöne Löcher in der Silhouette. Die Bäume waren ein Ärgernis, sie standen krumm und unentschlossen dort, als wären sie unter Alkoholeinfluss gewachsen; man müsste, dachte er, die Bäume absägen. Er hatte sie schon öfter entfernen lassen wollen, aber seine Frau war abergläubisch, außerdem würde er ohne die Bäume wieder in die Gesichter der Kühe schauen müssen, die, als die Bäume klein waren, stundenlang am Zaun standen und in sein Wohnzimmer starrten, als sei sein Leben eine Unterhaltungssendung für Nutztiere.

Der Sommer, in dem er seinen Mercedes bestellt hatte, der Sommer 1971, war der heißeste und trockenste Sommer seit Jahrzehnten gewesen. Die US-Armee versuchte vergeblich, in Kambodscha den Versorgungsweg der nordvietnamesischen Truppen zu zerschlagen, der Fernseh-Delfin Flipper starb an Herzversagen, auf Antrag der SPD diskutierte der Bundestag die Liberalisierung der Gesetzesvorschriften für Pornografie, in Düsseldorf gründeten dreihundert FDP-Mitglieder unter Leitung des ehemaligen Waffen-SS-Mitglieds Siegfried Zoglmann die »Deutsche Union«. Es war der Sommer, in dem der Diktator Nicolae Ceaușescu von Gustav Heinemann das Bundesverdienstkreuz überreicht bekam und die mutmaßliche, gerade mal zwanzigjährige Terroristin Petra Schelm in Hamburg erschossen wurde. In London demonstrierten dreißigtausend Menschen gegen »moralische Verschmutzung« und für »Reinheit, Liebe und geordnetes Familienleben«, das größte Radioteleskop der Welt empfing Signale aus zwölf Milliarden Lichtjahren Entfernung, mit denen aber keiner etwas anfangen konnte. Es war offensichtlich einiges durcheinandergeraten in der Welt, und dieses Durcheinander, so kam es Bellmann jedenfalls vor, schien auch auf sein Privatleben überzugreifen.

In diesem Sommer war seine Frau oft ausgegangen und schließlich für ganze Tage verschwunden. Tagsüber war es heiß; einige Bäche waren über die Monate ausgetrocknet, in den Küchen brummten die Sommerfliegen, nachmittags gab es Wärmegewitter; die Höchsttemperaturen, teilte eine schnarrende Stimme im Radio mit, lagen bei dreißig Grad. Er bestellte sich den Mercedes; im Dezember wurde er ausgeliefert, im Frühjahr fuhr er zum ersten Mal offen, dann kam der Sommer 1972, aber von diesem Sommer bekam er wenig mit.

Die Tage verbrachte er im Neonlicht seines Sprechzimmers im Krankenhaus, wo ihn ein Lamellenvorhang und die Blätter eines unkontrolliert wuchernden Gummibaums von der Außenwelt abschirmten. Am Abend stieg er nur kurz in den Pool, der den hinteren Teil des Gartens in ein flimmerndes, blaues Licht tauchte; die meiste Zeit verbrachte er in seinem Atombunker.

Der Atombunker lag unten im Keller des Bungalows. In dem Jahr, in dem das Haus gebaut wurde, war das Schutzbaugesetz erlassen worden, und er hatte, entsprechend den »Richtlinien für die Gewährung von Zuschüssen des Bundes bei Errichtung von Hausschutzräumen« zweihundertzwanzig Mark pro Schutzplatz bekommen, was bei sechzehn Plätzen nicht einmal viertausend Mark machte – aber Ingrid hatte einen Atombunker haben wollen.

Man musste zwei Kilometer vom Explosionsherd der Atombombe entfernt sein, um hier einen Atomschlag zu überleben, aber es erschien ihm unwahrscheinlich, dass die Bombe direkt über diesem kleinen Vorort der Stadt gezündet würde (andererseits konnte man nie wissen, die Russen hatten wenig Erfahrung mit Atombomben, und besondere Lenkpräzision war, wie man an ihren Autos erkennen konnte, die sie neuerdings nach Deutschland importierten, nicht ihre Stärke). Sein Bunker hatte drei Atü Druckresistenz; die Firmen H. Anders KG und Friedrich Frank hatten auch Schutzräume im Programm gehabt, die höherem Druck standhielten, aber das erschien ihm unsinnig. In einem solchen Atombunker wäre man zwar strahlensicher untergebracht und dank einer sechzig Zentimeter dicken Betondecke auch vor der Hitzewelle geschützt, die nach der Explosion entstehen würde, wie der Hersteller des Bunkers, die Firma Schmitt in Kelkheim im Taunus, versprach. Andererseits würde die Druckwelle im Boden eine Art Erdbeben auslösen; bei einem Luftstoß von drei Atü beträgt die Beschleunigung in weichem Boden 1,5 Meter pro Quadratsekunde, der Bunker würde also aus seiner Position gebracht, der Eingang verschüttet, die Lüftungsanlage abgeknickt werden, und in diesem Fall wäre die Frage der Hitzeresistenz auch nicht weiter interessant. Zwar hatte ein Herr Doktor Ehm vom Bundesbauministerium in einer Erklärung ein solches Szenario als unwahrscheinlich bezeichnet – die Bodenbewegungen seien, wenn man nicht direkt unter dem Detonationspunkt der Bombe wohne, nur minimal –, aber Bellmann war in diesem Punkt skeptisch. Man musste realistisch bleiben.

Der Bunker versperrte einen ganzen Kellerraum; der Keller war nicht zu nutzen, weil dort eingeschweißte Notversorgung aus dem Jahr 1967 und eine unbenutzte, originalverpackte italienische Trockentoilette lagerten (»Latrina a secco, un assortimento per otto persone«), und weil Bellmann nicht mehr mit einem Atomkrieg rechnete, hatte er beschlossen, den Bunker zu einer Kellerbar umzubauen.

Die Wochenenden dieses Sommers hatte er damit verbracht, einen Tresen zu zimmern und eine Kiefernholzvertäfelung an den Wänden des Bunkers anzubringen, was keine leichte Aufgabe war; Täfelungen waren für Bunker nicht vorgesehen. Die Holzbretter flammte er mit einem Bunsenbrenner; er hielt die Gasflamme so dicht an das weiche, frische Holz, bis es dunkel wurde und aussah wie eine der Bars in den Western, die er manchmal im Kino anschaute. Dann montierte er zwei Saloon-Türen hinter die Atomschleuse, schraubte ein altes Wagenrad hinter den Tresen und klebte auf den Kasten der Trockentoilette ein Plakat, das seine Frau zeigte. Über ihren Kopf hatte er mit Letraset-Buchstaben das Wort »Wanted« geschrieben.

Als die Bar fertig war, räumte er die Schallplatten in den Keller. Er besaß alles von Bill Haley, alles von Chuck Berry und Gene Vincent und fast alles von Elvis, dazu einhundertfünfzig Singles und vierundachtzig Langspielplatten von Fats Domino, Little Richard, La Vern Baker, Scotty Moore und Eddie Cochran. Während er das Holz seiner Kellerbar mit dem Bunsenbrenner flambierte, hörte er »That'll Be the

Day« von Buddy Holly oder »Teenager in Love« von Dion DiMucci – Buddy Holly war damals schon lange tot, DiMucci lebte noch, sagt Bellmann, weil er am 3. Februar 1959 nicht in das Flugzeug gestiegen war, mit dem Buddy Holly, Ritchie Valens und The Big Bopper abgestürzt waren.

DiMucci lebte noch, aber im Sommer des Jahres 1972, als Deep Purple mit dem Album *Machine Head* die Hitparaden anführte und Christian Anders monatelang den Platz eins der Singlecharts mit »Es fährt ein Zug nach Nirgendwo« besetzte, interessierte sich niemand mehr für ihn. Bellmann hatte eine böse Ahnung, dass es ihm prinzipiell ähnlich ergehen könne wie DiMucci; andererseits war er Arzt und kein Rockstar, und Ärzte brauchte man immer.

Er liebte Amerika. Er war zwar noch nie in Amerika gewesen, aber er hatte eine genaue Vorstellung davon, wie es dort aussehen musste – vor seinem Haus hatte er einen amerikanischen Briefkasten angebracht, auf dem »Mail« stand (er bestand nur aus einem abgeschnittenen Rohr, und es gab Postboten, die damit nichts anfangen konnten und die Briefe stattdessen umständlich zwischen die Latten des Gartentores klemmten). Sein Autoradio war so eingestellt, dass, wenn er den Motor anließ, automatisch der amerikanische Soldatensender AFN lief. Sein Haus hatte ein Flachdach und breite Fenster; es gab einen großen, hellblauen Swimmingpool und Palmen, die im April auf die Terrasse gestellt und Ende September in die beheizte Garage getragen wurden. Das Haus war Amerika: der Kamin sein Lagerfeuer, der Pool seine Quelle, das flache Betondach sein Zelt, das Auto neben dem Pool sein Pferd. Nichts erinnerte auf diesem Grundstück an Norddeutschland bis auf die grünen Spuren, die das Moos der Kiefern an der Dachrinne und an der Nordwand des Hauses hinterlassen hatten – aber Moos gab es schließlich auch in Amerika.

Er hatte mehrmals versucht, einen deutsch-amerikanischen Ärzteclub zu gründen, aber die Briefe, die er an verschiedene Fakultäten geschickt hatte, waren größtenteils unbeantwortet geblieben. Das einzige

Resultat des ehrgeizigen Plans waren die regelmäßigen Besuche von Walter Hancock, einem alleinstehenden Militärarzt, der nach dem Krieg mit einer Einheit der US-Armee in die Gegend gekommen war. Hancock kam gerne zu ihnen; das Haus erinnerte ihn an seine Heimat, und er mochte die Art, mit der Ingrid sich um ihn kümmerte wie um ein zugelaufenes Tier, das dringend ihrer Pflege bedurfte. Je häufiger Hancock kam, desto schweigsamer wurde er. Er verfolgte höflich Bellmanns Theorien zur Lage der Welt, putzte hin und wieder seine dicke Brille und genehmigte sich vier bis fünf Scotch, bevor er am Pool vorbei zur Auffahrt torkelte und sich in seinen Chevrolet fallen ließ.

Manchmal besuchten sie ihn. Dann kam es vor, dass sie eigenmächtig Schallplatten auflegten oder die vom Gastgeber nicht grundlos leise eingestellte Musik ungefragt aufdrehten, und wenn sie bei gutem Wetter in seinem Garten sitzen mussten, bekamen sie einen gehetzten Gesichtsausdruck, wippten ungeduldig mit dem Fuß und trommelten mit den Fingern Basslinien auf den Tisch; ihr eigentlicher Zustand war die ständige Bewegung.

Sie hatten sich beim Tanzen kennengelernt – nicht im Norden, wo sie später lebten, sondern in Mannheim. Bellmanns Vater war im Krieg gefallen, jedenfalls hatte seine Mutter ihm das erzählt. Er selbst hatte keine Erinnerung an ihn, beziehungsweise war das, was er für seine Erinnerung hielt, nur die verinnerlichte Betrachtung der wenigen Fotografien aus dem Jahr 1940, die ihn mit seiner Mutter und seinem Vater zeigten. Die Mutter bewahrte sie in einem schweren Album auf, dessen erste fünf Seiten einen hochgewachsenen, blonden Mann in Wehrmachtsuniform zeigen, der seinem Sohn, der auf einem Schaukelpferd sitzt, die Hand auf die Schulter legt. Auf den weiteren Bildern sieht man den Vater mit der Mutter, einer blassen, stämmigen, auf eine handfeste Art hübschen Frau mit einer Stupsnase und feinen braunen Locken. Sie schlingt ihre Arme um die Hüften des Mannes; sie trägt eine Spange im Haar, der Vater schaut, wie auf allen Fotos, streng hinter einem markanten Kinn hervor und lacht nicht.

Die restlichen Seiten des Albums sind leer, nur auf der hinteren Seite liegt ein getrocknetes Kleeblatt. Bellmanns Vater, erzählte ihm die Mutter, sei 1941 bei Kämpfen an der Ostfront gestorben. Später erfuhr er, dass sein Vater bei einer Truppenverlegung aus dem Zug gestürzt war. Er erfuhr auch, dass dort, wo sein Vater war, ein Massaker stattgefunden hatte.

Seine Mutter heiratete nie wieder. Nach dem Krieg arbeitete sie in einem Kolonialwarenladen an einer stark befahrenen Kreuzung in der Innenstadt von Mannheim und zog ihren Sohn allein groß. Die Amerikaner, die ihn manchmal vor der Tür ihrer kleinen Wohnung absetzten, würdigte sie keines Blickes. Er konnte sich nicht erinnern, dass er seine Mutter einmal hatte lachen sehen.

Ihr Haar war früh grau geworden, sie schwieg viel und saß oft bekümmert über Abrechnungen und Belegen, die sie spätabends, nach der Arbeit, auf der Wachstuchdecke des Küchentisches ausbreitete. Jeden Samstag machte sie ihm einen Kuchen aus Keksen und Fett und Kakao, den sie Kalten Hund nannte. Sie aßen ihn am Sonntagnachmittag. Manchmal kam ein Onkel mit einem rötlichen, hageren Gesicht, der nach Rasierwasser roch, auf einen Kaffee vorbei; manchmal, wenn sie allein waren, zündete sie eine Kerze an und las ihm Geschichten aus *Tausendundeiner Nacht* vor.

Das Haus, in dem sie wohnten, stand in der Nähe der amerikanischen Kasernen. Schon damals liebte er die Amerikaner und ihre breiten, verchromten Autos, ihre Uniformen und ihre Musik. Er war ein pummeliges Kind mit mortadellaweichen Armen, und er war oft krank. Der Schularzt sagte, der Junge müsse Sport treiben, mehr an die frische Luft, mit anderen Kindern spielen, aber dazu hatte er keine Lust.

Dann passierte etwas Erstaunliches: Die Pubertät verschob seinen Babyspeck so vorteilhaft, dass er zu einer Zeit, als seine Klassenkameraden, überrascht vom plötzlichen Einschlag der Wachstumshormone, noch dürr, ungelenk und windschief im Raum standen, aussah wie eine verkleinerte Ausgabe von Marlon Brando. Er begann, Lederjacken zu tragen, lungerte vor Eisdielen herum, stopfte Unmengen an Geld in Jukeboxes und trug Jeans, die im Schritt spannten – sein Onkel sprach von »Nietenhosen«, was auch und vor allem als moralisches Verdikt zu verstehen war.

Ein paar Jahre später belegte Bellmann einen Rock-'n'-Roll-Kurs und kaufte sich von dem Geld, das er während eines langen Sommers in einer Schraubenfabrik verdient hatte, einen Motorroller mit verchromten Außenspiegeln. Im darauffolgenden Jahr wurde er nicht nur ein Meister des Kick-Ball-Change, sondern gewann zum Erstaunen seiner wenigen Freunde einen Tanzwettbewerb nach dem anderen.

Was Bellmann beim Tanzen veranstaltete, war atemberaubend. Seine Beine ratterten wie führerlose Presslufthämmer über das Parkett, seine Tolle wurde zu einem dunklen Tornado, seine Knie rasten wie bissige Hunde umeinander; die Mädchen kicherten, wenn sie ihn tanzen sahen, und wurden rot, wenn er sie aufforderte; die Jungen aus seiner Klasse standen in gestärkten Hemden und grauen Flanellhosen am Rand und kochten vor Wut; sie wussten, sie würden nie tanzen können wie er, und erklärten das Tanzen deshalb zur Mädchensache.

Auch seine Mutter hielt von der Tanzerei nicht viel, freute sich aber, dass ihr Sohn nicht mehr den ganzen Tag in seinem Zimmer saß; wenn er abends nach Hause kam, küsste sie ihn auf die Stirn und machte ihm Kartoffelsuppe mit Wurststücken und eine Nachspeise, die sehr chemisch schmeckte.

Dann lernte er Ingrid kennen. Sie kam aus Ludwigshafen, und seit sie ihre beachtlichen Haarmengen hatte bleichen lassen, nannte man sie die Marilyn von Mundenheim. Schwärme hoffnungsvoller, unausgeglichener junger Männer verfolgten sie auf ihren Motorrollern, und wenn sie schließlich mit ihrer Vespa die Villa ihres Vaters erreichte und sich ein letztes Mal umdrehte, schaute sie in eine von unduldsamem Zweitaktknattern unterlegte Armada schwarzer Sonnenbrillen.

In den Cafés, im Rialto oder im Excelsior, war Ingrid fast nie anzutreffen, weil sie entweder zu Hause oder mit den amerikanischen Soldaten unterwegs war, und so blieb den Jungen nichts anderes übrig, als sie aus der Ferne zu betrachten. Wenn sie im Freibad ihre Beine eincremte und dann wie eine Lenkrakete vom Fünfmeterturm senkrecht hinunter ins Wasser schoss, dann war das ein Ereignis, über das auf den Schulhöfen der Stadt noch wochenlang in allen Details geredet wurde: Der Schwung ihrer Hüften beim Betreten des Sprungbretts, die Sommersprossen auf ihrem Dekolleté, die einer Sternenkonstellation ähnelten, die blonden Härchen auf ihren Unterarmen, die Narbe an ihrer rechten Wade – wie Weltraumforscher anhand unscharfer Fotos die Oberfläche eines unbekannten Planeten sondieren, wurde jedes Detail ihres Körpers in zermürbenden Sitzungen besprochen, in der Hoffnung, ihrem Geheimnis näherzukommen. Auf den Fotos von damals sieht man ein lächelndes Mädchen; ihre Haare fallen über die dunklen Augen und auf die braungebrannten Schultern wie ein seltsames, von innen glühendes Gegenlicht.

Damals war Bellmann sehr dünn; er trug eine gigantische, mit verschiedenen Ölen penibel gepflegte Tolle, die etwa zehn Zentimeter über die Stirn hinaus in die Luft ragte wie bei einem Einhorn; wenn sie tanzten, wippte sie ihm ins Gesicht, und morgens, beim Aufstehen, hing sie wie ein durcheinandergeratener Zopf über seinem linken Auge. Er trug jetzt meistens weiße T-Shirts, in denen er auch schlief, und darüber eine schwere amerikanische Lederjacke. Sie war oft bei ihm, obwohl sie mit dem fröhlichen Bekenntnis, nicht kochen zu können und es auch nicht lernen zu wollen, den ewigen Groll seiner Mutter auf sich gezogen hatte. Er ertanzte mit ihr sämtliche Medaillen, die die junge Rock-'n'-Roll-Gemeinde seiner Stadt zu vergeben hatte, absolvierte in einer atemberaubend kurzen Zeit ein Medizinstudium und bekam eine gut bezahlte Stelle im städtischen Krankenhaus. Einen Sommer später heirateten sie. Bei ihrer Hochzeit sang sie »To Know Him Is To Love Him« von den Teddy Bears, und in den Bänken des Standesamtes weinten Verwandte, Freunde und Sitzengelassene vor Rührung oder Wut.

Ihr Vater gab ihnen Geld. Sie kauften einen großen alten Ford und fuhren nach Neapel in die Flitterwochen, tranken reichlich Whisky und hörten Musik, die nach Schweiß und nach Metall klang. Drei Jahre später nahm Bellmann eine Stelle in einem Krankenhaus im Norden an. Er operierte und schnitt und renkte ein und machte Karriere in seiner Abteilung. Ihr Vater kaufte ihnen den Bungalow am Stadtrand, Ingrid richtete ihn ein: bestellte die Universal-Vollkunststoffküche Gloria eins mit Lagopal-Arbeitsplatten, ließ einen Pegulan-Fußboden verlegen, kaufte einen Hailo-Bügeltisch mit feuerhemmender Dreischichtauflage, eine Constructa-K6-Super-Waschmaschine, drei Airborne-Sessel und einen Ratgeber mit dem Titel *Vorbildlich wohnen*; er hat das Buch immer noch. »Drei Dinge«, erklärt der Autor in seiner Einleitung, »spielen bei einem Sitzmöbel eine große Rolle: Die Form spricht das Auge und das Stilgefühl an; der Sitzkomfort wird vom Genießer für das Wichtigste gehalten. Und: Was die Form verspricht, muss die Polsterung halten. Hier zu sparen lohnt sich nicht. Ein Stoff muss kräftig sein, er muss unter den prüfenden Fingerspitzen einen vertrauenerweckenden Eindruck machen. Kenner schwören auf Leder, weil es bei vernünftiger Behandlung ein Leben lang – und länger – hält. Und weil es mit zunehmendem Alter immer schöner wird.« Und länger, wiederholte Bellmann: Wenn er tot wäre, würde dieser Sessel noch da sein und immer noch schöner werden, ein wunderschöner, von seinem Besitzer verlassener Sesselgreis auf sinnlosen silbernen Rollen, eingesackt in eine Flokatiwolke.

Sie ließen einen Pool in den Garten graben und trieben, während die Musik durch die offenen Schiebetüren des Wohnzimmers dröhnte, ein paar Sommer lang auf Luftmatratzen in der Sonne, schauten in den Himmel und betrachteten die Reflexionen des Lichts auf dem Grund und wurden so dunkelbraun wie der karbolineumgetränkte Jägerzaun des Nachbarn. Tagelang verließen sie den Pool nur, um sich einen Drink zu holen oder die Langspielplatten umzudrehen; der Arm des Plattenspielers war nach ein paar Jahren weiß und brüchig vom Chlor.

Es ist vor allem ein Geruch, an den er sich später erinnert. Wenn es geregnet hatte, war die Luft schwer, und die Sonne brach sich in den Zweigen. Er schaute ihr dabei zu, wie sie sich am Pool ihre Nägel lackierte. Das Abendlicht fiel auf die Wasseroberfläche, und die Reflexe zuckten über die Scheiben des Hauses. Sie trug einen weißen Badeanzug, und der metallische Geruch des Nagellacks mischte sich mit dem Chlordunst des Pools und der Luft, die den Geruch des feuchten Heus über die Wiesen trug.

Wenn er spät aus dem Krankenhaus kam, setzten sie sich aufs Sofa und tranken Dujardin. Er ging früh zu Bett und schlief schnell ein, sie blieb wach und las in ihren Magazinen Artikel über den Schah von Persien, der in St. Moritz Skiurlaub machte, oder über die neuen Modefarben Mint und Azur. Wenn sie nicht las, schaute sie fern, Hans Rosenthals neue Show oder Kriminalfilme; manchmal schlief sie auf der Couch ein und wachte erst vom Pfeifton des Sendezeichens auf.

Dann, 1969, zog seine Mutter zu ihnen. Sie bekam ein großes Zimmer und ein eigenes Bad. Zum ersten Mal in ihrem Leben wohnte sie in einem Haus mit Garten, keinem kleinen Notgemüsegarten mit illegalen Kaninchenställen und Kartoffeln und Suppenkraut, sondern einem Park mit Rhododendren und Magnolien und einem hellblauen Swimmingpool.

Hier saß sie, einerseits stolze Mutter des angesehenen Herrn Doktor Bellmann, andererseits auch Erzeugerin des lautesten Rockers der Stadt, ratlos zwischen Flokatis und Plastikschalensitzen herum und staunte und litt. Das Haus, das kein Haus war, das Haus ohne Dach, das Rockerhaus, machte sie verrückt. Sie konnte die Tür abschließen und sich in ihrem Zimmer verbarrikadieren, in das sie mitsamt ihren alten Möbeln eingezogen war; da war das alte, knackende Holzbett mit dem gedrechselten Giebel, der Nähtisch, das knarzende Sofa ihrer Großtante, auf dem sie nachmittags ihren Kaffee nahm und von den langen Sommern ihrer Jugend träumte. Sie konnte die erschreckend moderne Welt, die ihr Sohn um sie herum errichtet hatte, ausblenden – aber nicht die Musik überhören, die tags und auch abends durch die dünnen Wände drang, und so saß sie in ihrem Bauernmöbelversteck und strickte Winterstrümpfe für ihren Sohn und hörte, tagein, tagaus, bis ihr der Kopf dröhnte, Bobby Vee und Little Richard und Chris Montez und Betty Everett und Chubby Checker. Sie versuchte, all das zu verdrängen. Sie versuchte, sich einzureden, die Frau tue dem Jungen (sie sagte immer: mein Junge) gut, bringe Stabilität in sein Leben, aber wenn sie ehrlich war, konnte sie keine Anzeichen von irgendeiner Stabilität erkennen, mal abgesehen davon, dass der Junge nicht, wie ihr Schwager es noch in Mannheim prophezeit hatte, in der Gosse gelandet war, sondern eine erstaunliche Karriere gemacht hatte, nicht zuletzt auch dank des Geldes, das seine Frau von zu Hause mitbrachte …

Trotzdem. Bellmanns Mutter verschanzte sich, soweit es ging, in dem ihr zugeteilten Bauernkatenreservat, aber manchmal waren Expeditionen ins Wohnzimmer unvermeidlich, und dann lief sie, wie eine mittelalterliche Bäuerin, mit kurzen, festen Schritten ratlos über die Flokatis durch die seltsame Welt, in die man sie verpflanzt hatte und in der die böse Königin Ingrid regiere.

Als Bellmann Ingrid kennengelernt hatte, war sie sechzehn; als er sie heiratete, war sie vierundzwanzig, und die Jahre, die dazwischenlagen, waren die hysterischsten des gesamten Jahrhunderts: Zwar wurden die Trümmer des Krieges unter einer meterdicken Schicht aus Sahnetorten und Pastellfarben und Bergromantik begraben, aber es wurde nichts mehr normal, im Gegenteil; die mit zahlreichen Hilfsmitteln zum Glänzen gebrachten Frisuren erreichten die Höhe schwarzlackierter Helme, die Art zu tanzen wandelte sich vom eng verklammerten Nachkriegsgeschiebe zu einem durchgedrehten Zucken und Schlenkern, den Autos wuchsen zentnerschwere Chromgeschwüre und gigantische Haifischflossen, die Tische schwangen sich wie vom Wahnsinn befallene Urwaldboas durch die Wohnzimmer – und während die Amerikaner den Schulkindern allen Ernstes beibrachten, dass man bei kommunistischen Atomangriffen unbedingt unter den Tisch kriechen und ein Buch über den Kopf halten müsse (»duck and cover«), machten Ingrid und er das Beste aus der lebensbedrohlichen Situation: Sie feierten, als stünde der Weltuntergang unmittelbar bevor.

Hans Joachim und Ingrid Bellmann hatten eine tiefsitzende Angst vor dem großen Atomschlag – eine Angst, die sie nur bei den zahllosen Festen, die sie am Pool veranstalteten, vollständig vergessen konnten und die sofort, wenn es still wurde, wieder zwischen den hellen Plastikschalen und den polierten Teakmöbeln hervorkroch, weswegen sie viel und gern feierten.

Ein paar alte Fotos zeigen die beiden auf einem Fest unter japanischen Lampions; Ingrid trägt silbern funkelnde Stilettos und ein Kleid mit Metallpailletten, ihre Haare glühen platinblond, ihre Beine sind dunkelbraun von den Sommernachmittagen am Pool, und unter ihren Augen scheint, soweit man es auf dem Foto erkennen kann, ein Schatten zu liegen, aber vielleicht sind es auch nur Sommersprossen.

Hinter ihnen der Tumult einer fortgeschrittenen Cocktailparty: verrutschte Frotteekleider, Hemden mit Schweißflecken, sich auflösende Frisuren – Paare treiben im schleifenden Takt eines Dusty-Springfield-Songs über die Tanzfläche, Männer schwitzen in ihren Pullundern, Frauen tanzen barfuß im Wohnzimmer, im Garten gießt ein Dicker einem anderen, der im Gras liegt, Wodka in den geöffneten Mund, im Pool treibt ein Damenschuh, an dessen Hacke jemand das Ende eines Schlipses gebunden hat, in der Hollywoodschaukel liegen zwei kompliziert Verknotete, und die Musik umhüllt sie wie ein Hauch von Wahnsinn.

Er erinnert sich an dieses Fest: Es war spät im Sommer. Auf den Feldern hatte die Maisernte begonnen, am Horizont verschwanden die Mähdrescher in trockenen Staubwolken und auf den Straßen lagen Erdbrocken, die aus dem Profil der Traktorenreifen gefallen waren; die Kinder bewarfen sich damit.

Sie fuhren zum Getränkehändler, um kaltes Bier zu holen. Sie saß auf dem Beifahrersitz; in der rechten Hand hielt sie ein halbleeres Cocktailglas und eine Zigarette, ihre linke hatte sie in seinen Nacken gelegt; im Rückspiegel sah er die Gänsehaut auf ihrem Arm. Bevor sie zurückfuhren, tranken sie ein Bier auf dem Parkplatz des Supermarkts und dann noch eins während der Fahrt. Er fuhr scharf nach rechts in einen Feldweg, sie machte ihren Gurt los, und die Schnalle ihres Schuhs schrammte über das Polster des Beifahrersitzes; später sah er, dass an einer Stelle ein Schlitz im dunklen Leder klaffte.

Noch Jahre später erzählte ein Nachbar gern, dass es bei diesem Fest, als er gegen zehn Uhr eintraf, keine einzige Flasche Bier mehr gegeben habe, nur seltsame, im Dorf nie gesehene Mischgetränke, die von einem eigens bestellten Barkeeper in der Küche angerichtet und auf Silbertabletts serviert wurden. Die letzten Gäste gingen gegen fünf Uhr morgens. Bellmann begann danach, die Verwüstungen der Nacht zu beseitigen, Ingrid war losgefahren, frische Brötchen zu holen, so machten sie es immer nach ihren Festen: ein Frühstück am Ende der Nacht. Erst dann gingen sie ins Bett, während seine Mutter, die schon munter war, im Wohnzimmer die Trümmer und den Müll aufsammelte.

Sie feierten, so oft es ging. An warmen Sommerabenden hörte man die Musik, die aus hohen Boxen in den Garten drang, noch weit unten im Dorf, bis tief in die Nacht rollten Limousinen auf die Wiese neben ihrem Haus, und manchmal tauchte auch die Polizei auf. Die letzten Gäste verschwanden erst gegen Morgen, wenn die Bauern schon mit ihren Traktoren aufs Feld fuhren, und mehr als einmal wären die barfüßigen Frauen und die torkelnden Männer, die frühmorgens mit ihren Wagen Bellmanns Auffahrt verließen, fast mit einem Mähdrescher zusammengestoßen. Manchmal gaben die Bellmanns den Kindern der Bauern Geld, um ihnen beim Vorbereiten oder beim Aufräumen zu helfen, und die Jungen berichteten Ungeheuerliches: von Menschen, die früh am Morgen im Anzug in den Pool gesprungen waren; von schimmernden, engen Kleidern; von Zigarrenqualm, der so dicht im Wohnzimmer stand, dass man denken musste, es brenne dort; von Schalentieren, die lebend aus ihrem Panzer geschlürft wurden; von Nackten, Kreischenden, die sich ins Gras warfen, und einem Betrunkenen, der die gläserne Schiebetür des Wohnzimmers nicht gesehen und sich eine Gehirnerschütterung geholt hatte. Einmal raste ein Gast mit seinem Auto mitten durch die Hecke in den Garten; Bellmann ließ das Loch zupflanzen, aber die neue Hecke hatte hellere Blätter; im Sommer erinnerte ein giftgrüner Fleck an den Unfall.

Sie feierten zehn Jahre lang, als wäre jedes Fest das letzte ihres Lebens, und als nach zehn Jahren die Welt immer noch nicht in die Luft geflogen war, begann der Frieden sie ratlos zu machen.

Die Feste wurden seltener. Das Aluminium der Fensterrahmen lief an, der Lack blätterte von der hölzernen Pergola, und der Stoff der Sommermöbel begann auszubleichen. Ingrid richtete sich zu Hause ein Büro ein und übersetzte Betriebsanleitungen für große Firmen, trieb auf der Luftmatratze durch den Pool und las Biographien bedeutender Personen. Wenn er spät heimkam, lagen ein aufgeweichter Napoleon und eine zerknickte Marie Curie am Beckenrand, und sie kamen ihm vor wie ein stummer Vorwurf.

Sie ließ sich ihre Haare kurz schneiden und verschwand für ganze Tage. Beim Bäcker begannen die Nachbarn zu reden. Die Frau des Doktors, raunten sie einander mit dem Schauer der Davongekommenen zu, habe eine Affäre mit dem amerikanischen Arzt, der sie so oft besuche.

Bellmann verbrachte seine Zeit im Krankenhaus, in Schallplattenläden oder im Bunker. Jeden Morgen fuhr er um halb sieben rückwärts aus der Garage, rollte an der verglasten Fassade entlang und gab Gas, und am Seitenfenster rasten die Fensterrahmen des Hauses vorbei wie die Bilder eines Films, den man zurückspult: das Wohnzimmer, das Zimmer der Mutter mit den Rüschengardinen, das Zimmer seiner Frau, dann der lange, grüne Abspann der Buchenhecke.

Um kurz vor sieben fuhr er auf den für ihn reservierten Parkplatz vor der Klinik und nahm den Aufzug in den vierten Stock. Der scharfe Geruch von Desinfektion und Reinigungsmitteln, das mattglänzende, grüngraue Linoleum, das Brummen und Flackern der Neonröhren, sein eigenes mattes Spiegelbild, das sich in den nachtblinden Fensterscheiben spiegelte – dann das scheppernde Transistorradio in der Teeküche, das röchelnde Geräusch der Thermoskanne, der Kaffee, den die Oberschwester immer um fünf Uhr kochte, die Frühbesprechung, der OP-Plan: So begannen seine Tage. Am Vormittag operierte er, analysierte mit seinen Studenten die Röntgenbilder offener Frakturen und telefonierte mit der Anästhesie. Nachmittags folgten die Visiten und die Notfälle, bei denen er aushalf. Er war lange in der Unfallchirurgie, später spezialisierte er sich auf plastische Chirurgie. Er hatte, erzählt er, einige Zeit bei dem berühmten Mediziner Alfred Rehrmann in Düsseldorf verbracht und nach einer zusätzlichen anästhesiologischen Ausbildung erst in einer Abteilung für Verbrennungsfälle, dann in einer für Mund-, Kiefer- und Gesichtschirurgie gearbeitet, wo er die Spätschäden schlecht versorgter Kriegsverletzungen und Kiefergaumenspalten zu sehen bekam, Unfälle und Brüche aller Art, ein Schreckenspanoptikum, das er in möglichst ansehnliche Gesichter zurückverwandelte.

Von Zeit zu Zeit schnitt er die Hecke, die das Grundstück von der Straße trennte; der hellgrüne Fleck wucherte allmählich zu. Einmal in der Woche begleitete er seine Mutter in ein Café in der Stadt. Sie saßen nebeneinander im Mercedes und wechselten kein Wort, auch später im Café nicht. Er las eine Zeitung oder schenkte ihr Tee nach, sie rührte Zucker in ihre Tasse, putzte ihre Brille, lächelte unsicher und warf ihm hin und wieder einen Blick zu, in dem Enttäuschung, Sorge oder vielleicht auch Mitleid lagen. Meist schaute sie durch die Panoramascheibe in die sonntäglich leere Straße, an deren Rand, mit dynamisch schräggestellten Vorderreifen, der Mercedes parkte. Einmal stand er auf der Rückfahrt neben dem Opel der Nachbarn. Diesmal sangen sie nicht, und als die Ampel auf Grün schaltete, gab Bellmann leicht Gas. Der Nachbar versuchte, angefeuert von seinen Kindern, mit ihm mitzuhalten, der Opel gab ein dünnes Kreischen von sich, Bellmann winkte den Kindern mit der linken Hand zu und trat das Gaspedal durch, und während seine Mutter in den Beifahrersitz gepresst wurde, sah er im Rückspiegel das grimmige Gesicht des Opelfahrers und das seiner gestikulierenden Frau.

In dieser Zeit stellten Freunde des Paares einige Veränderungen fest. In Ingrids blondes Haar mischten sich graue Strähnen, und an ihren Mundwinkeln bildeten sich kleine Falten. Bellmann hatte sichtlich einen Bauch bekommen und trug jetzt öfter eine Brille, und seine einst beeindruckende Tolle wurde immer flacher und lichter, bis sie ganz verschwand. Es gab vielleicht im gesamten vergangenen Jahrhundert keinen schlechteren Zeitpunkt für Haarausfall: Zwischen 1966 und 1970 hatte sich die Weltgesamthaarmenge mindestens vervierfacht, nur auf Bellmanns Kopf schlug das Alter zu, ein Grund, warum er, anders als früher, nicht mehr gern den großen Rock-'n'-Roll-Hit »Lend Me Your Comb« hörte. Sie schliefen nicht mehr oft miteinander: Morgens wurde ihr schlecht davon, abends war sie zu müde. Sie begann, ungeschminkt zu frühstücken und erst mittags zu duschen; ihr Gesicht wirkte weicher und glanzloser. Seine Mutter ließ immer öfter ihre Zimmertür offen stehen; der säuerliche Geruch lange nicht gelüfteter Räume, ein Geruch von Hühnersuppe, Damenparfüm und Wolldecken, verschwitzten Nachthemden und altem Menschen, drang wie durch eine Körperöffnung in den Flur des Bungalows.

Manchmal traf er abends in einer Eckkneipe, in der es Astra und Bratwurst gab, einen Kollegen, mit dem er studiert hatte. Der Mann hieß Bernd Oberwald; er war ein stiller, besorgt schauender Mensch, der in einem anderen Krankenhaus als Oberarzt arbeitete. Den ganzen Tag lang lief er gehetzt durch die Gänge, schaute nach Patienten, operierte und befühlte sie und schüttelte dabei oft den Kopf, als verzweifelte er angesichts der Fehlerhaftigkeit der Schöpfung. Nur am Wochenende, wenn er keinen Dienst hatte, fand er Ruhe und wirkte entspannt. Er angelte gern. Nach Stunden reglosen Wartens zog er dann einen zappelnden Karpfen aus dem Wasser, drückte ihn auf den Holzboden seines Ruderbootes und schlug ihm mit dem Griff seines Messers auf den Kopf und stach ihm in die Herzkammer, wobei er wieder den traurigen, ernsten Gesichtsausdruck bekam, den auch seine Patienten kannten.

Manchmal tauchten, auf lautlosen Kreppsohlen über den Gehweg schleichend, die Nachbarn auf. Sie waren erst vor kurzem in die Gegend gezogen und wanderten nun, auf der Suche nach neuen Freunden, mit Weinbrandflaschen und vielfarbigen Blumensträußen bewaffnet, die sommerlich leere Vorortstraße entlang. Einmal bat Bellmann sie ins Haus, wo sie mit großer Selbstverständlichkeit Blumenvasen verrückten und Lampen ein- und ausschalteten, als sei es ihre Aufgabe, das ordnungsgemäße Funktionieren der nachbarlichen Lichtquellen zu prüfen. Während Bellmann einen Kaffee aufsetzte, wanderte das Paar ziellos, wie mäßig interessierte Museumsbesucher, im Haus herum, bis die Frau mit einem Lachen, das große Zähne entblößte, der Tischlampe im Wohnzimmer einen leichten Schlag versetzte, aufjubelnd: »Die haben wir auch! Im Badezimmer!«

Manchmal blieb der Postbote auf eine Zigarette. Bellmann mochte ihn gern, er war in etwa so alt wie er und kannte sich mit amerikanischer Musik aus. Sie saßen dann, während das Postfahrrad mit den überfüllten Kunstledertaschen am Garagentor lehnte, auf der Terrasse oder im Atombunker an der Westernbar, Bellmann hielt ihm die Zigarettenschachtel hin, und sie redeten über Schallplatten, die sie sich gekauft hatten; dieser Mann, sagt Bellmann, war ein guter Freund. Einmal tauchte der Postbote morgens mit seinem Fahrrad auf, als Bellmann, der an diesem Tag freigenommen hatte, gerade mit ein paar Gästen die letzten Reste aus den Flaschen in die Gläser goß und Schwarzbrote mit Rollmops und Mayonnaise servierte; sie hatten die Nacht durchgefeiert und bestaunten jetzt den frischgewaschenen dünnen Mann mit der Umhängetasche wie eine Erscheinung aus einer anderen Welt. Bellmann nötigte ihn, einen Wodka mitzutrinken. Sie legten irgendetwas von Eddie Cochran auf und tranken weiter, und jedes Mal, wenn der Postbote mit einer unsicheren Handbewegung auf die Ledertasche deutete, aus der die nach Straßen sortierten Briefe vorwurfsvoll herausragten, drückte ihn irgendeine schnapsschwere Hand zurück in die Kissen, und eine andere reichte ihm ein gut gefülltes kleines Glas.

Gegen zehn Uhr war auch der Postbote vollkommen betrunken, und weil er beim Versuch, sein Fahrrad zu besteigen, zweimal umfiel, wurde der Mercedes aus der Garage gefahren, was erstaunlicherweise gelang, drei Männer und eine Frau bestiegen das Auto, Bellmann steuerte angemessen langsam die Hauptstraße entlang, und an jeder Kreuzung schleuderte der Postbote aus dem fahrenden Wagen ein Paket mit Briefen in den erstbesten Vorgarten. Es war Mittag, als Ingrid und er ins Bett gingen, und Abend, als sie aufstanden.

Manchmal verbrachte Bellmann ganze Tage in seinem Bunker; wenn er wieder auftauchte, erschien ihm die draußen im Tageslicht dörrende Welt seltsam und absurd.

Dann kam Phyllis zurück. Er traf sie zufällig auf dem Parkplatz vor der Abteilung für Innere Medizin, sie war mit einem Typen aus der HNO-Abteilung auf dem Weg in die Kantine, einem dünnen, geschmeidig gehenden Menschen mit wolligem Haar, der leise und sehr schnell redete und allgemein als gutaussehend galt. Bellmann mochte ihn nicht; er hatte sich einmal mit ihm auf dem Flur angebrüllt, vor den älteren Kollegen, die die Streitenden auseinanderbringen mussten, es ging um eine Ausdehnung der HNO-Kompetenzen in den Bereich der Mund-, Kiefer- und Gesichtschirurgie, Bellmann hatte darauf bestanden, dass die gesamte Traumatologie in seiner Abteilung verblieb. Seither redete der Kollege nicht mehr mit ihm und bog hektisch in irgendeinen Raum ab, wenn er ihn sah. Wenn eine Kollision nicht zu vermeiden war, grüßte er Bellmann scheinheilig, wobei er die Augenbrauen kurz anhob und den Namen Bellmann wie etwas Absonderliches hervorstieß, dessen bloße Aussprache ihn einige Überwindung kostete. Bellmann wusste, dass der Mann versuchte, die Mittel für plastische Gesichtschirurgie unter die Kontrolle seiner Abteilung zu bekommen, zumindest die Nasen und die Ohren, ein klassischer Fall von Selbstüberschätzung, die man bei den HNO-Leuten oft antraf und die ihn als ausgebildeten Chirurgen verbitterte. Aber der Typ kannte offenbar keine Selbstzweifel; er fuhrwerkte mit seinen penibel manikürten Händen in der Luft herum und redete auf Phyllis ein, die ärgerlicherweise herzlich lachte und ihn zu weiteren unansehnlichen Kapriolen ermutigte.

Phyllis war sehr dünn, sie hatte große, dunkle Augen und trug ihre Sonnenbrille ins Haar geschoben; die Bäume spiegelten sich in den schwarzen Gläsern und überschlugen sich, wenn sie den Kopf drehte, ein Bild, das er lange nicht vergessen konnte.

Die nächsten Nachmittage verbrachte er damit, in seinem Mercedes vor dem Krankenhaus zu warten, in der Hoffnung, sie würde aus dem Haus kommen, um dann wie zufällig vorzufahren und ihr anzubieten, sie irgendwohin zu bringen. Als sie schließlich auftauchte, kam sie nicht allein, sondern zusammen mit einer dicken Anästhesistin. Bellmann steuerte den Wagen so zufällig wie möglich um die Kurve, bremste scharf und fragte, ob jemand mitfahren wolle. Die Dicke stieg erfreut ein.

Trotzdem gelang es Bellmann am kommenden Tag, sich mit Phyllis zu verabreden, was ihn mit einer Mischung aus Euphorie, schlechtem Gewissen, Unruhe und Sentimentalität erfüllte. Er kaufte seiner Frau einen gigantischen Blumenstrauß, besorgte im Reisebüro eine Broschüre über die Vereinigten Staaten (sie wollten immer gemeinsam nach Florida fliegen) und hielt an der nächsten Telefonzelle. Eine Viertelstunde lang hockte er in der Zelle und starrte auf ein ausgeblichenes Terroristenfahndungsplakat. Genau genommen ähnelte Phyllis der Terroristin Petra Schelm ein wenig, aber diesen Gedanken verdrängte er; sie erinnerte ihn an jemand anders, aber er wusste nicht, an wen. Dann rief er Phyllis an, um ihr mitzuteilen, dass er einen Tisch reserviert habe (was nicht stimmte). Zu Hause überreichte er die Blumen, küsste seine Frau, die eine leicht ausweichende Bewegung machte, auf die Schulter und lud sie ins beste chinesische Restaurant der Stadt ein.

Zwei Tage später, am 25. Juni 1972, traf er Phyllis zu einem Mittagessen im Ratskeller. Sie trug ihr Haar in der Mitte gescheitelt, trotzdem fiel es ihr seltsamerweise asymmetrisch ins Gesicht (es muss an ihren Wirbeln gelegen haben, sagt Bellmann später). Wenn sie lachte, sah er ihre sehr schönen weißen Zähne, und auf ihrer Nase bildeten sich winzige, senkrechte Fältchen. Ihre rechte Augenbraue verlief höher als ihre linke (man könnte das operativ leicht korrigieren, dachte er, wenn man wollte); es gab ihr einen spöttischen Zug, egal, worüber sie sprach.

Er kam kaum dazu, etwas zu sagen. Sie aß fast nichts und redete ohne Pause, fuchtelte mit einem Stift vor seiner Nase herum, stellte ihm Fragen über Deutschland und das medizinische System, beklagte sich über die amerikanische Außenpolitik, erzählte von ihrer Ausbildung in einem Militärkrankenhaus bei Frankfurt; erzählte weiter, dass sie bei einem Konzert von Ravi Shankar und Eric Clapton im Madison Square Garden gewesen sei, einem Benefizkonzert für Bangladesch, und Bob Dylan, sagte sie mit vollem Mund, während sie ein Brötchen in der Mitte durchbrach, Bob Dylan sei auch dagewesen, und George Harrison, er habe ausgesehen wie Jesus, in einem hellen Sommeranzug.

Bellmann nickte. Er sprach nicht schlecht Englisch, aber je schneller sie wild gestikulierend auf ihn einredete, desto weniger verstand er. Er hatte Wein getrunken, das hätte er, dachte er, nicht tun sollen, er starrte auf ihre Bluse, bemühte sich aber sofort, ihr wieder in die Augen zu schauen, die manchmal zwischen den kleinen Lachfalten schmal wurden, und ihre Erzählung raste wie ein Orkan aus englischen Worten um seinen Kopf herum.

Man muss sich Bellmann vorstellen, wie er an diesem Junimittag im Ratskeller sitzt und lange nichts sagt, hin und wieder ihre Fragen beantwortet, Worte verwechselt, sich bei einfachsten Erklärungen verheddert; es ist nicht seine Sprache. Er weiß nicht, was er erzählen soll, also erzählt er, dass Borussia Mönchengladbach Deutscher Meister geworden sei (mein Gott – kann man sie mehr langweilen als mit diesem Kram? Aber er redet weiter über Fußball, als habe es ihm ein böser Dämon befohlen), und das liege an Lothar Kobluhn von Rot-Weiß Oberhausen, *he is from the town where my father was born, you know,* er sucht vergeblich nach einer Übersetzung für das Wort Bundesliga-Torschützenkönig, aber natürlich interessiert sie das nicht.

Sie fragt, wo er lebe.

»Outside the city. It is a modern house, like in America. With a pool, it's nice in the summer.«

Sie sagt: »Suburbia« und legt ihm, als müsse er getröstet oder beruhigt werden, ihre Hand auf den Arm. Sie findet die Vororte grauenhaft. Sie möchte am Strand leben, mit vielen Freunden. Sie ist der Meinung, dass Lyndon B. Johnson ein Verbrecher ist. Sie findet, obwohl sie es nicht sagt, das Essen im Ratskeller grauenhaft (sie lässt drei viertel übrig, vor allem die Fleischstücke). Sie findet Elvis Presley langweilig. Sie findet, Frank Sinatra sei etwas für alte Suffköpfe in ihren Vorortbungalows. Sie findet, die Everly Brothers sähen beim Singen aus, als müssten sie sich übergeben. The Chordettes? *Kennt* sie nicht mal. Sie erzählt, dass ihr Vater, ein Versicherungsmakler, in einem Vorort von Atlantic City einen Wochenendbungalow mit Pool besitze, es sei ganz furchtbar langweilig dort, ruft sie und macht zum ersten Mal eine Pause. Und er, seine Familie, sein Vater?

Sein Vater. Was weiß er von seinem Vater? Er erinnert sich kaum. Also erzählt er von der Zeit im Krieg, dem Backsteinhaus in Gelsenkirchen, nicht weit von der Zeche Nordstern, ein rußigschwarzes Haus mit matten Fensterscheiben, vor dem ein paar schwarze Bäume standen, die auch im Sommer nie richtig grün wurden.

Sein Vater, sagt er, war Bergarbeiter. Er saß nach Feierabend mit einer braunen Bierflasche auf einer Bank, schaute durch rußige Wolken in eine matte Sonne und tätschelte ihm den Kopf. Er starb als einer der ersten. Er wollte nicht in den Krieg, sagte er.

Sie ist anders, als er sich Amerika vorgestellt hat. Sie ist die erste Amerikanerin, die er kennenlernt, und sie findet alles scheußlich, was er bisher für Amerika hielt. Sie demonstriert gegen Vietnam und raucht Hasch und findet die traurigen kleinen Bungalows mit der Doppelgarage und dem Swimmingpool und der amerikanischen Fahne und dem rauchenden Barbecue-Grill unmöglich. Sie hasst Dean Martin (Macho), Elvis (dick) und Dion DiMucci (Kitsch) – sie ahnt nicht, dass er von genau diesem Amerika immer geträumt hat. Das Chuckberryland. Die *Bebopelula*nation. Detroit, Memphis, die Motoren, die Bässe: die Rockstaaten von Amerika, James Dean, Lederjacken, Benzin. Mag sie nicht. Nicht einmal Coca-Cola mag sie; sie trinkt nur Tee.

Sie hat noch keine größeren Pleiten erlebt in ihrem Leben. Sie ist neugierig auf alles. Wenn sie redet, verwandelt ihr Gesicht sich in ein einziges Funkeln, als ob unter ihrer Haut winzige elektrische Explosionen stattfänden. Dr. Janischek aus der Radiologie, dem sie zu dieser Zeit ebenfalls begegnete, sagt später, sie habe eine seltsame Euphorie ausgestrahlt, eine Art Leuchten; zu allem habe sie eine entschlossene Meinung gehabt; habe insgesamt an die Menschen geglaubt; habe trotz ihrer Schönheit niemanden eingeschüchtert, sondern die Leute auf eine schwer beschreibbare Art durch ihre bloße Anwesenheit zu den erstaunlichsten Dingen ermutigt. Selbst wer nur kurz mit ihr redete, sagt Janischek, habe einen veränderten Lebensentwurf vor sich aufscheinen sehen und sich selbst in einem glanzvolleren Licht. Manche Leute seien allerdings süchtig nach diesem eigenartigen Effekt geworden und an Phyllis' Verschwinden fast zugrunde gegangen, auch und besonders der Kollege Bellmann.

Bellmann hatte Mühe, sie zu verstehen. Er sah, dass sich ihr Mund bewegte, hörte ihre Stimme wie ein fernes Echo, den ganz Melodie gewordenen Fluss ihrer Sprache, der ihm nichts mehr sagte, und dann versank er in einem Tagtraum, in dem er sich mit ihr in seinem Mercedes auf der Autobahn irgendwohin fahren sah – stattdessen fuhr er sie nach Hause.

»Sie wohnte nicht allein«, sagt Bellmann, »das war so eine Altbauwohnung, die sie sich mit vier oder fünf anderen teilte.« Sie lud ihn auf einen Tee ein, und während sie, inzwischen barfuß, auf der Stelle wippend, in einem rostbraunen Topf Wasser kochte, tauchten ein paar Männer in der Küche auf. Einer trug einen Vollbart, der nahtlos in sein dichtes Brusthaar überging. Sein Kopf war komplett zugewuchert; nur Augen, Mund und Nase schauten aus dem Dickicht hervor. »Tag«, sagte er zu Bellmann und kratzte sich mit dem rechten Fuß am linken Knie. Alle Menschen in dieser Wohngemeinschaft waren barfuß; Bellmann empfand seine Schuhe plötzlich als unpassende, fast absurde Objekte. Am Küchentisch las einer ein Traktat. »Das ist der schöne Günther, er studiert Soziologie«, flüsterte Phyllis. Kurz darauf saß Bellmann mit einer dunkelbraunen Teetasse neben dem schönen Günther und diskutierte mit ihm über die Verhaftung von Ulrike Meinhof und Gerhard Müller und über Ceylon, das neuerdings Sri Lanka hieß – er wolle dorthin fahren, erklärte Günther, während er sich kompliziert unter der Fußsohle kratzte (es scheint hier eine Art von Fußpilz zu geben, dachte Bellmann, kein Wunder, andererseits), er wolle beim Aufbau helfen und die marxistische singhalesische Jugend unterstützen – »ein Arzt wie du«, sagte er, »sollte das auch tun, du wirst da unten mehr gebraucht als hier, aber das wäre dir«, schloss er seine kleine Ansprache mit einem abschätzigen Blick auf Bellmanns polierte Lederschuhe, »wahrscheinlich zu unbequem«. Phyllis, die dem schönen Günther bewundernd zugehört hatte, sagte etwas zu Bellmanns Verteidigung, und Bellmann wurde wütend und erzählte von den indischen Ärzten, die er ausgebildet hatte; es sei keineswegs so, dass er hier … er würde, ganz im Gegenteil, noch heute, kein Problem … und nur, weil sich einer einen schönen Pullover anziehe und nicht überall behaart sei, heiße das ja wohl bitte noch lange nicht … Aber es war sinnlos. Diese Menschen hier hassten alles, was er liebte. Sie erklärten allen Ernstes ihn, der sich von seinem Onkel und den anderen alten Nazis als Halbstarker und Rowdy hatte beschimpfen lassen müssen, der noch vor fünf Jahren die wildesten, großartigsten Partys veranstaltet hatte, zu einem Vorstadtspießer – dabei war *er* der Rebell hier. Leider war Phyllis wie die Typen in dieser Wohnung. Autos waren ihr egal; ihre Freunde teilten sich einen alten VW-Bus, der so klang und so aussah wie eine verrostete Konservendose, sie mochten nichts von dem, was ihm wichtig war, und er war trotzdem, auf eine ärgerliche, unklare Art und Weise, verliebt in Phyllis, und ihr Groll gegen all die Dinge, die ihm einmal begehrenswert erschienen waren, fraß sich in seinen Lebensentwurf hinein. Es befiel ihn wie ein Virus, der an sein vergangenes, offenbar für nur geringfügig jüngere Leute schon nicht mehr dekodierbares Rebellentum andockte; er begann ernsthaft darüber nachzudenken, warum er hochdotierte Vorträge über neuartige intranasale Operationstechniken hielt und einen Mercedes fuhr, dessen Inspektion so viel Geld kostete, wie Phyllis in drei Monaten ausgab. Er hatte sich immer als Rebell empfunden. Die Lederjacken, die Musik, die Anzeigen wegen Ruhestörung, die strenge, furchtlose Art, mit der er auf Kongressen bestehende Ansichten zu gängigen Operationsmethoden niederbügelte, auf all das war er stolz gewesen. Er war John Wayne, er war furchtloser als die anderen – aber vielleicht war das auch schon

Geschichte. Vielleicht hatten Phyllis' Freunde recht. Sie waren, wie er einmal gewesen war; er hatte sich verändert. Genoss er es nicht seit ein paar Jahren, bei Nachbarn und Kollegen angesehen und beliebt zu sein, die warme, muffige Eintracht des Winkels, in dem er sich niedergelassen hatte, den Blick auf das friedliche Panorama des Dorfs, über dem die Sonne langsam unterging …

So konnte es nicht weitergehen.

In einem Anfall von Nervosität, Selbstmitleid und Stolz dachte er darüber nach, wie es wäre, in einer Klinik in Bangladesch zu arbeiten, wobei er vor allem ein Bild vor sich sah, das wie ein klemmendes Dia in seinem Kopf einrastete und alle weiteren Vorstellungen behinderte – wie er im verwilderten Garten der Hütte, die sie bewohnen würden, mittags im Schatten einer gigantischen Bougainvillea im Gras liegt, wie ein paar Wolken über den Himmel rasen und schließlich nicht mehr zu sehen sind, weil Phyllis sich über ihn beugt.

Er sah sie eine Woche lang nicht, obwohl er die Gelegenheit dazu gehabt hätte. Seine Frau war für ein paar Tage nach Dortmund gereist, der Teufel weiß, sagt er später, was sie dort tat, jedenfalls war Hancock auch seit Tagen nicht in seiner Praxis erreichbar. Vielleicht ein Zufall. Einmal rief sie von einem Bahnhof aus an, beklagte sich über einen Sitznachbarn und schrie schrille und unverständliche Dinge in den Hörer, und ihre Stimme vermischte sich mit dem Heulen eines vorbeifahrenden Zuges. Vermutlich hatte sie schon etwas getrunken.

Es war Juli geworden und sehr warm; die Luft flimmerte über dem Waldrand, und das Korn stand hoch auf dem Feld. Wenn es abends dunkel wurde, sah er am Ende der Felder das Dorf und dahinter das Leuchten der fernen Stadt, das schimmernde Grün der Straßenbeleuchtungen, das warme Gelb der Fenster und die Flammen über den Schornsteinen des Industriegebiets am Fluss.

Er versuchte, Phyllis zu vergessen. Er rauchte zu viele Zigaretten, griff nach dem Telefonhörer, legte wieder auf, aß Pralinenschachteln leer, trank sehr viel Bier, übergab sich, zog sich ein neues weißes Hemd an, schaltete den Fernseher ein, sah das lachende, grimmig verzerrte Gesicht von Heidi Kabel – machte den Fernseher wieder aus und band sich eine Krawatte um. Mit der Krawatte fühlte er sich deutlich besser. Oberwald kam vorbei, er hatte ein paar medizinische Fachzeitschriften unter dem Arm, die er sich ausgeliehen hatte, und erzählte ihm irgendetwas von seiner Arbeit, Bellmann konnte sich hinterher nicht mehr erinnern, was es gewesen war; dann ging Oberwald zu seinem Auto, öffnete den Kofferraum und holte einen Fisch, den er geangelt hatte, aus einer Plastikwanne; Bellmann legte ihn vorsichtig in den Ausguss der Spüle.

Als er Phyllis später am Abend in einer Bar in der Stadt traf, trug sie eine weite Hose und einen ponchoartigen Umgang. Sie sah müde aus und anders, als er sie in Erinnerung hatte. Sie tranken ein paar Bier; draußen war es immer noch warm, der Mercedes parkte am Straßenrand, das Verdeck hatte er heruntergeklappt.

Phyllis erzählte irgendetwas über eine Freundin, die sie wiedergetroffen hatte, und er überlegte, ob er sie nicht einfach nach Hause bringen und noch allein in eine Bar gehen sollte, aber dann schwankte ein Betrunkener auf sie zu und verwickelte sie in ein Gespräch; wer sie seien, woher sie kämen, ob sie frisch verheiratet seien? Sie improvisierten sich eine gemeinsame Geschichte zusammen, die sie dem Trinker erzählten: Er, Bellmann, sei ein dänischer Musikproduzent, der in New York arbeite; Phyllis, seine Frau, sei Sängerin, sie würde bald zusammen mit ihrer Freundin Joan Baez – er habe vielleicht von ihr gehört? – ein Konzert geben. Der Betrunkene war beeindruckt. Er glaubte jedes Wort.

Bellmann war nicht mehr zu bremsen. Er erfand alles neu. Er redete, als sei er schon immer diese fremde Person gewesen. Phyllis hatte Spaß an der Geschichte und hängte sich mit einem Arm an seinen Hals, behauptete, Bellmann habe vor seiner Karriere als Produzent als Rinderzüchter in Ohio gearbeitet, um sich sein Musikstudium zu finanzieren; er nahm, während er die völlig irrsinnige Geschichte ihres letzten großen Erfolgs in Amsterdam erfand, ihre Hand, und als sie nach einer Stunde in die nächste Bar gingen (»Wir müssen los, wir müssen jetzt dringend Joan anrufen«, hatte Bellmann dem beeindruckten Besoffenen gesagt), legte sie ihren Arm um seine Taille. In der Bar bestellte er zwei Martini und ging zur Jukebox; er gab ihre Geburtstage ein, Nummer 235 für den 23. Mai, Nummer 106 für den 10. Juni. Bei Phyllis' Geburtstagsnummer spielte die Maschine »Teddy Bear« von Elvis, bei ihm irgendetwas von Freddy Quinn.

»Wir machen noch ein Spiel«, sagte sie schließlich. »Ich fahre. Du verbindest dir die Augen und sagst alle paar Minuten rechts oder links, und ich biege dann ab, wohin du gesagt hast.«

Ein paar Minuten später knotete sie ihm ihr Halstuch um die Augen und startete den Mercedes. Er saß auf dem Beifahrersitz. Er sagte rund dreißigmal »links« und »rechts«; als er eine halbe Stunde später das Tuch abnahm, war die Stadt verschwunden: Am Straßenrand standen windschiefe Büsche und ein paar Kühe, die in die Stille der Nacht starrten.

Obwohl das Spiel zu Ende war, fuhr sie weiter. Der Wind riss ihr Haar in die Höhe, für ein paar Sekunden sah es aus wie ein Bündel Antennen, das Befehle aus dem All empfing. Sie fuhr schnell, und obwohl seit zwei Monaten ein Tempolimit auf Landstraßen galt, überholte sie alle Lastwagen und auch ein paar Limousinen. Er fror. Sie machte das Radio an, sie kannte die Lieder und sang laut mit; er schlief einmal kurz ein und wunderte sich dann, dass sie immer noch weiterfuhren. Es war drei Uhr morgens, die Landschaft war geisterhaft flach. Um vier Uhr wurde sie müde. Jetzt fuhr er, aber er fuhr nicht nach Hause.

Als sie an der Rampe des Autozuges standen, der die ersten Urlauber vom Festland auf die Insel brachte, wurde es gerade hell. Phyllis war vom Geräusch der hochklappenden Metallrampen aufgewacht. Sie saß im Schneidersitz neben ihm und schaute aus dem Fenster. Ein paar Rotklinkerhäuser zogen vorbei, ein weißes Schild, auf dem in schmalen Buchstaben ein Ortsname stand. Ein paar Schafe kauerten, wie auf einer Abschussrampe, schräg am Deich. Dann kam das Wattenmeer. Es war Ebbe um diese Zeit, man sah die Rillen, die das Wasser im grauen Schlick hinterlassen hatte. Dünne Wolken zogen über das Land, Richtung Norden.

Später läuft er über das warme Holz der Bohlen, die durch die Heide bis zum Parkplatz führen, dann durch den weichen, fast weißen Sand. Es ist still, ein paar Möwen treiben quer am Himmel. Sie läuft die Dünen hinab, der Wind weht ihm feinen Sand ins Gesicht.

Der Strand ist leer. Sie steht breitbeinig unten am Ufer, sie hat die Hosenbeine hochgekrempelt und sammelt Muscheln.

In einem Strandlokal bestellen sie einen halben Hummer und trinken dazu erst zwei Gläser und dann doch eine ganze Flasche Wein. Beim Essen fällt ihr das offene Haar ins Gesicht; wenn sie etwas sagt, sieht er nur einen dunklen Vorhang. Sie schlägt die Beine übereinander, sie sind sehr braungebrannt, so, als ob sie hier am Strand leben würde. Er macht ein paar Fotos von ihr und sich, wobei er den rechten Arm mit der Kamera ausgestreckt in die Luft hält, eine alberne Geste, wie jemand, der sich aus größtmöglicher Entfernung selbst erschießen will.

Auf diesen Fotos sieht man später: ihn selbst, sein von der Anstrengung des Armausstreckens und Abdrückens verzerrtes Gesicht und ihre Stirn (er hatte die Kamera zu hoch gehalten), dahinter eine Dünenlandschaft, den Himmel über dem Meer, der klar ist an diesem Tag, nur über den Krüppelkiefern, die bis an die Dünen reichen, zieht ein Schleier aus feinen Wolken auf; schließlich ihren nackten Rücken in der Sonne, kleine Leberflecke, die sich wie Sommersprossen verteilen.

Sie verbringen diesen Tag am Strand. Nachdem sie im Meer gebadet haben, schlafen sie in einer Sandmulde. Am Nachmittag stellt er fest, dass er an unmöglichen Stellen einen Sonnenbrand hat.

Im Hafen stellt sie einen Fuß auf den Vorderreifen des Mercedes, um sich ihren Turnschuh zuzubinden. Er macht noch ein Foto. Es ist zu heiß am Watt, sein Hemd ist nach ein paar Schritten durchgeschwitzt.

Sie entschließen sich, zurück an die Seeseite zu fahren. Um diese Zeit sind wenige Autos unterwegs; die Straße liegt hellgrau und leer im Sonnenlicht. Häuser ziehen vorbei, Reetdächer, die wie seltsame Frisuren aussehen, Heide, Ginster, weiße Sanddünen. Ihr nasses Haar hinterlässt einen Fleck aus Salz und Sand auf der Kopfstütze des Mercedes.

Dann trinken sie einen Wein in einem Restaurant am Pier. Im Hintergrund spielt eine Countryband, ein paar betrunkene Skipper stehen an der Bar, dann gibt es einen Tumult, weil irgendein Schlagersänger mit seiner Harley-Davidson aufkreuzt.

Sie sagt, die Insel erinnere sie an die Strände von Long Island, sie erzählt von Henry Hudson und Adrian Block, von den Indianerstämmen, den Massapequa, Ronkonkoma und den Montauk; heute gäbe es nur noch einige Poosepatuck, in einem Reservat im Suffolk County. Er blinzelt in die Sonne und stellt sich wilde Indianer vor, die am Strand entlangreiten, aber dann fällt ihm ein, dass sie gar keine Pferde hatten. Phyllis' Silhouette zeichnet sich gegen den weißen Sand ab, die Brauntöne ihres Oberteils, ihre dunkle Haut erinnern ihn an den dunklen Backstein von New York.

Neben der Bar parkt der Schlagersänger seine Harley-Davidson; er trägt eine Lederjacke mit Fransen und Cowboystiefel, auch sie sind weiß. Während er Hände schüttelt, sackt der Ständer des Motorrades im Sand ein, und die Maschine stürzt mit einem Krachen um, so, als sei sie aus großer Höhe herabgefallen.

Er muss jetzt zurück. Es ist fast Abend, aber sie möchte unbedingt noch einmal im Meer schwimmen. Er ist übermüdet, in einem seltsamen Zustand zwischen Schläfrigkeit und Erregung, erfüllt von dem Gefühl einer geglückten Flucht, worum es sich natürlich nicht handelt, schließlich sind sie schon wieder auf dem Rückweg dorthin, wo sie herkamen – Ingrid, denkt er jetzt zum ersten Mal, ist morgen Mittag wieder da: Morgen Mittag würde er wieder am Pool sitzen.

Sie parken im Strandhafer bei Buhne 16. Der Wagen ist komplett eingesandet: Sand in den Rillen der dunkelblauen Ledersitze, Sand im Zündschloss, beim Herumdrehen des Schlüssels knirscht es. Er entdeckt einen milchigen Fleck, den ihr mit Sonnencreme eingeriebenes Knie an der Seitenscheibe hinterlassen hat, und den Abdruck von zwei Zehen rechts unten in der Windschutzscheibe. So etwas macht ihn normalerweise wahnsinnig, jetzt betrachtet er die Spuren mit einer Andacht, als handle es sich um prophetische Schriftzeichen. Auf dem

Weg zum Strand sehen sie den Schlagersänger mit einem Fischbrötchen in der Hand. Er wirkt ziemlich mitgenommen. Als sie sich umdrehen, sehen sie, wie er sich hinter einer Krüppelkiefer übergibt.

Am Strand ziehen sie sich aus. Seine Haut, das fällt ihm jetzt, im hellen Sonnenlicht, unangenehm auf, ist weiß, sie sieht aus wie Erde unter einem Stein, den man nach dem Winter hochhebt.

Sie ist eine gute Schwimmerin, und sie bleiben lange im Meer. Als sie aus dem Wasser kommen, ist er erschöpft. Sie bewirft ihn mit Sand, er versucht, sie zu fangen; sie gehen beide zu Boden. So bleiben sie eine Zeitlang liegen.

Als er aufwachte, war es dunkel: Sie waren am Strand eingeschlafen, der letzte Zug zum Festland hatte längst die Insel verlassen. Ihre Sandalen und seine Schuhe (hellbraunes italienisches Leder, neunundfünfzig Mark) lagen in einer turbulenten Anordnung, wie Autos nach einer Karambolage, im Sand. Das Wasser war schwarz, und ein kühler Wind wehte vom offenen Meer und rupfte am Sandgras auf der Düne. In einigen Häusern brannte noch Licht. In diesem Moment dachte er an Ingrid, wie sie die Blumen goss und das Silber polierte und zwei Drinks machte; wie sie eine Platte von Johnny Tillotson auflegte, die sie ihm am Vormittag in der Stadt gekauft hatte. Er sah sich selbst, wie er ihr einen Tee ans Sofa brachte und ein Kännchen mit Zitronensaft dazu; wie sie ihm beim Fernsehen, in eine Kamelhaardecke gewickelt, einen Apfel und ein paar Pflaumen schälte; wie sie den Daumen an die Messerspitze drückte und die bittere Haut der Pflaumen abzog. Möwen wehten am Himmel vorbei. Ihm war kalt.

Dann sah er, wie die Sonne über den Dünen aufging. Phyllis schlief noch, er machte ein Foto von ihr.

Auf diesem Foto, das er heute zusammen mit den anderen in einer Mappe aufbewahrt, sieht man eine junge, schlafende Frau, die, zusammengerollt in einem Herrenmantel, im Sand liegt, als sei sie aus dem Weltraum gefallen, neben ihr verteilt die beim Eintritt in die Stratosphäre fortgerissenen Kleidungsstücke.

Sie hatte, das sieht man auf den Fotos, ein schönes Gesicht. Warum schön? Zum Beispiel die Nase. Wäre sie nur wenige Millimeter länger und etwas dünner, etwas blasser, mit etwas größeren Hautporen, wäre sie nicht nur nicht schön, sondern hässlich. Es sind wenige Millimeter, die alles entscheiden; eine etwas längere Nase, ein zwei Millimeter tiefer hängendes Lid, schmalere Lippen, größere Ohren, eine falsche Falte, die ihrem Lächeln etwas Bitteres gäbe: Er hätte nichts an ihr gefunden. Insgesamt sind es vielleicht vier Zentimeter Haut, fünf Gramm Fett, vier kleine, dämliche Muskeln am Mund, die darüber entscheiden, ob jemand hübsch oder hässlich, beliebt oder für alle vollkommen uninteressant ist, ob er jemanden findet, mit dem er glücklich werden kann, und ob die Menschen bereit sind, sich für diese Person ins Unglück zu stürzen oder eben nicht.

Er dachte an Ingrid und ihre beste Freundin, wie sie nebeneinander auf dem Sofa saßen. Die Freundin war hässlich, man konnte es nicht anders sagen: weißlicher, glänzender Teint, ein kleiner Hautsack, im Begriff, ein Doppelkinn zu werden, hervortretende wässrige Augen. Sie war verzweifelt. Männer waren höflich zu ihr, aber ergriffen früh die Flucht, wenn sie ihnen zu nahe kam, und auch wenn alle beteuerten, wie beliebt sie sei, dass die gängigen Schönheitsvorstellungen doch Unsinn wären und es so etwas wie eine aparte, andersartige Schönheit gäbe, spürte sie den körperlichen Widerwillen, den sie bei den meisten Menschen auslöste. Vier Zentimeter. Fünf Gramm. Ein paar Knorpel an der falschen Stelle. Es war, genau genommen, lächerlich. Die wenigen Millimeter am Mundwinkel, ein paar Falten an der Nase entscheiden darüber, ob jemand sehr schön ist oder hässlich, ob sein Leben misslingt. Wenige Millimeter. Seltsame Gesetze.

Vielleicht überlegte er an diesem Strand, an dem er auf das versandete Gesicht von Phyllis starrte, zum ersten Mal, was man an einem normalen Lebewesen wegschneiden, ergänzen, durchbohren, absaugen, auffüllen und polstern müsste, damit es wie sie aussähe.

Es war jedenfalls in dieser Zeit – zumindest stellt er es Jahrzehnte später, als es Ingrid und Phyllis längst nicht mehr gibt in seinem Leben, so dar –, in der er sich mit der amerikanischen Society of Plastic and Reconstructive Surgeons in Verbindung setzte und beschloss, sich nicht nur mit rekonstruktiver, sondern auch mit ästhetischer Chirurgie zu beschäftigen, eine Entscheidung, die ihn in den kommenden Jahrzehnten zu einem reichen Mann machen sollte.

Er reiste nach Chicago zu einem Kongress für Plastische Chirurgie und nach Boston, wo er hoffte, Phyllis wiederzusehen, die aber spurlos verschwunden war. Er traf in New York den großen alten Chirurgen Gustave Aufricht und begann dann selbst mit dem nach Aufricht benannten Instrument zu arbeiten, klappte Weichteilmäntel hoch, meißelte Höcker flach, raspelte, ließ sich von einer staunenden Schar Assistenzärzte Scheren und Häkchen reichen – »wenn die Haut abpräpariert ist«, sagte er den Studenten, »gehst du rein und hebst das Weichteil hoch, geben Sie mir jetzt bitte mal den Aufricht«. Er wurde eine Kapazität im Kampf gegen die Höckerlangnase. Mit entschlossenen Schnitten hob er die Haut der Nase vom knöchernen und knorpeligen Skelett ab, meißelte Nasenbeine durch, legte Schienenverbände an und Knorpelspäne in Sattelnasen ein.

All das, sagt er, hatte in diesen Tagen, auf der Insel, seinen Anfang genommen. Er hatte überhaupt in jenen vierundzwanzig Stunden mehr getan, entschieden – wenn man überhaupt von Entscheidungen reden kann – und erlebt als sonst in vier Monaten. Es kam ihm vor, als wäre er schon eine Woche mit Phyllis unterwegs. Es erschien ihm allen Ernstes unrealistisch, dass er Arzt war und verheiratet und – wenn man davon ausging, dass man eine einmal definierte Identität und Daseinsform nicht beliebig erweitern darf – auf dieser Insel, mit dieser Frau, nichts zu suchen hatte.

Er stellte fest (jedenfalls erzählt er das später so), dass er bisher sein Leben von Vorläufigkeit zu Vorläufigkeit hatte dahinlaufen lassen, in der Annahme, irgendwann sein von ihm selbst entworfenes eigentliches Leben beginnen zu können – bis ihm klar wurde, dass dieses eigentliche Leben offensichtlich aus den Aneinanderreihungen dieser Vorläufigkeiten und Zufälle bestand und keinerlei Entscheidungen mehr getroffen werden konnten. Er galt zum Beispiel als ein sehr guter Arzt, aber niemand (außer ihm selbst, in manisch gutgelaunten Momenten) ging ernsthaft davon aus, dass aus ihm noch ein Rockstar werden würde. Nur Ingrid wusste von diesen früheren Ambitionen und bestärkte ihn immer wieder einmal, eine Platte aufzunehmen – so wie Elvis für seine Mutter, sagte sie, ein vollkommen absurder Vergleich, für den er sie sehr liebte.

Sie nahmen den ersten Zug nach Niebüll. Sie parkten oben auf dem Autozug, das Verdeck offen, ein immobilisiertes Auto auf einem durchs Meer rasenden Zug. Phyllis schob eine ihrer Kassetten ins Radio (»Foxy Lady«, »Gimmie Shelter«), dann beugte sie sich tief in den Fußraum hinunter und drehte sich dort, windgeschützt, einen Joint. Er schaute ihr zu. Die Sonne brach durch Wolkentürme, die sich aus der Tiefe des flachen Landes über Achtrup und Sprakebüll auf die Insel zuwälzten.

»Man merkt«, sagt er, »dass das da oben Tiefland zwischen den Meeren ist; man merkt es an den Wolken, die sich auf Hunderte von Kilometern, über dem Baltikum schon, aufgetürmt haben.«

Sie wickelte sich in seinen Pullover, lehnte ihren Kopf an seine Brust und stemmte die Beine gegen die Seitenscheibe, und der Wind riss das dünne, verbrannte Papier von der Spitze ihres Joints. Er schloss das Verdeck. Im Rückspiegel wurde die Insel kleiner und diffuser im Dunst, wie eine unscharfe Erinnerung, und als er sich umdrehte, war sie verschwunden.

Bei Husum gerieten sie in eine Verkehrskontrolle. Die Polizei stand vor dem Ortsschild in der Kurve; es gab keine Möglichkeit, unauffällig zu wenden. Bellmann ließ das Fenster einen Spaltbreit hinunter, gerade so weit, dass man einen Finger hindurchstecken konnte.

»Guten Tach«, sagte der Polizist. Er hatte ein längliches Gesicht. An seiner Nase zeichnete sich ein Sonnenbrand ab. Seinem Akzent nach stammte er aus der Gegend. »Fahrzeugkontrolle.«

Hinten hupte jemand. Der Polizist richtete sich auf. Im Fenster des Wagens waren jetzt nur der Gürtel, die Pistole und das Funkgerät des Polizisten zu sehen. Dann tauchte auch der Kopf wieder auf. Bellmann schaute durch den Spalt, ihre Nasen konnten sich jetzt beinahe berühren.

»Die Papiere bitte.«

»Leider zu Hause vergessen«, sagte Bellmann.

»Aha. Und Sie sind der Herr …?«

»Bellmann. Ich bin Arzt«, sagte Bellmann, als könne die Erwähnung seines Berufs die Situation entschärfen.

»Der Herr Bellmann aus dem schönen *Hamburg*«, sagte der Polizist mit der Süffisanz eines echten Husumers, der von den beiden Endpunkten des Pendelverkehrs zwischen Westerland und Hamburg gleichermaßen wenig hielt.

»Und die junge Dame auf dem Beifahrersitz ist die gnädige Frau Bellmann, nehme ich an?«

»Ja. Das heißt, nein.«

Der Polizist schaute verblüfft, dann schnupperte er misstrauisch.

»Machen Sie doch bitte mal die Tür auf.«

»Welche Tür?«

Der Polizist legte den Kopf schief.

»Wie viele Türen haben Sie denn so im Angebot?«

»Zwei?«

»Sehr gut! Wir fangen mit der linken an. Und den Kofferraum können Sie auch gleich aufmachen.«

Im Kofferraum lag, neben einem Warndreieck, einem Feuerlöscher und einer karierten Decke, der Bunsenbrenner.

»Was machen Sie denn damit so?«

»Damit flamme ich meine Kellerbar«, erklärte Bellmann wahrheitsgemäß.

»…?«

»Ich flamme das Holz in meiner Kellerbar, damit es antik aussieht«, wiederholte er.

Ein zweiter Polizist ging um den Wagen herum und öffnete die Beifahrertür.

»Guten Morgen die Dame, einmal aussteigen und den Ausweis bitte.«

»Sie ist Amerikanerin«, sagte Bellmann, »sie spricht kein Deutsch.«
Der Polizist musterte unzufrieden den Holzpfosten, der neben dem Graben aus dem Acker ragte.
»*Ausweis, please.*«
»Herr Bellmann?«
»Ja.«
»Das ist Ihr Kraftfahrzeug?«
»Ja. Natürlich.«
»Da sind Sie sich ganz sicher?«
»…«
»Sie haben das Kraftfahrzeug nicht entwendet?«
Der andere Polizist machte sich an seinem Funkgerät zu schaffen.
»Jawohl«, rief er in das geschäftige Rauschen des Apparats hinein, »eine ausländische Person und ein Bunsenbrenner im Kofferraum.«

Bellmann erinnert sich, dass es Abend war, als sie wieder in die Stadt kamen, und dass es regnete; der Regen stürzte in Bächen neben den defekten Fallrohren über die Backsteinwände und vermischte sich im Rinnstein mit dem Ruß und dem Staub der langen Trockenperiode. Ein Krankenwagen raste über den nassen Asphalt, die flackernden Blaulichter spiegelten sich in den Scheiben. Mit dem ersten Donnerschlag wurde der Regen noch heftiger; bald konnte er nicht einmal mehr bis zur nächsten Ampel sehen. Das Wasser spritzte in Wellen aus den Radkästen der vorbeifahrenden Wagen, und die Häuser am Alten Pferdemarkt verschwanden in einer weißen Gischt.

Ihr Kleid klebte am Körper, als sie ihre Wohnung erreichten. Die anderen waren verschwunden, Bellmann und sie waren allein. Draußen trommelte der Regen lärmend auf Dinge aus Blech; der Himmel hinter dem Fenster war dunkelgrau. Als er aus dem Bad ins Zimmer trat, saß sie in ein Handtuch gewickelt auf dem Bett. Ihr Haar war nass und immer noch voller Sand. Ihr Zimmer war sehr klein, vom Bett aus konnte man das Fensterbrett berühren. Ihr Bett war aus Gusseisen, daneben standen ein Holztisch und zwei hohe alte Stühle; die Einrichtung erinnerte ihn an einen Cowboyfilm, den er einmal in Mannheim gesehen hatte. Er dachte an das kleine, mit Antiquitäten vollgestopfte Zimmer seiner Mutter. Phyllis legte eine Platte von Leonard Cohen auf, dann hockte sie sich im Schneidersitz in einen Berg von Kissen und schlug zweimal mit der flachen Hand auf die Bettdecke neben sich, so, wie man einen Hund herbeiruft.

Als er nachts aufwachte, hörte er die Kräne im Hafen heulen. Phyllis lag quer auf ihrem Bett; es war heiß, ihr rechter Arm ragte ausgestreckt über die Bettkante und umklammerte einen Zipfel der Bettdecke; so, wie sie dalag, erinnerte sie ihn an eine umgekippte Freiheitsstatue. Es war seine zweite Nacht mit ihr, er wusste, dass sie morgens im Halbschlaf ihr Haar wie eine Gardine vor ihr Gesicht zog, um sich vor dem Tageslicht zu schützen.

Zum Frühstück aßen sie Dinge, die sie von zu Hause mitgebracht hatte, Buttermilk Flapjacks, Vermont Maple Syrup, Produkte des ländlichen Amerikas, und er dachte kurz daran, wie es wäre, mit ihr in einem weißen Farmhaus in Vermont am Ufer des Champlainsees zu leben. Er sagte es ihr, sie lachte und schaute ihn an und sagte, während sie kaute, das wäre ganz bestimmt sehr schrecklich.

Als er nach Hause kam, war Ingrid nicht da. Er ging in den Atombunker, legte eine Platte von Pat Boone auf und schenkte sich einen Bourbon ein.

Er holte einen Karton mit Fotos aus dem Schrank. Er hat viele Fotos, die er in einer Schachtel im Keller aufbewahrt – Bilder, die ihn mit Freunden zeigen, bei Tanzwettbewerben, mit Pokalen, als Student mit Bierhumpen auf dem Oktoberfest, mit verschiedenen Mädchen. Auf den Fotos hat er immer den gleichen Gesichtsausdruck: in Falten gelegte Stirn, ein Blick, der Unbestechlichkeit signalisieren soll, leicht geöffneter Mund, Zigarette im Mundwinkel. Über die Jahre ist sein Gesicht auf den Fotos älter geworden, man könnte ein Daumenkino aus diesen Bildern basteln, dann würde, neben einem Sturm aus blonden, roten, dunklen Haaren, sein Gesicht in Sekundenschnelle verfallen, im Handumdrehen würden die Wangen knochiger, der Haaransatz lichter werden. Er versuchte, sich an Namen zu erinnern; einige waren ihm entfallen. Er überlegte, was diese Frauen jetzt wohl taten – einige waren sicher verheiratet; was wäre, wenn er sie jetzt anrufen würde? Neben dem Kasten mit den Fotos lag sein alter Teddybär, ein letztes Geschenk seines Vaters; der Bär war eingestaubt, er hatte, als Bellmann zum Studium ausgezogen war, noch lange bei seiner Mutter im Wohnzimmer auf dem Sofa gesessen; seit ihrem Umzug lagerte er hier. Dem Bären fehlte eins seiner beiden Glasaugen, er hatte es damals beim Gedränge in einem Luftschutzkeller verloren.

Später fuhr er ins Krankenhaus. Im Aschenbecher des Autos fand er den halb gerauchten Joint, Phyllis musste ihn dort vergessen haben. Er nahm den Stummel andächtig an sich, wickelte ihn in ein Tuch und steckte ihn in die Tasche seines Mantels. Als die Kollegen auf seinem Flur gegangen waren, rauchte er ihn am offenen Fenster. Er bekam ihm nicht.

Bellmann versuchte, den Vortrag eines befreundeten Kollegen zu lesen, aber die Bilder und Fachbegriffe drehten sich wie ein Ventilator in seinem Kopf und richteten ein unfassbares Durcheinander an, er sah die Worte *Recessus infundibularis, Hypophysialis superior, Nucleus basalis* vor sich kreisen, dann seine Frau im Bademantel, ihr platinblondes Haar, das in der Sonne leuchtete; die kortikomediale Gruppe, Phyllis' ironische Augenbrauen; die basolaterale Gruppe hat Faserbeziehungen mit der präpiriformen und entorhinalen Rinde; ihre Brust, die sich im Schlaf hob und senkte, ein Bein, das aus dem Bett heraushing, ihre vom Schlaf leicht gerötete Wange; das Corpus amygdaloideum ist reich an peptidergen Nervenzellen, im Nucleus centralis ist vor allem Enkephalin und Corticoliberin nachzuweisen. Er dachte an Ingrid, wie sie eine Torte aß, er sah Ingrid einen Nistkasten für Vögel basteln und sich mit einem Hammer auf den Finger schlagen – wie sie sich mit dem blutenden Finger durchs Haar fährt und wie das Blut eine rote Spur auf dem platinblonden Haar hinterlässt –, sah dann wieder Phyllis, wie sie am Strand ins Wasser rennt, die aktive kortikomediale Kerngruppe donnerte durch seinen Kopf, die verkümmerte laterale Kerngruppe schob sich zwischen unscharfe Bilder verschiedener Frauen, er spürte eine eigenartige Rührung, dann drehte das Wort Amygdala eine Sonderrunde und trat in der Gestalt von Phyllis wieder auf, Amygdala, die Schöne, die unter dem Busch sitzt, in dem die Zikaden in der Mittagshitze herumlärmen, Tochter des mandelkernäugigen Rinencephalon, Blitze zuckten am Ende der Galaxien, grünlich leuchtender Strom zischte über seine Netzhaut …

Er war vollkommen hinüber.

In der Stille seines Zimmers im vierten Stockwerk eines langgezogenen Krankenhausseitentrakts, versteckt hinter einem Lamellenvorhang, einem orientierungslos durch den Raum schlingernden Gummibaum und einem braunen Couchtisch, packte ihn die Panik, er sei dabei, verrückt zu werden, aber als er schließlich aus einem unruhigen Dämmer erwachte, deutete nichts darauf hin, dass sich etwas verändert haben könnte. Die Sonne war gesunken, die Dächer der Stadt lagen unter einem farblosen Abendhimmel.

Er brachte die Fotos, die er auf der Insel gemacht hatte, zum Entwickeln und kaufte sich Leonard Cohens *Songs from a Room*, legte sich aufs Sofa, und Leonard Cohen sprach wie ein Arzt, wie ein Vater, mit einer warmen, sanften Stimme auf ihn ein, *whatever you give me, I seem to need so much more / Just win me or lose me / It is this that the darkness is for.*

Als er aufwachte, hörte er das Vadummvadummvadumm der Nadel, die in einer Rille am Ende der Platte festhing. Draußen war es dunkel. Die Kühe standen, in verschiedene Richtungen schauend, über das Feld verteilt. Er legte das Duett aus Händels *L'Allegro, il Penseroso ed il Moderato* auf. Dann musste er sich übergeben, stolperte zur Garage, startete den Mercedes, fuhr drei Stunden lang sinnlos durch die Gegend und hörte ein paar alte Elvis-Presley-Kassetten. Danach ging es ihm besser.

Am nächsten Tag bekam er die Fotos. Leider war Phyllis, die deutlich kleiner war als er, nur auf drei Bildern zu erkennen; auf den anderen sah er nur ihren Haaransatz, darüber sein eigenes, von einem hilflosen Grinsen verzerrtes Gesicht: ein Mann, der sinnlos gute Laune hat, mit einem schiefen Kirchturm im Hintergrund. Er warf diese Bilder weg; die anderen drei (zwei zeigten sie schlafend) versteckte er im Serviceheft des Mercedes (wenn es einen Ort gab, an dem Ingrid nicht nachschaute, dann dort).

Er rief Phyllis an; sie war nicht da. Sie war auch nicht im Krankenhaus.

Ingrid kam wieder, und alles war wie immer. An den Wochenenden fanden Gartenpartys statt, er öffnete Chiantiflaschen und stellte kleine Tische zwischen die Liegen im Garten, sie machte Kartoffelsalat und Kassler und belegte Brötchen mit Schinken und halben Eiern und strich Heringspaste unter die Anchovis, er setzte eine Pfirsichbowle an und schenkte an der Bar, die nur durch eine gläserne Schiebetür vom Pool getrennt war, Gin Tonic, Whiskey Sour und Wodka aus, und Ingrid trank mit ihren Freundinnen Eierlikör. Er warf den Grill an und sah den Flammen zu und fühlte sich wie das Kotelett, das auf dem Rost gar wurde; er grillte sich selbst. Manchmal stolperte seine Mutter durch das Chaos im Garten, ergatterte ein Stück Fleisch und zog sich wieder in ihr Zimmer zurück. Die Musik lief bis spätnachts.

Es kamen jetzt, wie bei einer öffentlichen Attraktion, die sich allmählich herumspricht, immer mehr Menschen zu den Bellmanns. Man wurde nicht eingeladen; man kannte jemanden, der jemanden kannte, der den Arzt kannte, und ging einfach hin. Nie gesehene Nachbarinnen betraten laut rufend das Haus, ihre runden Gesichter waren bemalt wie Bauernschränke. Ein verschlagen aussehender Mann schob eine Frau durch die Terrassentür, ihre Frisur war zu einem Minarett aufgedreht und mit einer Sprühsubstanz befestigt, sie erinnerte an einen mit Klebstoff überschütteten Uhu. Hinter der Frau trafen zwei dicke Herren ein, die umständliche Erklärungen, ihre Anwesenheit betreffend, abgaben – Neugierige aus dem Ort vielleicht. Woher kamen all diese Menschen? Er hörte bellende Stimmen, spitzes Gekicher, klirrende Gläser. Er sah lächerlich schmale Herrenschuhe, die am Rand des Pools den Takt eines Foxtrotts mitklopften. Er erkannte einen Mann, der für die Pfälzischen Plastic-Werke Frankenthal arbeitete und über ein Produkt namens »Pegulan« sprach; er war schon öfter hier gewesen, er war der Lebensgefährte der Freundin einer Freundin seiner Frau, so etwas. Der Pegulan walzte durch den Garten und redete über seine Arbeit, Bellmann hörte die Worte »abwaschbar« und »phantasievolle Muster«. Er wanderte durch sein Wohnzimmer wie durch eine unbekannte Steppenlandschaft. Ein schwitzender Mann, der Ingrid in den Arm nahm, flüsterte ihr Dinge zu, und Ingrid nickte und lachte und warf den Kopf in den Nacken und trank ihren Martini in einem Zug aus. An der Stereoanlage, einer Blaupunkt-Hi-Fi-91, hatte sich ein Langhaariger breitgemacht und durchwühlte die Plattensammlung. Jemand trat ein und stellte sich höflich vor, sein Vorname sei Wolf Dieter. Der arme Mann, dachte Bellmann, wie man ein Kind nur Wolf nennen kann, aber so hießen diese Leute, all die ganzen germanischen Blut-und-Stahl-Namen, Gernot und Gisela Giselher und Hartmut, Hartwig und Rolf und Wolf Dieter. Ebenso gut hätten sie ihn Hirsch Horst oder Kater Karsten nennen können, kein Wunder, dass sich alle irgendwelche Phantasienamen gaben, wenn sie Künstler wurden.

Es waren seltsame, ausufernde Feste, sagt Bellmann. Die Cousinen von Ingrid begannen, ihre Freunde mitzubringen, die wiederum ihre Kollegen mitschleppten, jedes Wochenende fuhren überladene Autos vor und entluden amüsierwillige aufgekratzte Horden, jemand kreischte, irgendwo knallte eine Flasche auf den Boden, draußen war einer über den Rasenmäher gestolpert und durchwühlte jetzt den Badezimmerschrank nach Pflastern, die Musik war zu laut, es war zu heiß. Der Pegulan saß in Bellmanns Lieblingsstuhl, einem Sessel von Knoll International, der auf drei filigranen Beinen balancierte. Der Pegulan war dick und hatte kurze Beine, die knapp über dem Boden baumelten, während er seinem Gegenüber mit ausufernden Handbewegungen die Schwierigkeiten der Schlacht am Montemajur darlegte. Kurz vor Rommels entscheidendem Durchbruch brach das hintere Stuhlbein ab, und die intakten vorderen Beine des Sessels verhinderten, dass der Pegulan wieder hochkam. Ein paar Leute zerrten ihn aus der Ecke, der zerstörte Stuhl wurde unter großem Gelächter an die

Wand geschoben und das abgebrochene Bein neben den Käseteller gelegt. Auch Hancock war da, er trug einen schmalen Schlips mit einem Muster, das an das Störbild im Fernsehen erinnerte. Bellmann trank nacheinander ein Pils, zwei Wodka und einen Slibowitz, Cherry und Bourbon; dann legte er, weil er wusste, dass Hancock ein miserabler Tänzer war, einen schnellen Foxtrott auf und zog seine Frau auf die Terrasse; sie tanzten, bis alle Gäste gegangen waren.

Es wurde Herbst; es gab Tage, an denen der Sommer noch einmal zurückzukommen schien, aber dann verfärbte sich das Laub an den Bäumen, die Fliegen wurden träger und flogen gegen die Scheiben und lagen morgens tot auf der Fensterbank. Er traf Bernd, der viel Bier trank und ihn mit traurigen Augen anschaute. Zum Abschied drückte er ihn lange an seine schlechtrasierte Wange.

Phyllis meldete sich nicht, in ihrer New Yorker Wohnung ging nur ein bekiffter Mensch ans Telefon, der nicht einmal sagen konnte, wie er selbst hieß, geschweige denn, wo Phyllis steckte. Bellmann gab es schließlich auf. Er arbeitete. Er tastete ab, verschrieb, dozierte. Er hielt Vorträge über die Geschichte der simultanen intranasalen Korrektur des vorderen Septums und der Abtragung von Höckern, er diskutierte mit Zahnärzten die operative und orthopädische Behandlung von Patienten mit Gesichtsfehlbildungen, und nach der Arbeit, bevor er nach Hause fuhr, saß er in der Tiefgarage und holte das Foto von Phyllis aus dem Serviceheft. Sie erinnerte ihn an etwas, aber er wusste nicht, woran.

In diesen Tagen ging er nachts, wenn es schon kühl war, zur Garage und fuhr durch die Stadt, ohne Ziel, er fuhr nur und schaute und tankte Benzin nach und dachte an Phyllis. Sie gab jedem nur eine Chance; es waren zu viele, die sie kennenlernen wollten, sie war zu neugierig, sie hatte keine Zeit für Neuauflagen. Er rettete sich in Gedanken zu Ingrid, die immer bei ihm war, und dann, als er es fast geschafft hatte, schob sich, wie in einem kaputten Filmprojektor, Phyllis' Bild hinter, über und in das von Ingrid: Er dachte an Phyllis' Haar und an Ingrids helle und nasse und frierende Haut, die beiden Frauen verschmolzen zu einer einzigen, und er wusste nicht, was er tun sollte.

Einmal noch rief Phyllis ihn an, abends, als er zu Hause war. Sie hatte in Philadelphia in einem Krankenhaus einen Job bekommen.

Er war auf diesen Anruf nicht vorbereitet gewesen; wochenlang hatte er sich ausgemalt, was er sagen würde, wenn sie sich meldete, wie er ihr großzügig ihr mehrmonatiges Schweigen verzeihen würde, aber jetzt hatte er auf dem Sofa vor dem Fernseher geschlafen und sprach mit belegter Stimme, er wunderte sich selbst über diese Stimme, die so tat, als gehörte sie jemand anders, er hörte sich »great« und »really« krächzen, so, als schwebe er oben links über sich selbst, und in seinen Ohren vermischte sich das Rauschen des Blutes mit der Stimme am anderen Ende, mit dem Klicken eines aufgelegten Hörers, mit der kalten anderen Stimme hinter ihm: Wer das jetzt wieder gewesen sei, um diese Uhrzeit. Ingrid stand im Flur, sie trug weite Pyjamahosen, ihre Haare standen ihr vom Kopf ab. »Ein Kollege aus Philadelphia«, sagte er.

Ein Jahr später trennten sie sich. Ingrid heiratete einen Mathematikprofessor, mit dem sie Zwillinge bekam, und zog nach Heidelberg. Bellmanns Mutter zog in eine Seniorenresidenz.

Bellmann erinnert sich kaum noch an diese Zeit, nur an den 16. August 1977 und daran, was an diesem Tag geschah. Er war lange im Krankenhaus gewesen, ein paar Brüche mussten operiert werden, keine komplizierten Sachen, trotzdem hatte es zu lange gedauert. Als er vom Gelände fuhr, spielten sie auf AFN ein paar Songs von Elvis. Es war der Sommer von Disco und der Sommer des Terrors, Jürgen Ponto war erschossen worden, im Radio brachten sie Interviews zur Sicherheitslage der Nation, danach spielten sie normalerweise »Lay Back In The Arms Of Someone« oder »Yes Sir, I Can Boogie«, aber nicht Elvis.

Bellmann freute sich, er zirkelte den offenen Wagen im Takt um die Kurven, aber dann brach die Musik ab, und eine Stimme sagte, dies hier sei eine Sondersendung für den King (der Sprecher sagte mehrfach King statt Elvis; das Wort klang, als falle ein Löffel auf den Boden), denn der King sei tot: Herzstillstand durch zentrales Versagen der Atemorgane. Bellmann bremste und stellte den Motor ab. An einem Alleebaum verblasste ein altes Wahlkampfplakat der CDU; »Freiheit statt Sozialismus« stand dort, daneben zeigte ein anderes Plakat Helmut Schmidt; Bellmann sah die Konturen seiner helmartigen, asymmetrischen Frisur, während der Moderator noch zwei- oder dreimal »King« sagte und dass der King tot sei.

Er blieb allein im Bungalow. Blätter fielen, Schnee trieb vorbei, zwei Jahre vergingen. Sein Freund Bernd starb an einem Herzinfarkt. Der Mercedes bekam ein paar Rostflecken, an dem Riss im Lederpolster des Beifahrersitzes bildete sich ein brauner Rand.
Einmal noch rief er das Krankenhaus in Philadelphia an. Er verlangte nach Phyllis. Sein Anruf wurde verbunden und zurückgestellt und noch mal verbunden, schließlich hörte er die Stimme eines Mannes, der ihm erklärte, es gäbe keine Phyllis.

Das war wann? Anfang der achtziger Jahre. Vor dreißig Jahren.
Jetzt sitzt Bellmann in seinem Sessel in seiner Privatpraxis, das Telefon klingelt, man hört eine aufgeregte Stimme aus der Muschel scheppern – Bellmann nickt verständnisvoll, räuspert sich, dann Arztstimme, Patienten- und Kollegenberuhigungsbass: Wenn die Frau gebotoxt sei, falle die Faltenbildung auf, da müsse man dann noch ein bisschen Botox setzen, um die muskuläre Spannung zu reduzieren, dann werde das Gesicht wieder gerade. Auflegen, Entschuldigung, ein junger Kollege – weiter erzählen von damals: von den ersten Patientinnen, die mehr Schwung in ihre Nase bringen wollten, das sei so eine Mode gewesen, sagt Bellmann, in den siebziger Jahren wollten sie alle Stupsnasen haben, er selbst habe immer den geraden Nasenrücken bevorzugt, aber er könne natürlich auch anders.

Der Herbst war ungewöhnlich kühl. Im Radio spielten sie Donna Summers »I Feel Love«, das Lied, das die dunklen achtziger Jahre einleitete, das Jahrzehnt des Waldsterbens und der Atomangst und der Reaganomics, das Zeitalter von Aids. Bellmann lernte eine Frau kennen, bekam zwei Kinder mit ihr und kaufte sich einen großen BMW. Der Mercedes staubte in der Garage ein, und wenn er ihn morgens dort sah, erschien er ihm wie ein Ausblick auf etwas, das es nicht mehr geben würde. Schließlich verkaufte er auch ihn.

1981 eröffnete er mit zwei Kollegen eine Spezialpraxis für kosmetische Chirurgie und verdiente viel Geld damit. Es hieß bald, er habe eine spezielle Handschrift. Vielleicht war das so; vielleicht versuchte er aber auch nur, mit jedem Schnitt in ein Stück Haut, in die knorpelige Masse einer Nase, Phyllis wiederzufinden.

1980
Der Brief

Kilometerstand 065 030

Kurz nachdem er sich den Mercedes gekauft hatte, bekam Antonio Comeneno einen Brief. Jemand, der sich Onkel Pepo nannte, empfahl ihm eine Versicherung. Ärgerliche Dinge seien in letzter Zeit passiert, er mache sich als Onkel, auch wenn er ihn leider nur selten sehe, große Sorgen und wolle ihm die Police sehr ans Herz legen; zwei seiner Mitarbeiter würden ihm gern die notwendigen Unterlagen persönlich ins Restaurant bringen.

Was ist das für ein Quatsch, dachte Comeneno, ich habe ja gar keinen Onkel Pepo.

Ein paar Wochen später tauchten zwei Jugoslawen in seinem Lokal auf. Sie hatten teigige Gesichter und trugen dasselbe Sonnenbrillenmodell. Comeneno fragte, ob sie etwas zu Mittag essen wollten. Der linke Jugoslawe verneigte sich höflich und erklärte, leider hätten sie keine Zeit, sie würden nur schnell die mit Onkel Pepo – an dieser Stelle hob der rechte Jugoslawe kurz den Zeigefinger in die Luft, als wolle er so auf die Existenz eines solchen Onkels hinweisen – vereinbarte Summe entgegennehmen; danach müsse man leider weiter. Der linke Jugoslawe beugte sich leicht vornüber und flüsterte Comeneno eine Zahl ins Ohr, der rechte Jugoslawe murmelte etwas. Die Küchenjungen waren im Gefolge des Kochs hinter dem Holzofen hervorgekommen und verfolgten erstaunt, was sich im Lokal tat. Der linke Jugoslawe hatte dunkles Haar und ein Doppelkinn, das zur Hälfte in seinem Hemdkragen verschwand; die starke Behaarung seiner Unterarme reichte bis auf die Handrücken, die in kurze Finger übergingen. An seinem linken Handgelenk prangte eine metallisch glänzende Digitaluhr. Er schwitzte. Comeneno packte ihn und schob ihn, so wie man einen Braten in den Ofen schiebt, aus dem Lokal. Der rechte Jugoslawe wich erschrocken zurück. Zum Abschied fuchtelte er bedrohlich mit der Faust, als er in den lindgrünen Audi stieg, der auf dem Gehweg parkte.

Zwei Wochen später wurden nachts die Scheiben des Restaurants eingeworfen; in den Holztresen der Bar ritzte jemand das Wort Pepo; das Messer ließ er senkrecht daneben stecken. Die Polizei nahm den Fall auf und hinterließ ein umständlich formuliertes Protokoll, eine Telefonnummer für Notfälle und zwei halbherzig angebissene Calzone.

Ein paar Wochen später sah Comeneno den linken Jugoslawen am Imbiss von Mallorca-Walter in Waldtrudering wieder. Er trug eine braungetönte Sonnenbrille und aß eine Wurst. Neben ihm lehnte, mit seinen kurzen Armen in der Luft rudernd, Mallorca-Walter. Er hatte in seinem früheren Leben einen Nachtclub in Palma besessen und wurde noch heute so genannt, obwohl er sein ganzes Geld in einem undurchsichtigen Immobiliengeschäft verloren und drei Jahre in Haft gesessen hatte. Jetzt arbeitete er in der Imbissbude seiner Lebensgefährtin Trudi; nur seine ledrige Haut, die alte, goldverzierte Sonnenbrille, die er mit Tesafilm repariert hatte, und sein Hang zu teuren Zigarren erinnerten an die Tage, als er in einer gelben Corvette durch die Calle Conquistador gerollt war. Als der Jugoslawe Comeneno sah, brach er zügig auf, und Mallorca-Walter zog seinen runden, halslosen Kopf, der auf seinem Körper saß wie eine Schraube, die man zu weit ins Holz gedreht hatte, noch weiter ein und sagte, er wisse nicht, wer das gewesen sein könnte.

Danach passierte ein halbes Jahr nichts.

Als schließlich der Anruf kam – so erzählt es jedenfalls sein Sohn Daniele heute –, saß Comeneno auf dem Holzhocker hinten in der Küche, so wie er immer dasaß, wenn er nach der Arbeit etwas getrunken hatte, leicht nach vorn geneigt, als könne er nur dadurch verhindern, unkontrolliert nach hinten umzukippen. Der Anrufer hatte eine eigenartige, tonlose Stimme, er sprach so schlecht Deutsch, dass Comeneno ihn fast nicht verstehen konnte und probehalber etwas auf Italienisch in den Hörer hineinschrie, in der Annahme, der andere sei vielleicht einer seiner ehrgeizigen Cousins aus Sant'Arpino, die seit ein paar Jahren in Deutschland waren und sich grundsätzlich auf Deutsch meldeten, auch wenn sie wussten, dass am anderen Ende der Leitung ein Italiener saß. Der Anrufer stutzte daraufhin kurz, er verstand offensichtlich kein Wort Italienisch und setzte den ursprünglichen Plan, seine Botschaft in dem ihm zur Verfügung stehenden Deutsch vorzutragen, fort: Die Lokale der Stadt hätten sich angesichts der zunehmenden Gewalttätigkeiten in der Welt zu einem Solidaritätsverband des »heiligen Beschützers« zusammengeschlossen. Für diesen wolle ein Komitee demnächst ein paar Spenden einsammeln, und es sei empfehlenswert, diesen freundlichen und um das Wohlergehen aller besorgten Herren das Geld in bar auszuhändigen, weil man sonst tatsächlich Gefahr laufe …

An dieser Stelle hängte Comeneno ein, schloss das Lokal ab und trat vor die Tür. Die Luft, die aus den Bergen kam, war eiskalt und frisch. Es schneite; auf dem Autodach lag ein weißer Flaum.
Als er heimfuhr, hatte er das Gefühl, verfolgt zu werden. Er gab Gas, der Wagen brach auf dem Neuschnee ein wenig mit dem Heck aus, beschleunigte dann aber mit einem gleichmäßigen Brummen bis auf achtzig Stundenkilometer. Als Comeneno sich umdrehte, war die Straße hinter ihm leer.

Sein Haus lag im Dunkel der Tannen und warf einen blauen Schatten in den verschneiten Garten. Eiskristalle funkelten an der Dachrinne. Er schloss den Wagen ab, stellte seine nassen Schuhe in den Windfang und stieg die alte Holztreppe hinauf zu den Schlafzimmern.

Carlotta, seine Tochter, war oft krank in diesem Winter. Nachts wachte er davon auf, dass sie hustete. Ihre Haare – dichtes, lockiges Haar, das sie von ihrer Mutter geerbt hatte – standen in alle Richtungen ab. Manchmal, wenn sie nachts wach wurde, suchte sie ihn; er hörte das leise Klatschen ihrer Füße auf dem Parkett und das Schleifen der Bettdecke und des Stoffhasen, die sie hinter sich herzog. Er ging dann in die Küche, schaltete das Radio an und machte ihr eine heiße Milch mit Honig, und während das Mädchen verschlafen am Sendersuchlauf des Radios drehte, schälte er ihr Apfelsinen, von denen er die Haut und die feinen weißen Fäden entfernte, bis sie tieforange und wässrig leuchteten. Im Radio liefen schlechte Countrysongs für Lastwagenfahrer, Lieder darüber, dass zu Hause weit weg und die Autobahn endlos ist. Irgendwann schlief sie auf seinem Arm ein, und er trug sie in ihr Bett zurück, legte ihren Stoffhasen, den sie »Positano« genannt hatte, neben sie und deckte beide zu. Im Schlaf griff das Mädchen nach dem Stofftier und presste es an sich. Im Mondlicht sah sie sehr blass aus.

Sie war zu dünn, dachte er oft, sie müsste mehr essen. Manchmal ging er mit ihr über den Christkindlmarkt und kaufte ihr an einem Stand Bratwurst mit Ketchup und Granatäpfel und Lebkuchenherzen, den ganzen Kram, aber sie aß kaum etwas davon; sie mochte nur Pasta. Manchmal gingen sie zum großen Teich im Englischen Garten und fütterten die Enten; sie hatte den Tieren Namen gegeben und rief sie ihnen über das Wasser zu.

Er hatte vier Kinder – das Mädchen und drei Jungen, die ihm unter den Händen weggewachsen waren: Tommaso, der älteste, war schon achtundzwanzig und lebte in Belgien, die beiden jüngeren hießen Daniele und Francesco. Daniele war achtzehn und machte Abitur auf einem englischen Internat; wenn er zu Besuch war, trug er die Hände tief in den Hosentaschen, und seine Jacke beulte sich über der Innentasche, wo er Tabak, Papers, diverse Feuerzeuge und den Schlüsselbund hineingestopft hatte; er hatte lange Haare und verbrachte den Tag damit, auf seinem Zimmer Bob Marley zu hören. Francesco war sechzehn. Ihn hatte Comeneno nach zwei Schulverweisen für ein Jahr zu seinen Verwandten nach London geschickt, wo er in der Pizzeria eines Onkels gelernt hatte. Jetzt half er im Lokal seines Vaters mit.

Comenenos Frau stammte aus Briatico, einem Dorf am Golf von Sant'Eufemia. Mit siebzehn war sie schwanger geworden und deswegen von ihrer Familie zu übellaunigen Verwandten auf einen Bauernhof in den Bergen bei Rogliano verbannt worden. Von dort war sie nachts geflohen und hatte sich, nachdem auch ihr Freund nichts mehr von ihr wissen wollte, per Anhalter bis nach Neapel durchgeschlagen, wo sie im Hafen in einer der großen Hallen arbeitete, Fische ausnahm, sie in Styroporkisten verpackte und, während ihr Bauch immer sichtbarer wurde, Geld für das Kind und für ein Ticket nach Amerika sparte. Comeneno hatte sie kennengelernt, als er damals seine Familie in Neapel besuchte. Sie kam zu ihm nach Deutschland. Im Herbst machte er ihr auf dem Oktoberfest in einem Bierzelt zwischen zwei halbleeren Paulanerhumpen einen Heiratsantrag und ging am nächsten Tag in das Kapuzinerkloster, das in der Nähe seines Restaurants lag, um das zu tun, was seine Freundin schon getan hatte, nämlich die Beichte abzulegen und die notwendigen Vorkehrungen für eine Hochzeit zu treffen.

Der Mönch, ein Mann mit stechenden grünen Augen, wie er hinter dem Holzgitter des Beichtstuhls erkennen konnte, weigerte sich, ihm die Absolution zu erteilen; die Frau, die er heiraten wollte, sei bereits schwanger, daher –

»Aber jetzt werde ich sie ja heiraten«, sagte Comeneno, dem es nach einer viertelstündigen Belehrung in dem kalten, dunklen Beichtstuhl unbequem wurde.

»Nein«, beharrte das gerasterte Gesicht auf der anderen Seite des Beichtstuhls. »Es ist eine so schwere Sünde, ich kann dir die Absolution nicht erteilen.«

»Aber ich habe gar nicht gesündigt.«

Durch das Gitter des kleinen Fensters drang ein verblüfftes Schnaufen.

»Das Kind ist nicht von mir. Und meiner Frau habt Ihr die Absolution erteilt.«

Der Pater holte Luft. Dann steckte er seinen Kopf kurz aus dem Beichtstuhl und begann, während seitlich Licht durch die braunen Filzvorhänge des Beichtstuhls fiel und seine abstehenden Ohren zum Leuchten brachte, als sei er ein Abgesandter der Konkurrenz, leise zu schimpfen; dies sei nun völlig ungeheuerlich, murmelte er, das könne man nicht mit ihm machen, eine solche –

»Wir heiraten nächste Woche«, sagte Comeneno, dem mittlerweile die Knie weh taten, »also brauche ich jetzt die Absolution.«

»Tut mir leid. So einfach geht das nicht.«

»Dann werden wir in wilder Ehe leben und das Kind nicht taufen lassen.«

Das gerasterte Gesicht erschien wieder hinter dem Holzgitter. Der Pater begriff, dass dieser Italiener dort notfalls auch gut ohne Absolution leben könnte. Schließlich siegte die Sorge um das Seelenheil des ungeborenen Kindes; der Pater erteilte Comeneno die Absolution, aber es klang wie ein verklausulierter Fluch.

Sie heirateten zwei Monate vor der Geburt. Comeneno war vierundzwanzig damals; seit drei Jahren lebte er in München, wo er den Obstimport seines Vaters leitete. Sie nannten den Jungen Tommaso und gewöhnten sich an das Leben in Deutschland. Ein paar Jahre später gab Comeneno den Obsthandel auf und eröffnete sein erstes Restaurant, ein kleines, sehr erfolgreiches Lokal im Norden der Stadt.

Seine Frau brauchte jetzt eine Brille, was er auf das trübe Licht in den Wintermonaten zurückführte, in denen es schnell dunkel und oft tagelang überhaupt nicht hell wurde. Das Wetter machte sie traurig; abends, wenn der Junge schlief, wickelte sie sich eine Wolldecke um die Beine und schrieb lange Briefe an ihre Familie, die sie nie abschickte. Er kochte ihr Tee und neapolitanische Gerichte, die sie in einem erstaunlichen Tempo verschlang. Er schaute ihr dabei zu; sie war noch blasser geworden, seit sie in Deutschland lebte, und dünner; um ihre Augen hatten sich Ringe gelegt, als habe jemand sie ihr mit Asche dort hingemalt.

Die Geschichte von Comenenos Restaurants ist die Geschichte einer Erziehung des deutschen Gaumens. Er kannte die Deutschen, seit er klein war. Als Kind hatte er die deutschen Besatzer erlebt und später die Touristen, die im Restaurant seines Onkels aßen. Sie kannten nichts und liebten alles. Pizza mit verbrannter Kruste? Zu schwarz, klagten die Einheimischen und ließen mit einem *Was-ist-Madonna!-eigentlich-in-eurer-Küche-los* die verkokelte Pizza zurückgehen. Aber die deutschen Gäste mochten auch verbrannte Pizza. Sie riefen: »Italienisch kross, wunderbar, danke!« Die deutschen Touristen waren großartig, und Comeneno konnte sich nichts Besseres vorstellen, als nach seiner Schulzeit auf einem schweizer Internat (der Vater, ein angesehener neapolitanischer Obst- und Gemüsehändler, wollte ihn zu einem international erfolgreichen Gemüsemagnaten machen) nach München zu gehen.

Comeneno hatte ein Gefühl für das, was die Deutschen mochten. Schon als Obsthändler, wenn er frühmorgens an seinem Stand in den Großmarkthallen an der Thalkirchner Straße saß, registrierte er genau, was gekauft wurde; er machte italienischen Blumenkohl zu einem Verkaufsschlager, stand früher als alle anderen auf und nahm Tonnenladungen apulischer Frühkartoffeln entgegen, er war der Gigant der Gemüsewaggons. Er lernte mehrere Verkäuferinnen und Großhändlerstöchter kennen, deren derbe bayerische Art ihn verschreckte, und war heilfroh, in den Markthallen von Neapel ein Mädchen zu treffen, das weniger teutonisch wirkte. Er liebte seine Frau; er behandelte sie wie eine tropische Pflanze, die man in einer zu kalten Gegend der Welt angesiedelt hat, und lief ständig mit Decken und Hausschuhen hinter ihr her, von der Küche ins Wohnzimmer, ins Kinderzimmer, zurück in die Küche, als fürchtete er, sie könne in der kalten deutschen Luft eingehen.

Es gab zwar schon einige italienische Restaurants in der Stadt – darunter eine Osteria, die sich als Lieblingsrestaurant von Adolf Hitler einen schlechten Namen gemacht hatte und insgesamt eher unitalienisch aussah –, aber das, was er in seinem Lokal veranstaltete, hatte man in München noch nicht gesehen.

Das Angebot der bisherigen italienischen Restaurants beschränkte sich hauptsächlich auf Pizza, Lasagne, Spaghetti carbonara und bolognese. Comeneno begann, den deutschen Geschmackssinn herauszufordern. Auf seiner Pizzakarte standen halluzinatorische dreiunddreißig Sorten – darunter eine Lachs-Kaviar-Pizza und eine Pizza Cozze, die er schnell in Pizza Frutti di Mare umbenannte. Die Geschäfte liefen so gut, dass er schon nach zwei Jahren ein zweites und 1979 ein drittes Restaurant eröffnete. Sogar Luciano Pavarotti kam mit Freunden, die die gesamten Vorräte des Restaurants an einem Abend vertilgten; Pavarotti selbst aß, aus Gewichtsgründen, allerdings nur gedünsteten Fisch.

In seinen Restaurants versammelte sich ein wohlhabendes Publikum – Rechtsanwälte, Waschstraßenbesitzer, Baufirmeninhaber und Philosophiedozenten, die Italien liebten und sich gerne in einem fehlerhaften, aber umso leidenschaftlicheren Italienisch mit den Kellnern unterhielten. Dieses Publikum wollte gastronomisch unterhalten werden, deswegen führte Comeneno Farfalle ein und Fenchel und verwirrte deutsche Geschmacksnerven mit überbackener Aubergine und Sambucca. Die Gäste betraten das Restaurant mit abenteuerlustigen Blicken und lasen die Karte, als sei sie der Vorbote einer unbekannten Welt.

Es gab allerdings auch Fehlschläge. Ein Stammgast übergab sich nach dem Versuch, echten Büffelmozzarella zu essen; der säuerliche Geschmack löste auf deutschen Zungen den gleichen Alarm aus wie sauer gewordene Milch; so wie der erste Wein, die erste Zigarette und der erste Roquefort völlig ungenießbar erscheinen, war die deutsche Reaktion auf echten Mozzarella verheerend. Erst der milde Kuhmilchmozzarella schaffte es Mitte der achtziger Jahre, zusammen mit aufgeschnittenen Tomaten, zum kulinarischen Ausdruck italienischer Lebensart zu avancieren. Trotzdem war die Zeit gut für italienische Lokale. Die bisher vorherrschende französische Kultur wich der italienischen: Der französische Café Noir, der mit einer filterlosen Gitanes bewältigt werden musste, überlebte nur noch in einer Schrumpfform, dem Espresso, und wurde statt mit Zigaretten mit einem Amarettino serviert, der noch tagelang zwischen den Zähnen klebte. Das deutsche Lebensgefühl wurde mit einer Gewalt italianisiert, von der es sich nicht mehr erholen sollte.

Manchmal stand Comeneno hinter dem Tresen und beobachtete seine Stammgäste; er stellte fest, dass die Leute irgendwann ihren Lieblingsspeisen zu ähneln begannen – der Mann, der ganze Körbe voll Weißbrot aufaß, das er in Olivenöl tunkte, sah selbst wie ein öliges Weißbrot aus, die Frau, die immer Papardelle in Schinkensahnesoße bestellte, hatte selbst etwas Nudelförmiges und Sahniges, auf zwei andere schienen die Eigenschaften des leicht bitteren, zerfleddert aussehenden Rucolasalats übergegangen zu sein.

Das Neapel, in dem Antonio Comeneno aufgewachsen war, war nicht das Italien der Caprifischer und der Blauen Grotten; es war das Neapel der Öltanks, der Kartoffeln und der Mortadellabrote. Sein Vater hatte oberhalb des Hafens ein Haus gekauft, in dessen hohen, dunklen Räumen es im Herbst schnell kühl und feucht wurde, und an diesen Tagen, wenn der Nebel über den Hängen hing und die Feuchtigkeit der sorrentinischen Bucht über das alte Patrizierviertel Vomero zog, kochte seine Mutter, die aus dem Piemont stammte, einen großen, dampfenden Topf Bollito misto, der von zwei Männern vom Herd gehoben werden musste. Bollito misto war der Geschmack des Winters, das Gericht seiner Kindheit. Seit er in München lebte, hatte er es nur noch selten gegessen, jetzt hatte er es zum ersten Mal wieder gekocht, und es war eine Katastrophe.

Das erste Opfer war ein Stammgast, ein Chirurg vom Klinikum Großhadern, der wie jeden Freitag gemeinsam mit seiner Frau Comenenos Lokal betrat. Er umarmte den Koch mit krachenden Schlägen auf die

Schulter, schob seine Frau wie ein störrisches Kind zu Comeneno hin, damit sie ihm, links-rechts-links, Begrüßungsküsschen gebe, reichte ihren Mantel an den bereitstehenden Kellner weiter, setzte sich und bestellte zweimal Bollito misto. Es schmeckte ihnen hervorragend. Hinterher wollten sie allerdings wissen, was genau sie da gegessen hatten.

»Verschiedene Fleischsorten – und Wirsing!«, antwortete Comeneno ausweichend, aber der Chirurg, dessen Beruf es nun einmal war, ein unübersichtliches Gemenge von Knochen und Innereien präzise voneinander unterscheiden und bestimmen zu können, gab sich mit dieser Erklärung nicht zufrieden.

»Was für Fleisch?«, fragte er.

»Huhn, Cotechino, Zam...«

»Das heißt auf Deutsch?«

»...pone. Wie bitte?«

»Auf Deutsch? Meine Frau versteht doch kein Wort!«

Comeneno starrte in Richtung Küchentür. Auch von dort nahte keine Rettung.

»Huhn, Kalbszunge und Schweinefuß.«

»Aha«, sagte der Chirurg mit einer dünner werdenden Stimme. Seine Mundwinkel, die sich schon zu einem erwartungsfrohen Lächeln aufgerafft hatten, machten auf halbem Wege kehrt und blieben in einer frostigen Position hängen. Die Chirurgengattin wurde blass. Der Gedanke, dass in ihrem Magen unbekannte Zungen und Füße herumwirbelten, verursachte ihr eine Art innere Seekrankheit. Der Kellner, der sich zu Comeneno gesellt hatte, um die leeren Gläser abzuräumen, verkannte den Ernst der Lage, klopfte dem Chirurgen auf die Schulter und erklärte, das Rezept für klassisches Bollito misto verlange nun einmal die Beigabe dieser Zutaten, man beschwere sich ja auch nicht, dass der Koch einen zerkleinerten Schweinehintern in die Carbonara tue.

Die Frau des Chirurgen tröstete das aber nicht. Sie sah ein Schwein vor ihren Augen, das friedlich grunzend über einen Hof lief, und im nächsten Moment sah sie einen Fuß des Schweins auf ihrem Teller und ein Schwein mit nur drei Füßen, das sie aus kleinen, traurigen Augen anschaute. Sie sah eine Kuh, und dann sah sie die Zunge der Kuh in ihrem Magen querliegen und eine Kuh ohne Zunge auf einer Wiese. Der Chirurg hatte seine Brille abgenommen und beobachtete mit entschärften Augen, wie seine Frau sehr blass wurde.

»Gut. Ihr zahlt nichts. Geht aufs Haus. Tut mir leid«, sagte Comeneno und setzte sein warmherzig-melancholisches Lächeln auf, das unzählige Male durch die Träume zahlreicher Gäste gegeistert war und zum Erfolg seines Lokals mindestens so viel beitrug wie das Essen.

»Schon gut«, sagte der Chirurg, warf vier Zehnmarkscheine auf den Tisch und flüchtete mit seiner Frau nach draußen, wo ihr weißer Alfa Romeo parkte. Der Motor jaulte und wimmerte, als ob er Bollito misto verschluckt hätte, dann sprang er grollend an, und das kalkweiße Gesicht der Frau verschwand in der Nacht.

Es war ein Fehler gewesen, den Gästen zu verraten, was in ein Bollito misto hineingehört, dachte Comeneno. Vielleicht war es auch ein Fehler gewesen, Bollito misto überhaupt einzuführen – obwohl Bollito misto nichts enthielt, was nicht auch in der traditionellen bayerischen Küche zu finden war; der Teufel wusste, warum die Münchner das Zeug im weißen Bräuhaus aßen, und zwar schon seit vierhundert Jahren, aber nicht bei ihm. Deutsche Kunden, sagte Comeneno zu seinem Nachbarn, nachdem ein Restaurantkritiker in der Lokalzeitung seine Kreationen als »neuerungssüchtig und bis zur Ungenießbarkeit überdreht« abqualifiziert hatte, seien wie Kinder, ständig wollten sie etwas aufregend Neues ausprobieren, aber wenn es anders schmecke als das, was sie kennen, seien sie entsetzt. Erfolg in der Küche bestehe letztendlich darin, bekannte Dinge neu zu kombinieren. Umso erfreuter würden sie dann versuchen, die Zutaten zu bestimmen, so, als würde ihnen ein guter Bekannter die Augen zuhalten und fragen: Wer bin ich? Wenn sich dieser Bekannte aber als Fuß eines unbekannten Schweins entpuppte, seien die Gäste beleidigt.

In diesem Sommer, in dem er sich seinen ersten gebrauchten Mercedes gekauft hatte, saß Antonio Comeneno oft vor dem randvoll gefüllten Spezialtopf, in dem Schweinefüße, Zungen und Hühnerfleisch für zweihundert Mark brodelten, und versuchte, nicht an die sinnlos entfußten Schweine und auch nicht an die Anschaffungskosten des aus rostfreiem Stahl gefertigten, mit Heizplatten ausgerüsteten Spezialwagens für Bollito misto zu denken, mit dem man den Eintopf bis an die Tische hätte fahren und dort effektvoll servieren können – wenn ihn jemand bestellt hätte. Die Maschine hatte genauso viel gekostet wie ein gut motorisierter Fiat 127 oder wie die Jahresmiete des Apartments seiner Großtante in Neapel – eine Dreizimmeraltbauwohnung mit Blick auf die sorrentinische Bucht und Capri. Vor der Tür stand sein SL und glänzte sein Mercedesglänzen, aber dieser Anblick erfreute ihn nicht. Warum hatte er einen Mercedes? Wenn seine Frau nicht immer und immer wieder damit angefangen hätte, dass man nun, wo man drei Restaurants, ein Haus in Grünwald, vier Kinder und eine Bollito-misto-Maschine habe, auch an die Anschaffung eines Zweitwagens der Marke Mercedes denken könne, hätte er nie im Leben seinen alten Lancia geopfert. Er fuhr, als Familienwagen, eine Alfetta, zu Hause in Neapel hatten sie alle einen Lancia, der Vater einen straßenkreuzergroßen Flavia, Don Tommaso einen porösen alten Appia, der so viele Dellen hatte wie die gleichnamige Straße, und er, Antonio, hatte eine bordeauxrote 69er Fulvia. Er hatte die verbeulte Fulvia geliebt, den typischen Geruch nach römischen Sommern und warmem Kunstleder, und jetzt hatte er – aus Liebe zu einer Frau, die das durch und durch Neapolitanische an ihm einst so attraktiv gefunden hatte, und vielleicht auch, um seinen Verwandten beim nächsten Besuch zu zeigen, was er, *il tedesco*, wie sie ihn unten in Neapel mittlerweile nannten, erreicht hatte – einen Mercedes gekauft, der glänzend und deutsch vor der Tür stand und rein gar nichts mit ihm zu tun hatte und aus seinen orangegelben Blinkeraugen auf die Bollitomisto-Maschine schielte.

In diesen Monaten schaute Comeneno viel Fußball; er sah, wie Klaus Allofs in einem überhitzten römischen Stadion drei Tore gegen Holland schoss, bevor Jupp Derwall einen orientierungslosen jungen Spieler namens Lothar Matthäus einwechselte, der sechs Minuten nach seinem Eintritt ins Spiel einen üblen Foulelfmeter verursachte. Er sah, wie Fulvio Collovati vom AC Mailand beim Elfmeterschießen gegen die Tschechen den Ball verschoss, woraufhin Comenenos Vater, der das Spiel zu Hause in Neapel sah und Mailand ohnehin für eine kryptogermanische Enklave der Herzlosigkeit und Kälte hielt, vor Ärger fast einen Herzinfarkt bekam. Eine hysterische Tante rief Comeneno direkt nach Spielende in München an, um ihm mitzuteilen, der alte Herr liege im Sterben, was er aber nicht tat.

Die nächsten Wochen verliefen verhältnismäßig ruhig. Comeneno verdrängte, dass er manchmal das Gefühl hatte, jemand beobachte ihn; verdrängte, dass er zusammenzuckte, wenn die Äste der Tannen vor seinem Haus sich im Wind bewegten; vergaß, dass er einmal nachts ein Knacken an der Außentreppe des alten Hauses gehört hatte und, als er daraufhin an das Wohnzimmerfenster getreten war, zwei Schatten durch den Garten hatte flüchten sehen. Er hörte, dass in Italien die Töchter von Dieter Kronzucker entführt worden waren, und beschloss, seine Tochter rund um die Uhr und auch im Kindergarten von einem Neffen bewachen zu lassen – er hatte ausreichend Geld und genügend Neffen, die dafür in Frage kamen.

Die Probleme, die er mit der Renovierung eines neuen Lokals, seines vierten, hatte, lenkten ihn aber von diesem Vorhaben ab.

Das, was noch vor Ende des Sommers eine Pizzeria mit dem Namen »Vesuvio« werden sollte, war vier Wochen vor der geplanten Eröffnung ein staubiges Chaos aus Brettern, Tapeten und Farbeimern, zwischen denen zwielichtige Figuren an schiefen Trockenbauwänden herumspachtelten. Vesuvio war kein besonders origineller Name, aber »Ischia«, »Fontana di Trevi«, »Napoli« und »Amalfi« waren schon vergeben, genauso »Positano«, außerdem hieß der Hase seiner Tochter so; und »Ristorante Vesuvio« klang bedeutend würdevoller als »Ristorante Buon Giorno« oder »Ristorante Ciao«. Comeneno hatte überlegt, ob es einen einzigen Italiener gab, der in ein deutsches Restaurant mit dem Namen »Hallo« oder »Deutsche Küche – Guten Tag« gehen würde, dann aber festgestellt, dass es so gut wie gar keine Italiener gab, die in deutsche Restaurants gingen, weil es in Italien keine ernstzunehmenden deutschen Restaurants gab und auch nie gegeben hatte, von einer Künstlerkneipe auf Capri mit dem sinnlosen Namen »Kater Hiddigeigei« einmal abgesehen, die 1929 dichtmachen musste.

Die Bauarbeiter machten ihn wahnsinnig. Sie kamen jeden Morgen aus einem Vorort angereist, parkten ihren Ford Transit vor dem Lokal und öffneten die Heckklappe. Dann geschah sehr lange gar nichts. Die Bauarbeiter rauchten ein paar Zigaretten, blätterten in der *Abendzeitung*, schraubten Thermoskannen auf und zu, drehten am Suchlauf eines verkleckerten Kofferradios und blinzelten ins grelle Tageslicht, das auf die zu renovierende Fassade des Lokals fiel. Auf ein lautloses Zeichen hin schlurften sie dann um den Wagen herum, sammelten Eimer und Kellen zusammen, verteilten sich auf dem Gerüst und im Inneren des Lokals und schrien wirre und sinnlose Fragen und Befehle in den Tag hinein – wo der Pinsel sei, die Fuge müsse neu gemacht werden, es tropfe, Achtung, so hält das nie, du bist ja bescheuert, wer hat das hier geputzt …

Wochenlang hatten die Männer Stuck und Plastikefeu, Bruchsteinplatten und pompejanische Vasen durch die Baustelle des Vesuvio geschleppt. Jemand hatte ein korinthisches Kapitell auf einer in pompejanischem Rot gestrichenen Säule befestigt. An der Stirnseite des Restaurants arbeitete ein bayerischer Kulissenmaler daran, ein großes Panoramabild zu vollenden. Er hatte in der Mitte des Raumes einen Diaprojektor aufgestellt, der das Bild der Bucht von Neapel auf die Wand warf, dann hatte er die Konturen der Berge mit einem Bleistift auf die Mauer übertragen, den Projektor abgeschaltet und die Bleistiftlinien mit sommerlichen Farben ausgemalt. Das etwa sechs Meter breite Gemälde zeigte die Bucht von Neapel und, majestätisch in den Mittelpunkt gerückt, einen großen Berg, auf dem ein Tempel stand.

»Was ist das da?«, fragte Comeneno und zeigte auf den weißen Tempel.

»Neapel«, brummte der Maler störrisch.

»Waren Sie schon mal in Neapel?«

»Hm?«

»Dieser Tempel dort. Den gibt es in Neapel nicht. Was Sie gemalt haben, sieht aus wie die Akropolis. Das geht nicht. Wir machen hier ein italienisches Restaurant, die Leute kommen durcheinander, wenn sie Pizza essen und dabei auf die Akropolis schauen.«

Der Maler murmelte etwas unverständlich Bayerisches in seinen gewaltigen Bart. Er hatte sich mit dem antiken Tempel eine kleine künstlerische Freiheit erlaubt. Dem stumpfen und nichtssagenden Berg auf dem Neapel-Dia hatte genau so ein Tempel als Krönung gefehlt, und er hatte sich besondere Mühe mit dem kleinen weißen Ding gegeben. Comeneno erklärte gereizt, dass der Berg, auf den er seinen zweifellos sehr schönen Tempel gemalt habe, in Wirklichkeit leider kein Berg nach bayerischem Muster sei, auf dessen Spitze man nach Belieben etwas draufstellen könne, sondern ein Vulkan, der Vesuv nämlich, nach dem das Restaurant ja benannt sei, und der habe, nach Art der Vulkane, oben ein Loch, aus dem manchmal Rauch oder Lava, jedoch nie, niemals ein griechischer Tempel aufsteige.

Der Kulissenmaler machte einen letzten Versuch, seine Erfindung gegen die überwältigende Logik von Geologie, Geografie und Geschichte zu verteidigen, und führte ins Feld, dass etwa in grauer Vorzeit, ehe der Vesuv erstmals ausgebrochen sei, dort oben vielleicht doch ein griechischer …

»Die Italiener wären froh, wenn sie so einen Tempel hätten«, fiel ihm an dieser Stelle ein offenbar griechischer Bauarbeiter ins Wort, der dem Gespräch auf seiner Leiter zugehört hatte und die Chance gekommen sah, die Ehre seines Landes gegen eine imperialistische römische Haltung zu verteidigen, die schon seinen Vorfahren schwer zugesetzt hatte und auf Umwegen daran schuld war, dass er, statt eine Armee zu befehligen oder einen Teil des peloponnesischen Weltreichs zu regieren, jetzt in einer süddeutschen Stadt, in der es von mittelmäßigen Tempelnachbauten nur so wimmelte, italienische Tavernen zu tapezieren hatte.

»In Griechenland gab es schon Tempel, als man in Italien noch in

Erdlöchern wohnte«, sagte der Grieche und deutete mit dem Tapezierpinsel auf den weißen Tempel.

»Es ist ein wunderbarer Tempel, genau so, wie ihn die griechischen Siedler damals in Italien gebaut haben.«

»Sag ich doch«, murrte der Kulissenmaler, der sich über die unerwartete Hilfestellung freute und die Chance witterte, seine Tempelkreation doch noch vor der übertriebenen Realismusgläubigkeit des Italieners zu retten.

Comeneno schaute den Griechen an, wie Publius Licinius Crassus den makedonischen König Perseus angeschaut haben muss, nachdem er sein Heer zerschlagen hatte; dann sagte er dem Kulissenmaler, dass der Tempel unverzüglich zu entfernen sei und die Insel Ischia, weil er das Dia falsch herum in den Projektor gesteckt habe, auf der rechten Seite erscheine. Er solle also jetzt sofort, bitte schön, den Tempel durch eine glaubwürdige Krateröffnung ersetzen.

So verflogen Comenenos Tage, und er vergaß die eigenartigen Jugoslawen und die eingeworfenen Scheiben.

Wenn er morgens seinen Mercedes hinter dem Odeonsplatz parkte, stand die Theatinerkirche wie frisch gewaschen vor einem tiefblauen hohen Himmel. Ein paar Tauben jagten durchs kühle Dunkel der Feldherrenhalle, Kinder spielten im Hofgarten im staubigen Kies. Er nahm eine Abendzeitung aus dem Kasten, setzte sich in das große Straßencafé und bestellte einen Kaffee. Es war Spätsommer, als das Vesuvio eröffnete. Er fuhr jeden Abend seine Restaurants ab, parkte den Mercedes vor der Tür, redete mit den Köchen, nahm fehlende Zutaten mit ins nächste Restaurant, weswegen der Mercedes nach einer Weile einen interessanten Küchengeruch annahm, der trotz des geöffneten Verdecks nicht mehr verwehte.

Er war ein erfolgreicher, glücklicher Unternehmer bis zu dem Tag, als im Vesuvio das Telefon klingelte und Comenenos Frau ihm mit überschlagender Stimme mitteilte, dass vor der Haustür soeben seine Alfetta in die Luft geflogen und ein Brandsatz in den ersten Stock seines Hauses geworfen worden sei.

Von dem Moment an, als Comenenos Frau die Polizei und die Feuerwehr gerufen hatte, bis zu dem Moment, in dem sich zwei rotköpfige Polizisten aus ihrem BMW schälten, um sich der Sache anzunehmen, verging eine halbe Stunde, in der sie, halb wahnsinnig vor Angst, auf dem Grundstück eines Nachbarn wartete. Als Comeneno eintraf, stand neben seiner Frau ein dicker Polizist, der in seine schwarze Lederjacke hineinschwitzte und versuchte, ihre Personalien aufzunehmen.

»Hier gibt es nichts zu sehen«, sagte der andere Polizist, als Comeneno sich der Gruppe näherte.

»Ich bin ihr Mann. Das ist mein Auto«, rief Comeneno und deutete auf den ausgebrannten Haufen Blech, der hinter ihm ein paar letzte Rauchfahnen in den Himmel sandte. Das Lenkrad war geschmolzen und hing wie ein toter Tintenfisch über der Lenksäule.

»Co-me-ne-no«, buchstabierte der schweißgebadete Dicke fertig und blinzelte zufrieden in die Sonne. »So. Das hätten wir schon mal.«

Ein weiterer BMW hielt vor dem Haus. Zwei Kriminalpolizisten kamen auf Comeneno zu.

»Haben Sie Feinde?«, fragte der Ermittler und machte ein intelligentes Gesicht. Comeneno begriff, dass der Heini ihn für einen Verbrecher hielt; die Villa, der Mercedes, und sowieso: ein Italiener, ein Brandanschlag …

»Nein«, sagte er.

Ein paar Meter weiter starrte seine Frau wie versteinert auf den Zettel, den man mit einem mittelgroßen Schlachtermesser an die Tür genagelt hatte. Auf dem Zettel stand »Pepo«. Sie war blass, und ihre Hände zitterten. Dann packte sie einen Polizisten am Ärmel seiner Jacke und schrie mehrfach das Wort »Personenschutz«.

Die Kinder schliefen bei Freunden in dieser Nacht. Am nächsten Morgen, als seine Frau auf der Wache vor einem Stapel Protokolle saß, brüllte sie ein paar verwunderte Polizisten in hellbraunen Uniformhosen so laut an, dass die Männer die Zähne aufeinanderbissen und die Augen schlossen; brüllte, dass in der Zeit, die sie brauchten, um ihre fetten Ärsche in ihren hochglanzpolierten Polizeiwagen zu schwingen und in ihrem miesen kleinen Büro den Fall »aufzunehmen« (sie war jetzt wirklich außer sich), eine ganze italienische Familie, die mit ehrlich verdientem Geld auch die deutsche Polizei finanziere, von einer Bande wahnsinniger Krimineller ausgelöscht werden könne. Währenddessen saß Antonio Comeneno in seinem Mercedes, neben ihm Francesco, hinter ihm, auf den Notsitzen querliegend und sofort nach dem Start eingeschlafen, seine Tochter, und steuerte den Wagen durch die menschenleere Pappelallee südwärts und dachte genau das: dass eine ganze italienische Familie, sein Sohn, seine schlafende kleine Tochter mit den abstehenden Haaren und dem Hasen im Arm, die den Enten im Park Namen gab und sie alle auseinanderhalten konnte, fast von einer Bande wahnsinniger Krimineller in aller Seelenruhe ausgelöscht worden wäre.

Als sie losfuhren, hing ein feuchter, feiner Nebel über der Lindwurmstraße. Auf der Theresienwiese standen die Zelte des Oktoberfestes vor den erstarrten Riesenrädern. Die Luft kündigte den Herbst an. Ein paar Betrunkene hockten am Straßenrand, einer mit einem Filzhut redete mit einer halben Bratwurst, die im Rinnstein lag. In Untersendling fuhr er auf die Autobahn.

Francesco schaute aus dem Fenster und schwieg. Sie hatten nicht viel geredet in den vergangenen Monaten. Sie hatten ihn nach England geschickt, weil er eigenartige Musik hörte und seine Mutter ihn im Badezimmer dabei erwischt hatte, wie er sich mit einem schwarzen Lippenstift schminkte – und weil niemand in München und noch weniger in der vornehmen, platanengesäumten Via Luca Giordano begreifen konnte, warum in aller Welt ein sechzehnjähriger Süditaliener (dessen Vater sein ganzes Leben lang Obstkisten geschleppt und Nächte mit Rechnungen verbracht und schließlich ein Restaurant eröffnet hatte, um ihm ein Zuhause, eine Ausbildung und einen großen Stapel weißer, hellblauer und roséfarbener Hemden zu bieten) sich sein ohnehin fast schwarzes Haar blauschwarz färben ließ und eine Jacke tragen musste, auf deren Rückseite unter dem Bild eines gespaltenen Schädels zu lesen war, dass man die Polizei ficken solle. Dieser vom rechten Wege des Gemüsehändler- und Pizzabäckerclans abgekommene, ganz in Schwarz gekleidete, mit Kajal seine Augenringe vergrößernde Francesco also saß neben seinem Vater und starrte auf die farb- und lebenstrotzenden Häuser einer pastellfarbenen Stadt, die in ihrer ganzen weiß-blau karierten Gutgelauntheit wie ein einziger hämischer Kommentar auf seine pubertäre Wut und Tristesse wirkte.

Comeneno tankte vor Rosenheim. Er musterte die Wagen, die, während er am Heck des Mercedes stand, die Zapfpistole festhielt und spürte, wie das Benzin durch den Gummischlauch in den Tank strömte, von der Autobahn abbogen und an die anderen Zapfsäulen rollten. Es waren Familien, überladene Kleintransporter, ein harmloser Geschäftsreisender – offenbar verfolgte ihn niemand. Francesco, erinnert Comeneno sich, war ausgestiegen und betrachtete mit offenstehendem Mund das Fahndungsplakat, das an der Metalltür klebte. »Dringend gesuchte Terroristen«, stand über einer Reihe schwarzweißer, meist junger Gesichter: über die Hälfte von ihnen waren Frauen. Eine hatte einen Seitenscheitel und dunkle Augen und schaute nach oben, wie die Madonnen auf den Bildern, die von den Patres nach dem Kommunionunterricht verteilt wurden.

»Das sind Verbrecher«, sagte Comeneno im Vorbeigehen, aber Francesco schien ihn nicht zu hören.

Kurz vor der österreichischen Grenze schlief Francesco auf dem Beifahrersitz ein; er schlief mit offenem Mund, und das Morgenlicht warf einen Strahl auf das Chaos blauschwarzgefärbter Haare; sie fielen in unentschlossenen Kaskaden auf die Lederjacke, die er sich als Kopfkissen in den Nacken geknüllt hatte. Es gab keinen Tag, an dem Francesco diese Jacke nicht trug, und es stand zu befürchten, dass er sie auch in Neapel tragen würde; die Familie würde entsetzt sein, wenn sie den Jungen so zu Gesicht bekam. Andererseits setzte er mit seiner unseligen Vorliebe für schwarze Kleidung und unverwüstliche Einzelstücke eine Tradition seines Großonkels Don Tommaso fort, der seit den dreißiger Jahren einen tiefschwarzen Mantel besaß. Die Mode hatte sich erstmals in den fünfziger Jahren geändert; helle, enger geschnittene Tweedmäntel kamen auf, und Filippetta, seine Frau, nötigte ihn zum Besuch mehrerer bekannter Läden auf der Via Scarlatti. Sie hoffte inständig, ihrem Mann einen modernen, eleganten Mantel verpassen zu können, einen Mantel, der einem erfolgreichen Bauunternehmer angemessen war und beim Betreten der Oper nicht für Gekicher sorgte. Aber Don Tommaso trug seine schwarze Kutte mit einer Hartnäckigkeit, die seinem konservativen Gemüt, seiner neapolitanischen Prägung, seinem vom Leben ramponierten Katholizismus und dem Gefühl entsprang, das wenige, was ihm aus seiner Jugend geblieben war, in die Nachkriegszeit retten zu müssen. Er ließ den Mantel alle fünf Jahre ausbessern, blieb gegen Anoraks und moderne Doppelkammer-Regenjacken resistent und legte auch den cremefarbenen Trenchcoat, den ihm seine Frau aus der Stadt mitgebracht hatte, mit der Bemerkung beiseite, er möge nun mal keine bunten Sachen. Er gehörte zu einer Generation, für die Eleganz mit der Farbe Schwarz verbunden war, und sein Urgroßneffe war so gesehen der erste, der im hektisch geblümten, seidenschimmernden, buntgestreiften Ensemble seiner Familie wieder an die alte, strenge neapolitanische Kleidungstradition erinnerte.

Es fing an zu regnen, dann ging der Regen in einen Graupelschauer über. Der Verkehr war dicht, die Lichter spiegelten sich auf dem Teer, die Scheibenwischer prügelten den wässrigen Schneematsch über den Rand der Windschutzscheibe. Comeneno drehte am Suchlauf des Becker-Mexico-Radios und fand einen italienischen Sender; in Italien war der Verkauf von Kalbfleisch verboten worden, nachdem man in Stichproben Östrogen entdeckt hatte, Bob Marley hatte ein Konzert in Pittsburgh gegeben. Es war das letzte seines Lebens, ein paar Monate später sollten sie ihn nach Rottach-Egern bringen, wo ihn der Scharlatan Josef Issels zu heilen versuchte; Marley verlor bei der Chemotherapie alle Dreadlocks; wenig später starb er.

Die Fahrt durch Österreich dauerte nicht lange. An den Seitenfenstern schossen Lärmschutzwände aus Beton mit wirren Mustern vorbei, der Motor gab ein monotones Brummen von sich. Hinter Innsbruck machte Comeneno eine Zigarettenpause; die Luft war kühler hier und klar. Die Dörfer lagen wie Geröll im Tal, manchmal tauchte ein spitzer roter Kirchturm auf. Etwas tropfte irgendwo, weiter unten rauschte ein Bergbach. Ein paar Tannen knackten im Wind, der von den dunklen Gipfeln ins Tal wehte. Er sah das ausgewaschene, graue Holz einer Bank und das matschige Gras und die nasse, schwarze Erde, die dort, wo im Winter der Schnee lag, glitzerte. Ein verrostetes Schild empfahl das Anlegen von Schneeketten. Oben, jenseits der Baumgrenze, glänzten abgefressene Felsen in der Sonne.

Nach zwei Stunden hatte er den Brenner passiert; die Autobahn wand sich jetzt südwärts ins Tal. Vor Bozen tauchten die ersten Weinberge auf. Ab Trento veränderte sich die Farbe der Häuser – sie waren jetzt nicht mehr schneeweiß, sondern ocker und rosa, und in den Gärten standen schwarze Zypressen. Er fuhr schnell, fast zweihundert, und blendete auf, wenn ein Wagen vor ihm auftauchte. Die meisten zogen auf die rechte Spur, nur einmal blieb ein Fiat vor ihm, der einen deutschen Reisebus überholte, und er fuhr einen halben Kilometer lang neben dem Bus. Hinter den braunen Gardinen sah er alte Leute, die ausdruckslos aus dem Busfenster starrten; einige waren eingeschlafen.

Schilder kündigten Ausfahrten nach Mantua an. Die Landschaft war flach, an klaren Tagen konnte man hier weit in die Ferne schauen – aber auch in der Ferne gab es nichts, nur ein paar Lastwagen, auf die Kartoffeln verladen wurden. Im Radio berichteten sie, dass es in München ein Attentat auf das Oktoberfest gegeben habe. Die Hügel von Fiesole zogen vorbei, in der Ferne tauchte die Florentiner Domkuppel auf, eine Zitronenpresse am Horizont.

Comeneno schaute auf die Fahrbahn und dachte an Don Tommaso, der aus Liebe zu seiner Frau sein halbes Leben in Mailand verbracht hatte, in einer Stadt, die ihm abgrundtief zuwider war; wenn er im

Sommer nach Neapel kam, verbreitete er wüste Thesen über die Wesensart der Norditaliener, aber nur, wenn seine Frau nicht im Raum war. Wenn sie hereinkam, verstummte er, kratzte sich an seinem Vogelkopf und sagte: »Nein, wir haben es schon schön dort oben.« Was hätte er auch anderes sagen sollen: Es war sein Leben, er hatte keine andere Wahl.

Als sie in Neapel ankamen, hing ein Gewitter über dem Golf von Sorrent, Blitze zuckten, am Horizont ging Regen auf das Meer nieder. Er ließ die Scheiben hinunter, und das Heulen der Motorräder im Tunnel drang wie ein Klagelaut zu ihnen herein.

Er fuhr nicht direkt nach Vomero, sondern über die Piazza Cavour, vorbei an der Kirche und hinunter zum Hafen, wo Neapel schwarz und braun war und die Farbe der Öltanks hatte, der rostigen Kräne und Brücken, der Schienen und der Container, auf denen »Grimaldi« stand. Streunende Hunde liefen hinter einem Transporter mit Wassermelonen her, Vespafahrer hupten, ein paar Jungen drehten sich nach dem Mercedes um. Er fuhr über das Kopfsteinpflaster der Via della Marinella, vorbei am Möbelladen De Riso, und der Mercedes krachte durch die Schlaglöcher und versetzte ihm Stöße in den Rücken, ein Gruß der Heimaterde.

Ein warmer Wind vermengte den Geruch von verbranntem Holz und Öl und den Bleigeruch der Abgase mit den Ausdünstungen des Hafens. Kein anderer Wind roch so. Der neapolitanische Spätsommerwind war ungesund, aber er machte ihn glücklich. Er fuhr vorbei an den grauen Wehrtürmen des Castel Nuovo über die Via Chiaia und bog scharf vor der Piazza Piedigrotta ab. Die Straße wand sich den Hang empor, hinauf zu den feinen, dunklen Wohnstraßen von Vomero. Ein schweres, gusseisernes Tor öffnete sich, dann knirschte der Kies eines palmengesäumten Innenhofs unter den Reifen des Mercedes.

Sein Vater saß im alten, holzgetäfelten Salon der Villa und blätterte durch die rosafarbenen Seiten der *Gazzetta dello Sport*. Sie hatten die schweren alten Gardinen beiseitegeschoben, die Fenster standen offen, und weit unten leuchteten Sorrent und Capri im Dunst. Die Kinder versammelten sich um den Mercedes, klappten das Verdeck auf und zu und versuchten, die Zahlen auf dem Tacho zu entziffern. Neben der Pforte stand ein seltsames Männchen und schaute misstrauisch auf die Straße.

Als Comeneno von dem Anschlag berichtete, machte sein Vater ein ernstes Gesicht; er ging auf dem alten Terrazzoboden auf und ab, schaute ihn streng an und schlug vor, nach Capodichino zu fahren: Wenn es Probleme gäbe, sagte er, sei es wichtig, sich erst einmal einen guten Anzug zu kaufen.

Sie gingen zu Chiro Paone, der hier seine Schneiderei hatte. Als sie das letzte Mal bei ihm gewesen waren, hatte der Flugkapitän des Schahs von Persien gerade sechsunddreißig maßgeschneiderte Anzüge für seinen Herrscher abgeholt, aber jetzt war der Schah tot und Paone ein bekannter Mann, dem eine Marke namens Kiton gehörte.

Später, als das Licht schon schräg über der Bucht stand und die Farben der Mauern und der Zypressen sich in einem staubigen Goldschimmer auflösten, trafen sie Comenenos Halbbruder Mattia in der Kirche Sant'Angelo dei Lombardi. Mattia hatte ein paar Männer mitgebracht, die Comeneno nicht kannte und die während des Gesprächs stumm auf die Decke des Kirchenschiffs starrten. Comeneno hatte seinen Halbbruder lange nicht gesehen und wusste nicht, womit er inzwischen sein Geld verdiente. Unten in der Stadt redeten die Leute über ihn, es gab die wildesten Gerüchte. »Das ist das kleinste Problem«, sagte Mattia, nachdem Comeneno von den Jugoslawen berichtet hatte. »Das kleinste Problem. Lass die Kinder da und mach so weiter wie vorher. Wir kümmern uns.«

Comeneno blieb eine Woche. Dann ließ er die Kinder in der alten Villa in Vomero und fuhr zurück nach München.

Als er ankam, wirkte die Stadt verändert. Ein leichter, warmer Wind wehte, der von den Bergen kam und die Stadt in nur wenigen Stunden aus einem lauwarmen Herbst in einen seltsamen Sommer zurückkatapultiert hatte. Menschen schwitzten in dicken Cordmänteln, Schwarzwälder Kirschtorten dümpelten wie leckgeschlagene Öltanker auf den Tellern der Schwabinger Cafés, Böen zerrten an Ampeln und abgestellten Fahrrädern. Der Wind warf die Schiefertafeln vor den Pfälzer Weinstuben um und wirbelte im Hofgarten den Staub über die Tische des Tambosi. Die Theatinerkirche leuchtete goldgelb unter einem hohen Himmel, alles in der Stadt schien etwas Großes anzukündigen, und dieser plötzliche Wetterumschwung sorgte bei Comeneno für eine Euphorie, die er ansonsten nur empfand, wenn ein warmer neapolitanischer Heimatwind durch die geöffneten Scheiben seines Wagens wehte.

Comeneno machte einen Kontrollgang über die Baustelle, ließ sich in seinen Lokalen sehen, wo er mit respektvoller Besorgnis begrüßt wurde, und legte sich dann eine Stunde an die Isar. Das Wasser floss träge über weiße Flusskiesel. Er dachte an seine Tochter. Aus einer Telefonzelle rief er in Neapel an.

Wenige Wochen später kam es in München zu mehreren schweren Gewalttaten. Man fand ein paar Jugoslawen in einem Hinterhof in der Nähe der Theresienwiese, die Wunden am Kopf und an den Armen davongetragen hatten, aber nicht willens waren, zu berichten, wie es dazu hatte kommen können. In Großhadern brannte ein Auto aus.

Es wurde kalt; letzte Blätter trieben von den Bäumen, nachts fror es. In Amerika wurde Ronald Reagan zum Präsidenten gewählt.

Mitte November verschwand Mallorca-Walter und tauchte eine Woche später in einem Industriegebiet bei Rosenheim wieder auf; jemand hatte ihn so lange mit dem Kopf auf das Lenkrad seines Wagens geschlagen, bis er bewusstlos geworden war, das Toupet hing verkehrt herum, wie ein Skalp, am Rückspiegel des Autos. Die Polizei fand einen verletzten Jugoslawen in der Unterführung am Hauptbahnhof; er war eine Rolltreppe hinuntergestürzt. Man ging von einem Unfall aus, bis man in Sendling in einem Hinterhof die Spuren einer Hinrichtung fand. In den Polizeiakten wird beschrieben, dass ein Mann, bei dem es sich offenbar um den Mitbewohner des gestürzten Jugoslawen handelte, an eine Bierbank gefesselt worden war, die in einer Garage stand. Laut Obduktionsbericht sei dann jemand rückwärts mit einem Auto in die Garage gerast und habe das Opfer mit großer Wucht gegen die Wand gedrückt; sogar die Heckler & Koch HK4, die der Mann in seiner Sakkoinnentasche getragen hatte, wurde durch den Aufprall verbogen, sie steckte quer im Brustkorb des Toten. Im Zuge der Ermittlungen wurde auch Comeneno befragt, der auf diese Weise von Onkel Pepos Ende erfuhr.

Als Comeneno Mattia anrief, beteuerte der, mit alldem nichts zu tun zu haben; er habe sich der Sache demnächst annehmen wollen, wenn sie sich inzwischen auf diese Weise geklärt habe, umso besser. Es war das letzte Mal, dass Comeneno mit seinem Halbbruder sprach.

Am Abend des 23. November 1980 bebte in Kampanien und Basilicata, zwischen Neapel und Potenza, die Erde. Es war das schwerste Erdbeben der italienischen Nachkriegsgeschichte; das Hypozentrum lag in einer Tiefe von zwanzig Kilometern; die Messstationen registrierten Erdstöße von 6,89 auf der Momenten-Magnituden-Skala. Fast dreitausend Menschen starben, dreihunderttausend wurden obdachlos; es gab mehr als neunzig Nachbeben, die Wasserversorgung, der Strom und die Telefonverbindungen brachen zusammen. Comeneno erhielt ein Telegramm seines Vaters, sie hätten die Sache unbeschadet überstanden, den Kindern gehe es gut. Er fuhr noch in der Nacht los, um sie zu holen.

Don Tommaso hatte das Erdbeben nicht überlebt; er war, als das Beben einsetzte, bei Freunden in Avellino gewesen; man fand ihn, von Mauerstücken erschlagen, zwischen der Piazza Libertà und der Piazza Kennedy. Er trug seinen schwarzen Mantel.

Bei seiner Beerdigung gab es ein Problem, über das in der Familie noch lange gesprochen wurde, weil es wie ein letzter bizarrer Scherz des Verstorbenen wirkte.

Seine Beerdigung war für Donnerstagvormittag angesetzt. Als sich die versammelte Trauergemeinde zum Friedhof begeben wollte, hielt ein Leichenwagen vor den verrosteten Kerzenständern, die die alte Sandsteinmauer des Cimitero Pietà säumten. Der Leichenwagen war leer. Wo der Sarg hätte stehen sollen, lag nur eine koffergroße Styroporkiste, sonst nichts.

Der Bestattungsunternehmer stieg aus und erklärte, es habe leider eine Panne gegeben; Don Tommaso sei nicht, wie geplant, mit dem Kühltransporter aus Avellino in Neapel eingetroffen, sondern durch ein Versehen des Spediteurs irrtümlicherweise nach Rom geliefert worden, eine Panne, die man sehr bedaure. Im Moment befinde sich Don Tommaso in einem Kühlhaus in Prima Porta bei Rom, die Rückführung gestalte sich allerdings etwas schwierig.

Ein ungläubiges Raunen ging durch die Menge. Der Priester schaute indigniert auf seine Rede und faltete sie wieder zusammen, die Frauen setzten ihre Hüte ab, ein Dicker riss an seinem Krawattenknoten und blinzelte in die unbarmherzig heruntergebrennende Sonne.

Beim Mittagessen, das die Trauergemeinde unmittelbar nach der Absage der Beerdigung einnahm, erzählte man Geschichten von Don Tommaso; wie er im Krieg seine Brüder und seinen Glauben und danach etwa vierzehn Uhren, dreiunddreißig Regenschirme und hundertachtzig Fußballwetten verloren hatte; wie er Anwalt wurde und mit seiner Frau in den Norden ging; wie er Mailand gehasst habe; wie sehr er es liebte, in einem grauen Flanellanzug an der blau-weiß gekachelten Bar des Parco dei Principi seinen Bourbon zu trinken; dass er stets in Unruhe gelebt habe und nur seiner Frau und seinem Mantel treu gewesen, ansonsten aber nacheinander Katholik, Marxist, Anarchist, Kapitalist und Buddhist gewesen sei, dass er früher liebend gerne verreist sei, nach Indien, Japan, Thailand und Afrika (nur nicht nach Amerika, Amerika interessiere ihn *un cazzo*, sagte er entgegen seinen ansonsten tadellosen Manieren, wenn man ihn danach fragte) und auch später im Alter immer im Aufbruch gelebt zu haben schien – sein Wagen, ein Lancia Appia, musste immer vollgetankt vor der Tür stehen, sonst konnte er nicht schlafen; einmal, hieß es, sei er sogar nachts zur Agip-Tankstelle gefahren, nur um zu tanken; sogar als Toter schien er sich zu weigern, irgendwo bleiben zu müssen.

Am Abend saß Comeneno zwischen Carlotta, Francesco und seiner Mutter im Haus seiner Eltern und fragte nach Mattia. Niemand hatte ihn gesehen. Es gab Gerüchte, er sei ebenfalls ums Leben gekommen; jemand wollte gesehen haben, wie er am Morgen des 23. November mit dem Auto nach Potenza aufgebrochen sei. Seine Mutter wirkte wie versteinert in ihrem schwarzen, groben Kleid und sagte nichts, sein Vater, dem die Frage sichtbar unangenehm war, lenkte das Thema auf die Präsidentschaft des ehemaligen Schauspielers Ronald Reagan und wollte erörtert wissen, ob wohl vorstellbar sei, dass Adriano Celentano einmal Präsident von Italien werde. Erst als die Kinder ins Bett gegangen waren und sich der Mond draußen im Lack des Mercedes spiegelte, machte er eine Flasche Wein auf und erzählte Comeneno, was sie gehört hatten. Man hatte ein Waffendepot in Mattias Haus gefunden; er hatte sich in den letzten Jahren immer öfter im Hafen mit einem Amerikaner getroffen und war danach oft monatelang nicht aufgetaucht.

Jahre später, als Mattia in Barcelona verhaftet wurde, hieß es, er sei Mitglied von Gladio gewesen, einer paramilitärischen Geheimorganisation, die nach dem Krieg mit Hilfe des CIA als Stay-Behind-Taskforce gegründet und vom Clandestine Planning Committee der Nato in Mons gesteuert worden war, um im Falle einer sowjetischen Besetzung Europas Sabotageakte auszuüben und den Kommunismus zurückzudrängen. Sie wurde erst 1990 mit dem Zerfall der Sowjetunion aufgelöst. Gladio war für zahlreiche politisch motivierte Terroranschläge und Morde in Italien verantwortlich. Die Organisation plante Anschläge, für die man dann die Roten Brigaden und andere linksextreme Terroristen verantwortlich machte, um die öffentliche Meinung zuungunsten der traditionell starken italienischen Kommunisten zu beeinflussen und zu verhindern, dass sie an einer Regierung beteiligt und die Nato unterwandern würden. Vincenzo Vinciguerra, Neofaschist und Gladio-Mitglied, wurde 1990 wegen Mordes an drei Carabinieri bei Peteano im Jahr 1972 verurteilt. Er sagte aus, dass er »Zivilisten angreifen musste, Männer, Frauen, Kinder, unschuldige Menschen, unbekannte Menschen, die weit weg vom politischen Geschehen waren. Der Grund dafür war einfach. Die Anschläge sollten das italienische Volk dazu bringen, den Staat um größere Sicherheit zu bitten.« Der italienische Militärgeheimdienst SISMI habe ihn beschützt und nach dem Peteano-Anschlag in das von Franco regierte Spanien ausgeflogen. Was Mattia bei Gladio genau getan hatte, fand man niemals heraus.

Am nächsten Tag fuhr Comeneno nach Rom und suchte nach Don Tommaso. Er traf mittags in Prima Porta ein, füllte Dokumente aus, kopierte Ausweise, unterschrieb Bescheinigungen, telefonierte mit Behörden, fuhr schließlich in das Kühlhaus am Tiber, in dem es nach scharfen chemischen Reinigungsmitteln, Plastik, Gummi und modernen Kühlanlagen roch, und identifizierte Don Tommaso; sein Mantel hatte alles unbeschadet überstanden. Während er in das würdevolle, abenteuerlich zerfurchte Gesicht des toten Don Tommaso schaute, dachte er, dass Francesco sich über den Mantel freuen würde, verdrängte den Gedanken aber schnell wieder.

Er nahm nicht die Autobahn nach Neapel, sondern fuhr quer durch Rom, die Via del Teatro Marcello hinauf, hielt kurz vor der Piazza Venezia und schaute in den Abendhimmel; hoch über dem Vittoriano kreisten Möwen im Licht der Flutscheinwerfer; sie segelten wie Papierfetzen in Zeitlupe in die Tiefe.

Bei der Beerdigungsfeier hatte er eine Frau gesehen, die er von früher kannte. Sie waren ein paarmal tanzen und einmal in Positano gewesen und hatten sich nachts am Castello dell'Ovo getroffen, aber dann hatte sie sich mit dem Sohn eines reichen Bauunternehmers verlobt. Als er das Paar jetzt wiedersah, erkannte er beide kaum wieder: Der Typ war dick geworden, sie hatte kurze Haare, trug Wildlederpumps und sah sehr sportlich aus. Er versuchte, sich ihre neue Frisur, die Schuhe, die Kleider, all das, was das Leben seither um sie herum angehäuft hatte, wegzudenken, aber es gelang ihm nicht, zu sehen, was dann übrigblieb. Wahrscheinlich machte sie Aerobic – eine fitnessbegeisterte Endvierzigerin mit harten Gesichtszügen. Sie hatte ihn nicht erkannt; wenn sie überhaupt je an ihn dachte, vermutete sie ihn wohl in Deutschland.

Er kam gegen Mitternacht in Neapel an. Er parkte den verstaubten Mercedes im Hof, stieg die knarrende Treppe hinauf und schaute nach seiner Tochter. Sie schlief in dem wurmstichigen Holzbett, das schon in seinem Kinderzimmer gestanden hatte; wie immer hielt sie ihren Hasen fest umklammert. Im Raum hing der modrige Wintergeruch alter, feuchter Paläste. Durch das offene Fenster sah er das Glitzern der Lichter über der Bucht. Er zog die Vorhänge zu und lehnte die Tür leise an. Am nächsten Morgen, dachte er, würde er sie wecken und mit ihr nach Positano fahren.

1982
Das Eis

Kilometerstand 091 780

Er konnte nicht mehr arbeiten. Seit sie das Ding vor seinem Fenster aufgebaut hatten, schreckte er jedes Mal hoch, wenn die zu Grimassen verzerrten, schreienden Gesichter an seinem Fenster vorbeirasten. Er sah offenstehende Münder, Windjacken, flatternde Kapuzen – sah eine in eine Stahlschaukel geschnallte Gruppe von acht kreischenden Jahrmarktbesuchern, die vor seinem Fenster in die Luft katapultiert wurde, dann kurz aus dem Bild verschwand und direkt danach, noch lauter kreischend, in die Tiefe stürzte. Er konnte nicht wegguck; er musste jedes Mal hinausschauen, wenn das Ding an ihm vorbeiraste, und obwohl er wusste, dass es gleich wiederkommen würde, erschreckte es ihn jedes Mal aufs neue.

Sie hatten eine Riesenschaukel vor Wadorfs Fenster aufgebaut. Sie war die neueste Attraktion des Volksfestes, das einmal im Jahr stattfand. An normalen Tagen sah er dort unten nur die grauen Betonkübel mit den Stiefmütterchen, auf deren Rand ein paar Penner ihre leeren Bierflaschen in militärisch präzisen Reihen aufstellten, aber jetzt drang schon am Vormittag ein klingelnder, scheppernder, fiepender Lärm in sein Büro, und jedes Mal, wenn er aus dem Fenster schaute, raste wieder eine Fuhre kreischender Gesichter vorbei.

Es war heiß in diesem Sommer. Die Dinge in seinem Büro, das Telefon, die Schreibtischunterlage, die graue Plastikabdeckung der Adler-Schreibmaschine, alles fühlte sich an wie die Haut eines Grillhähnchens, heiß und klebrig.

Er hatte den Mercedes günstig bekommen. Es war sein erster Mercedes, wenn man von dem Kleintransporter absah, den er in Dortmund gefahren hatte. Nach der Schule, mit achtzehn, war er in die Spedition seines Vater eingestiegen und hatte sich einen schwarzen Ford 15 M gekauft, an dem die Zierleisten und zwei Radkappen fehlten und dessen Rückbank so durchhing, dass die Leute, die hinten einstiegen, sich automatisch in die Arme sanken, was einige sehr freute und andere gar nicht. Mit dem Wagen fuhr er im Sommer 1964 in die Tschechoslowakei, wo er eine junge Frau kennenlernte.

Sie hieß Dalisha. Im darauffolgenden Jahr, nach dreiunddreißig Briefen und noch mehr Postkarten, die er ihr alle paar Tage nach Prag schickte, machte er die Bekanntschaft ihres Bruders, der ihn in einer Bar in ein ernstes Gespräch verwickelte; am nächsten Abend fuhr er mit dem knatternden Ford, der mittlerweile seine letzte Radkappe verloren hatte und aussah, als sei der Eiserne Vorhang selbst über ihm niedergegangen, bei ihren Eltern vor.

Ihr Vater öffnete ihm, ein freundlicher, älterer Herr, der leicht gebückt ging und ihn aus tiefliegenden Augen musterte. Er sagte etwas, das Erich Wadorf nicht verstand, machte dazu allerdings eine ins Haus deutende, offenbar einladend gemeinte Bewegung; dann sagte er, wobei er eine würdevolle Haltung einnahm:

»Bitte hereingekommen. Hier.«

Dazu lächelte er huldvoll. Offenbar hatte der Mann irgendwo ein bisschen Deutsch gelernt. Dalishas Mutter drückte Wadorf zur Begrüßung erst an sich, als sei er ein lange vermisstes Familienmitglied, und dann in ein tiefes Sofa hinein. Der Vater nickte, als habe nun alles seine Ordnung, und steckte sich eine Pfeife an. Im gleichen Moment schoss aus dem Dunkel des Hauses ein Schäferhund auf Wadorf zu, der an ihm emporsprang, schnappte und knurrend an seinem Hosenbein zerrte. Der Vater warf Wadorf und dem Hund gleichermaßen vorwurfsvolle Blicke zu. »Keine Respekt«, sagte er, und es war nicht klar, ob der Vorwurf an den Hund oder an Wadorf gerichtet war. Draußen vor dem Haus musterte Dalishas Bruder misstrauisch den Ford.

Während des Kaffeetrinkens hielt der Vater mit seinen erstaunlich großen Händen eine der Porzellantassen hoch; er nickte Wadorf zu und deutete mit einem Lächeln auf die feinen gekreuzten Schwerter auf der Unterseite des Geschirrs und erklärte: »Von Deutschland, kostbar. Echte Qualität.«

Einen Monat später kaufte Wadorf einen großen Karton Meißener Porzellan und Mokkatassen, lud ihn in den Kofferraum des gespenstisch röchelnden Fords und fuhr, quer durch ein verregnetes Frühherbsteuropa, über eine Grenze, deren Zöllner eine Strenge ausstrahlten, als bewachten sie den Eingang zur Hölle, zurück in den Prager Vorort, um Dalisha einen Heiratsantrag zu machen.

Ihr Vater hatte den Hund diesmal weggesperrt und empfing ihn mit zwei Gläsern Birnengeist in der Hand; er küsste ihn sogar auf den Mund und schlug ihm mit breiten Pranken ins Kreuz, als er ihn das erste Mal umarmte.

Sie heirateten im Herbst und zogen nach Wilmersdorf in eine kleine Wohnung.

Wadorf mietete einen alten Laden im Erdgeschoss des Hauses, in dem sie wohnten, und eröffnete eine Parfümerie. Leider schienen die Wilmersdorfer wenig Interesse an exklusiven Seifen, Parfüms and anderen Toilettenartikeln, die er mit seiner Frau zusammengestellt hatte, zu haben, oder sie kauften ihr Parfüm woanders, jedenfalls betraten die Leute Wadorfs Parfümerie nur, um die Zip-Kohlenanzünder zu kaufen, die er probehalber, in Ergänzung seines umfangreichen Seifen- und Riechwassersortiments, in einer schlechtbeleuchteten und eher unzugänglichen Ecke seines Geschäftes aufgetürmt hatte.

Wadorf verkaufte einige Palettenladungen Zip im Monat. Der Zip-Absatz war beängstigend. Mit den Zip-Mengen, die er täglich verkaufte, hätte man alle vier Sektoren inklusive Reichstag, Mauer und Brandenburger Tor in Brand setzen können. Wadorf beschlich der Verdacht, in Berlin werde überhaupt nicht mehr mit Kohle, sondern ausschließlich mit Zip geheizt. Der Kleintransporter, der die Zip-Pakete lieferte, kam immer häufiger, stapelte seine Ware direkt hinter dem Eingang der Parfümerie, und Wadorf verkaufte gleich an der Tür, so dass der rege Zündstoffhandel es potentiellen Seifen- und Parfümkunden fast unmöglich machte, zu den verstaubten Exponaten hinter dem Zündmaterial vorzustoßen. Die Zip-Türme schreckten außerdem die Handelsvertreter der Parfümhersteller ab. Der blasse Mann, den 4711 Kölnischwasser monatlich nach Berlin entsandte, stieß sich schon beim Betreten des Ladens das rechte Knie an einem Zip-Karton und war auch durch die Tatsache, dass er hier einen rheinischen Stammesgenossen traf, nicht zu einer Konzession für den Vertrieb seines Parfüms zu bewegen. Siebenundvierzigelf, sagte er zum Abschied, gebe es nur in ausgesuchten Läden, die er zu bestimmen habe, und in diesem hier werde statt Kölnischwasser wohl (er lachte mit einer beinahe irren Freude, die sein Doppelkinn zittern ließ und ein böses Stechen in seine Augen trieb) eher Löschwasser verkauft, nicht wahr? Dann lud er seinen Probenkoffer in den Kofferraum, reichte Wadorf eine überparfümierte Hand und verschwand.

Mit den Vertretern des Parfüm- und Rasierwasserherstellers Tabac verlief es keineswegs besser. Die Herren betraten das Geschäft, schauten sich um, schüttelten den Kopf und antworteten ausweichend auf Wadorfs Frage, ob er denn hier, direkt am Eingangsbereich, das berühmte Rasierwasser aufbauen dürfe. Nein, sagten die Herren, leider. Immerhin durfte er ein Parfüm namens Margaret Astor vertreiben, das aber niemand haben wollte. Es war, genau genommen, ein trostloses Jahr. Dalisha hatte Heimweh, schrieb umfangreiche Briefe nach Hause und wurde immer schweigsamer, während er in einer durch die unerbittlichen Gesetze des Marktes zum Pyrospeziallager umfunktionierten Parfümerie von morgens bis abends kleine Brennwürfel zu neunundneunzig Pfennig das Paket verkaufte.

Sie ging zurück nach Prag. Er lebte jetzt allein in Berlin als Besitzer der erfolglosesten Parfümerie der Stadt. Sein Vater, der mittlerweile zehn Lastwagen besaß und Geschäfte in ganz Europa machte, lieh ihm Geld.

An einem warmen Julitag schloss Erich Wadorf seine Parfümerie und wanderte mehrere Tage durch die von der Hitze ausgedörrten Berliner Straßen. Diese Art, durch die Stadt zu spazieren, war es, die ihn in den folgenden Jahren zu einem erfolgreichen Unternehmer machte; dabei witterte er die unerfüllten Sehnsüchte, die Leerstellen der Stadt, die fehlenden Angebote. Es gab zum Beispiel nur wenige Eissorten in Deutschland. Es gab »Happen«, ein Eis, das nach dem Krieg von Langnese auf den Markt gebracht worden war. Happen war das Brikett unter den Eisriegeln der Nachkriegszeit, und es erinnerte die Leute an eine Zeit, an die sie nicht gerne erinnert werden wollten, an die Zeit der Armut und an die Opfer, die man bringen musste, um den Kindern einen Happen zu besorgen. Im Lauf der Jahre wurden immer weniger Happen verkauft. Langnese behielt das Eis im Programm, stellte der Melancholie des Happens aber ein gelbes Fruchteis namens Capri zur Seite. Nachdem allerdings ein fast nur aus Wasser und Zucker bestehendes Fruchtsaftgetränk und ein untermotorisierter Familiensportwagen denselben Namen erhalten hatten, verlor auch das Capri-Eis seinen Glanz. Die Sehnsüchte des westdeutschen Eisessers brauchten ein neues Ziel, und das hieß Softeis. Wadorf beobachtete, wie Softeisautomaten der italienischen Spezialfirma Carpigiani in den Fußgängerzonen auftauchten. Das Softeis schlang sich vor den Augen der staunenden Kunden in einer barocken Serpentinenbewegung aus dem Automaten in die Waffel. Die Leute flippten völlig aus, wenn sie einen Softeisstand sahen, wenn sie das staubsaugerartige Geräusch der Eismaschine hörten, und daran änderten auch die von den anderen Eisherstellern verbreiteten Horrorgeschichten über lebensgefährliche Salmonellen und tödliche Keime nichts.

Wadorf beschloss, ein neues Leben zu beginnen. Er kaufte ein paar Softeisautomaten und gründete eine Süßwarenkette, und nach nur einem Jahr hatte er sechzehn Eisstände und Süßwarenläden, in denen er gebrannte Mandeln, kandierte Früchte, Cola-Lutscher, Gummibären, Zuckerwatte, Marshmallows und alle erdenklichen Kombinationen von Gelatine, Geschmacks- und Farbstoffen anbot.

Wadorf, der ehemalige Spediteur, der gescheiterte Parfümverkäufer, wurde dank der überwältigenden Erfolge seiner Süßwarenstände zu einem wohlhabenden Mann. Er kaufte sich ein Haus in Steglitz und mietete ein Büro in der Nähe des Kurfürstendamms. Es ging auf einen großen Platz hinaus, und sein einziger Nachteil war das jährlich direkt vor seinem Fenster stattfindende Volksfest.

Als er dreißig wurde, leitete Wadorf ein Eis- und Süßwarenimperium, besaß die teuerste deutsche Serienlimousine und den teuersten deutschen Roadster, und er war Besitzer eines ansehnlichen Hauses mit Doppelgarage und Jägerzaun – aber dass er ein glücklicher Mann wurde, hatte er einem Zufall, dem trostlosen Berliner Winter und der Ostpolitik Willy Brandts zu verdanken.

Der Berliner Winter, sagt Wadorf, ist einer der unangenehmsten; es gibt keinen Föhn, der wie in München ein helles Licht in die Stadt trägt, es gibt, anders als in Hamburg, keinen Seewind, und selten liegt richtig Schnee – und wenn doch, dann ist der Berliner Schnee am nächsten Tag grau vom Ruß und von den Abgasen, zerfressen vom Salz auf den Straßen, bepinkelt von Hunden und durchsetzt von Rollsplitt; kein Schnee, den man in die Hand nehmen möchte, nicht der blauschimmernde Schnee der bayerischen Berge, sondern ein vereistes graues Zeug, verharscht von einem Wind, der ungebremst aus den Weiten der Taiga über Polen nach Berlin weht. Gleichzeitig verschwindet das Licht, und oft kommt es wochenlang nicht wieder zurück: Morgens um elf ist es so dunkel wie nachmittags um fünf, und die Sonne hinter der bleigrauen Wolkendecke erinnert an eine 25-Watt-Birne. Im Winter sei Berlin für alleinstehende Personen vollkommen unerträglich, schlimmer als Nowosibirsk, wo die Kälte wenigstens die Wolken vertreibt und einen stahlblauen Himmel freiräumt.

Wadorf mochte den Berliner Winter nicht, er mochte die kalten Tage nicht, an denen er die Hände über die wärmende Öffnung des Toasters hielt, bis ihm die Brote gegen die Handflächen sprangen, er mochte das asthmatische Gurgeln der Kaffeemaschine nicht, das ihn an seine

Frau erinnerte, er hasste das Geräusch der Pfützen, ihr hämisches *Tsch-Tsch*, als wollten sie darauf hinweisen, dass dies die schlechteste Zeit des Jahres für Softeisautomaten und Cabriolets war.

Wadorf beschloss, einen Freund in den Ostteil der Stadt zu begleiten. Peter Sieverding hatte Verwandte dort, und manchmal brachte er ihnen Seife und Rasierschaum vorbei.

An einem trüben Sonntag fuhren sie über den Checkpoint Charlie in die Friedrichstraße. Sie parkten zwischen einem Wartburg und einem seltsamen russischen Wagen in einer Seitenstraße und betraten das Haus von Sieverdings Cousine, die sich gerade von ihrem Mann getrennt hatte. Wadorf verbrachte einen Nachmittag in einer brikettbeheizten Wohnung, aß zwei Stück Eierschecke, schaute aus dem Fenster auf verrußte Fassaden, sah Bröckelndes und Zerschossenes, beige und braun, roch den blauen Qualm, der sich lethargisch aus den Schornsteinen kräuselte. An diesem Nachmittag lernte er seine zukünftige Frau kennen.

Erika Majewski kannte ihre Eltern nicht. Sie war in einem Waisenhaus in Treptow aufgewachsen, in einem Zimmer mit Linoleumfußboden und fahlem Licht, mit anderen Kindern, die sie nicht mochte; sie war ein Staatskind, und sie hatte diesem Staat allmorgendlich mit einem mehrstrophigen Lied für seine Generosität zu danken. Sie hatte wenige Erinnerungen an ihre Jugend, aber diese wenigen Erinnerungen waren kalt und unerfreulich. Die Kinder im Heim hatten sie gehasst, weil sie die Hübscheste gewesen war. Der Staat zahlte ihren Schulabschluss, zahlte ihre Ausbildung zur technischen Zeichnerin und bezuschusste ihre erste Wohnung in einem Plattenbau, den sie nach sechs Monaten wieder verließ, um einen Berliner Autohändler zu heiraten. Der Autohändler war ein nervöser Mann mit linkischen Bewegungen, der in den Hohlräumen des sozialistischen Systems einen radikalkapitalistischen Bestechungshandel aufgebaut hatte. Manchmal kamen Menschen, die die Auslieferung ihres Trabants beschleunigen wollten, manchmal Leute, die vor fünf Jahren einen grünen Trabant bestellt hatten und nun lieber einen blauen haben wollten; an diesen Tagen durfte Erika das Wohnzimmer nur betreten, um Kaffee zu servieren; wenn die Gäste die Wohnung verließen, lag viel Geld auf dem Tisch, und ihr Mann saß breitbeinig auf dem Sofa und sagte: »Geht doch.«

Erika Majewski war achtzehn Jahre alt gewesen, als sie aus einem namenlosen Erziehungskollektiv in das Idyll dieser Wohnung hineinheiratete, aber besser wurde dadurch nichts; die im Heim noch streng egalitär auf alle verteilten Koch- und Abwaschdienste blieben nun ausschließlich an ihr hängen, und statt des Heimvorstehers tauchte jetzt spätabends ein alkoholisierter Trabanthändler im Flur der Wohnung auf, der sich über lauwarme und geschmacklose Suppen beschwerte, seltsam roch, seltsame Entschuldigungen für sein Zuspätkommen vortrug, mit rauher Stimme Sex verlangte oder sich schnarchend ins Bett rollte. Irgendwann tauchte er gar nicht mehr auf. Sie blieb allein in seiner Wohnung, und es war besser so. Manchmal klingelte ihre Schwiegermutter, trank einen Kaffee und machte ein bekümmertes Gesicht, als wolle sie sich für ihren Sohn entschuldigen. Manchmal kam eine Bekannte vorbei und erzählte vom Westen und von Urlaubsinseln, von denen sie gehört hatte.

Sie mache ihnen einen Kaffee, sagte sie, als Sieverding und Wadorf die Wohnung betraten. Wadorf starrte in seine Tasse und redete irgendeinen Unsinn; er war ganz durcheinander.
    Am nächsten Tag setzte er sich in den Mercedes und fuhr zurück in die Oranienburger Straße; im Kofferraum hatte er einen tropischen Blumenstrauß aus Wilmersdorf, eingeschlagen in glänzendes Zellophan.
    Später, nachdem er wieder gegangen war, saß sie lange vor dem zerknüllten Zellophan. Wadorf war das genaue Gegenteil ihres Mannes, riesig, mit langen, tentakelhaften Armen, einer freundlichen Stimme und einem Bauch, der aussah wie ein bequemes Kissen. Die Blumen waren sehr bunt.

Er kam jetzt öfter in den Osten. Sie trafen sich, obwohl das streng verboten war, am Müggelsee, wo man auf einen Hügel steigen konnte, von dem aus man den See und den Fernsehturm am Alexanderplatz sehen konnte und die endlosen Kiefernwälder, die hier begannen und bis nach Polen reichten. Von hier oben sah es aus, als liege Berlin in einem Urwald am Amazonas. Sie verabredeten sich für den Sommer. Er fuhr mit dem Mercedes in die Tschechoslowakei, sie mit dem Zug. Es war das zweite Mal, dass er in diesem Land eine Frau traf. Sie trafen sich in Karlsbad in einem Hotel. Dass jeder ihrer Schritte beobachtet wurde, ahnten sie nicht.

Nach diesen zwei Wochen war für Wadorf nichts mehr wie bisher, obwohl der lebenszeitfressende Wahnsinn des Alltags sofort wieder einsetzte: Eismaschinenhersteller sahen sich außerstande, Ersatzteile für Eismaschinen zu liefern, Beamte der Innenbehörde beschwerten sich über in den Straßenraum hineinragende Eismaschinen und verlangten die Unterzeichnung von Straßensondernutzungsgenehmigungen. Wadorf fuhr mit dem Mercedes zur Behörde und rechtfertigte sich, die Maschine stehe mit allen vier Rädern auf dem Gelände des Kaufhauses. Aber sie rage bauartbedingt vier Zentimeter über das aufgehende Mauerwerk hinaus in die Fußgängerzone, erklärte der Innenbehördenbeamte, und die sei juristisch gesehen eine Straße. Also beantragte Wadorf eine verkehrsrechtliche Genehmigung der Polizei für seine vier Zentimeter in die Straße hineinragende Eismaschine und eine Reisegewerbekarte für den Verkauf von »Waren aller Art«. Das war dem Beamten zu allgemein. Was er denn genau verkaufen wolle? Imbisswaren, sagte Wadorf, Currywurst, Rostbratwurst, Nackensteak. Von Nackensteak hatte der Beamte noch nie etwas gehört, er werde, erklärte er, überprüfen müssen, ob es sich bei Nackensteak um eine zulässige Imbissware handelte. Was er noch verkaufen wolle?

»Buletten und Pommes.«

»Pommes geht schon mal nicht«, entgegnete der Beamte mit dem erfreuten Gesichtsausdruck eines Mannes, der wieder ins Reich eindeutiger Vorschriften zurückgefunden hatte. »Imbisswaren müssen einhändig verzehrt werden können. Pommes werden mit zwei Fingern gegessen.« Das Anbieten von Dingen, die mit zwei Händen, im Falle von Pommes mit einem Spicker gegessen werden müssen, sei eine »Animation zum Aufenthalt« und erfülle den Tatbestand ungenehmigter Gastronomie. »Wenn ich Sie dabei erwische, dass Sie Pommes anbieten, sind Sie mit einem Bußgeld von etwa zehntausend Mark dabei«, schob der Beamte mit einem jovial-strengen Gesichtsausdruck hinterher. Außerdem berühre die Reisegewerbekarte nicht die Sondernutzungsrechte des Straßentiefbauamtes; bei dem müsse eine gesonderte Ausschankgenehmigung beantragt werden.

Mit solchen Dingen verbrachte Wadorf seine Tage. Aber durch seinen mit Terminen, Aktienkursen und Verwaltungsvorschriften reichlich vollgestopften Unternehmerkopf summte immer wieder die Erinnerung an die Tage in Karlsbad. Er konnte sich nicht konzentrieren. Für einen kurzen, verrückten Moment dachte er daran, zu ihr in die DDR zu gehen und dem Sozialismus das Softeis zu bringen, eine blitzartige Idee, die sich genauso blitzartig wieder aus seinem Kopf verabschiedete und von einer anderen ersetzt wurde. Er besprach die Sache mit Erika, die erstaunlich ruhig auf seinen neuen Vorschlag reagierte und ihm erklärte, sie habe ohnehin nichts zu verlieren.

Er besaß einen Eisstand auf der Potsdamer Straße; nebenan standen die Prostituierten und die kleinen Dealer, und im Laufe des Tages kamen allerhand zwielichtige Gestalten vorbei. Er kannte die Hehler, die Kleinkriminellen, und es war nicht schwierig, im Gewimmel von Leuten, die ihr Geld in allen erdenklichen Illegalitätsstufen verdienten, einen Schleuser aufzutreiben. Der Schleuser, ein junger Mann mit halblangen Haaren, verlangte zehntausend Mark dafür, Erika im Kofferraum seines Wagens über den Grenzposten zu bringen.

»Und was ist, wenn ich dir das Geld gebe, wer sagt mir, dass du sie wirklich rüberholst?«, fragte Wadorf.

»Mach dir keine Sorgen, Alter«, sagte der große dünne Mann und grinste. »Du zahlst, wenn wir sie hier haben.«

Dann verschwand er, und Wadorf fuhr über den Checkpoint Charlie, um Erika mitzuteilen, wer sie wann und wo abholen würde.

An diesem Tag wartete er schon zwei Stunden vor der vereinbarten Zeit hinter dem Grenzübergang Heerstraße. Er saß in seinem Benz und sah das träge Havelwasser vorbeiziehen; er schaute in das Geäst der Bäume und zählte die Krähen, er dachte an Karlsbad und daran, dass der Schleuser gesagt hatte, die Sache sei eine Routineangelegenheit: Bei den vielen Wagen, die seit der Liberalisierung der Ost-West-Beziehungen die Grenzen passierten, sei es quasi ausgeschlossen, dass die Grenzbeamten ausgerechnet ihren Kofferraum öffnen würden.

Wadorf wartete eine Stunde. Er wartete zwei Stunden. Er wartete bis Mitternacht, dann startete er den Mercedes und fuhr in die Potsdamer Straße. Er fragte ein paar Prostituierte, ob sie den Schleuser gesehen hätten, aber der Mann war verschwunden.

Gegen drei Uhr legte er sich angezogen auf sein Sofa und schaltete den Fernseher an, aber der Apparat gab nur einen Pfeifton von sich. Wadorf dachte an einen Morgen in Karlsbad. Er dachte an ihren zusammengerollten Körper, an das Gesicht des Schleusers, an die seltsamen Versprechen, die der Mann gemacht hatte. Er hatte keinen Vorschuss verlangt. Vielleicht hatte er den Auftrag einfach vergessen. Oder er hatte ihre Wohnung nicht gefunden; vielleicht war sie aus einem wichtigen Grund verhindert gewesen. Vielleicht hatte der Mann sie abgeholt, hatte sie in den Westen gebracht und bei sich behalten; vielleicht wollte er ihn erpressen … Oder war doch an der Grenze etwas passiert – ein Missgeschick, ein falscher Blick des Fahrers, und der Grenzbeamte wird misstrauisch, hält den Wagen an … ein Fluchtversuch, Schüsse –

Um halb fünf stand er wieder auf, ohne eine Minute geschlafen zu haben. Er trank einen kalten Kaffee, der vom letzten Morgen auf dem Küchentisch stand. Gegen sieben verließ er das Haus, sah in seinen Briefkasten und fand nichts.

Ein auf Ost-West-Fragen spezialisierter Rechtsanwalt, der seinen Sitz in einem beeindruckenden gründerzeitlichen Eckturm am Kurfürstendamm hatte, teilte Wadorf nach dreitägiger Recherche mit, Erika Majewski sei bei dem Versuch, die DDR im Kofferraum eines Peugeots zu verlassen, von Grenzbeamten aufgegriffen und verhaftet worden; vermutlich würden an der Grenze neuerdings Röntgenstrahlen zur Durchleuchtung der Kofferräume verwendet, der Wagen sei der einzige in einer Reihe passierender Westfahrzeuge gewesen, den die Beamten gründlich untersucht hätten. Frau Majewski befinde sich in Untersuchungshaft in Hoheneck.

Ihre Gemeinschaftszelle erinnerte Erika Majewski an ihr Zimmer im Kinderheim; es waren die gleichen Stahlrohrbetten, nur fehlten diesmal die bunten Gardinen. Sie wurde frühmorgens zu Verhören nach Hohenschönhausen abgeholt. Beamte mit verschmierten, ovalen Hornbrillen legten ihr Fotografien ihres Aufenthaltes in Karlsbad vor (Erika mit Wadorf im Arm; Wadorf, Erika auf die Stirn küssend). Sie zitierten Aussagen dreier freundlicher Nachbarn über Treffen mit Wadorf in der Oranienburger Straße und am Müggelsee, sie erwähnten Ankunfts- und Abschiedszeiten, die ein weiterer Nachbar notiert hatte. Schließlich stellten sie Fragen zu Wadorf selbst: Ob er aus privaten Motiven gehandelt, ob er sie überredet habe, was ihre Pläne gewesen seien. Sie wussten alles. Sie sagte wenig.

»Wenn Sie sich derartig kooperativ verhalten, werden das hier leicht dreißig Jahre«, sagte einer und tätschelte ihr die Wange. Dann schlug er die Zellentür zu.

Erika Majewski verbrachte ein Jahr im Gefängnis. Sie erinnert sich an die schmalen, vergitterten Fenster, an die Gefängnisbibliothek, an die Läuterungskurse, die sie belegen musste, an die gigantischen Kragenecken des Mannes, der sie über die Zukunft im Sozialismus unterrichtete, und an seine schlechten Zähne. Nach einem Jahr wurde Erika Majewski im Rahmen eines Austauschprogramms von der Bundesrepublik freigekauft. Sie zog zu ihm. Wadorf galt für die DDR als Auftraggeber einer Entführung; seine Anwälte rieten ihm dringend davon ab, das Staatsgebiet der DDR wieder zu betreten. Deswegen flog er, wenn sie im Sommer nach Spanien fuhren, bis nach Hannover, und sie steuerte den Wagen über die Transitstrecke und holte ihn am Flughafen ab.

Er erinnert sich an diese Reisen: an die Passagiere an Bord seines letzten Flugs nach Hannover, müde Geschäftsleute mit gelockerten Krawatten, die sofort nach dem Start einschliefen und mit offenen Mündern in ihren Sitzen hingen. Wie weit unter ihnen die Lichter einer Siedlung schimmerten, ein helles Band, das sich in der Mitte verdickte und in verschiedene Richtungen zerlief. Wie er ein Mineralwasser bestellte und den Tisch wieder hochklappte, die Zeitung aufblätterte und die Börsenkurse las und sie wieder in das Netz an der Lehne seines Vordermanns zurückstopfte; wie das giftige Aquarell des Abendhimmels hinter dem ovalen Flugzeugfenster hing.

Seine Frau war dort unten, allein in einem Luxussportwagen auf der Fahrt durch ein schwarzes Land, das er nicht mehr betreten durfte.

Erika Majewski erinnert sich an diese Fahrten: wie der Motor beim Beschleunigen hinter Dreieichen höherdrehte, der Drehzahlmesser auf viertausendfünfhundert Touren stieg, wie der erleuchtete Grenzübergang im Rückspiegel verschwand und es dunkel wurde vor ihr.
Sie war achtundzwanzig damals; siebenundzwanzig Jahre im Osten, eines davon im Gefängnis, ein Jahr im Westen. Entlang der Straße Wiesen und verlassene Häuser. Bis Hannover genau zweihundertsechsundsiebzig Kilometer. In der Ferne die Lichter eines DDR-Wachpostens. Sie hatte das Verdeck geschlossen bei diesen Fahrten; das Licht des Tachos leuchtete warm unter der Windschutzscheibe. Die Nadel stand bei hundertzehn Stundenkilometern. Sie hatte keine Angst.

Wadorf war vor ihr da. Er fuhr mit dem Taxi in die Stadt und wartete am Taxistand vor dem Bahnhof. Er schaute den Taxifahrern zu, wie sie rauchten und die Dieselmotoren ihrer Limousinen anwarfen und losfuhren.

In der Ferne hörte er das Rauschen der Autobahn. Eine beleuchtete Anzeige an einer Fassade warb für Ariel. Er wartete, und jedes Mal wieder kam die Erinnerung an die Nacht auf der Heerstraße zurück, das Gesicht des Schleppers, das Gesicht des Anwalts. Motten flogen gegen die verschmierten Scheiben einer Telefonzelle; aus dem Telefonbuch waren sinnlos Seiten herausgerissen worden. Er wartete eine Stunde, dann leuchteten in der Dunkelheit der nächtlichen Hauptstraße die Scheinwerfer des Mercedes auf.

Es ist ruhig dort, wo sie jetzt leben, ein renoviertes Haus aus den sechziger Jahren mit Plastiksprossenfenstern, in einem Vorort von Dortmund. In Spanien, sagt er, habe es ihr nicht gefallen, damals. Sie ist kein Mensch, der die Hitze liebt. Auf dem Fensterbrett im Wohnzimmer parkt ein Flugzeugmodell. Im Garten, unterhalb der Terrasse, steht eine Hollywoodschaukel. Auf der Terrasse steht eine Lampe im Louis-n'importe-Stil, hinten im Garten eine Blautanne, davor läuft der Hund herum, ein Pudel mit graublauem Fell.

Es geht ihnen gut, obwohl die Zeiten schlecht geworden sind nach der Maueröffnung; die Kaufhäuser, die früher ein Monopol besaßen, haben Konkurrenz bekommen von den neuen Einkaufszentren vor der Stadt. Wadorf verkauft schon lange kein Softeis mehr; in den neunziger Jahren hat er einen ambulanten Pizzaservice eröffnet und später mit Gewinn verkauft; jetzt leben sie von ihrer Rente.

»Wir haben uns überlegt, was man heute brauchen kann«, sagt er. »Pizza kann man immer brauchen.«

Seit fünf Jahren, sagt er, lässt sich überhaupt kein Geld mehr verdienen. Er hat viel verloren auf dem Neuen Markt und beim Crash von 2008. Aber er fährt einen großen Mercedes. Seine Frau fährt einen Smart.

1986
Die Angst

Kilometerstand 112 198

Herbert Gröberding kaufte sich den Mercedes zu seiner Pensionierung. Er hatte dreißig Jahre lang in der Rechnungsabteilung eines Mineralölkonzerns gearbeitet, jetzt hatten sie ihn mit einem großen Fest verabschiedet, bei dem der Abteilungsleiter ihm einen Bildband und eine Reisestaffelei überreicht hatte, denn man wusste, was Gröberding tat, wenn er sich nicht mit Ölfördermengen und Barrelpreisen und den Besatzungen von Halbtaucherbohrinseln beschäftigte: Er malte. Jeden Freitag fuhr er zu einem Malereibedarfsladen in der Stadt, kaufte ein paar Leinwände oder neue Öltempera, zog sich in das Atelier zurück, das er sich im hinteren Trakt seiner Altbauwohnung eingerichtet hatte, öffnete die Fenster, drehte die silbernen Farbtuben auf, stellte die Terpentinbecher bereit und mischte aus Ocker, Grün und Aquamarinblau den schlammigen Farbton an, den er in fast allen seinen Gemälden verwendete. Gröberding malte – nicht nebenher, sondern wann immer er dazu kam, nachts und frühmorgens; in seiner Wohnung lehnten hunderte von Bildern, die er teilweise verschenkte, teilweise in kleineren Ausstellungen in der örtlichen Sparkasse oder im Forum der Konzernfiliale ausstellte. Meistens waren es abstrakte Bilder, in denen Gröberding verdünnte Ölfarbe mit schnellen Pinselschlägen ineinanderwischte oder in Schichten übereinanderfließen ließ, nur manchmal, wenn die Verläufe ihm nicht gefielen, kratzte er mit dem Pinselstiel die Umrisslinien von Gesichtern, die ihm gerade in den Sinn kamen, Verwandte oder Hollywoodstars, in die trocknende Farbe. Auf diese Weise waren über die Jahre etwa dreißig Porträts seiner Frau, vier von

Humphrey Bogart und fünfzehn von Shirley MacLaine entstanden, die die Wände des langen Flurs in dichter Hängung bedeckten.

Gröberding packte die Staffelei in den Kofferraum und fuhr mit seiner Frau nach Orbetello. Er malte dort, während seine Frau schwimmen ging und den *Namen der Rose* las, dreizehn Bilder, die er auf dem Balkon seines Hotelzimmers trocknen ließ und dann auf den Notsitzen des Mercedes verstaute – das letzte Bild, das noch feucht war, hinterließ einen bräunlichen Streifen auf dem Leder des Verdeckkastens.

Als sie aus Italien zurückkamen, standen mehrere Umzugswagen vor der Tür. Möbelpacker trugen Gipsbüsten und dunkle Mahagonimöbel ins Haus; im ersten Stock zog Professor Kerklich ein, ein hagerer Mann ohne Kinn, der immer, auch, wie Gröberding aus seinem Erker beobachten konnte, spätabends in der Küche, einen Anzug mit Krawatte und farblich passendem Einstecktuch trug. (Es sah aus, sagt Gröberding, als ob ihm die Krawatte auf eine kunstvolle Weise oben aus dem Sakko wieder herauswuchere.)

In der gleichen Woche bekamen sie die Mitteilung, die Hauseigentümergemeinschaft habe sich, um die anstehende Fassadensanierung zu finanzieren, entschlossen, dem Bau eines Penthouses auf dem Dach des Altbaus zuzustimmen.
Ein paar Tage später klingelte es am Morgen zweimal an Gröberdings Tür. Der Architekt des Penthouses, ein Herr Ärmler aus Dormagen, stellte sich vor; seinen Berechnungen zufolge – er holte bei diesen Worten eine Kopie aus seinem Koffer, die er Gröberding vorlegte – müsse man zur Stabilisierung des Penthouses die ehemaligen, heute aus feuerpolizeilichen Gründen zugemauerten Kaminschächte mit Beton ausgießen, um so die Last im vorderen Bauteil abzuleiten, da es anderenfalls, so sagte er es, statisch schnell ein bisschen knirschen könnte. Er wolle daher die Vermauerung der Kaminöffnungen überprüfen. Gröberding deutete auf die Wand, an der sich früher der Kamin befunden hatte; dort, wo die Kaminöffnung gewesen sein musste,

balancierten zwei Humphrey Bogarts auf einer Phalanx von strudelnden Farbverläufen. Herr Ärmler versuchte, ein Bild abzurücken, aber es verkeilte sich, und die Farbe blätterte ab. Er stellte es verschreckt an seinen Platz zurück und klopfte schräg gegen die Kaminwand; hier, sagte er dann zufrieden, sei alles ordnungsgemäß abgedichtet.

Der zweite Besucher war Professor Kerklich. Es stellte sich heraus, dass er einen Kunsthandel besaß und bereits mehrere Katalogbeiträge für Ausstellungen geschrieben hatte; er wanderte durch den Flur, schüttelte ungläubig den Kopf, ergriff dann feierlich Gröberdings Hände, nannte ihn einen Künstler, eine Entdeckung und empfahl ihm, eine Ausstellung bei einem befreundeten Galeristen zu machen, ein Experte für Informel, fügte Kerklich hinzu, eine der Kapazitäten seines Fachs, eine Ausstellung bei ihm könne den Durchbruch bringen, er, Kerklich könnte sich unter Umständen sogar vorstellen, den Katalogtext zu verfassen.

Ein paar Wochen später, während die Fenster des Hauses hinter einem Baugerüst verschwanden und die Bauarbeiter begannen, mit schwerem Gerät das Dach des Hauses abzutragen, betrat Kerklich, wie immer im Anzug, mit roséfarbener Krawatte und passendem Einstecktuch, Gröberdings Wohnung zusammen mit dem Galeristen. Sie zerrten Bilder hervor, drehten sie in der Luft herum, hielten sie mit ausgestreckten Armen von sich und machten bedeutungsvolle Gesichter.

»Die Bilder brauchen Titel«, sagte Kerklich nachdenklich und hielt einen graubraunen Farbverlauf einhändig an die Wand.

»Wie heißt dieses Bild?«

Der Galerist striegelte seinen Bart mit der rechten Hand und kniff die Augen zusammen.

»Im Fluss«, sagte er dann.

»Es hat etwas Tiefes, Existentielles«, sagte Kerklich. »Etwas Archaisches. Es könnte auch ›Schwarz‹ heißen. ›Aufruhr‹ – nein« – er hob die Hand in die Luft, wie ein Dirigent, der äußerste Konzentration verlangt – »es heißt ›Bohrung‹«.

Gröberding schaute den Professor an. Er roch nach einem seltsamen Parfüm, ein Damenparfüm vielleicht, mit einer Liliennote.

»Warum denn ›Bohrung‹?«, fragte er. »Bei einer Bohrung sieht es ganz anders aus.«

»Wie würden Sie selbst es nennen?«, sagte der Galerist verständnisvoll.

Gröberding starrte ihn an. Er hatte hunderte von Bildern gemalt, und er hatte sich nie gefragt, wie man sie nennen könnte. Es waren Bilder, die nichts darstellten, warum in aller Welt brauchten sie jetzt Namen? Um etwas zu sagen, sagte er: »Pechelbronn«.

In Pechelbronn hatten sie um 1500 die erste Erdpechquelle gefunden, sie hatten das Öl als Medizin eingesetzt, bei Hautkrankheiten, das Öl hatte die gleiche Farbe wie das Gemälde, Pechelbronn …

»Neinnein«, sagte Kerklich. »Bewegung, das Ephemere, Omnia Fluxit – so etwas«.

»Pulchra sunt ubera quae paululum supereminent et tument modice«, sagte Gröberding. Er hatte den Satz in dem Roman von Eco, den seine Frau in Italien gelesen hatte, gefunden und sich gemerkt. Kerklich lachte eingeschüchtert auf und nickte; er hatte offensichtlich keine Ahnung, was das bedeuten sollte. Gröberding sah, dass an Kerklichs Mundwinkeln Spuckereste eingetrocknet waren; einzelne Haare, die aus seinen Augenbrauen wuchsen, schlugen verschiedene Richtungen ein. Der Professor ging ihm auf die Nerven, aber gleichzeitig fühlte er sich geschmeichelt. Sie beschlossen, eine Ausstellung zu machen. Kerklich sollte die Eröffnungsrede halten und einen kurzen Katalogbeitrag schreiben; er verlangte von Gröberding tausend Mark für seine Bemühungen.

In der, wie die zahlreichen Tippfehler vermuten ließen, hektisch hingeschriebenen Auslegung von Gröberdings Gemälden, die Kerklich wenige Tage später ablieferte, war von einem Kampf mit der Seinsgeworfenheit, einem Bild des Werdens und Vergehens, vom Wesen des Menschen und der Seinshaftigkeit der Kunst zu lesen, einem archaischen Erfahrungskern des Menschen an sich, der sich in den Bildern kristallisiere.

Gröberding, in dem in diesem Moment der Rechnungschef das

Kommando über den Künstler übernahm, überlegte, ob er für diesen Stuss wirklich tausend Mark zahlen müsse, überlegte dann, dass er für das Geld eine Woche mit seiner Frau Urlaub machen könnte und schrieb Kerklich eine kurze Notiz, dass er kein Wort verstehe und das, was dort zu lesen sei, nichts mit seinen Bildern zu tun habe.

Kerklich meldete sich eine Woche nicht. Dann fand Gröberding in seinem Briefkasten einen handgeschriebenen Brief auf dickem Büttenpapier, in das die Initialen H K eingelassen waren: Die Werke, schrieb Kerklich, seien tatsächlich komplexer, als er angenommen habe, deutlich komplexer sogar, er brauche daher noch zeitlichen Aufschub, und auch, wegen des erhöhten Arbeitsaufwandes, mehr Geld für seinen Essay.

Ende des Monats lieferte Kerklich eine zweite Fassung. Diesmal war von einem Ringen mit der Geworfenheit ins Sein, einem Bild des vergänglichen Moments und der Wesenhaftigkeit der Kunst sowie einem Urkern unserer Erfahrung, der aus den Tiefen eines archaischen, verlorenen Seins zu uns dringe, die Rede.

Gröberding legte den Text beiseite, nahm sich einen Sherry von der Anrichte und schaute aus dem Fenster, das immer noch von einer Plane verhüllt war. Das Licht dahinter wurde schon schwächer, es war später Nachmittag. Die Bauarbeiter zogen zwischen dem Fenster und der Plane ein gelbes Rohr an der Fassade entlang bis aufs Dach, sie schrien sich Befehle und Fragen zu und hämmerten und sägten. Die Betonarbeiten sollten längst begonnen haben, sie waren zu spät dran.

Gröberding ging früh zu Bett und stand am nächsten Tag früh auf. Er machte sich einen Kaffee und setzte sich mit Kerklichs Manuskript auf den Balkon, vielleicht, dachte er, verstehe ich morgens besser, was der Mann sagen will. Auf dem Dach hatten die Bauarbeiter eine lärmende Maschine angeworfen, es klang, als würde ein Mofa auf dem Dach im Kreis fahren, jemand brüllte etwas vom Dach auf die Straße hinunter, und jemand anderes brüllte von der Straße etwas aufs Dach hinauf. Irgendwo gab es einen Knall. Gröberding machte ein paar Skizzen von Kerklichs halslosem Profil auf das Manuskript, er kolorierte das Einstecktuch und die Krawatte mit einem Tropfen Kaffee, den er mit dem kleinen Finger verrieb, dann las er die Passage über die Wesenhaftigkeit der Kunst noch mal, und während er vom Urkern unserer Erfahrung las, hörte er ein Blubbern, das mit der Zeit immer stärker wurde. Gröberding lauschte. Auf dem Dach ackerte sich ein Motor ab, es klang, als ob ein vollbesetztes, untermotorisiertes Auto einen steilen Hang im ersten Gang hinauffährt, aber das Blubbern kam nicht von draußen. Gröberding lief durch den langen Korridor, vorbei an den Kratzporträts seiner Frau, die hinter der Wand schlief, bis in den Atelierraum. Ein paar Bilder waren hier umgekippt, und aus einem Loch in der Wand quoll, blasenwerfend, eine graue Masse, ganz offensichtlich Beton. Gröberding schrie, watete durch den frischen Beton, verteilte ihn auf dem Parkett, versuchte, ein paar Gemälde, die schon zur Hälfte überschwemmt waren, in Sicherheit zu bringen, aber aus dem Loch in der Wand, wo man die Kaminöffnung ganz offensichtlich nicht vermauert, sondern nur mit einer dünnen Spanplatte geschlossen und dann übertapeziert hatte, quoll unaufhaltsam der Beton, den die Arbeiter vom Dach aus in die alten Kaminschächte pumpten. Seine Frau war aufgewacht und schaufelte mit einem Kehrblech den Beton von den Bildern fort, er rannte aufs Dach und brüllte die Arbeiter an, die sofort aufhörten, zu pumpen, aber am Ende des Tages hatte sich im Atelierzimmer eine massive Betondüne gebildet, die das halbe Sofa und über zwanzig Bilder umschwemmte.

In der darauffolgenden Woche wurde die Ausstellung eröffnet. Kerklich, mit dem sich Gröberding darauf geeinigt hatte, nichts zu bezahlen, sprach kurz von den Tiefen eines archaischen, verlorenen Seins, es gab Sekt und Kanapees, und kein einziges Bild wurde verkauft.

Der Beton ließ sich nicht entfernen, er war schnell ausgehärtet, man hätte ihn mit einem Presslufthammer beseitigen müssen, und der hätte die altersschwache Holzkonstruktion der Deckenbalken gleich mit zerstört; also malte Gröberdings Frau die Betonnase gelb wie eine Düne an und stellte zwei Yuccapalmen daneben.

Ein melancholischer Mann von der Versicherung des Architekten Ärmler besuchte Gröberding, betrachtete mit einem misstrauischen

Gesichtsausdruck die dreißig beschädigten, einzementierten Gemälde und dann die Preisliste der Galerie. Die Versicherung überwies eine erstaunliche Summe, von der Gröberding und seine Frau sich einen Rustico in Italien kauften, in dem er in den folgenden Jahren erfolgreich Malkurse für deutsche Rentnerinnen gab. Später erfuhr er, dass der Galerist seine Ausstellung nur gemacht hatte, weil kein anderer Künstler zu finden war, den er ausstellen konnte, und er ganz ohne Ausstellungen Probleme mit der Steuer bekommen hätte, aber das war Gröberding egal. Er fuhr noch ein paarmal mit dem Mercedes nach Italien, aber als sie den Wagen in Florenz zum zweiten Mal aufbrachen, überließ er ihn dem Sohn eines Cousins, Marco Heckensiep, der gerade einen Platz als Chemiker in einem Labor gefunden hatte.

Das war er jetzt also: angestellt; Schild an der Tür, Marco Heckensiep, Abteilung 2, Entwicklung Haftstreifen, Büro mit Blick hinten raus auf das Rolltor der Fertigungshalle, die Mülltonnen und die Chemikalientanks, wenn da einer mal reinfährt, dachte er, dann fliegt das hier alles in die Luft, aber andererseits: Warum sollte da einer einfach so reinfahren? Sie hatten das Büro für ihn neu gestrichen, aber die Gardinen nicht abgenommen; dahinter war die Wand hellbraun, und dort, wo sie gestrichen hatten, war der Filzteppich vollgekleckert. Er versuchte, die Farbe mit einem Messer aus der Teeküche wegzukratzen, aber das ging nicht.

Was tun? Raus auf den Gang: rumbrüllen, was ist das hier für eine Sauerei … Aber das tat er natürlich nicht, er war ja nicht der Chef, er war neu hier im Angestelltenkosmos und hierarchisch gesehen ganz weit unten: Keiner da, den er anschreien könnte, höchstens den Maler, aber der war längst verschwunden; Handwerker sind immer schon weg, wenn man entdeckt, was sie angerichtet haben. Also nicht schreien.

Heckensiep war für die Entwicklung von Straßenmarkierungsstreifen zuständig, er befasste sich mit den weißen Haftstreifen und den gelben, die sie für die Baustellen brauchten; er arbeitete bis spätabends.

Einmal in der Woche kaufte er bei Aldi Saft, Brot, Senf und Wurst. Senf aß er in großen Mengen; Nahrungsmittel ohne Senf schmeckten ihm nicht.

Das dreistöckige Haus, in dem er wohnte, war mindestens hundert Jahre alt. Im Vorgarten stand ein Apfelbaum, gegenüber lag eine Neubausiedlung. Die Häuser der Siedlung waren gelb verklinkert.

Von seinem Balkon aus sah Heckensiep in die Krone des Baums, der im Sommer mit großer Mühe drei bis vier Äpfel hervorbrachte, die, ungeschickt verteilt wie wahllos befestigter Weihnachtsschmuck, an ziellos wuchernden Zweigen hingen.

Hinter dem Haus begann eine Fußgängerzone mit grau-rot gemusterten Betonblumenkübeln, in denen vereinzelt Stiefmütterchen wuchsen; Fußgänger sah man dort nur selten.

Eines Tages tauchte auf Heckensieps Balkon eine Katze auf. Ihr Fell war räudig; sie hatte eine Wunde am Rücken. Als er sie anfassen wollte, fauchte sie und verkroch sich unter einen Gartenstuhl. Dort blieb sie bis zum Abend sitzen und blinzelte durch die Balkontür ins Wohnzimmer.

Heckensiep ging zu Aldi und kaufte eine Dose Sheba. Als er zurückkam, war die Katze verschwunden. Er öffnete die Dose und lockerte die klebrige Masse mit einer Gabel, bis sie schmatzend auf den Porzellanteller fiel, dann stellte er den Teller auf den Balkon.

Er wartete. Nach ein paar Tagen hatten Vögel das Futter angepickt; die Katze kam nicht zurück. Irgendwann begann das Sheba zu stinken; er warf es mit dem Teller weg.

Zwei Tage später war die Katze wieder da, dann kam sie immer häufiger. Einmal schlief sie am Fußende seines Bettes; in der Nacht hörte er ihr Schnurren neben seinem Kopf. Seitdem ließ er die Balkontür offen. Die Luft in seiner Wohnung kam ihm jetzt viel frischer vor, er verstand nicht, wie er die ganzen Jahre mit geschlossenen Fenstern hatte schlafen können.

Die Katze blieb ein paar Wochen, dann verschwand sie und kam nie wieder.

In Heckensieps Haus wohnten sechs Personen: er unter dem Dach, unter ihm eine Frau mit rotgefärbter Fransenfrisur, sie ging oft ins Solarium. Aus ihrer Wohnung drang, wenn sie kochte, Brandgeruch; neben ihr lebte ein Schwabe, der bei einer Schlägerei – er selbst sprach von einem Unfall – die Schneidezähne verloren hatte, die neuen künstlichen waren zu groß, weswegen er seltsam gepresst sprach. Ganz unten hausten ein blasser Mann mit Fistelstimme und seine Frau, Menschen mit seltsamen Frisuren – der Mann bürstete die Haare nach vorn in die Stirn, seine Frau föhnte sie nach hinten und befestigte die so entstehende Mähne mit Haarspray; wenn sie gemeinsam das Haus verließen, sah es aus, als bliesen um sie herum starke Winde aus verschiedenen Richtungen. Direkt neben Heckensiep wohnte ein alter Mann mit einem auffallend kleinen Kopf, der früher Abteilungsleiter bei Siemens gewesen war und viel hustete. Tagsüber stellte er seinen Wellensittichkäfig auf den Balkon, offenbar, damit das Tier frische Luft hatte; abends holte er ihn wieder in die Wohnung. Am Wochenende bekam er Besuch von seiner Tochter und ihrem Mann, der für ein japanisches Unternehmen arbeitete. Der alte Mann beschimpfte ihn deswegen und die beiden gingen meistens schon nach einer Stunde wieder. Einmal trat der alte Mann auf seinen Balkon und winkte Heckensiep mürrisch zu:

»So eine Reisschüssel hat der Idiot sich gekauft«, sagte er, »kein Wunder, wenn hier alles den Bach runtergeht. Was für ein Dussel.«

»Ein Mazda 626 ist ein zuverlässiges Auto«, rief Heckensiep zurück.

»Hören Sie mal«, sagte der Nachbar und kniff ein Auge zu, »der Japaner ist nicht zuverlässig, lassen Sie sich das mal gesagt sein von einem, der sich auskennt. Die Japaner machen uns platt, und der Kerl arbeitet auch noch für sie. Ich hätte ihm einen Job bei Siemens besorgt, aber er wollte nicht, er hat gesagt, die zahlen besser, da habe er bessere Aufstiegschancen, und dann fährt er jetzt auch noch den Dingsda, den, na ...«

»626.«

»Genau! 626! Was soll das sein, die Nummer von der Irrenanstalt?« Hier brach der alte Mann in ein Gelächter aus, das in heftiges Husten überging, und verschwand wieder in seiner Wohnung.

Im Haus gegenüber wohnte ein türkisches Ehepaar, das die Kästen auf seinem Balkon mit roten und weißen Geranien bepflanzte. Sie gingen beide um sechs Uhr morgens mit eingezogenen Köpfen aus dem Haus und kamen genau zwölf Stunden später mit ebenso eingezogenen Köpfen wieder zurück.

Heckensiep ging selten essen. An den Wochenenden putzte er die Wohnung (der Anblick der frisch gesaugten Auslegeware, in der die Bürste seines Staubsaugers Muster hinterlassen hatte, begeisterte ihn), setzte sich mit einem Bier auf den Balkon und schaltete den Fernseher an. Er sah, wie Helmut Kohl den französischen Präsidenten Mitterrand begrüßte, seine Stimme klang gepresst, als säße er auf ihr. Irgendwo sollten neue Raketen stationiert werden, jemand hatte eine Meinung dazu. Heckensiep schaltete den Fernseher wieder aus und beugte sich vorsichtig so weit über die Balkonbrüstung, dass er den Parkstreifen sehen konnte. Dort stand sein Auto, ein alter Datsun. Kein schöner Anblick.

Heckensieps Eltern hatten sich getrennt, als er vier Jahre alt war. Sein Bruder Jochen zog zu seinem Vater, er und seine ältere Schwester Jessica blieben bei der Mutter. Als er fünf wurde, stellte der Kinderarzt eine Fehlsichtigkeit fest; er musste eine Brille tragen. Seine Mutter zog mit den beiden Kindern in eine Sozialbauwohnung am Stadtrand. Wenn er sich in die Mitte der Straße stellte und dort die Brille abnahm, konnte er das Haus nicht mehr sehen. Manchmal tat er das.

Heiligabend feierten sie gemeinsam; der Vater verkleidete sich als Weihnachtsmann und rief, ob die Kinder denn artig gewesen seien. Die Kinder antworteten wahrheitsgemäß mit Nein. »Auch egal, ich mag euch trotzdem«, sagte der Vater und entfernte den Umhängebart. Die Mutter stand mit verschränkten Armen im Türrahmen und weinte, aber die Kinder taten so, als bemerkten sie es nicht.

Sein Vater wohnte nicht weit von ihnen entfernt, und manchmal traf Marco nach der Schule seinen Bruder; im Sommer legten sie Zehnpfennigstücke auf die Bahngleise und warteten, bis der Zug nach Nürnberg kam. Einmal zündeten sie eine Mülltonne an; als die Flammen aus dem Plastikbehälter schlugen, rannte Marco weg und verlor seine Brille.

Jochen, sein Bruder, war zwei Jahre älter als er. Er durfte heimkommen, wann er wollte; der Vater war nicht streng, er war jung, und er wusste nicht, wie er den Jungen erziehen sollte, also ließ er es ganz bleiben. Manchmal trafen sie sich morgens in der Küche, wenn Jochen aufgestanden war und sein Vater gerade heimkam; dann machte der Vater ihm einen Kakao und erzählte Geschichten von Kapitänen und den Häfen der Karibik und den Piraten, die es noch heute dort gebe.

Sobald es ihm möglich war, also etwa mit sechzehn, ließ Jochen sich einen Bart wachsen und zog in eine Wohngemeinschaft.

Zu diesem Zeitpunkt war Marco vierzehn. Er hatte Pickel und trug eine zu große Stahlbrille, deren metallene Ränder ihm morgens kalt auf die Nasenwurzel drückten. Er hatte kaum Bartwuchs und keine Freundin. Beides änderte sich lange nicht.

Er hatte einmal Hoffnungen gehabt. Seine Lehrer hielten ihn für sensibel und mathematisch begabt; es hieß, man müsse ihn fördern. Natürlich war auch er verliebt, aber die Mädchen ignorierten ihn oder warfen ihm mitleidige Blicke zu, und während ihre Antipathien gegen die anderen Jungen schlagartig in Sympathie umschlagen konnten, blieb es für ihn bei mütterlich besorgten oder indifferenten Blicken. Er war da, aber er existierte nicht; auf dem entstehenden Markt der aufregenden, ungeheuerlichen Möglichkeiten war er nicht vertreten. Obwohl er tagelang vor dem Spiegel übte, konnte er nicht tanzen. Freunde nahmen ihn mit nach Töging ins PM oder ins Extra: Der Geruch von

Schweiß und Parfüm, die Hitze, das flackernde Licht, die Bässe, die ihn durchdröhnten – all das versetzte ihn in einen ohnmachtsnahen Zustand; seine Beine gehorchten ihm nicht, die Arme schlenkerten unkoordiniert. Nach ein paar Versuchen gab er es auf und sah den anderen zu, wie sie sich tanzend ineinander verschlangen. Es gab noch zwei weitere Jungen, die nicht tanzten, aber sie hatten das Talent, diesem Nichttanzen einen begehrenswerten, geheimnisvollen Charakter zu verleihen: Sie redeten nicht. Sie rauchten und schauten mit zusammengekniffenen Augen ins Stroboskopgewitter und wirkten auf sympathische Weise introvertiert und geheimnisvoll. Einmal zerrte ihn ein kleines, dickes Mädchen auf die Tanzfläche; Marco behielt sein Bier in der Hand und versuchte stolpernd, sich in den Rhythmus der Tanzenden einzuordnen. Die Kleine hüpfte und boxte mit ihren Fäusten in die Luft, er versuchte etwas Ähnliches und trat dabei jemandem auf den Fuß. Nach ein paar Minuten verschwand das Mädchen mit jemand anders im Kunstnebel. Er fuhr mit dem Fahrrad nach Hause. Seine Mutter fand ihn im Badezimmer, wo er versuchte, die blaue Stempelfarbe von seinem Handgelenk abzuseifen. Das ist es, was ihm von seinem ersten Discobesuch in Erinnerung geblieben ist: das Gefühl, mit einer bierdurchnässten Hose zu Bronski Beat zu tanzen, Neonlicht im Badezimmer, bläulich verfärbtes Seifenwasser, das in ein moosgrünes Waschbecken läuft.

Sein Bruder Jochen hatte das Abitur bestanden und studierte Soziologie. Jessica ging als Au-pair nach Paris und studierte Wirtschaftswissenschaften. Sie war auf eine unauffällige Weise hübsch – manche hätten auch *gepflegt* gesagt. Nach dem Studium fand sie eine Anstellung als Projektmanagerin in Aachen; alle zwei Wochen kam sie nach Hause und traf ihre Brüder.

Marco machte einen Realschulabschluss und ging bei einem Chemikalienhersteller in die Lehre. Nach ein paar Jahren spezialisierte er sich auf die Herstellung von Klebestreifen. Eine Spezialdruckerei stellte ihn ein. Nach einem Jahr wurde er in eine Abteilung versetzt, die neuartige Haftfolien entwickelte. Er arbeitete viel. Manchmal besuchte er seinen Bruder.

Es gibt Bilder aus dieser Zeit, auf denen man die Küche einer heruntergekommenen Altbauwohnung sieht, darin herumliegend weiße Schaffelle, Weinflaschen, gelbe Aschenbecher neben der Spüle, Decken, Bücher, Kekse – und inmitten all dieser Dinge Marcos Bruder Jochen, vollbärtig, offenbar tanzend, einen Hut ins Genick geschoben, eine Zigarette im Mundwinkel. In diesem Wohnzimmer einer mittelgroßen deutschen Provinzstadt hatten mit der Verspätung von eineinhalb Jahrzehnten, die wichtige kollektive Erfahrungen oft haben, gerade die frühen siebziger Jahre Einzug gehalten.

In der Wohngemeinschaft lebten neben Jochen fünf Personen. Sie hießen Jesper, Thorsten, Gundula, Bernd und Mina. Bernd war zweimal durchs juristische Examen gefallen und engagierte sich in der DKP. Mina hatte Soziologie studiert und arbeitete als Kellnerin in einem Restaurant, das erst abends öffnete, weswegen sie den Tag über mit Bernd auf dem Bett lag und Gitarre spielte oder auf einer alten Olivetti-Schreibmaschine Pamphlete schrieb.

Thorsten war ein stiller, depressiver Arzt mit einer großen Brille, der zwanghaft alles, was er in die Finger bekam, auf etwas anderes stapelte – Zeitungsseiten auf Teetassen, auf Lauchstangen, auf Fladenbrot, auf Kleidung, auf Messer, an denen Butterreste hingen. Auch er spielte gern Gitarre. Fast jeden Abend sang er traditionelle Arbeiterlieder. Wenn er zu singen begann, war seine dünne Stimme kaum mehr als ein leises Summen, aber von Zeile zu Zeile wurde er immer lauter; den Refrain schrie er schließlich mit sich überschlagender Stimme in den Raum, bevor er erschöpft ins Sofa sank und »Ja, so war das in den Anfängen« murmelte. Die Wohngemeinschaft ließ diese Gesänge mit respektvollem Schweigen über sich ergehen; Bernd, der in solchen Momenten seine Arme verschränkte und mit den Händen seinen Trizeps massierte, fand Thorstens Stimme scheußlich, die Lieder aber ideologisch in Ordnung. Mina mochte es nicht, wenn er sang, hatte aber

Angst, dass Thorsten sich etwas antun könnte, wenn man ihn kritisierte, deswegen sagte sie nichts.

Thorstens Freundin Gundula sah aus, als habe man auch auf sie zu viel gestapelt; sie hatte ein zerknautschtes Gesicht und langes, fransig geschnittenes Haar und sprach, wenn sie überhaupt etwas sagte, mit einer quakenden, beleidigt klingenden Stimme.

Gundula konnte Mina nicht ausstehen; sie mochte Minas Stimme und ihr kreissägenartig schrilles Lachen nicht, sie konnte mit ihrem sprühenden Tatendrang, ihrer Entflammbarkeit und ihrem Empörungswillen nichts anfangen. Wo Gundula sich setzte, zog sie die Beine an und wickelte sich in etwas ein, Decken, Mäntel oder Schaffelle; ihre rotgefärbten Fransen senkten sich wie ein Vorhang vor ihr Gesicht, und wenn sie dahinter etwas sagte, wurde es in der Regel von Minas flutwellenartigem Eifer davongespült; sie hatte ihr nichts entgegenzusetzen, obwohl sie wusste, dass Mina keine Sekunde über das, was sie sagte, nachdachte und am Ende einfach *dumm* war.

Bernd war in einem Pastorenhaushalt aufgewachsen und liebte es, direkt aus der Bratpfanne zu essen, die er dann in die Spüle warf, wo sie tagelang vor sich hin gammelte. Mina dagegen legte Wert darauf, dass an den Fenstern schöne Gardinen befestigt wurden und zum Frühstück Geschirr auf den Tisch kam. Sie kaufte sogar einen Staubsauger, was Bernd in seiner Annahme bestätigte, dass in Mina ungesunde bürgerliche Lebensvorstellungen schlummerten.

Gundula ging aus dem Raum, wenn Mina begann, Thorstens Stapelzwang zu diskutieren. Sie hatte, weil Thorsten im Gegensatz zu Bernd und Mina nichts von offenen Beziehungen hielt, ein heimliches Verhältnis mit Jesper Pedersen, einem dänischen Philosophiestudenten, der im kleinsten Zimmer am Ende des Flurs wohnte und an einer Arbeit über Foucault, Nietzsche und die Rezeptionsgeschichte des Anarchischen schrieb. Einmal hatte sich Mina zu Jesper auf die braune Cordcouch gelegt, angeblich nur, um fernzusehen; es gab deswegen einen Streit mit Bernd, der dazu führte, dass Mina in Jochens Zimmer zog und Jochen auf dem Flur schlief und Gundula Mina noch hasserfüllter anschaute, aber natürlich konnte sie dazu nichts sagen, und er, sagt Jochen Heckensiep, auch nicht.

Marco verbrachte fast jedes Wochenende bei Jochen. Er lief dann wie die anderen im T-Shirt herum, aber was sie als Befreiung aus repressiven modischen Uniformierungen feierten, war für ihn eine neue Form von Terror; in der Arbeitskleidung war sein Körper neutralisiert, Teil einer Masse, die ihm die Chance gab, als Mitglied einer Gemeinschaft akzeptiert zu werden, aber im T-Shirt wurden unüberbrückbare Attraktivitätsunterschiede sichtbar: Das T-Shirt entblößte seine dünnen Unterarme gnadenlos, während es bei Jesper und Jochen den muskulösen Trizeps betonte. Nur Thorsten hatte noch dünnere Arme als Marco Heckensiep.

Trotzdem war er gerne dort, besonders, wenn sie feierten, und Jochens Freunde mochten ihn, obwohl sie ihn den Aufkleberheini nannten und ihn nicht ernst nahmen; er hatte keine Ahnung von dem, was sie interessierte, und womit er sein Geld verdiente, interessierte sie nicht. Jesper sagte, er solle lieber Kunst machen mit den Streifen; man könne herrliche Dinge damit tun, zum Beispiel Parolen auf den Teer pappen, die aus der Luft zu lesen wären, oder Schlangenlinien.

Marco Heckensiep mochte solche Ideen nicht. Bei den gelben Klebestreifen kam es darauf an, dass sie sich nicht ablösten, wenn Tausende von Lkws und Pkws über sie fuhren; sie mussten auf grobem Teer haften, aber auch auf weißen, mit der Markierungsmaschine bereits aufgebrachten Linien kleben bleiben. Nach Beendigung der Bauarbeiten musste man sie rückstandslos entfernen können. Seine Aufgabe war es, mit den Chemikern, die für das Unternehmen arbeiteten, eine Klebekonsistenz zu entwickeln, die diesen Anforderungen entsprach.

Er kam wegen Mina. Er hatte ihr ein Mixtape zusammengestellt, das er ihr in einem passenden Moment überreichen wollte, und Anfang Juni traf er sie tatsächlich allein an. Sie trug ein T-Shirt, aus dem eine Schulter herausschaute, und seltsame gelbe Schuhe von Danske Loppen, die ihre Füße wie die Flossen einer Ente aussehen ließen. Es war in den Tagen, als Thorsten und Gundula auszogen; es hatte einen Streit mit Jesper gegeben, Gundula hatte Jespers, wie sie sagte, latent autoritäres, dogmatisches Auftreten kritisiert und seine Doktorarbeit als Instrument repressiver Elitekulturen bezeichnet, die in ihrer Apodiktik letztendlich eine Totalisierung des Denkens und Handelns feiere; dann hatte sie begonnen zu packen, und als Marco Heckensiep in der WG ankam, standen die Kartons, zu zwei Ausrufezeichen aufgetürmt, im Flur.

Mina machte Tee und setzte sich zu Marco aufs Sofa; über ihnen hing, mit Nägeln in der Wand befestigt, das Kennzeichen eines Polizeiwagens, das Bernd bei einer Demonstration abgeschraubt hatte. Sie hörten die Kassette, und wie bei fast allen Mixtapes ergab sich durch die Abfolge der Titel eine mehr oder weniger geheime Botschaft, in diesem Falle waren es »One Night in Bangkok«, »Stripped«, »Icy Nights in Venice«, »I'm on Fire«, »Part Time Lover«, »Slave to Love«, »I Feel Love« und »What About Love«.

Beim vorletzten Lied rückte Heckensiep näher an Mina heran. Sein Gesicht war nun nur wenige Zentimeter von ihrem entfernt. Mina schaute ihn mit zusammengekniffenen Augen an und sagte: »Was willst du eigentlich jetzt?«; dann fuhr sie ihm mit der Hand durchs Haar und schob ihn von sich. Marco Heckensiep wurde so rot, dass er das Blut unter seiner Haut pochen spürte, nahm die würdevollste Pose ein, die ihm unter diesen Umständen möglich schien, und erklärte, es sei alles klar, es wäre nur – wenn es irgendeine Chance gegeben hätte, hätte er sich sein Leben lang vorgeworfen, sie nicht genutzt zu haben.

Mina antwortete nicht und zog an den Schürsenkeln ihrer Danske Loppen. So saßen sie ein paar Minuten ratlos da, unfähig, sich aus dem weichen Cordsofa zu erheben, das sie wie ein Sumpf festhielt.

Wenig später tauchte Bernd in der Küche auf. Er sah die beiden kaum an, warf irgendeinen Doseninhalt in eine Pfanne und verschwand wieder.

Nach sechs Monaten in der Firma hatte Marco Heckensiep noch immer keine Freundin. Er redete sich zur Rettung seines ohnehin schütteren Selbstbewusstseins ein, dass keine der ihm bekannten Frauen seinen Vorstellungen und Ansprüchen entspräche – Ansprüchen, die sich mit wachsender Wartezeit ins Maßlose steigerten.

In der WG diskutierte man die Angelegenheit wie alles sehr offen: Es liege daran, dass er nichts zu erzählen habe, Geschichten von Klebestreifen würden jede Frau sofort in ein Ermüdungskoma treiben, rief Jesper, der sich im Wohnzimmer eine Hängematte aufgespannt hatte, in der er abwechselnd das dänischsprachige Handbuch *Filosofi* und Paul de Mans *Rhetoric of Romanticism* las, »außerdem siehst du aus, als ob deine *Mudder* dich *angesogen* hätte« – was stimmte; sie war es, die ihm seine Pullover, Hosen und Hemden kaufte.

Marco Heckensiep beschloss, sein Leben zu ändern. Er fuhr mit seinem verrosteten Datsun Cherry in die Stadt und kaufte sich eine Hose von Fiorucci, einen Pullover von Fruit of the Loom und eine Lederjacke. Ein Friseur verwandelte sein Haar in eine atemberaubende Komposition aus Locken und Strähnen. Die Kühle im ausrasierten Nacken, wo bisher sein langes, dünnes Haar gehangen hatte, erregte ihn; wenn er mit der Hand durch die Frisur fuhr, fühlte es sich wie das Fell eines jungen Tieres an. Die WG war entgeistert; der schüchterne Streifenmann hatte sich binnen weniger Stunden in einen entschlossenen Markierungslinienpopper verwandelt.

Eine Woche später übernahm er den gebrauchten Mercedes und fuhr eine Nacht lang mit dem Auto durch die Stadt; er parkte so, dass er es vom Café aus sehen konnte, nahm einen Drink und betrachtete dabei den glänzenden Wagen, ließ das Glas halbvoll stehen, trat hinaus, konnte nicht fassen, was sich in der Scheibe des Cafés spiegelte: Der Mann mit Föhnfrisur, Lederjacke und Mercedes, das war, wenn ihn nicht alles täuschte, ab jetzt er.

Er kniete sich neben dem Wagen auf den Boden, um die Felgen anzuschauen, Fuchsfelgen, ließ den Motor an, stieg wieder aus und sah, wie die Abgase hinter den beiden Auspuffrohren eine helle Wolke bildeten, die im Licht der Rückleuchten rötlich schimmerte. Er sah, wie die Nebelscheinwerfer den weißen Mittelstreifen auf dem schwarzen Teer hervortreten ließen; er lauschte dem Geräusch des Blinkers und dem dezenten Donnern des sich im Leerlauf drehenden Achtzylinders. Er setzte sich in den Wagen, schaltete das Becker-Mexico-Radio an und gab Gas. Während der Fahrt brach er in sinnloses Gelächter aus, begrüßte irritierte Fremde mit einem lauten Hallo und atmete den typischen Mercedes-Geruch, den Geruch von kaltem Leder und einem Hauch Benzin ein. Beim Beschleunigen grollte der Motor wie ein Gewitter über dem Tal. Es waren diese Momente mit dem Wagen, die ihn glücklich machten, und es war kein rückwärtsgewandtes Glück, sondern eins, das sich ganz und ausschließlich auf die Zukunft richtete.

Manchmal fotografierte er sein Auto; er hatte eine gute Kamera, eine Minolta Universal, mit der er jeden Winkel des Wagens dokumentierte, so wie ein Forscher die Pflanzen eines unbekannten Landes fotografiert. Er wusste alles über den Mercedes: dass beim 350er erstmals eine Koppelachse die bei den Vorgängermodellen eingesetzte Pendelachse ersetzte, deren Ursprünge bis in die zwanziger Jahre zurückgingen; er wusste, dass das gerippte Oberflächenprofil der Rückleuchten die Schmutzresistenz erhöht; er wusste, dass Uschi Glas, Gerd Müller und Udo Jürgens, außerdem Uli Hoeneß und Tony Marshall einen SL fuhren, und obwohl er ihnen nie begegnen würde, war er jetzt einer von ihnen: Er fühlte die Verwandlung, wenn er sich in den Fahrersitz fallen ließ.

Die folgenden Tage waren außergewöhnlich heiß. Die Altmühl floss träge unter den alten Weiden dahin, das Schilf bewegte sich nicht, und die Luft staute sich über den gemähten Feldern. In der Ferne hörte er die Glocken der Kirchen. Jedes kleine Dorf hier hatte eine übergroße

Kirche, deren Doppeltürme zwischen Beilngries und Köttingwörth in den Sommerhimmel ragten.

Die Straßen waren staubig von der Erde auf den Äckern. Der Staub wehte durch das Wageninnere, er setzte sich in den Ritzen der Ledersitze fest, unter dem Lenkrad, in der Lüftung, man bekam ihn nicht mehr heraus; wenn er die Lüftung anschaltete, bliesen ihm die zwei schwarzen Plastikdüsen graue Flocken ins Gesicht.

Weil ihm kein besseres Ziel einfiel, fuhr er zu seiner Mutter. Sein Stiefvater mähte gerade den Rasen, schon seit einer Stunde. Genau genommen mähte er nicht, sondern versuchte, die Nachbarn bei einem erstklassigen Ehekrach zu belauschen, den sie hinter offenen Fenstern austrugen, weswegen er einen Grund brauchte, um möglichst dicht an dem Zaun, der ihre Grundstücke trennte, entlangzulaufen; an besonders interessanten Stellen des Disputs stellte er den lärmenden Rasenmäher ab und tat so, als müsse er ihn reparieren. Danach versuchte er es mit Kirschenpflücken, aber der Baum stand zu weit vom Fenster der Nachbarn entfernt.

Sein Stiefvater war beim Zoll. Sein Opel Rekord stand im Vorgarten vor dem Tabbert-Doppelachsanhänger, mit dem sie im Sommer nach Österreich fuhren; er war mit einer grünen Plane mit Tarnmuster bedeckt, als müsste er vor Luftangriffen geschützt werden. Der Stiefvater war früher Turner gewesen, jetzt ging er gebückt, mit eingezogenem Kopf, als sei er von den vielen Vorwärtsrollen krumm geworden.

Marco half ihm, den Zaun zu streichen. Er half ihm, den Grill aufzustellen, drückte die blassen Würstchen, die an untrainierte Körper erinnerten, so lange auf den Grill, bis das Fett in die Glut tropfte, und als er später, benebelt von den Farbdämpfen und dem Grillrauch, wieder in seinen Wagen stieg, stellte ihm die Mutter das übliche Paket für die Woche auf den Beifahrersitz – kalte Schweinekoteletts, die sie in Alufolie eingewickelt und dann zu Dreierpaketen in blaue Gefrierbeutel verpackt hatte.

Als er am Abend seine Wohnung betrat, gefiel ihm die dortige Versammlung von Möbeln – ein Stahlrohrbett, ein Kiefernholztisch, ein dazu passender Schrank – nicht mehr. Am nächsten Samstag fuhr er zu Ikea. Er lief durch Hallen voller Sofas, die eigenartige Namen trugen, sah matt lächelnde Familienväter, die Regalbretter und braune Kartons und Lampen und Yuccas vor sich herschoben wie eine ungeheure Last; sah Alleinstehende, die nur Kerzen und Wolldecken auf ihren Wagen liegen hatten, und Paare, die, sichtlich angestrengt vom Wagnis einer ersten gemeinsamen Wohnung, verschiedenste Dinge aus haushohen Industrieregalen zerrten, hin und her wendeten und sie einander schließlich hinhielten, um zu entscheiden, ob sie in die Schnittmenge ihrer jeweiligen Vorstellungen passten oder nicht. Er sah die Einkaufswagen an der Kasse, jeder Wagen ein unfreiwilliges Selbstporträt dessen, der ihn schob: Eine kaufte einen Kinderstuhl und einen Stoffelch, eine andere nur eine warme Decke und hundert Kerzen.

Marco Heckensiep kaufte nichts.

In der darauffolgenden Woche fuhr er in ein anderes Möbelhaus, um sich Betten anzuschauen. Dort lernte er Isa kennen. Sie arbeitete als Verkäuferin, trug weiße Stiefel und schwarze Leggins wie Mai Tai im Video zu »Body and Soul« und empfahl ihm sofort einen Futon (einen Futon, dachte er, hätte ich ja nun auch bei mir gegenüber kaufen können).

Sie kam aus einem Dorf bei Erlangen; ihr Vater wollte nicht, dass sie ausging, er wollte nicht, dass sie sich mit Männern traf, irgendwann hatte sie ihm einen Brief geschrieben, in dem stand, dass sie ihn sehr liebe und an ihn denken werde, und war in die Stadt abgehauen. Jetzt war sie als Verkäuferin hier, es gab kaum einen Satz, zu dem sie nicht lachte.

»Probieren Sie mal«, sagte sie und lachte.

»Ist total schön zum Liegen, so flach. Man sinkt nicht so ein! Hihaha! Viel besser für den Rücken.«

Die ist ja wahnsinnig, dachte Marco Heckensiep, was gibt es da zu lachen; die macht sich über mich lustig.

Der Futon war hart wie ein Brett. Er war das Gegenteil all dessen, was Marco Heckensiep sich von einem neuen Bett erhofft hatte, aber er kaufte ihn. Weil das Möbelhaus sowieso gerade schloss, half sie ihm, den Futon im Mercedes zu transportieren: Sie saß auf dem Verdeckkasten und hielt das Gestell fest.

Zwei Wochen später zog sie bei ihm ein. Sie schenkte ihm ein Poster, das die Skyline von New York bei Nacht zeigte, und hängte eine rote Stahllamellenjalousie vor das Bild. Jetzt sah es aus, als sei draußen New York. Es war Juni. Sie planten einen Urlaub.

Sie fuhren mit dem Mercedes zum Zelten, auf einen Campingplatz am Meer. Die Camper schauten misstrauisch. Ein Luxusauto mit einem erbärmlich kleinen, roten Zelt davor hatten sie noch nicht gesehen, die meisten Camper hatten einen möglichst großen Anhänger und ein normales Auto, mit einem Achtzylindermercedes, vor dem ein Kriechzelt stand, konnten sie nichts anfangen, die Kombination erschien ihnen völlig unlogisch: Wer waren die beiden hier bitte – ein Unternehmer, der mit seiner Geliebten durchgebrannt war, ein Betrüger, dem nur sein Auto geblieben war, ein Terroristenpärchen auf der Flucht in einem gestohlenen Sportwagen? Heckensiep brachte die soziale Ordnung des Campingplatzes durcheinander, auf dem es, wie in einer richtigen Stadt, verschiedene Viertel gab: das bürgerliche Westend, wo die teuren Tabbert-Campinganhänger mit den dicken Gardinen und Polstern und Bauernmöbelimitaten standen; dann die Bronx des Platzes, wo die Surfer und die Kiffer zwischen ihren Schrottkarren in Zelten hockten, in denen es nach Dosenravioli und alten Socken roch, und schließlich die Rive Gauche des Campingplatzes, wo die Studenten mit den alten VW-Bussen parkten und Suhrkamp-Bändchen lasen und wo die Statussymbole des Westends, Vorzelte, Campingsitzgarnituren, Fernseher und andere Anzeichen von Sesshaftwerdung verpönt waren. Dort parkte Heckensieps Mercedes. Dort stand sein Zelt, neben einem alten VW-Bus, der von sieben Abiturienten besiedelt wurde, und jede Nacht riss Heckensiep das immergleiche schabende Geräusch aus dem Schlaf, manchmal gegen zwei Uhr morgens, manchmal gegen fünf Uhr, wenn die Insassen des Busses zur Toilette mussten – Rrrrrrrtttt-gattack –, das Geräusch der aufgerissenen, dann einrastenden VW-Schiebetür, in deren Schienenführung sich Sand und Öl zu einem knirschenden Gemenge verbunden hatten. Jede Nacht musste einer aus dem Bus aufs Klo, einmal stolperte einer über eine Spannleine von Heckensieps Zelt und schlug dumpf neben dem Mercedes im Sand auf, der Zeltgiebel sackte um einen halben Meter ein; wenig später musste Heckensiep sich aus einem unübersichtlichen Haufen aus Stoff, Gestänge, Gaskochern und Bratpfannen herauskämpfen und die Häringe neu setzen. Sie verbrachten die Tage am Strand und auf dem Platz unter den Kiefern, wo sie im offenen Mercedes saßen und Musik hörten und zuschauten, wie die Deutschen den Weg vom Grill zum Vorzelt mit leeren Bierflaschen dekorierten; sie hörten aus den Duschkabinen das Schreien ungewaschener Kinder, die ungewaschen bleiben wollten, irgendwo spielte einer Gitarre, es roch nach Gas und angebrannten Würstchen und Sonnencreme.

Am vierten Tag stand ein unförmiger Hund neben ihrem Auto. Sie gaben ihm Fleisch zu fressen, danach wich er nicht mehr von ihrer Seite. Als sie nach Hause kamen, waren sie ein Paar und hatten einen Hund, den sie Summer nannten und der ihnen, misstrauisch, sie könnten ihn irgendwo aussetzen, im Abstand von maximal einem Meter folgte.

Marco Heckensiep schlief in diesen Jahren auf einem Futon, fragte Isa Vokabeln ab, die sie für ihren Italienischkurs lernen musste, und kaufte ihr, weil sie Italien so liebte, eine Espressomaschine, die wie eine Klospülung klang, wenn man Kaffee machte. Er sehnte sich insgeheim nach Bier; immer den Wein zu trinken, den sie kaufte, sagt er, ging ihm richtig auf die Nerven, der Wein bekam ihm nicht, aber sie hatte das Bier aus dem Kühlschrank verbannt (das macht dich nur dick, meinte sie und lachte).

Marco lernte ihren Vater kennen, mit dem sie seit ein paar Monaten wieder Kontakt hatte. Er war als Kriegsgefangener auf der Krim gewesen und litt infolge einer Schädelverletzung unter paranoiden Attacken; wenn er schlief, sah er Russen auf sich zukommen, hörte Granaten explodieren und die klatschenden Einschüsse der Tiefflieger.

Bei ihrem zweiten Treffen begrüßte der Vater Heckensiep mit einem Jagdgewehr in der Hand. Er hatte einen roten Kopf und stand hinter einer kleinen Tujafichte, die ihn zu großen Teilen verdeckte. Heckensiep hatte ihn nicht sofort entdeckt, und als er ihn sah, war es zu spät, einfach wieder umzudrehen. Der Vater hatte das Gewehr geputzt, die Ölflasche stand auf dem Gartentisch. Er versuchte, mit öligen Fingern den Deckel zu fassen, aber der Deckel entglitt ihm wie ein Zitronenkern. Als er Heckensiep sah, fuchtelte er mit dem Gewehr in der Luft herum, lachte irre, hielt den Lauf mittig auf Heckensieps Hose, schrie, er mache doch nur Spaß; die Sonne blitzte auf seinem Brillengestell, er lachte wieder, Heckensiep sah sein überkrontes Gebiss. Dann klopfte er ihm gönnerisch auf die Schulter und bot ihm einen Schnaps an (und jetzt einen schönen Slibowitz, was, junger Mann?).

Es gab viele Wespen in diesem Sommer; man hörte sie unten in den Plantagen, wo sich das Licht im Geäst der Ostbäume brach und über den herabgefallenen Äpfeln ein schwerer, süßer Geruch hing. Sie fuhren viel mit offenem Verdeck, im Radio lief »Ring of Ice« von Jennifer Rush, und er erzählte ihr von dem Mercedes: dass der 3,5-Liter-Motor in seinem Wagen noch volle zweihundert PS leiste, nicht wie bei späteren Modellen hundertfünfundneunzig PS; dass sein Wagen eine 4-Gang-Automatik mit hydraulischer Kupplung habe, ein Getriebe, das bei späteren Modellen durch eine 3-Gang-Automatik mit Wandler ersetzt worden sei. Meistens schlief sie dabei ein, oder sie tat so.

Sie gingen gemeinsam schwimmen und richteten die Wohnung ein, und als die Wohnung eingerichtet war, gingen sie zu einem WG-Fest bei Jochen und stritten sich zum ersten Mal. Isa mochte die Leute nicht, und die mochten Isa nicht. Die Frau sähe ja aus!, sagte Bernd, plappere wie ein Wasserfall, und nur Unsinn! Zu den nächsten Festen ging Marco Heckensiep wieder allein.

Im März feierten sie in einer alten Schule auf dem Land. Er wachte am Morgen im Flur auf, es war kalt, und er hatte fast nichts an; er sah in Nahaufnahme das Gras, die feuchten Erdklumpen, aus dem es emporwuchs, die weißen Kugeln des Düngers und den kunstvoll gefalteten Klee; bei ihm lagen Mina und Jochen und noch jemand, sie lagen übereinander und ineinander verschlungen.

Damals dachte er, es würde immer so weitergehen. Er wusste nicht, dass dies das letzte große Fest war, die letzte Orgie; dass Mina und Bernd ausziehen würden und bald auch hier von einer rätselhaften Krankheit die Rede sein würde, die den Optimismus eines Jahrzehnts, das der Atomangst, dem sozialen Kahlschlag und dem sauren Regen einen hartnäckigen Hedonismus entgegengestellt hatte, endgültig zerstörte. Die epochale Dunkelheit begann, das Zeitalter der Angst.

Neben der Trias aus Freiheit, Sicherheit und Frieden waren es vor allem drei Grundlagen, auf denen der kollektive Optimismus basierte: Lebensmittel im Überfluss, schöne Autos und, dank Pille, mehr oder weniger sorgenfreier Sex. Damit war es nun endgültig vorbei. Aids brachte eine Schubumkehr der Wahrnehmung: Die Begeisterung für alles Fremde wich einer hysterischen Berührungsangst, in den Orgien, die allen noch vor kurzem als wildes Versprechen erschienen waren, erkannte man bald nur noch Todesgefahr, das Kondom wurde zum Symbol der Gegenwart: Eine ganze Gesellschaft verschanzt hinter einer Gummihaut, die nichts durchließ, keine Berührungen, keine Viren, keine Asylbewerber; die Bewohner der Ersten Welt abgekapselt, in todesabweisende Frischhaltefolie.

Einmal, sagt Jochen Heckensiep, sei damals eine Frau mit zu ihm gekommen. Sie ging ins Bad, und als sie herauskam, sagte sie: »Du hast ganz viele Kondome im Badezimmer.«

Er: »Ja.«

Sie: »Warum eigentlich? Hast du das hier geplant?«

Er: »Nein.«

Sie: »Du hast also immer Kondome da? Warum? Mit wie vielen Frauen schläfst du eigentlich, wenn du eine solche Batterie Kondome brauchst?«

Er: »Die liegen da nur so rum, für den Fall, dass man …«

Sie: »Ich finde das ein bisschen eklig, dass ich jetzt nur so ein eingetretener Fall bin.«

Er: »… jemanden kennen–«

Sie: »Finde ich echt hart.«

Er: »…lernt. Aber du willst doch …«

Die Frau habe noch gesagt, sie wolle, dass erst sie da sei und dann das Kondom besorgt werde, und nicht umgekehrt ein Kondom da sei und dazu eine Frau besorgt werde, beziehungsweise zwanzig Kondome da seien und dazu zwanzig Frauen besorgt würden.

Die Frau sei dann wieder gegangen.

Im März 1986 wurde das Chemielabor, in dem Marco Heckensiep arbeitete, von einem spanischen Konzern übernommen. Die Abteilung 2 wurde geschlossen; Heckensiep war jetzt arbeitslos. Jochen kam mit Bernd vorbei, sie hielten ihm einen Vortrag; da habe er es, das beschissene System, das mit Thatcher und Kohl über die Lande gekommen sei, es gäbe keine Solidarität mehr, nicht mal einen Betriebsrat hätten sie in seiner Streifenklitsche gehabt, sonst hätte der ihn jetzt verteidigt, nun sei er ein Opfer des Kapitalismus geworden, den Kohl dem Land eingebrockt habe. »Der Effizienzdruck hat dazu geführt, dass sie hier alles dichtmachen und die Produktion in Billiglohnländer verlagern«, sagte Bernd in einem Anfall ungekannten Einfühlungsvermögens, Markierungsstreifen, sagte er, würden sie jetzt in irgendwelchen Giftküchen ohne Sicherheitsstandards produzieren lassen, in Bangladesch oder Südkorea oder weiß der Teufel wo, und die klebten dann nicht richtig, und hier seien alle arbeitslos.

Marco Heckensiep, der mit Bernds Reden nie viel hatte anfangen können, begann zu überlegen, ob der Mann am Ende recht hatte, aber diese Gedanken liefen ins Leere. Seine Schwester Jessica kam und munterte ihn auf; er dürfe jetzt nicht den Kopf hängen lassen.

Sie half ihm, Bewerbungen zu schreiben. Nachdem er sie abgeschickt hatte, verbrachte er seine Tage damit, Summer auszuführen oder am Wohnzimmerfenster zu sitzen.

Im Radio brachten sie die Nachricht, dass es in einem Atomkraftwerk in Tschernobyl einen Unfall gegeben habe. Er sah die Landkarte, die die Tagesschau zu dieser Information einblendete, und war beruhigt. Er hatte Angst vor einem Atomkrieg, aber das hier war offensichtlich weit genug weg. Er ging seine Runde mit Summer, wie immer.

Er sah, dass der Wellensittich in der Wohnung gegenüber jetzt falsch herum im Käfig lag. Offenbar war er gestorben. Oder sein Besitzer war gestorben und hatte ihn nicht mehr füttern können? Ein paar Tage später war der Käfig verschwunden.

Dann hieß es, eine Wolke käme, man solle nicht hinausgehen, wenn es regnete. Er schloss das Verdeck, schloss den Hund in die Wohnung ein und schaute durch das geschlossene Fenster in den Regen, der am Vormittag zu fallen begann. Er fuhr nicht mehr offen. Isa fand einen neuen Job und zog aus; er sah sie jetzt nur noch einmal in der Woche. Die anderen Tage blieb er bis mittags im Bett liegen, dann ging er mit dem Hund raus und kaufte Hundefutter und Bier.

Auf dem Rückweg sah er die falsch verklebten gelben Streifen, sah Straßenkreuzungen, an denen sich die Markierungen wellten oder ganz verschwunden waren; die Autos hatten vor allem nachts keine Orientierung mehr, sie konnten in den Gegenverkehr geraten, es war nur eine Frage der Zeit, bis etwas passieren würde. Frontalkollisionen waren die schlimmsten, das wusste Heckensiep.

Manchmal, wenn er betrunken war, versuchte er, Isa einen Brief zu schreiben, aber es ging nicht, weil er zu betrunken war. Er begann, den Hund mit ins Bett zu nehmen. Nachts lag er wach und streichelte den Kopf des Tieres. Das Jahr verging, ohne dass Heckensiep eine neue Anstellung fand; seine Ersparnisse reichten nur noch ein paar Monate.

Im Januar 1987 wurde Summer angefahren; er war aus dem Hausflur auf die Straße und einem anderen Hund hinterhergerannt. Heckensiep fand ihn in einer Blutlache. Er gab keinen Ton von sich; Heckensiep sah nur seine überraschten, großen Augen, den zuckenden Hinterlauf, das blutige, weiche Fell. Sein Atem ging schneller. Er hatte den Blick auf Heckensiep gerichtet und versuchte, sich aufzurappeln, aber er fiel sofort wieder um.

Heckensiep hob das Tier hoch und trug es (wie eine Braut, dachte er, wie eine Braut) in den Mercedes, das Blut lief über die Ledersitze in den Fußraum. Die Tierärztin erklärte, dass das Tier mehrere Rippen und den Hinterlauf gebrochen habe. Er würde nicht mehr laufen können, es sei denn, man operiere ihn aufwendig.

Heckensiep stand lange vor der Klinik. Er rauchte ein halbes Päckchen Zigaretten, schaute den Mercedes an und dann den Hund. Er hatte noch tausendfünfhundert Mark auf dem Konto. Er gab den Mercedes seiner Schwester; sie gab ihm Geld für die Operation.

In den folgenden Monaten entwickelte er eine Neurose. Er begann, Autofahrer anzuzeigen, die auf weißschraffierten Flächen parkten. Er fand jeden eindringenden Geruch unerträglich. Tagelang saß er am Fenster und starrte auf die Straße, sah zahllose Männer, zahllose Frauen, aber dieser Anblick war kein Versprechen mehr für ihn. Einer dieser schönen Menschen, dachte Heckensiep, hat bestimmt Aids. Einer dieser Menschen, die dort Gemüse kaufen, einparken, sich küssen, in der gelben Zelle telefonieren, Geld holen, bringt den Tod. Im Sommer 1989 bekam er einen Nervenzusammenbruch und wurde in eine Klinik eingeliefert. Er blieb dort ein paar Monate; den Hund nahm seine Mutter zu sich.

Als Marco Heckensiep wieder entlassen wurde, war die Mauer gefallen. Er sah in den Städten ostdeutsche Autos. Es gab neue Produkte, die er nicht kannte, Musik, die er noch nie gehört hatte. Er fühlte sich, als sei er nach einem Jahrzehnt wieder in die Zivilisation zurückgekehrt; nur der Hund freute sich und wedelte mit dem Schwanz, als sei nie etwas passiert.

Jessica Heckensiep benutzte den Mercedes ihres Bruders kaum. Sie fuhr ein paarmal mit dem Auto ins Kino, plante eine Urlaubsfahrt, die sie nie machte, und wenn sie abends den Wagen nahm, ließ sie ihn nachts oft vor den Bars stehen, in die sie mit ihren Freunden ging. An einem dieser Abende lernte sie einen Mann kennen. Sie hatte so viel getrunken, dass sie sich am nächsten Tag nicht mehr genau daran erinnern konnte, wie der Mann ausgesehen hatte, der, kurz bevor sie ging, an ihren Tisch gekommen war und mit ihnen geredet hatte – ein Freund ihrer Freundin offenbar, der in Bremen beim Radio arbeitete; die beiden hatten sich herzlich begrüßt und einander Komplimente gemacht. Der Mann aus Bremen hatte, jedenfalls in ihrer Erinnerung, Dinge zu ihr gesagt, die ihr intelligent und überraschend vorkamen. In der Bar spielten sie »The Sweetest Girl« von Madness, ein Lied, das sie sehr mochte.

Als sie ging, bat der Mann sie aus einem Grund, an den sie sich nicht mehr erinnern konnte, der ihr aber in diesem Moment einleuchtend erschienen war, um ihre Telefonnummer.

Am nächsten Tag rief er an. Er hatte eine angenehme Stimme, und das, was er erzählte, fand sie unterhaltsam. Sie verabredeten sich für ein weiteres Telefonat am nächsten Tag, und von da an telefonierten sie zwei Wochen lang jeden Abend miteinander. Am Ende des Monats erzählte sie ihm, sie müsse verreisen, nach Paris, sagte sie. Er schlug vor nachzukommen.

Vier Tage später stand sie in Orly unter dem »Arrivée«-Schild und schaute auf die Tafel, die ratternd die neuen Ankünfte vermeldete. Seine Maschine war zeitgleich mit zwei Flügen aus Mailand und Frankfurt gelandet. Es war warm, aber es regnete, und wenn sich die dünnen Schiebetüren nach draußen öffneten, trieb ein Schwall feuchter Sommerluft in die Halle und mischte sich mit der abgestandenen Kaltluft der Klimaanlage.

Sie starrte durch die Flut der Ankommenden hindurch auf die Automatiktür, die hektisch Menschen auswarf, und erst hier fiel ihr auf, dass sie nicht mehr die geringste Erinnerung hatte, wie der Mann eigentlich aussah. Sie hatte ein vages Bild, das hauptsächlich durch eine optische Hochrechnung aus seiner Stimme entstanden war; sie stellte sich vor, dass sein Haar dicht und dunkel war, dass er braune Augen und leicht aufgeworfene Lippen hatte. Oder war er doch eher blond? Sie wartete, wie sie jetzt feststellte, auf jemanden, mit dem sie sich für drei Tage Paris verabredet hatte, ohne auch nur eine leise Ahnung davon zu haben, wie er aussah.

Menschen mit Koffern strömten auf sie zu, Fragmente von Gesprächen wehten an ihr vorbei.

Sie wartete. Die Automatiktür öffnete sich immer seltener. Draußen stand, im Halteverbot, der Mercedes. Sie hatte vier Stunden von Aachen nach Paris gebraucht.

Sie ging ein paar Schritte bis zu einem Kiosk, dessen rotes Tabac-Schild mit dem grünen Kreuz der Flughafenapotheke um die Wette blinkte. Sie kannte ein kleines Hotel am Meer und hatte ihm davon erzählt, und er hatte darauf bestanden, mit ihr dort hinzufahren. Eine Frauenstimme rasselte aus dem Lautsprecher und forderte Monsieur Dubochard auf, sich an Schalter 26 zu melden, *Monsieur Dubochard,* wiederholte sie, *est prié de se présenter au guichet 26.*

Dann sah sie ihn. Er musste es sein, denn er lief mit ungelenken Bewegungen auf sie zu, rief ihren Namen und fuchtelte mit einem türkisfarbenen Rucksack in der Luft herum. Es war der hässlichste Rucksack, den sie in ihrem Leben gesehen hatte. Der Mann sah nicht aus wie jemand, der eine Frau in Paris treffen wollte, er sah aus, als wolle er zu Fuß von Dalarna aus zum Polarkreis laufen. Seine Füße steckten in unförmigen Wanderstiefeln; er breitete die Arme aus und drückte sie, ein wenig zu fest, an sich. Um seinen Hals baumelte der Bügel eines Kopfhörers.

Sie gingen durch den feinen Nieselregen zum Auto. Ihr war schlecht, sie fragte sich, wie viel sie getrunken haben musste, um sich derart in seinem Aussehen zu irren – oder hatte er damals ganz andere Sachen getragen? Der Mann redete, wie er auch am Telefon geredet hatte, aber im Pariser Juniregen klang alles, was er sagte, vollkommen sinnlos. Er schwang sich auf den Beifahrersitz, der unter seinem Gewicht stark nachgab, und teilte mit, er freue sich wahnsinnig auf dieses kleine Abenteuer, aufregend sei es ja schon, wenn er sich vorstelle, keiner seiner Kollegen wisse davon, außerdem …

Sie startete den Motor. Peitschenmasten zogen vorbei und Werbetafeln, der Scheibenwischer quietschte über die Windschutzscheibe. Der Mann legte ihr eine Hand auf das rechte Knie – er hatte schöne Hände, immerhin –, fummelte mit der anderen die Kassette aus seinem Walkman (eine Tätigkeit, bei der sein Mund vor Anstrengung und Konzentration leicht offenstand) und stopfte sie in den Schlitz des Radios. Er habe dieses Band, sagte er mit einem professionellen Gesichtsausdruck, extra für ihre Reise zusammengestellt. Der Mann war viel kleiner, als sie ihn in Erinnerung hatte. Seine Haare waren nicht dunkel, sondern rötlich, die Augen blau und wimpernlos, und bei Tageslicht wirkten seine Lippen – schmale, von Sommersprossen gesäumte Lippen – eigenartig blutleer, und seine Hand, die schwer wie ein großes Kotelett auf ihrem Schenkel ruhte, machte sie ratlos.

Es gelang ihr, beim Schalten von D auf S das Kotelett von ihrem Bein zu fegen. Der Wagen röhrte heiser und beschleunigte, sie fuhr jetzt über hundert. Das Stahlgerippe des Eiffelturms tauchte am Ende der Stadtautobahn auf. Sie wollten eine Nacht in Paris bleiben und danach nach Rouen fahren, das war der Plan, die Hotels waren gebucht; er war ihretwegen gekommen, sie hatte ihn darum gebeten, ihn sogar überredet – es war ganz unmöglich, ihn jetzt irgendwo in Paris abzusetzen, unmöglich, diesen Film anzuhalten, in dem er, ganz gegen das Drehbuch, das sie sich ausgedacht hatte, offenbar in der Rolle eines rustikalen Trappers aufzutreten gedachte. Sie versuchte, während sie den Mercedes durch die Wassermassen prügelte, sich an ihre Begeisterung für diesen Mann zu erinnern – an seine Stimme, an die angenehmen Bilder, die sie beim Telefonieren vor sich gehabt hatte. Vielleicht lag es nur an dieser scheußlichen Kleidung? Sie starrte auf die orangefarbene Tachonadel, auf das Lenkrad, dessen Pralltopf wie ein gigantischer Schmollmund aussah.

Hochhäuser tauchten auf und Schriftzüge, das Leuchten der Zeichen wurde intensiver, Carrefour, Conforama, sie kamen der Stadt näher; auf einem Plakat sah man eine Katze vor einem kostbaren Teller sitzen; ein Eis hieß Mystère, das Plakat war in dunkelbraunen Farben gehalten.

Der Mann versuchte, seine Hand wieder auf ihr Bein zu bugsieren, und sie schaltete blitzschnell auf S herunter. Der Mercedes heulte auf und schlingerte über die feuchte Fahrbahn, aber sie fing ihn ein und steuerte in die Ausfahrt Porte de Vanves. Als sie im dichten Verkehr auf dem Boulevard Raspail standen, schwiegen sie. Eine alte Frau balancierte ein rosafarbenes Paket mit brauner Schleife aus einer Patisserie und band ihren Pudel vom Laternenmast los. Bagger zertrümmerten die Reste eines alten Sandsteinhauses; ein Arbeiter stellte seinen Presslufthammer ab und wischte sich mit dem weißen, eingestaubten Arm den Schweiß vom Gesicht.

Der Mann schaute aus dem Seitenfenster. Im Kassettenrecorder lief seine Musik; das Gedudel machte sie wahnsinnig. Sie sah, dass er mit den Fingern den Takt klopfte. Vor ihnen lief ein engumschlungenes Paar über die Kreuzung. Ein Polizeiwagen zwängte sich mit flackerndem Blaulicht durch den Stau. Die Temperaturen lagen bei achtzehn Grad.

Im Hotelzimmer öffnete der Mann seinen Koffer, stapelte mit eckigen Bewegungen Hosen, Hemden und Unterhosen in den Kleiderschrank, schob dann das Bett näher ans Fenster und legte schließlich seine vielfarbige Funktionskleidung ab; jetzt sah er immerhin besser aus. Sie schloss die Augen und dachte an die Telefonate, dann küssten sie sich. Er hatte in all seinen Bewegungen etwas von einem Soldaten, dachte sie, einem Darsteller germanischer Helden, etwas Planmäßiges, Maschinenhaftes und Schweres. Schließlich stand der Mann auf und trat ans Fenster. Der Regen hatte aufgehört, nur irgendwo tropfte noch Wasser auf ein Metalldach.

Später, auf der Straße, nahm sie seine Hand. Sie gingen in ein Restaurant, saßen, umzingelt von glücklichen Paaren, an einem Boulevard und redeten, aber es kam ihr vor, als wiederholten sie nur ihre Telefongespräche. Er erzählte noch einmal, wie er auf dem Land aufwuchs, wie schwer es für ihn war, in der Stadt Fuß zu fassen, so formulierte er es: Fuß zu fassen, und sie schaute unwillkürlich auf seine Füße, die in den grauenhaften Wanderstiefeln steckten. Sie eröffnete ihm, dass man nicht ans Meer fahren könne. »Also doch nicht Normandie«, flüsterte der Mann, »wir bleiben jetzt hier, oder was?«

Sie sagte nichts und verwüstete stattdessen still den Tisch: pulte das Weiche aus dem Baguette und formte Figuren daraus, zerstörte mit der Gabel die in einer Dose steckenden Zuckerpäckchen, goss absichtlich Öl über den Tellerrand, während er sich zu ihrem Erstaunen als Freund des Landlebens zu erkennen gab und darauf drängte, doch einfach in die Champagne zu fahren. Beim Versuch, sie über den Tisch hinweg zu küssen, riss er ein Weinglas um.

Sie nahmen die Métro. Sie saßen unter den weißen Kacheln auf orangefarbenen Plastikbänken und schwiegen. Die Türen der Waggons schlossen sich mit einem warmen, klagenden Mollton. Sie saßen da, atmeten die Luft ein, die nach dem warmen Gummi der Reifen roch, und wussten nicht, was sie tun sollten.

Weil es regnete und sie nicht ins Hotel zurückwollten, betraten sie einen Laden nach dem anderen. Auf der Rue de Rennes suchte sie ihm ein dunkelblaues Hemd aus, das die Farbe ihrer Bluse hatte, und ein paar Wildlederschuhe. Er machte keinen besonders überzeugten Eindruck, kaufte aber alles, was sie ihm vorschlug, und steckte seine alten Sachen in die Plastiktüte, die der Verkäufer ihm gab. Als sie essen gingen, sah er völlig verändert aus; er bewegte sich vorsichtiger, weniger soldatisch, als könne er den neuen, schmalen Schuhen nicht trauen, und sie fand diese Unsicherheit reizend, empfand sogar eine fürsorgliche Sympathie für ihn.

Später am Abend, als sie durch die menschenleere Rue Fossé St. Jacques liefen und der Regen aufgehört hatte, kauften sie bei einem Araber eine Flasche Wein und tranken sie auf einer Bank vor Saint-Sulpice leer, und als sie frühmorgens, als der Himmel schon hell wurde und der Lärm der Vögel durch die geöffneten Flügelfenster drang, in ihren neuen Kleidern auf dem Hotelbett lagen, fragte er sie, ob sie in ihn verliebt sei. Sie sagte, das sei sie nicht. Er redete auf sie ein und fuchtelte mit den massigen Händen durch die Luft, als müsse er feindliche Insekten verjagen … sie habe doch am Telefon … und die kleine Pension … sie wollten doch …

Er brach in Tränen aus, und sie nahm ihn in den Arm. Sie war wütend auf sich selbst, er tat ihr leid, und gleichzeitig ekelte sie sich vor diesem kompakten, bebenden, sommersprossigen Muskelberg. Er klammerte sich an ihre Hüften und sackte über ihr aufs Bett, aber es gelang ihr, sich aus seiner Umklammerung zu winden. Sie gingen, ohne geschlafen zu haben, zum Frühstück in ein Café.

Gegen elf Uhr hatte sie einen Termin bei ihren französischen Geschäftspartnern, das war der Anlass der Reise – ein Termin, den sie eigentlich schnell hinter sich hatte bringen wollen und der ihr jetzt als Rettungsanker in einem unerwarteten Desaster erschien. Das Treffen fand in einem verglasten Raum in einem Hochhaus statt. Sämtliche Auslandsvertreter des Konzerns waren um einen ovalen Konferenztisch versammelt; hinter ihnen, auf einer Reihe dünnbeiniger Stühle, saßen die Mitarbeiter der mittleren Führungsebene. Ein schlapphaariger Mann legte Folien auf einen Overheadprojektor und erläuterte die Entwicklung der Bilanzen über einen Zeitraum von zwölf Monaten. Ein Franzose setzte sich neben Jessica; während der Präsentation lehnte er sich zu ihr herüber und flüsterte: »*Eee looks like a dog, non?*« Dann klappte er eine randlose Lesebrille auf und begann, sich mit einem feinen silbernen Stift Notizen zu machen. Nachdem der Mann seinen Vortrag beendet hatte, beugte sich der Franzose vor, stach kurz und energisch mit dem Finger in die Luft und begann, ihm Fragen zu stellen; er bat den Redner, Folie 3 noch einmal aufzulegen; wie sich herausstellte, hatte der Schlapphaarige in seiner Präsentation einen Zahlenfehler produziert, der seine Analyse hinfällig machte.

In der Kaffeepause sprach der siegreiche Franzose sie an. Er leite die Filiale in Blois und sei eigens für die Konferenz nach Paris gekommen, er kenne hier ein hinreißendes Lokal, in das er später mit einigen Kollegen aus der Rechtsabteilung gehen werde – hier sei die Adresse.

Auf dem Rückweg ins Hotel ließ sie sich Zeit, rief aus einer Telefonzelle eine Freundin an, kaufte sich im Printemps einen Mantel und trank zwei Glas Beaujolais in einer Bar. Vor dem Hotel parkte ihr Wagen; unter dem Scheibenwischer hatte sich ein Bündel nassgeregneter Strafzettel angehäuft.

Dann betrat sie, zu einer Aussprache entschlossen, das Hotel, aber der Mann war gegangen; auf dem Bett lag ein Brief, in dem er mitteilte, sie solle sich keine Sorgen machen, er sei selbst schuld, bedanke sich für die Zeit mit ihr und die schöne Idee mit der Normandie. Sie nahm den Brief mit ins Café und las ihn noch einmal. Sie dachte an die Wildlederschuhe, in denen er erstaunlich elegant ausgesehen hatte; gegen Abend stellte sich, obwohl sie über den Ausgang der Sache eigentlich erleichtert war, beim Anblick des abfahrbereiten Mercedes und der Tüte mit den monströsen Wanderschuhen ein Gefühl der Leere, sogar des Bedauerns ein. Sie startete den Mercedes, dessen Scheibenwischer aufgeweichte Strafzettelreste über die Windschutzscheibe schmierten, fuhr zu dem Restaurant, in dem der Franzose mit seinen Freunden feierte, und verbrachte die Nacht mit ihm.

In den Monaten danach bekam sie zahllose Briefe von dem Radiomann, und wenn er einmal eine Woche lang nicht schrieb, begann sie ihn zu vermissen. Als er ihr mitteilte, er habe eine neue Freundin, rief sie ihn an. Sie verabredeten sich in Köln, und alles war anders als in

Paris. Er trug neue Wildlederschuhe, sie fand, dass er phantastisch aussah und sehr gut roch.

Sie heirateten ein Jahr später und bekamen zwei Kinder. 1993 bezogen sie ein entzückendes Haus am Stadtrand von Aachen und führten ein glückliches und sehr langweiliges Leben.

1990
Der Osten

Kilometerstand 128 347

Weißt du noch, wie sie aussahen?
 Ja. Sie sahen völlig anders aus als wir.
 Wann kamen sie zu euch?
 Gleich als die Mauer auf war.
 Und?
 Ein Wahnsinn. Der totale Wahnsinn.

Sie hatten das Spiel vor ein paar Monaten erfunden. Sie nannten es »Trabi Demolition Derby«. Jeder Teilnehmer zahlte hundert Mark; von dem Geld wurden zwei oder mehr Trabants und ein paar Kisten Bier gekauft, der Rest kam in eine Gewinnkasse. Der Sohn eines Hamburger Viehfuttergrossisten transportierte die Trabants mit einem Anhänger bis an den Autostrand von St. Peter-Ording, manchmal fuhren sie die ostdeutschen Kleinwagen auch selbst ans Meer, aber das war riskant, weil die Autos unterwegs jeden Moment den Geist aufgeben konnten. Am Strand wurden die Trabants dann mit roter Farbe numeriert. Schon während dieser Zeremonie wurde viel Bier getrunken: Die Hecktür eines schweren Mercedes-Geländewagens diente als Ausschank.

Vor dem Wettkampf musste jeder auf einen Wagen setzen. Die Fahrer jagten – auch weil sie nicht wussten, wie man beim Trabant schalten sollte – so lange im ersten Gang über den Strand, bis der Motor oder das Getriebe platzte; gewonnen hatten diejenigen, die auf den überlebenden Trabant gesetzt hatten; sie bekamen die Gewinnsumme ausgezahlt. Wenn keiner der Trabants kaputtging, wurde der Schwierigkeitsgrad erhöht und ein Golf mit Abschleppseilen an die Kleinwagen gehängt. Spätestens dann kollabierten die ostdeutschen Zweitaktmotoren in einer gigantischen blauen Qualmwolke; anschließend begann die eigentliche Party.

In den wenigen Wochen, bevor die Polizei den Rennen ein Ende machte, sprach sich die Sache in Hamburg schnell herum. Die meisten Teilnehmer kamen aus Eppendorf, aus den Elbvororten oder aus Pinneberg, oft kamen sie mit den Drittwagen ihrer Eltern oder dem eigenen, metallicauberginen Golf G60. Kolonnen mit übersetzten Limousinen rollten an die Nordsee und entließen Menschen in Badeanzügen, Polohemden und weißen Jeans an den nächtlichen Strand. Die Luft roch nach Abgasen, Zigaretten und Meer.

Henning Berkenkamp war schon bei den ersten Rennen dabei. Ein paar Meter vor ihm kroch einer, den er nicht kannte, im Sand herum und suchte seine Armbanduhr, es war eine Reverso, »wenn ihr eine Reverso im Sand seht«, jammerte er, »das ist meine«, aber die Reverso blieb in den tiefen Reifenspuren verschwunden. Ein braungebrannter Junge lag mit einem Mädchen im Fond eines tiefergelegten Mercedes 500 SEL, in dem es nach Gras und nach »Roma« roch. Der Junge trug ein rosafarbenes Hemd und schmale Schuhe ohne Socken, sein Haar glänzte feucht. Als er Henning sah, nickte er ihm zu und hielt ihm einen Joint entgegen, aber Henning hatte keine Lust darauf und ging zu seinem Wagen. Sein Trabant trug die Nummer 2. Nummer 1 hielt neben ihm.

Sein Gegner war ein kleiner, dünner Junge, der unter seiner Baseballkappe fast verschwand, nur seine Ohren und die ebenfalls überdimensionierte Sonnenbrille, die ihrerseits von einer kurzen, sich aufwärtsbiegenden Stupsnase notdürftig festgehalten wurde, hinderten die Mütze daran, ganz über seinen Kopf zu rutschen. Die Baseballkappe saß am Steuer eines braunen Trabant 601 S, Henning fuhr einen grünen.

Es war Ebbe, und das Meer war ziemlich weit draußen. Henning hatte die eigenartige, aufrechte Haltung angenommen, die der Fahrersitz des Trabants erzwang. Jemand gab den Startschuss, und Henning trat das Gaspedal bis zum Anschlag durch. Die Düne, die Zuschauer und das schmale Gesicht verschwanden in einer hellblauen Abgaswolke, das Knattern des Motors schwoll an und ging in ein wahnsinniges, besinnungsloses Nageln über, die Karosserie schepperte; Henning sah im Vorbeirasen die erstaunten Gesichter von Leuten mit Bierflaschen in den Händen, die nicht fassen konnten, dass es bis vor kurzem ein Land gegeben hatte, in dem man ein Jahrzehnt warten musste, bis einem so ein Schrotthaufen geliefert wurde. Dann kam aus den Tiefen von Hennings Motorraum ein trockener Knall, der an das Geräusch eines explodierenden Plastikbehälters erinnerte, und mit einem Schlag blieb der Trabant vor den Dünen stehen. Henning schaute auf eine zitternde Leuchte im braunen Armaturenbrett, die das Verenden des Motors bekanntgab, öffnete die Fahrertür und stieg aus in den Sand. Die blaue Abgaswolke des Zweitaktmotors trieb vom Auspuff her über den kollabierten Wagen; für eine Sekunde hing der Geruch des Ostblocks in der Luft, dann verwehte der Nordseewind die Schwaden, und es roch wieder nach Tang und Meer.

Jemand startete einen schweren Mercedes-Geländewagen, setzte rückwärts vor den zusammengebrochenen Trabant und zerrte ihn unter dem Beifall der Derby-Gäste wie ein erlegtes Stück Wild über den Strand. Henning Berkenkamp hatte das Rennen verloren, aber es war nicht seine Schuld. Man kannte die Motoren nicht, und es war Glückssache, wer gewann.

Auf dem Weg zur Wagenburg kam ihm ein älteres Ehepaar entgegen; der Mann hangelte sich die Düne hinab, um den havarierten Trabant zu begutachten.

»Das kann man gar nicht mit anschauen«, murmelte er. Die Frau zog ihn am Ärmel.

»Komm«, sagte sie.

Henning stieg in seinen Mercedes und fuhr den Dünenweg hinauf. Er fuhr von Husum an der Eidermündung entlang. Die Landmaschinen hatten die Straßen kaputt gefahren, und die Schlaglöcher beutelten den Wagen und zerrten an der Lenkung. Bei Tönning, wo die Wiesen hinter einem windschiefen Knick in flaches, schwarzes Ackerland übergingen, hielt er an einer Telefonzelle und wählte Biancas Nummer.

John Berkenkamp war wie immer früh aufgestanden und saß pünktlich um 6.30 Uhr in der Küche. Auch seine Frau hatte ihr Schlafzimmer, das im Erdgeschoss des kleinen weißen Reetdachhauses neben seinem lag, verlassen und klapperte in der Küche mit Tellern und Tassen herum.

In den beiden oberen Zimmern lag seine Tochter Anna mit ihrem Freund Bernd-Carsten in einem tiefen Sonntagsschlaf, der erst gegen Mittag enden würde. John Berkenkamp erhob sich, ging in den Garten hinaus und schaute aufs Wattenmeer. Der Anblick der endlosen schwarzen Schlicklandschaft deprimierte ihn. Er ging wieder ins Haus und klopfte gegen das Barometer, dessen Anzeige sofort sank, betrat das blau-weiß gekachelte Badezimmer und kramte aus dem Medizinschrank eine Packung Jarsin hervor. Er nahm eine Tablette und holte den Autoschlüssel aus dem Flur. Dann ging er wieder ins Freie. Das Haus stand schief unter seinem Reetdach, es sackte hinten, wo die Schlafzimmer lagen, weg wie ein überladenes Boot, die Vorderseite ragte wie ein Steinbug über die Erde; das Haus stand auf eine theatralische Weise schräg in der Düne. Er hatte es vor einem Jahr mit neuem Reet decken lassen, jetzt sah es aus, als habe es kein Dach, sondern eine Frisur aus trockenem Heu. Als er seine Frau kennenlernte, hatte sie einen ganz ähnlichen Haarschnitt getragen, einen Kurzpony, aber seit einigen Jahren besuchte sie einen ehrgeizigen Friseur am Mittelweg, ihr Kopf erinnerte jetzt an ein vom Orkan zerstörtes Strohdachhaus.

John Berkenkamp ging über die Kieseinfahrt zu dem schweren Mercedes SL und fuhr ihn rückwärts vor die ebenfalls reetgedeckte Garage. Er hatte Henning den Wagen zum fünfundzwanzigsten Geburtstag geschenkt, aber genau genommen war der Geburtstag nur ein Vorwand gewesen, um endlich diesen Mercedes zu kaufen; der Mercedes war die Erfüllung eines jahrzehntealten Plans.

Berkenkamp war 1962, mit achtundzwanzig Jahren, in die Kanzlei seines Vaters eingetreten und hatte sich vorgenommen, von seinem ersten Ersparten einen gebrauchten Mercedes 190 SL zu kaufen. Mit dem Wagen wollte er nach Rom fahren, über den Sommer in Italien bleiben und eine Römerin kennenlernen. Aber dann hatte Berkenkamp eine Affäre mit einer erst zwanzigjährigen Nachbarstochter begonnen und war noch im gleichen Jahr Vater eines Mädchens geworden, was zu einer Heirat, zwei Kindern und dem Kauf eines Viertürers führte. Jetzt war die Zeit endlich reif für die Anschaffung eines alten SL: Henning John Berkenkamp würde vollenden, was John Berkenkamp begonnen hatte. Vielleicht würde er sogar eine Italienerin kennenlernen.

Der in Jarsin enthaltene, angeblich ausgleichend wirkende Botenstoff des Johanniskrauts hatte John Berkenkamps Gehirn erreicht; so gestärkt, sah er sich in der Verfassung, die Stoßstangen des Wagens in Angriff zu nehmen. Unterhalb der Scheinwerfer hatte sich leichter Flugrost gebildet. Offenbar war der Wagen am Meer gefahren worden, oder er hatte in einer feuchten Scheune gestanden, sein Zustand war nicht ganz einwandfrei. Doch das störte Berkenkamp nicht; wenn er den Wagen dennoch in einen Hochglanzzustand zu versetzen versuchte, dann nur, um seiner Frau zu beweisen, dass ein gebrauchtes Auto ebenso gut aussehen konnte wie ein neues. Allerdings hatte der Wagen einen unangenehmen Schönheitsfehler. Der Mercedes-Händler, bei dem Berkenkamp seit fast dreißig Jahren alle vier Jahre das neueste Modell bestellte und der ihm den SL für Henning besorgt hatte, hatte den Wagen auf das Kennzeichen HH-HB 236 zugelassen. Berkenkamp war zunächst von diesem Nummernschild angetan gewesen, bis ihm einfiel, dass HB nicht nur die Abkürzung für »Henning Berkenkamp«, sondern auch für »Hansestadt Bremen« war, und wenn es eine Stadt gab, die John Berkenkamp nicht mochte, dann war das Bremen. Berkenkamp hatte die ärgerlichsten Monate seines Lebens bei einer Frau verbracht, die in Bremen wohnte, in einem Ortsteil namens Schwachhausen. Um nach Schwachhausen zu kommen, musste man durch eine Straße fahren, die allen Ernstes »Am schwarzen Meer« hieß, obwohl sie an überhaupt keinem Meer lag, sondern zwischen dem Zentralkrankenhaus und dem Weserstadion, so etwas war typisch für Bremen – und es erschien ihm, je länger er das Nummernschild betrachtete, umso ärgerlicher, dass die Initialen seines Sohnes mit denen einer sturzlangweiligen Kleinstadt bei Hannover übereinstimmten, eine Tatsache, die er bei der Wahl des Namens Henning nicht bedacht hatte und die ihm wie eine Rache für die Abkehr vom generationenalten Prinzip der Benennung männlicher Berkenkamps mit dem Namen John erschien. Er würde den Wagen auf ein nichtssagendes Kennzeichen ummelden lassen, irgendeine belanglose Kombination.

Auf der Suche nach Chromputzmitteln betrat Berkenkamp die Garage durch die Seitentür. Das Haupttor wurde von einem kleinen Segelboot versperrt, das seit Jahren unter einer blauen Plane vor sich hin moderte. In seinen jungen und wilden Tagen war Berkenkamp, um Geld zu verdienen und etwas von der Welt zu sehen, zur See gefahren, er war auf Frachtern bis nach Afrika gekommen, und seitdem ließen ihn Dinge, die zur Seefahrt gehörten, nicht mehr los. Neben einem Segelboot, das entgegen seinem tatsächlichen Zustand *Optimist* hieß, hortete Berkenkamp in der Garage eine Sammlung bunter Plastikschwimmer, grüner Fangnetze, alter Messinginstrumente, Pinnen und Steuerräder; hätte man alles miteinander verschraubt, hätte der Garageninhalt einen anständigen Kutter ergeben.

John Berkenkamp begab sich im Halbdunkel der Garage auf die Suche. Er fand das Chrompflegezeug nicht, dafür allerlei andere Sachen, von denen er nicht wusste, wie sie in das Strandhaus gekommen waren: eine rote Black-&-Decker-Bohrmaschine, einen Wolf-Rasenmäher mit verrosteten Klingen, der in der sandigen Dünenlandschaft keinen erkennbaren Nutzen hatte, eine Dose Bienenwachsbalsam für Innenanstriche, eine gelbe Packung Substral-Blumendünger »für alle

Blühpflanzen in Balkonkästen, Kübeln, Beeten und auf Gräbern« (Gräber auch – Teufel, dachte Berkenkamp und erschrak), dazu eine Dose Color-Spray.

Durch die halbgeöffnete Schuppentür sah man Heidemarie Berkenkamp, die einen Moment vor dem in den Dünen geparkten Mercedes innehielt und dem Auto einen vernichtenden Blick zuwarf.

»John, dein Kaffee wäre fertig«, rief sie durch den Türspalt.

Als Henning, Anna und Bernd-Carsten gegen zwölf Uhr geräuschvoll vor das Haus traten, lag John Berkenkamp auf der windgeschützten Terrasse in der Sonne und schlief. Das Lacoste-Hemd hatte er unter dem Kopf zusammengeknüllt, und als er von dem Getrampel hochschreckte, zeigte sich auf seinem roten Gesicht der Abdruck eines kleinen Krokodils.

»Guten Morgen, Herr Berkenkamp«, sagte Bernd-Carsten, der an einer vielversprechenden Privatuniversität in der Schweiz Wirtschaft studierte und zur Begrüßung sein wirtschaftlichstes Lächeln aufsetzte. Sein Vater betrieb hinter Bad Bramstedt einen Düngemittelvertrieb und hatte seinem Sohn das phlegmatische Temperament schleswig-holsteinischer Unternehmer vererbt. Als Berkenkamp die Augen öffnete, schaute er direkt in das Gesicht seines potentiellen Schwiegersohns. Bernd-Carsten hatte ihm, als Anna ihn das erste Mal mit nach Hause brachte, eine Visitenkarte überreicht, auf der in einer anspruchsvollen Schrift, wie sie Adlige für Hochzeitseinladungen bevorzugen, »B. C. Langmann« stand. Er hatte ein längliches und blasses, weitgehend ausdrucksloses Gesicht, in dem nur die hochstehenden Augenbrauen hervorstachen. Wenn er nicht mit schleppender Stimme seine Meinung zum Weltgeschehen äußerte, saß er mit leicht offenstehendem Mund über Lehrbüchern der Betriebswirtschaft. Sein Kopf ragte meist aus einem gemusterten Seidentuch heraus; er sah aus wie ein modebewusster Karpfen.

John Berkenkamp zog sich sein zerknülltes Hemd über den rotverbrannten Bauch, und als er den missbilligenden Blick von Bernd-Carsten in seinem Rücken spürte, sagte er zu seinem eigenen Ärger fast kleinlaut:

»Wir sind hier immer ein bisschen *lescher*.«

»Ihr habt aber lange geschlafen«, rief Heidemarie Berkenkamp. »Heute Morgen, als *ich* aufgestanden bin, war der Sonnenaufgang wunderschön. Wenn ich überlege, dass wir dreißig Jahre lang jeden Tag um fünf aufgestanden sind. Mir hat das *nie* etwas ausgemacht.«

Henning griff nach einem Stück Kuchen, das vom Vortag übriggeblieben war.

»Es gibt eigentlich nichts Schöneres, als früh aufzustehen«, insistierte seine Mutter. »Na ja, John ist jetzt auch öfter müde. Wir waren schon bei Doktor Kesting, aber die Blutwerte sind in Ordnung.«

»Tsetse«, murmelte John Berkenkamp. Heidemarie unterbrach ihren Vortrag und schaute erstaunt auf.

»Bitte, ich habe nicht ganz verstanden«, sagte auch Bernd-Carsten mit einem zähen Schleswiger Akzent und zog zum Beweis an seinem Ohrläppchen.

»Tsetsefliegen. Die Schlafkrankheit. Die Schiffe bringen sie mit.«

»Waren Sie denn am Hafen?«, fragte Bernd-Carsten und richtete sich erschreckt auf.

»Nein. Aber es sind Fliegen. Das heißt, dass sie fliegen können. Sie verlassen die Schiffe auf dem Luftweg und landen landeinwärts in Harvestehude und stechen Rechtsanwälte, die im Garten schlafen, und pumpen ihnen ihr Gift in die Adern, und die liegen dann wie tot im Bett und hindern ihre Frauen daran, um fünf Uhr aufzustehen.«

Henning, der eine besondere Taktik zur Zerlegung des Obstkuchens entwickelt hatte, unterbrach die Parzellierung des Kuchenbodens und schaute seinen Vater an. Die Geschichte mit den Fliegen war ein Scherz, aber es konnte genauso gut die Wahrheit sein. Zigtausende von Lottospielern, die fest daran glauben, eine gute Chance zu haben, würden keinen Schein ausfüllen, wenn sie wüssten, dass die Wahrscheinlichkeit, in den kommenden fünf Minuten zu sterben, hundertmal höher ist als die, irgendetwas im Lotto zu gewinnen; und die Möglichkeit, dass Schiffe Tsetsefliegen mitbrachten und diese das Hamburger Klima überlebten, war nicht von der Hand zu weisen.

John Berkenkamp erkundigte sich nach Hennings Studium und riet ihm energisch von einem Schwerpunkt auf Rechtsgeschichte ab, Bernd-Carsten lobte die umsichtige Politik von Lothar de Maizière und die Grütze, die Heidemarie Berkenkamp auftischte. John Berkenkamp hatte Lust, den kleinen Schleimer, der sich mit seiner Tochter in den Dünen herumtrieb, kopfüber in diese rote Grütze zu tunken, verordnete sich aber einen unverbindlichen, weltoffenen Gesichtsausdruck.

»So eine *leckere* rote Grütze«, wiederholte Bernd-Carsten. Unter dem Metallverschluss der Perlenkette, die Heidemarie Berkenkamp an ihrem Hals trug, bildete sich ein leuchtend rotes Kontaktekzem. Möwen trieben quer über den Himmel, der Sand knirschte zwischen den Zähnen, und Bernd-Carsten, den Berkenkamp, wenn er nicht anwesend war, Bernd-Karpfen nannte, saß am Tisch und sprach über das Problem staatlicher Unflexibilität. Berkenkamp schwieg und verfluchte die Störung seiner ruhigen Wochenenden. Die Wochenenden waren das Letzte, was ihm noch geblieben war, denn jenseits ihres Ferienhauses hatten die Berkenkamps seit sechs Monaten keine ruhige Minute mehr.

Es hatte an einem Nachmittag im November des Jahres 1989 begonnen, als Henning Berkenkamp gerade von einer staatsrechtlichen Klausur über die Frage der informationellen Selbstbestimmung nach Hause kam. Das Haus war eine dreigeschossige Harvestehuder Backsteinvilla, die sein Urgroßvater, der Kaufmann John Merten Berkenkamp, im Jahr 1899 erbaut hatte und die ebenso ein Familienerbstück war wie die zahllosen dunklen Vitrinen und die alten Sofas, die im Salon herumstanden und der Familie den Weg in den Wintergarten versperrten.

Henning hatte zu Beginn seines Studiums den Familiensitz verlassen und war in eine eigene Wohnung im Schanzenviertel gezogen, aber nach einer kurzen und unglücklichen Affäre mit Mia, die ebenfalls in der Schanze wohnte und zum Entsetzen von Hennings Mutter barfuß, und zwar mit sehr schwarzen Füßen, zu einer Grilleinladung im Garten der Berkenkamp'schen Villa erschienen war, hatte Henning, wie sich seine Mutter ausdrückte, endlich Vernunft angenommen und war in das Einliegerapartment im ersten Stock gezogen. Seitdem wohnte er dort.

Auf der Treppe hatte Henning an diesem Nachmittag seine Großmutter getroffen, die gemeinsam mit dem Großvater das zweite Geschoss der Villa bewohnte. Die Großmutter, eine störrische und eigensinnige Hanseatin, die gerade ihren achtzigsten Geburtstag gefeiert hatte, betrachtete es als ihren Beitrag zum Familienleben, das gelbe Laub zusammenzuharken, das von den großen Eichen im hinteren Teil des Gartens heruntertrudelte, eine Aufgabe, von der sie auch nach einem Herzinfarkt und zwei Bandscheibenoperationen nicht abzubringen war.

»Meinem Schwiegersohn ist der Garten ja vollkommen egal«, rief die Großmutter, während sie mit einem Besen eine Armee welker Blätter vor sich hertrieb, »aber mir nicht, der Rasen geht kaputt, wenn immer das Laub drauffliegt, und das Laub wird ins Haus geschleppt und macht schlimme Flecken!«

Wenn am Nachmittag ein Geschwader älterer Damen aus der Nachbarschaft auf einen Tee und ein paar Montego-Schnitten, die von der peruanischen Hausangestellten in der Konditorei Karen Meyer gekauft wurden, zu den Berkenkamps kam, erklärte die Großmutter entschuldigend, im Garten sähe es aus *wie in der DDR* – und das, obwohl John Berkenkamp, der um die Gesundheit seiner Schwiegermutter in Sorge war, heimlich einen Gärtner beauftragt hatte, einmal pro Woche mit einem heulenden Laubsauger den Großteil der Blätter zu entfernen, während die Großmutter ihren rituellen dreistündigen Einkaufsbummel über die Eppendorfer Landstraße absolvierte.

An diesem Novembertag beschwerte sich die Großmutter allerdings nicht über den Zustand des Gartens. Sie hatte zahlreiche durch die

Einfahrt wirbelnde gelbe Blätter übersehen, was sonst nie vorkam; sie hatte vergessen, Montego-Schnitten kaufen zu lassen; sie stand inmitten der gelben Blätter und hörte dem Nachbarn Walter Schneider zu, der mit fuchtelnden Bewegungen auf sie einredete. Es war äußerst ungewöhnlich, dass Herr Schneider hier herumlief. Er verbrachte den größten Teil seines Lebens auf dem Balkon und hatte bisher nur einmal den Garten betreten, um sich bei Herrn Berkenkamp in aller Form zu entschuldigen, nachdem er zu Silvester mit einer Schrotflinte den Wetterhahn vom Dachfirst der Berkenkamp'schen Villa heruntergeschossen hatte. (Eine Wette, hatte Schneider dem erbosten Berkenkamp damals erklärt, dessen Schlafzimmer sich vier Meter unter der Einschussstelle befand, es war eine Wette; ich werde Ihnen einen neuen Hahn kaufen.)

An diesem Nachmittag aber stand Schneider in der Einfahrt und hämmerte mit der flachen Hand auf das Mäuerchen, das den grauen Fußweg von Berkenkamps Garten trennte, und sagte, die Mauer sei weg, und die Großmutter stand mit erhobener Gartenharke neben ihm und schaute durch ihre dicken Brillengläser in den hohen Hamburger Novemberhimmel. Man sah ihr an, wie sehr die Grenzöffnung sie durcheinanderbrachte. Natürlich freute sie sich für die sogenannten Brüder und Schwestern im Osten, obwohl sie selbst nur Brüder und Schwestern in Hamburg hatte, über deren Existenz sie sich größtenteils nicht freute, andererseits bedrohte die plötzliche Öffnung der Mauer ein Ritual, das der Großmutter noch wichtiger war als die Bekämpfung herabfallender gelber Blätter. Die Mauer ist *weg*, wiederholte die Großmutter ungläubig – und dachte bekümmert, dass sich, wenn die Mauer bis Weihnachten nicht wieder dichtgemacht würde, die Sache mit den Paketen wohl erledigt habe. Die Öffnung der Grenze war, das ahnte sie, das Ende einer Beschäftigung, die sie ebenso sehr liebte wie die Bekämpfung des gelben Laubs.

Jahrzehntelang hatte die Großmutter vor Weihnachten das große Esszimmer mit der Hamburger Standuhr, die zur vollen Stunde tief und scheppernd gongte, in eine mobile Paketversandstation verwandelt.

Der Großvater, dessen Eltern aus dem Osten stammten, sperrte sich dort tagelang ein, bekam von der Großmutter in regelmäßigen Abständen einen starken Kaffee mit Schuss serviert und verschnürte und doppelverknotete und beschriftete bis spät in die Nacht die unterschiedlichsten Pakete. Er packte Kaffee Hag und Lindt- oder Merci-Schokolade und Socken von Karstadt und Kinderspielzeug und Rex-Gildo-Kassetten für Geschwister und Neffen und Halbneffen und Halbneffenzweitfrauen in die Kartons, bis er schließlich den Überblick zu verlieren drohte und begann, auf einen großen Bogen Packpapier Pfeildiagramme zu zeichnen, die darüber Auskunft gaben, wer mit wem verwandt, wer angeheiratet und wer schon wieder geschieden war. Auf diesen Plan steckte er dann, wie bei einem militärischen Strategieplan, Fähnchen, die eigentlich zur Dekoration von Kuchen bestimmt waren, und versah sie mit Zusatzinformationen. Über Luise stand: »verheiratet mit Peter«. Über Peter, auf einem roten Fähnchen: »Tabac-Rasierwasser und Rittersport zartbitter«. Als Luise Peter verließ und mit Harald zusammenzog, wurde das Peter-mag-Tabac-Rasierwasser-und-Rittersport-zartbitter-Fähnchen entfernt und durch ein Fähnchen mit der Aufschrift »Harald, Davidoff/Merci-Schokolade/Knoppers« ersetzt. Die obsoleten Fähnchen steckten am unteren Rand der Karte, falls eine der betroffenen Personen in eine weihnachtspaketrelevante Position zurückkehren sollte. Über die Jahre war so ein dynamisches Diagramm von Vorlieben und Verbindungen entstanden, um das Produktmanager und Stasioffiziere den Großvater beneidet hätten.

Unmittelbar nach dem Mauerfall schienen sich die ohnehin zahlreichen ostdeutschen Familienmitglieder der Familie Berkenkamp allerdings vervielfacht zu haben: Ganze Jahresproduktionen von Trabants und Wartburgs rollten in die vormals ruhige, ahorngesäumte Seitenstraße des Mittelwegs, und bald zeigte das Berkenkamp'sche Haus deutliche Spuren einer Völkerwanderung. Die Verwandtschaft kündigte sich durch ein lautes und forderndes Knattern an, ein Knattern, das den Zusammenbruch eines ganzen Systems verkündete, das sich vom Mittelweg her näherte und immer lauter wurde, bis es vor dem kleinen, dunkelblaugestrichenen Gartentor abrupt verstummte; dann zogen die hellblauen Abgaswolken über das Anwesen mit der strahlend weißen Gründerzeitvilla, in deren Wintergarten John und Heidemarie Berkenkamp am Frühstückstisch saßen und das *Hamburger Abendblatt* lasen. John Berkenkamp pflegte in solchen Momenten den obersten Knopf seines Hemdes zu schließen und ein Lächeln aufzusetzen, das seine Frau »das Wiedervereinigungslächeln« nannte. Sein Schwiegervater war 1948 mit seinen Eltern nach Hamburg gekommen, der Rest seiner Familie war in Dessau und Zwickau geblieben. Die meisten von ihnen waren in einer fleischverarbeitenden Betriebsgenossenschaft tätig. Seit November 1989 kamen diese Verwandten regelmäßig, und jedes Mal brachten sie Wurst mit. Der Kühlschrank der Harvestehuder Villa war jetzt ausschließlich mit Wurst gefüllt. Inzwischen knatterten fast täglich noch nie gesehene Verwandte mit Trabants und Wartburgs über das alte Kopfsteinpflaster, nahmen kühn die Bordsteinkante und brachten ihre Fahrzeuge vor der frisch getünchten Gartenmauer des Familienanwesens zum Stehen, wo die Wagen wie bestellt auseinanderfielen, was den neuen Verwandten mehrtägige Aufenthalte im Gästezimmer der Familie ermöglichte.

Henning, der zu diesem Zeitpunkt neben Jura auch noch Betriebswirtschaftslehre studierte, hatte anhand der Anzahl der von diversen ostdeutschen Verwandten vertilgten Montego-Schnitten, Käsebrötchen und Bierflaschen errechnet, dass man, wenn alles mit rechten Dingen und normalem Hunger zuging, im Osten etwa zweihundertfünfzig Verwandte haben musste. Offenbar war dort bekannt geworden, dass eine wohlhabende Hamburger Familie den Überblick über ihre ostdeutsche Verwandtschaft verloren hatte und nicht mehr wusste, wer wirklich zur Familie gehörte, man also nur *behaupten* müsse, man sei der Bruder des Schwagers von soundsos Vater, und schon werde man hineingelassen in die große weiße Villa an der Alster. In der schweren Eichentür des Berkenkamp'schen Anwesens jedenfalls standen täglich neue Menschen in absonderlichen Aufzügen, die, einen Blumenstrauß in der linken, irgendein abgefallenes Bauteil ihres Autos in der rechten Hand, die verdutzte Großmutter an die Brust drückten, eine wirre genealogische Erklärung abgaben – von der Anneliese ihrem Schwager der Bruder! – und sich dann, unverständliche Begrüßungen in das Dunkel des Korridors hineinrufend, am Frühstückstisch breitmachten.

Eines immerhin schafften die Gäste aus dem Osten: Es wurde wieder gefeiert in dem Haus, in dem es seit dem sechzigsten Geburtstag von John Berkenkamp etwas still geworden war und dessen hohe Räume nur noch vom wütenden Gebell des greisen Hausdackels erschüttert wurden, der auf seine alten Tage, wie der Tierarzt erklärte, häufig schlecht träumte, deswegen im Halbschlaf plötzlich aufschreckte und völlig sinnlos Schuhe und Blumentöpfe angriff.

Die Großmutter suchte verzweifelt nach einem Ersatz für die Paketepackerei. Sie hatte an den endlosen, langweiligen Winterabenden gern den Aktenordner zur Hand genommen, in dem sie die Dankesbriefe ihr unbekannter Ostdeutscher aufbewahrte, und wenn ihr Bruder Dietmar auf einen Sherry vorbeikam, las sie ihm vor, was dort in ungelenker Handschrift auf graues Linienpapier gemalt worden war: »…wissen nicht, wie wir Euch das danken sollen …«, »… ist schwer, Worte für das zu finden, was wir angesichts dieser Geschenke empfinden …«, »werden Euch das nie vergessen« – und so weiter. Obwohl sie den Osten nie betreten hatte und ihren Mann gern mit seiner Herkunft aufzog, hatte sich die Großmutter jahrelang in dem Bewusstsein gesonnt, von einer angeheirateten Verwandtschaft als das wahre Christkind verehrt zu werden, als nie gesehener Geist in einer unerreichbaren Welt, der alle Wünsche erfüllt; die Wiedervereinigung drohte dieser Rolle ein Ende zu machen. Der Fall der Mauer war für sie gewissermaßen gleichbedeutend mit der Abschaffung ihres Heiligenstatus. Dafür bescherte das Zusammenspiel einiger entscheidender Umwälzungen in der russischen Außenpolitik und eines kollabierenden sozialistischen Systems der Hamburger Anwaltsfamilie Berkenkamp noch im ersten Jahr der Wiedervereinigung eine Schwiegertochter.

Bianca Kobarski, die am 16. Januar 1990 im Fond eines giftgrünen Wartburgs mit vier anderen Halb- oder Viertelverwandten der Familie Berkenkamp nach Hamburg reiste, hatte große braune Augen und trug eine asymmetrische Frisur, die sie in einem schrillen Blond gefärbt hatte.

Hamburg war die seltsamste Stadt, die sie je gesehen hatte. Am Hafen war sie backsteinrot, dafür gab es an der Alster keine anderen Farben als Dunkelblau und Dunkelgrün und Cremefarben, Apricot und Weiß; die Stadt sah aus wie eine Buttercremetorte in einem Moosbett. An ihrem ersten Abend war sie mit einer Cousine erst in die Badgalerie gegangen und dann in eine Disco, die unter einem Bahndamm lag und Traxx hieß und von seltsam zurechtgeföhnten Gestalten frequentiert wurde, die merkwürdig zuckend tanzten und mit dunkelhäutigen dürren Mädchen in die Nacht verschwanden; die jüngeren Menschen trugen cremefarbene Hosen und hellblaue Hemden und Sonnenbrillen, die sie sich ins Haar steckten – eindeutig Westdeutsche. Man konnte es sehen, so wie man einen Akzent hören kann.

Es hatte in diesen verwirrenden Tagen nach der Maueröffnung mehrfach Versuche von beiden Seiten gegeben, die jeweilige unübersehbare Herkunft zu verschleiern. In Jena hatte Bianca ein paar Jungs getroffen, die behaupteten, sie seien die Söhne von Westberliner Zahnärzten und Autohändlern, und sie fuhren tatsächlich in einem großen BMW vor; einige Mädchen aus Jena, die von ihnen angesprochen wurden, waren beeindruckt und neugierig und wollten wissen, wie es mit westdeutschen Jungs ist. Am nächsten Morgen waren sie wütend und enttäuscht; in den Kulturtaschen hatten sie ostdeutsche Hygieneprodukte gefunden und keine Signal-Zahncreme, und am Ende hatten die Jungs zugeben müssen, dass sie aus Rostock kamen und sich den BMW nur geliehen hatten, um ostdeutsche Mädchen zu beeindrucken. Zur gleichen Zeit gaben sich dafür im westeuropäischen Ausland westdeutsche Abiturienten als Ostdeutsche aus, um umsonst etwas zu essen zu bekommen und bei Holländerinnen übernachten zu dürfen, denen sie erzählt hatten, ihr Geld, die Ostmark, sei nichts mehr wert, sie müssten sonst auf der Straße schlafen, und so kalt und herzlos habe man sich den Westen und vor allem Amsterdam aber nicht vorgestellt.

Sie, Bianca, hatte im Dezember 1989, bei ihrem ersten Abend in West-Berlin, in einer Discothek am Kurfürstendamm, dem Big Eden, gezielt den jungen Mann angesprochen, der ihr am exotischsten erschien – einen dünnen Studenten mit schwarzen Locken, den sie für einen Brasilianer oder Marokkaner hielt. Später stellte sich heraus, dass er der einzige andere Ostdeutsche in diesem Laden war; sein Vater war ein libyscher Austauschstudent gewesen, der in Ost-Berlin Ingenieurwissenschaften studiert hatte.

An ihrem zweiten Abend in Hamburg lernte sie Henning Berkenkamp kennen.

Sie saßen im großen Salon der Berkenkamps, wo die Mutter dampfenden Kaffee servierte, die Großmutter von den Problemen der Laubbeseitigung sprach und der alte Dackel knurrend vor einer chinesischen Vase hockte. Biancas blondes Haar, erzählt Henning Berkenkamp später, leuchtete wie ein Heiligenschein, sie sah, von ihrer hysterisch bunten Skijacke einmal abgesehen, hanseatischer aus als alle denkbaren Hanseatinnen. Wenn sie ihn anlächelte – und sie *hatte* ihn angelächelt, daran gab es keinen Zweifel –, strahlte ihm nicht nur ein Lächeln entgegen, sondern ein Landhaus mit frisch gestrichenen weißen Bretterzäunen und Hunden und Pferden und frisch gebackenem Apfelkuchen mit Schlagsahne im Halbschatten weißblühender Kirschbäume.

Hennings Mutter setzte sich in einen der seidenbespannten Lehnstühle und nickte Bianca zu.

»Es ist wunderbar, dass sich junge Menschen aus Ost und West so einfach zum Kaffeetrinken treffen können«, sagte sie zur Eröffnung des Gesprächs und putzte gerührt ihre Brille. Gleich nach der Maueröffnung war sie mit John nach Berlin gefahren und hatte mit einer kleinen Spitzhacke ein etwa faustgroßes, rosa besprühtes Betonstück aus der Mauer vor dem Brandenburger Tor herausgeschlagen, das jetzt neben einigen roséfarbenen Muscheln aus der Karibik auf dem Kaminsims lag. Ihr war mulmig dabei gewesen, weil sie wusste, dass die Mauer jemandem gehörte, aber es hatte sie erregt, das Eigentum eines untergehenden, mitnichten aber toten Systems zu zerstören; es kam ihr vor, als hätte sie in einer waghalsigen und nicht ungefährlichen Aktion Gefangene befreit, und sie fand, dass die junge blonde Frau es auch ihrem Einsatz zu verdanken hatte, dass sie jetzt hier saß und mit ihrem Sohn Kaffee trinken konnte.

Heidemarie Berkenkamp setzte die Brille wieder auf und sagte mit einem verschwörerischen Blick zu Bianca: »Ich war ja auch ein Mauerspecht.«

Bianca schaute irritiert und fragte: »Was waren Sie?«

»Ein Mauerspecht«, wiederholte Heidemarie Berkenkamp und kicherte. Dann zeigte sie auf das Betonstück auf dem Kaminsims und zuckte kurz mit den Schultern, als habe sie einen Streich begangen.

»Nehmen Sie ruhig noch einen Kaffee«, sagte John Berkenkamp, den Bianca auf eine seltsame Art und Weise an ein Mädchen erinnerte, das er 1961 im Kontor der Reederei in der Mattentwiete kennengelernt hatte.

»Sehr gern, der Kaffee schmeckt toll«, sagte Bianca höflich.

»Wir sitzen hier in Hamburg ja sozusagen an der Quelle«, erklärte Berkenkamp, der nicht mitbekommen hatte, dass seine Schwiegermutter diese Wendung schon drei- oder viermal angebracht hatte, und legte die Stirn in Falten.

»Kaffee war auch schwierig zu bekommen, oder?«, fragte Heidemarie Berkenkamp mit einer Stimme, die sie sich für Gespräche mit Armen und Bedürftigen zugelegt hatte. Das letzte Mal hatte John Berkenkamp sie mit dieser Stimme reden hören, als sie eine Wahlkampfveranstaltung für den Bürgermeisterkandidaten der CDU, Walther Leisler Kiep, besucht hatten, die vor einem Jugendheim stattfand.

»Na, es gab schon welchen«, antwortete Bianca. »Aber der hier ist natürlich ganz was Feines.«

»Wir haben jedenfalls dreißig Jahre lang welchen rübergeschickt. Wenn Sie wollen, zeige ich Ihnen einmal die Kaffeespeicher in der Speicherstadt. Da duftet es ganz herrlich. Aber nun lass ich euch alleine«, sagte Berkenkamp, nickte gütig und wuchtete sich aus seinem britischen Clubsessel hoch.

Der Tag, an dem Bianca zum ersten Mal das Berkenkamp'sche Anwesen betrat – der Tag, an dem in der Ostberliner Normannenstraße zweitausend Demonstranten die Zentrale der Stasi stürmten, um die »Aktion Reißwolf« zu stoppen –, war gleichzeitig der Tag des größten Zwischenfalls bei der deutsch-deutschen Familienannäherung in der Villa Berkenkamp. Der angeheiratete Pseudo-Onkel Wolfgang und der Großvater hatten zunächst friedlich in einer Ecke gesessen und sich unterhalten. Wolfgang erzählte vom Mauerbau, der Großvater erzählte vom Zweiten Weltkrieg und den harten Zeiten danach, bis der Pseudo-Onkel sagte, da seien sie nun mal selbst dran schuld gewesen, woraufhin der Großvater sagte, an seinem Mauerelend sei der Pseudo-Onkel ebenfalls selbst schuld gewesen, er hätte ja auch gehen können, worauf der Pseudo-Onkel erwiderte, er, der Großvater, sei ja nur gegangen, weil er so richtig Kohle machen wollte, woraufhin der Großvater sehr laut in den Raum hineinbrüllte, er, der Pseudo-Onkel, könne ja wieder in die *Zone* fahren und seine stalinistischen Pappmascheebrötchen essen und seine stinkenden Plastikautos fahren, statt ihm hier zwei Tage lang seinen guten Sancerre wegzusaufen, den seine gleichgeschalteten Geschmacksnerven ohnehin nicht vom Motoröl seines Ladas unterscheiden könnten, und seine *blasse Nachkommenschaft* könne er auch gleich einpacken.

Der Dackel, der, auch wenn er gerne welchen machte, keinen Lärm vertrug, winselte und bellte hilflos die chinesische Vase an und zerrte erschreckt an den schweren Gardinen; und während man die erhitzten Rentner voneinander trennte und mit Kaffee und Herztabletten versorgte, nutzte Henning das allgemeine Chaos, um Bianca zu einer kurzen Fahrt an die Elbe zu überreden.

»Dein Auto?«, fragte sie und zeigte auf den glänzenden SL, der zwischen zwei frisch eingetroffenen Wartburgs parkte.
»Ja«, sagte Henning.
»Wie Bobby Ewing«, sagte sie.

Sie fuhren mit offenem Verdeck an der Alster und am Dammtorbahnhof vorbei und am Hanseviertel, wo Henning, der seine Qualitäten als Stadtführer entdeckte, Bianca darauf aufmerksam machte, dass die polnischen Maurer, die die Backsteinfassade hochgezogen hatten, alle dunklen Steine aussortiert und so mit den hellen Steinen vermauert hatten, dass in der Eingangsfassade die Buchstaben POLEN zu lesen waren.

Sie verbrachten den frühen Abend an der Alster auf Bodos Bootssteg; Bianca schaute den Alsterdampfern nach und staunte über dieses Leben, das sie bis vor kurzem nur aus dem Fernsehen gekannt hatte. In der Ferne sah man das grüne Dach des Hotels Atlantic, das Polizeihochhaus und die Türme der Mundsburg, die keine Burg, sondern ein Hochhausensemble aus den sechziger Jahren war. Sie saßen auf den Bierbänken und blinzelten in die Abendsonne und tranken ein Bier und überlegten, warum der Rettungsring, der vorne am Anleger Rabenstraße hing, gelb und nicht rot war wie alle anderen, und warum man besser keinen DDR-Ministerpräsidenten haben wollte, der einen Kinnbart trägt und am liebsten Viola spielt. Die Verklicker der Segelboote klapperten im Wind, die Wolken verzogen sich häufchenweise, und im Abendlicht lag die Alster silbern da wie eine Stahlplatte.

Dann steuerte Henning den Mercedes über die Reeperbahn hinunter zum Hafen, und Bianca schwieg und schaute auf das Dock 11 von Blohm + Voss, in dem das größte Schiff lag, das sie je gesehen hatte, und Henning schaute nur kurz nach dem Schiff und sehr lange auf ihre braungebrannten, nackten Beine, die aus einem hellen Jeansrock hervorschauten.

Über die Jahre hatte Henning verschiedene Freundinnen gehabt, die Marie, Marei, Insa, Inken, Jana und Jonica hießen und sich auf eine Weise ähnelten, die John Berkenkamp ratlos machte: Sie waren alle blond, hatten Stupsnasen und eine frisch gewaschene Hamburger Art, die an weiße Segel und frische Butter und Kornfelder in der Sonne erinnerte. Sie trugen alle weiße Turnschuhe von Superga und wohnten in hochglanzrenovierten Altbauten mit dunkelblaulackierten Türen, sie spielten Cello oder Geige, und in jeder dieser Familien gab es einen Golden Retriever, zwei bis drei jüngere Geschwister, zwei dunkelblaue Autos, drei bis fünf Dufflecoats, verschiedenfarbige Cordhosen und Tweedkostüme, Stilmöbel und eine große Auswahl an Earl Grey und Darjeeling. Frau Berkenkamp machte sich in dieser Hinsicht keine Sorgen um ihren Sohn. Bevor Bianca auftauchte, hatte es in Henning Berkenkamps Leben nur zwei Beziehungen gegeben, an die sie sich ungern erinnerte. Die erste Frau war eine Russin; ihre Eltern waren nach Hamburg gezogen und führten von dort aus eine Reederei, deren Schiffe weltweit in seltsame Havarien und Unglücksfälle verwickelt wurden; sie hieß Katya, hatte dunkle Locken und verbrachte ihre Nachmittage im Wohnzimmer der Villa ihres Vaters, wo sie vor einem überdimensionierten, mit diversen Champagnersorten befüllten Kühlschrank auf einem Rentierfell lag und Henning aus *Oblomow* vorlas, während draußen Bodyguards die Garagenzufahrt und die Gartentreppe bewachten. Die zweite war Mia. Sie hatte drei Semester Philosophie studiert, sich aber nach einem erbitterten Streit mit ihrem Dozenten über die Bedeutung des Wortes »Glas« im Werk von Jacques Derrida entschieden, die Philosophie aufzugeben und Grafikerin zu werden. Mia trug eine schwarze, an den Enden spitz zulaufende Brille und enge, röhrenförmige schwarze Hosen und erklärte Henning, sie liebe *die Ästhetik der Reduktion*. Ihr Bett war so hart wie das Baguettestück auf der Hutablage ihres Fiat Uno. Sie verbannte Hennings rosa und weiß gestreifte Hemden und die cremefarbenen Hosen und die blauen Docksider und das malvenfarbene Sweatshirt, das ihm seine Schwester geschenkt hatte, in einen großen Beutel, ließ ihn naturbelassene Baumwollhemden kaufen, die rauh wie Sandpapier waren, und verdrehte jedes Mal die Augen, wenn er etwas Weltanschauliches zu äußern versuchte. Als Henning feststellen musste, dass er Mias beinharte Matratze mit einem stark haarenden Philosophiestudenten teilte, beendete er seinen Ausflug in die Welt der reduzierten Ästhetik und kaufte sich ein neues blassblaues Hemd bei Ladage & Oelke, wo seine Familie seit Generationen einkaufte. Dieses Hemd trug er, als er Bianca zum ersten Mal begegnete.

Bianca fuhr zwei Tage später wieder nach Hause, und Henning Berkenkamp verbrachte den darauffolgenden Tag in seinem Zimmer und starrte auf die gelbgrünen Tapeten und auf die Tagesdecke aus dünnem braunem Cord. Die Feuchtigkeit zog vom Fluss bis in sein Zimmer, und am Morgen lag die Elbe grau und braun vor den Landungsbrücken und schwappte gegen den Pier, und der Regen prasselte auf die kleinen Wellen und vertrieb die Möwen von den Pollern.

Nach sieben Tagen betankte er seinen Mercedes, kaufte für 12,80 Mark einen *Varta Atlas Deutschland mit neuen Bundesländern* und fuhr zu ihr.

Er war zum ersten Mal im Osten. Die Gegend, durch die er fuhr, war sandig und weit und roch anders; es war der Geruch der Zweitaktmotoren, den er vom Strand kannte, vermischt mit Bratwürstchen und etwas Unbestimmtem, Braungrauem. Er tankte an einer Tankstelle Minolbenzin, kaufte eine Packung F6 und aß das beste Würstchen mit Senf, das er je gegessen hatte. Er fuhr durch einen Ort, der Marsdorf hieß und auch so aussah, und dann durch Tauscha und Sacka und landete schließlich in einer Landschaft aus bunten Fernwärmerohren, zwischen denen sechsgeschossige Plattenbauten standen. Bianca wohnte in einem davon, im dritten Stock.

Sie verbrachten den Sommer an den Moritzburger Seen. Sie badeten in einem See bei Deutschbaselitz, sie schauten sich *Midnight Run* im Kino an und saßen an der Elbe und warfen bei Bad Schandau eine Flaschenpost ins Wasser und rechneten aus, wann die Flasche in Hamburg am Dock von Blohm + Voss vorbeikommen würde.

In die Regale der Läden wurden Westprodukte geräumt, die Bianca nicht kannte, Omo, Viss, ein Waschmittel namens Kuschelweich mit einem beknackt schauenden Teddybären auf der Flasche, ein Dreikilopaket, auf dem »Das gute Sunil« stand. Neben den Produkten verkündete ein Schild: »Verkauf dieser Waren ab 2.7.1990«. Am ersten Juli bildeten sich Schlangen vor den Banken, in denen Ostmark in D-Mark umgetauscht wurden. Im Fernsehen sah man Helmut Kohl mit einer blau-grün gestreiften Krawatte vor einer Bonner Wand mit Holzpaneelen sitzen; er sagte, dies sei »der entscheidende Schritt auf dem Weg zur Einheit unseres Vaterlandes, ein großer Schritt in der Geschichte der deutschen Nation. Es wird niemandem schlechter gehen, dafür vielen besser.« In den kommenden Monaten verringerte sich dann die ostdeutsche Produktion um 57,7 Prozent. Nicht einmal Obst und Butter waren mehr zu verkaufen, die landwirtschaftlichen Betriebe gingen trotz einer hektischen Finanzhilfe von 1,65 Milliarden Westmark reihenweise ein. (Genau ein Jahr später sah man dann Bundesbankchef Karl-Otto Pöhl mit einer ähnlichen Krawatte vor einer ähnlichen Wandtäfelung erklären, die Währungsunion sei völlig überhastet eingeführt worden und das Ergebnis eine Katastrophe.)

Der Sommer war heißer als alle anderen. Sie verbarrikadierten sich in Biancas Zimmer und schauten zu, wie Pierre Littbarski und Jürgen Klinsmann kein Tor schossen und Rudi Völler sich im Strafraum vor einem verdutzten Argentinier einfach fallen ließ, woraufhin der mexikanische Schiedsrichter Edgardo Enrique Codesal Méndez ein Foul vermutete und Andreas Brehme einen Elfmeter schoss und Deutschland auf genauso fragwürdige Weise zum Weltmeister machte, wie es kurz darauf wiedervereinigt werden würde.

Sie fuhren mit dem offenen Mercedes nach Berlin, wo Pink Floyd den Mauerfall noch einmal für alle nachspielte und eine hundertsechzig Meter lange Styropormauer zum Einsturz bringen ließ; zweieinhalb Monate später sangen Helmut Kohl und Lothar de Maizière an der gleichen Stelle gemeinsam die Nationalhymne, während eine sechzig Quadratmeter große Deutschlandfahne vor dem Reichstag gehisst wurde.

Dann kam der Winter. Sie besuchten sich. Sie fuhren mit seinem Wagen an die zugefrorenen Moritzburger Seen, donnerten über die vereisten Kopfsteinpflasterstraßen bei Dürröhrsdorf, pflügten auf gefrorenen Feldwegen durch den Schnee, öffneten das Verdeck und bekamen rote Ohren von der Kälte. Er schaute ihr zu, wie sie, halb versunken in einem überdimensionierten Mohairpullover seiner Mutter, den Mercedes fuhr. Ihre rechte Hand lag auf dem Schaltknüppel, mit dem ausgestreckten Zeige- und Mittelfinger hielt sie ihre Zigarette so, dass die Asche direkt in den aufgeklappten Aschenbecher hinter dem Schalthebel fallen konnte (sie war wirklich elegant, wenn sie wollte und nicht gerade diese unmöglichen Sachen anhatte). Die DDR erschien ihm, besonders im Elbsandsteingebirge, wie eine dunkle, gewalttätige Welt, in der hinter dicken grauen Burgmauern hemmungslose Geschöpfe darauf warteten, von einem Ritter aus den Klauen eines Monsters befreit zu werden. Als das Monster dann allerdings in Form einer unangenehm aussehenden Truppe junger Männer mit spartanischen Frisuren auf ihn zukam – Biancas Exfreund, ein seit kurzem arbeitsloser Maschinenschlosser, hatte den Hinweis bekommen, dass seit einiger Zeit öfter ein Mercedes mit Hamburger Kennzeichen vor Biancas Tür parkte, und wollte »mal nachschauen, wer der Arsch ist« –, freute sich Henning, dass er zufällig abreisebereit im Wagen saß und die Motorleistung des Mercedes ausreiche, um den vollbesetzten Kadett des Exfreundes auf einer geraden Strecke abzuhängen. Danach kam Henning seltener in den Osten, und schließlich zog Bianca, die einen Studienplatz für Psychologie in Hamburg bekommen hatte, zu ihm.

Wenige Wochen später trat Henning Berkenkamp in das dunkle Speisezimmer seiner Eltern.
»Liebe Eltern, liebe Großeltern«, sagte er in den vom diffusen Licht eines alten hanseatischen Kronleuchters erhellten Raum hinein, »ich möchte euch mitteilen, dass Bianca und ich demnächst h…«
In diesem Moment schepperte der Gong der Standuhr zur vollen Stunde und verschluckte das Ende der Ansprache.

»Urlaub machen?«, fragte die Großmutter.

»Heiraten«, wiederholte Henning.

Ein Raunen und Nicken und Tassenwegstellen erfolgte. Heidemarie Berkenkamp starrte sprachlos in die Richtung der Standuhr, an der Henning, eine Hand in der Tasche seiner khakifarbenen Cordhose, mit unbeteiligtem Gesichtsausdruck lehnte. Sie konnten es nicht fassen; sie schauten, als hätte er die Firma des Großvaters für eine symbolische Mark an die russische Mafia verkauft.

»Also das ist«, sagte John Berkenkamp, der als erster die Sprache wiederfand und mit gemessenem Schritt im Raum auf und ab ging, als müsse er das Plädoyer in einem sehr schwierigen Fall sprechen, »ja nun, eine, hummhumm, Überraschung, mein lieber Henning.«

Danach fiel ihm erst einmal nichts mehr ein, und er klatschte, um Zeit zu gewinnen, in die Hände und blies die geröteten Backen auf. Heidemarie Berkenkamp starrte blass in das Geäst der Eichen vor dem Haus. Die Großmutter lächelte gütig; Bianca hatte ihr beim Einsammeln der gelben Blätter geholfen und erschien ihr von daher als eine gute Wahl. Für einige Sekunden herrschte vollkommene Stille. Die große Uhr tickte ihr holzwurmgeplagtes Ticken, Staub schwebte im Sonnenlicht durch den Raum. Dann sagte Heidemarie Berkenkamp »mein Junge«, erhob sich, schüttelte wie eine amerikanische Vorabendserienmutter den Kopf und nahm ihn in den Arm, als sei er von einer unheilbaren Krankheit befallen; danach verließ sie den Raum, bekam einen Schwächeanfall und aß vier Tage nur Zwieback.

Heidemarie Berkenkamp, die ihre Zeit am liebsten damit verbrachte, ins »Petit Café« zu gehen und sich dort von Freundinnen über Unglücksfälle und Skandale, die sie nicht betrafen, in Kenntnis setzen zu lassen, war eine konservative und im Grunde ihres Herzens ängstliche Frau. Seit der unerwarteten Liaison ihres Sohnes mit *einer von denen* stand sie unter einem uneingestandenen, aber nachhaltigen Schock, der unter anderem dazu führte, dass sie im Herbst 1990 zum ersten Mal in ihrem Leben die SPD wählte, deren Spitzenkandidat Oskar Lafontaine sich in Sachen Wiedervereinigung auf eine ihr wohltuend erscheinende Art und Weise uneuphorisch verhielt. Sie hatte im allgemeinen nichts gegen die Ostdeutschen, schließlich war ihr Vater selbst einmal von dort gekommen, aber gleich heiraten? Ihr Sohn! Und so eine ... die er gar nicht kannte ... Eine Hochzeit war zu viel für sie, noch dazu diese, die ihr die gesamte Ostverwandtschaft auf einmal ins Haus schwemmen würde. Gegen ihre Gewohnheit und um ihre Nerven zu beruhigen, trat sie an den Schrank, in dem John seinen Sherry aufbewahrte, und genehmigte sich ein Glas. Dann ging sie zum Friseur, zum Bäcker und in den Handtaschenladen und wieder zurück in die Berkenkamp'sche Backsteinvilla. Dort steuerte sie erneut den Barschrank an. Nach dem zweiten, insgesamt also dritten Glas fühlte sie sich besser, ein Erfolg, der allerdings von der Großmutter schnell wieder zunichtegemacht wurde, die in der Küche saß und Listen für Ostpakete schrieb.

»Oma, was machsduda?«, fragte Heidemarie Berkenkamp und hielt sich an einem der hohen spanischen Esstischstühle fest; sie spürte, dass ihr die Konsonanten beim Sprechen durcheinandergerieten und einen eigenartigen Tanz auf ihrer Zunge aufführten. Die Küchendecke begann langsam, sich gegen den Uhrzeigersinn zu drehen.

»Ich plane die Pakete«, sagte die Großmutter und legte den Kopf schief.

»Aber sie können jetzt zu uns kommen, Oma«, sagte Heidemarie Berkenkamp. »Wir müssen ihnen nichts schicken.«

»Ich freue mich auch über Weihnachtspakete, obwohl ich im Westen wohne«, murrte die Großmutter. »Und es wäre nett, wenn du Opa und mich einmal machen ließest. Du weißt, dass es Opas Augen nicht gutgeht. Das Paketebeschriften ist ein gutes Training für ihn.«

Heidemarie Berkenkamp schielte auf die Liste. Soweit sie die Buchstaben erkennen konnte, hatte die Großmutter in der ihr eigenen, windschief über die Zeilen humpelnden Schrift die Wörter »Bohnenkaffee – Wollsocken – Zartbitterschokolade« notiert.

Heidemarie Berkenkamp spürte, dass sie sich unmittelbar nach dieser Diskussion würde hinlegen müssen.

»Oma«, sagte sie mit ermattender Stimme, »du willst nicht für zehn Mark Porto drei Pakete Schokolade im Wert von vier Mark vierundachtzig in eine Stadt schicken, die mit Schokolade so gut versorgt ist wie Hamburg mit Kaffeebohnen?«

Die Großmutter schaute störrisch wie ein würdevolles Reptil hinter ihrer dicken Brille hervor und unterstrich das Wort »Schokolade«. Sie hatte aus Menschenliebe und Gefühl für die Unumstößlichkeit bestimmter Traditionen vielleicht einen kleinen Denkfehler begangen, aber sie würde sich jetzt nicht von ihrer Tochter, die ihr die Ostpakete schon zu Mauerzeiten auszureden versucht hatte, die Blöße geben, diesen Fehler zuzugeben.

»Es ist nicht gesagt«, sagte die Großmutter, »dass die Öffnung der Mauer anhält. Und nun stelle dir bitte vor, wie enttäuscht die lieben Verwandten *und* deine zukünftige Schwiegertochter wären, wenn die Mauer wieder geschlossen wäre und keine Pakete mehr kämen!«

Die Hochzeit von Henning und Bianca fand an einem Samstag im Mai statt. Hamburg lag weiß und grün und tiefblau in der Sonne, auf der Alster sah man die ersten Boote gegen die Mundsburg segeln, die Wolken trieben nordwärts. Vor der kleinen Backsteinkirche stand der hochglanzpolierte SL, auf dessen Motorhaube die Mitglieder von Hennings Repetitorium einen gigantischen weißen Rosenstrauß und das Schild »Just Married« befestigt hatten. Neben dem Auto parkte eine Armada dunkelblauer Geländewagen – und dazwischen, auf schmalen Reifen, ein paar bunte Kleinwagen aus dem Osten. Neben dem schweren Backsteinturm der alten Kirche standen drei dünne Mädchen mit großen Hüten; mit den breiten Krampen auf den schmalen Silhouetten erinnerten sie ein wenig an Stehlampen. Es waren Freundinnen der Braut, ihre Wangen glühten.

In der Kirche war es kalt, und im Gegenlicht sah man den Staub, der hinter dem Altar tanzte wie ein böser Geist, der sich zu materialisieren versuchte. Als die Orgel einsetzte, musste John Berkenkamp mehrfach niesen. Eine Riege aufgedonnerter Rentnerinnen drehte sich empört um. Ganz vorne, im Halbdunkel des Kirchenschiffs, saß Henning. Seine Ohren leuchteten rot. Er trug einen malvenfarbenen Anzug, den ihm eine Cousine seiner zukünftigen Schwiegermutter geschneidert hatte. Bianca trug ein weißes Kleid. Als sie sich umdrehte, sah sie Krawatten mit hellblauen Querstreifen, dunkelblaue Anzüge, dunkelgraue Anzüge mit kostspieligen pastellfarbenen Einstecktüchern, darüber rote, von Aufregung, Alkohol und Elbluft erhitzte Köpfe, Hennings Verwandtschaft, dahinter, wie ein durch Unterholz blitzendes Stück Heimat, die farbenfroheren, zerzausteren Onkel und Tanten aus dem Osten.

Vor dem Paar stand eine ungefähr dreißigjährige Frau mit schmalen Lippen, roten Haaren und einem langen, gebatikten Kleid. Sie gehörte einem Typus an, den es außerhalb Deutschlands nicht gibt: bleiche Menschen, die die Farben absterbender Dinge lieben, Aubergine und Rostrot, Farben, die sich auch an ihren Möbeln, ihrer Kleidung, ihrer Lektüre und ihrem Wandschmuck wiederfinden.

Henning hatte von einem netten dicken Pastor gesprochen. Dies war kein Pastor; es war eine Frau, aber sie stand dort, wo normalerweise der Pastor steht. Neben der Frau, am Altar, hatte man ein Schlagzeug aufgebaut.

»So, ihr beiden«, rief die Frau, nachdem sie ein paar Belanglosigkeiten von sich gegeben hatte, und klatschte in die Hände.

»Also, dies ist ja nun ein ziemlich wichtiger Tag für euch.« Die versammelten Freunde schauten sich an. Sie sei froh, fuhr die gebatikte Frau fort, dass sich Henning und Bianca gefunden hätten, sie würden sicherlich ziemlich viel Spaß miteinander haben, aber man müsse sich auch treu bleiben, denn auch Treue könne Spaß machen, und außerdem sei Jesus immer mit dabei.

»Jesus ist immer mit dabei«, wiederholte sie und lachte. Es klang wie eine irre Drohung. »Er gibt uns das Gefühl, dass wir Spaß haben können – auch mit ihm.«

Einige ältere Damen legten die Köpfe schief. John Berkenkamp hustete. Die gebatikte Frau machte eine Pause. Sie hatte den Faden verloren. Dann fing sie sich und rief: »Na, und weil der Herr auch den Spaß nicht zu kurz kommen lässt, wollen wir die Sache einmal ein bisschen locker angehen. Unsere kleine Gospelgruppe wird jetzt ›When the saints go marchin in‹ anstimmen. Und wir bitten Biancas kleinen Bruder ans Schlagzeug! Und jetzt kommen sie, die Heiligen!«

Die Frau verschwand, dafür kam Biancas kleiner Bruder. Er war zwölf und trug eine Hose, in der er auch hätte zelten können. Die Kronleuchter zitterten leicht, als die sogenannte Gospelgruppe anfing zu singen, der Bruder drosch auf das Schlagzeug ein, weshalb man die Gospelgruppe bald nicht mehr hören konnte, was kein Verlust war. Danach kam der Pastor.

»Bianca«, sagte er und schob das Kinn vor. »Als du das erste Mal zu uns in den Westen kamst, hast du dich sicherlich über die vielen feinen Häuser gewundert.«

Bianca senkte den Kopf.

»Die großen, weißen Villen hier an der Alster. Das kanntet ihr nicht. Auch in die Karibik konntest du nicht fliegen. Ihr konntet nicht so einfach an einen Traumstrand reisen ...«

»Wir haben doch nicht in Löchern gehaust! Wir hatten auch Strände, und Kuba!«, murrte ein Onkel von Bianca dazwischen, und bevor der Pastor seine rhetorische Figur, die darauf hinauslief, dass nicht Reisen und Villen, sondern allein die Herzensgüte zähle, zur Vollendung bringen konnte, hatte ein Teil von Biancas Verwandtschaft schon die Kirche verlassen.

Der Pastor rief ihnen hinterher, dass es auf all das nicht ankäme, sondern nur auf die Liebe.

»Was wir hier heute feiern«, donnerte der Pastor, »ist die Wiedervereinigung selbst. Ost und West, Mann und Frau, vereinen sich durch Gottes Kraft!«

Henning war auf seinem Stuhl zusammengesunken.

Eine Tante stolperte hinter dem verzweifelt weiterpredigenden Pastor mit einer Videokamera herum und nickte der Braut aufmunternd zu. John Berkenkamp fummelte in seiner Tasche herum und fand ein Paket Jarsin 300 für leichte bis mittelschwere vorübergehende depressive Störungen; vielleicht war das mit der Reformation keine gute Idee gewesen, vielleicht wäre ohne Luther wenigstens diese Weihrauchatmosphäre der Kathedralen erhalten geblieben, vielleicht wären der Welt die Schlagzeugmänner, das Gospelgegröle, der ganze Mehrzweckhallenprotestantismus und die VHS-Tanten erspart geblieben.

Nach der Trauung versammelten sich Freunde und Familie auf dem kleinen Vorhof; die Eltern des Paares standen starr wie die gegnerischen Parteien eines Verkehrsunfalls am Ausgang der Kirche und nahmen Glückwünsche entgegen. Die VHS-Tante hielt ihre Kamera so stur auf das Kleid von Bianca, wie man auf einer Safari ein eigenartiges, ungesehenes Reptil filmt. Auch der Vater der Braut trug Selbstgeschneidertes, farblich Mutiges zur Schau.

Heidemarie Berkenkamp registrierte mit Verbitterung, dass die Ostverwandtschaft wie eine homogene, muntere, für alle Vergnügungen offene Reisegesellschaft wirkte, die gerade ihren Bus verlassen hat, während die hanseatische Verwandtschaft aussah wie ein verkrachter Haufen Erben, die zu einer Gerichtsverhandlung zusammengekommen waren. Die Mitglieder ihrer Familie waren an einem Punkt angekommen, an dem sie aufgehört hatten, sich gegenseitig etwas vorzuspielen. John Berkenkamp wusste, dass sein Bruder seine Firma in die Insolvenz getrieben hatte, Heidemarie Berkenkamp wusste, dass ihre Schwester keine Affäre mit einem verheirateten Mann, sondern eine Affäre mit einer verheirateten Frau hatte – aber diese Zusammenkunft hier verstörte sie mehr als alle homosexuellen Verwandten und alle marodierenden Ostdeutschen zusammen, die ihrer Meinung nach den Ruf der Berkenkamps in der Gemeinde empfindlich beschädigt hatten.

Sie saßen beim Kaffee, als es im hinteren Bereich des Gartens zu einem kleinen Tumult kam. Jemand hatte sich auf einen der wackeligen Tische gestellt. Er war betrunken, er schrie, es sei lächerlich, 1989 als Revolution zu bezeichnen, 1789 sei eine Revolution gewesen, aber wenn ihm jetzt einer erklären wolle, diese Typen, die nach dem Zusammenbruch eines Systems ein unbewachtes Stück Beton auf Garagentorbreite eingerissen hätten, seien Helden, dann müsse man sich doch mal fragen …

In diesem Moment stolperte er vom Tisch und wurde von einer Gruppe Männer, die weniger als er getrunken hatten, auf eine Bank gebettet.

Eine Tante zerrte Bianca am Arm und fragte, ob denn Kinder geplant seien. »Ja«, sagte Bianca und strahlte, »und wenn es ein Mädchen wird, heißt es Soledad.« Henning sagte nichts, aber er stellte sich ein dickes blondes Hamburger Mädchen vor, das Soledad Berkenkamp hieß. Es war definitiv keine gute Idee, in einer Stadt, in der man Nathalie wie *Nathallje* und Yvonne wie *Iwonne* aussprach, mit anspruchsvollen lateinamerikanischen Namen zu experimentieren. Aber er sagte nichts; wenn seine Frau es so wollte, würde das Kind auch so heißen.

Am Abend traf man sich in einem Hotel an der Elbe zu einem Essen, das von mehreren Einlagen unterbrochen wurde. Zunächst kamen die Hochzeitsreden der Väter. Biancas Vater, ehemals Leiter einer landwirtschaftlichen Produktionsgenossenschaft, betonte die Leistungsfähigkeit seiner Tochter. Schon als Kleinkind habe sie als erste *grabbeln* können (Gelächter auf der Hamburger Seite des Tisches), schon mit fünf konnte sie lesen und schreiben, das Abitur bestand sie mit *Bestnoden*, und sogar einen Angelschein habe sie nebenbei gemacht, was *einem ja hier in Hamburg nur nützen* könne, einen Fischkopp habe sie sich ja schon geangelt (wildes Gelächter auf der ostdeutschen Seite des Tisches). Herr Berkenkamp ergriff anschließend das Wort. Er betonte, wie sehr er sich über die Wiedervereinigung freue, die einem ja nun eine so charmante und, *hummhumm*, hübsche Schwiegertochter – und eine so *reizende* Verwandtschaft beschert habe; dann machte er seiner Frau ein Kompliment für die hinreißende Dekoration der Tafel.

Nach der gebratenen Ente à l'Orange kam das, wovor sich Henning Berkenkamp bereits den gesamten Abend gefürchtet hatte: der Auftritt seiner Freunde. Die Freunde führten einen Sketch auf, in dem der Bräutigam als erfolgloser Sonderling dargestellt wurde, der bei zahlreichen Frauen die größten Peinlichkeiten zustande gebracht und sich damit getröstet hatte, dass er dank seiner Ohren auch ohne Vorschot auf der Alster herumsegeln konnte, bis eine dicke Frau, die einen großen roten Stern aus Pappmaschee auf dem Kopf und weiße Flügel am Rücken trug und die Braut darstellen sollte, ihn als Engel des Ostens von seinen Qualen erlöste. In mehreren Rückblenden wurde das bisherige Liebesleben des Bräutigams und der Braut ausgebreitet (ein paar Hamburger Jurastudenten stellten die zahlreichen ostdeutschen Liebhaber von Bianca dar, indem sie mit schlechtsitzenden Jeans und Palmenfrisuren herumsprangen und obszöne Gesten vollführten).

Henning schaute grimmig aus seinem malvenfarbenen Anzug heraus und fragte sich, mit welchem Recht diese Gauner, die er für Freunde gehalten hatte, sich nach der Darbietung ihrer spärlich beklatschten Frechheiten weiter an den von seinem Vater bezahlten Sahnetorten schadlos hielten, aber es gibt auf Hochzeiten grundsätzlich nur diese beiden Möglichkeiten: Entweder wird der Bräutigam als Frauenschwarm dargestellt, der nie etwas anbrennen ließ und sich jetzt aus nicht genau nachvollziehbaren Gründen vorläufig und ausnahmsweise auf nur eine einzige Frau festgelegt hatte, was sich jederzeit wieder ändern konnte; oder aber es wird der Braut mitgeteilt, ihr soeben geehelichter Mann sei ein kompletter Trottel, den keine Frau vor ihr hätte haben wollen, und man sei, als besorgter Freundeskreis, der lange schon alle Hoffnung verloren hatte, nun dankbar, dass sich jemand dieses Problemfalles angenommen habe. Gegen diese Reden ist das Theater der Grausamkeit eine Komödie; so viele entwürdigende Erfahrungen wie am sogenannten schönsten Tag des Lebens macht ein junges Paar selten, und dass viele Ehen schnell wieder zerbrechen, liegt auch an jenen Momenten bitterer Wahrheit, die mit den Reden der sogenannten Freunde beginnen.

Als nächstes sang eine von Hennings Exfreundinnen, die man nach längerem Zögern ebenfalls eingeladen hatte, einen Countrysong. Sie traf einen Ton von vieren. Dabei schlug sie mit dem Fuß einen Takt, der in anderen Gegenden der Welt als Vorbote eines Erdbebens gegolten hätte. Sie sprang über Oktaven wie ein alkoholisiertes Känguru über Zäune. Sie verzog das Gesicht, warf die Arme gen Himmel – und in der Mitte des Liedes, nach einem schmerzhaften Sturz von Dur nach Moll, begann sie zu weinen. Einem Onkel ging die Zigarre aus; er versuchte verzweifelt, sie wieder anzuzünden.

»Das arme Mädchen«, murmelte eine Tante aus Putlitz ergriffen. Am Nebentisch begann die Großmutter laut zu werden. Sie hatte sich eine Flasche Chablis gesichert und mit solider Zielstrebigkeit bis zur Hälfte leer getrunken. Nun formte sie aus den Resten des über den Teller verteilten Baguettes kleine Brotkügelchen. »Mama, bitte jetzt nicht mehr trinken«, zischte Heidemarie Berkenkamp und nahm ihr das Glas weg. Die Exfreundin trat unter höflichem Applaus ab und fiel Henning eine Spur zu stürmisch um den Hals. Ein dicker Alter erzählte, er habe sich einen Humidor gekauft, und der Zigarrenonkel nickte zustimmend und sagte, das sei von Vorteil für den Geschmack. Am Büfett packte Hennings Schwester irgendeinen jungen Anwalt, den sie nicht kannte, am Arm, zog ihn aus dem Saal und küsste ihn auf der Marmortreppe, die zum Fitnessraum führte.

Die Kapelle begann, einen Tango zu spielen, und John Berkenkamp trat durch die halbgeöffnete Tür in die kühle Nachtluft hinaus. Der weiße Mercedes SL parkte mit eingeschlagenen Rädern auf dem Rasen. Berkenkamp ging über den Kiesweg zum Wagen, öffnete die Tür und ließ sich in den Fahrersitz sinken. Er schaltete das Radio an. Ein Sprecher teilte mit, die IG Metall habe höhere Löhne für die Metallarbeiter im Osten durchgesetzt; Maschinenbauer erhielten jedoch nur vierzig Prozent des Westgehalts, Chemiker nur dreiunddreißig Prozent. Er schaltete das Radio wieder ab, schaute durch die Windschutzscheibe in die Nacht und summte ein italienisches Lied, dessen Text ihm entfallen war. Die Nachtluft tat ihm gut, aber nicht gut genug; er hatte zu viel getrunken, und jetzt brummte ihm der Schädel. Er dachte unzusammenhängende Dinge. Aus dem Haus drangen dumpfe Bässe in den Garten. Von seinem Beobachtungsposten aus sah er einen Ostonkel und eine dicke Frau, er sah zwei Männer, die sich gegenseitig auf die Schulter schlugen vor Lachen, und dann sah er, wie ein Schatten das Haus verließ. Kurz darauf erkannte er im Garten die existentialistische Mia, die seinen Sohn hinter einen perfekt geschnittenen Rhododendronbusch zerrte. John Berkenkamp kramte in der Innentasche seines Smokings nach einer weiteren Jarsin. Er schluckte die Tablette schnell, dann schloss er den Wagen ab und kehrte in den Ballsaal zurück.

**1993
Snob**

Kilometerstand 162 833

Kurz nach Weihnachten stellte Hannelore Petrowski fest, dass ihr Parfüm aufgebraucht war. Sie schraubte den Zerstäuber auf den Flakon, schüttelte ihn und pumpte mehrmals, klopfte gegen den Glasboden und versuchte zu erkennen, was hinter dem geschliffenen Kristallglas vor sich ging: Der Flakon war leer.

Sie wurde nervös. Es gehörte zu ihrem Morgenritual, sich zu parfümieren, nie ging sie ohne zwei Sprühstöße aus dem Haus, und nie hatte jemand Hannelore Petrowski schwitzend oder derangiert auftreten sehen; sie war immer perfekt gekleidet, und immer umgab sie ein Duft von Hyazinthen und Lilien und Zeder. Es war »Snob« von Le Galion, sie benutzte es, als sie 1953 ihren zweiten Mann, Günther Petrowski, kennenlernte, sie nahm es schon, als Adenauer noch Kanzler war und man noch nichts von einer Mauer ahnte, jetzt hieß der Kanzler Helmut Kohl und die Mauer war wieder verschwunden, aber sie trug immer noch Snob.

Sie riss im Badezimmer Schranktüren auf und wühlte sich durch alte Cremedosen, halbleere Rasierwasserfläschchen und abgelaufene Pflasterverpackungen. Bisher hatte sie immer einen Flakon in Reserve gehabt; über drei Jahrzehnte lang hatte Günther ihr zu jedem Geburtstag einen neuen Flakon Snob geschenkt (der Geschmack seiner Frau war ihm ein Rätsel und das Parfüm eines der wenigen Dinge, von denen er wusste, dass sie sie mochte), deswegen hatte sich im Keller über die Jahre ein beachtliches Flakonarsenal aufgetürmt. Irgendwann

Ende der siebziger Jahre war Günther dann dazu übergegangen, zu ihrem Geburtstag riesige, exotische Blumensträuße anliefern zu lassen, was ihr angesichts der Snob-Schwemme im Keller nachvollziehbar erschien – aber jetzt musste sie feststellen, dass das Lager aufgebraucht war. Ihr kam ein furchtbarer Verdacht. Also stieg sie in den Mercedes und fuhr in die Stadt.

Es war das erste Mal, dass sie keinen fabrikneuen Mercedes gekauft hatten. Dabei war es nicht so, dass sie sich keinen neuen Mercedes hätten leisten können; Günther Petrowski hatte mit sechsundzwanzig eine Traditionsbäckerei geerbt, die unter seiner Leitung zu einem Großunternehmen mit zwanzig Filialen angewachsen war, außerdem hatte er, bevor er in den Ruhestand ging und das Geschäft ihrem gemeinsamen Sohn überließ, viel Geld mit einer Salzstange gemacht, die, abgepackt in schmale Papierkartons, in allen Supermärkten verkauft wurde und »Flirtstange« hieß. Auf der Packung tanzten ausgelassene Menschen um einen Tisch mit Flirtstangen herum. Später hatte er die Rechte an der Flirtstange an einen großen Kekshersteller verkauft.

Als sein alter 300er mit einem Kolbenfresser zusammengebrochen war, hatte Günther Petrowski beschlossen, einen neuen Wagen zu kaufen. Er wolle, hatte er zu Hannelore gesagt, auch bei ein paar anderen Marken schauen, ein Audi, früher gehörten die zu Auto Union, das seien schöne Wagen, oder ein Mitsubishi, warum nicht!

Wäre es nach Hannelore gegangen, hätten sie gleich wieder einen Mercedes genommen, aber dann tippte der Mercedeshändler auf seinem Solartaschenrechner herum und murmelte wie ein Priester ein paar Formeln, »zweihundertneunundsiebzig PS, vier Komma zwei Liter, unter acht Sekunden auf hundert und vierhundert Newtonmeter, da kommen wir schon mal vom Fleck, mit Leder und Schiebedach wären wir dann bei« – hier ließ der Händler seinen Zeigefinger zu einem finalen Stoß auf die Tasten seines Rechners stürzen – »etwa hundertfünfundzwanzigtausend Mark«.

Günther Petrowski hatte ihn ungläubig angeschaut und nach Hannelores Hand gegriffen, er hatte lautlos die Zahl wiederholt und dann »vielen Dank erst mal« gesagt, und der Verkäufer hatte ihnen mit einer übereifrigen Verbeugung die Tür zum Parkplatz aufgehalten.

Eine Woche später standen sie im Verkaufsraum eines japanischen Autoherstellers vor einem senfmetallicfarbenem Neuwagen, der neben einer Zimmerpalme parkte und, als ob er vor seinem Spiegelbild erschrecke, mit weit aufgerissenen Scheinwerferaugen ins Fenster starrte. Wo an Petrowskis altem Mercedes eine Chromstoßstange prangte, die Günther alle vier Wochen mit einer Politur so lange bearbeitete, bis sein eigenes Zerrbild breit und klar hervortrat, waren hier unförmige, orthopädisch wirkende Plastikmassen angebracht, aus denen die Blinker furunkelartig hervortraten; zwischen ihnen tat sich eine klägliche, an einen pfeifenden Mund erinnernde Kühleröffnung auf. Petrowskis alter Mercedes hatte einen tempelartigen Kühlergrill, auf dem der Stern thronte wie auf einer Festung aus Stahl, Chrom und Superbenzin. Bei diesem Auto fiel die Motorhaube oder das, was davon übriggeblieben war, schräg ins Nichts; es war, als habe der Wagen sich von der Idee eines Motors bereits verabschiedet, das fließend gestaltete, cremefarbene Innere erinnerte an geschmolzenen Käse, die Fenster waren schießschartenartig klein – das Auto sah aus, als hätte es, wie es manche Rentner tun, den Hosenbund bis unter die Brust hochgezogen. Der Verkäufer bot ihnen ein anderes Auto an, einen Geländewagen mit einem silbernen Rammbügel und einer Seilwinde an der Vorderstoßstange – Gerätschaften, die in unwirtlicheren Gegenden der Welt dazu benutzt werden, sperrige Säugetiere ohne Geschwindigkeitsverlust von der Fahrbahn zu katapultieren oder Geldautomaten aus ihrer Verankerung zu reißen. Nachdem es Günther Petrowski im dritten Anlauf gelungen war, den Fahrersitz zu erklimmen, kam es ihm vor, als sitze er nicht in, sondern auf einem Auto. Sie bekamen ein paar Kataloge und eine Visitenkarte mit dynamisch schrägstehenden Buchstaben in die Hand gedrückt und verließen das Autohaus. Am nächsten Tag entdeckte Günther Petrowski unter den Gebrauchtwagenannoncen der Lokalzeitung den alten Mercedes SL. Er kaufte ihn noch am selben Tag.

Der Wagen war flacher als der alte 300er und härter. Der alte Mercedes schwankte wie ein Sofa durch die Kurven, das Lenkrad war dünn und groß und hatte einen feinen silbernen Bügel, der, wenn man ihn leicht antippte, eine Hupfanfare auslöste. Der neue Mercedes hatte gigantische rote Rückleuchten und ein großes schwarzes Lenkrad; alles an ihm war breiter und größer. Hannelore Petrowski saß tief über der Straße, zu tief für ihren Geschmack. Wenn sie eingestiegen war, sank sie nach unten, wie in eine Gruft, einen Sarg, dachte sie, das war nicht gut – und nichts für ihren Rücken. Dafür machte ihr die Beschleunigung Freude; sie war schon immer gern schnell unterwegs.

In ihrem Viertel gab es nur zwei Drogerien, die Snob führten, und die Vorstellung, das Parfüm könnte in beiden vorübergehend ausverkauft sein, beunruhigte sie. Sie konnte sich nicht erinnern, jemals anders gerochen zu haben, obwohl sie schon über vierzig gewesen sein musste, als Snob auf den Markt kam, aber das war schließlich auch schon wieder ein paar Jahrzehnte her.

Sie hielt vor der Drogerie Stankowski im Halteverbot, eilte die Stufen hinauf, fragte nach Snob und erhielt die Antwort, die sie insgeheim befürchtet hatte: Snob habe man schon ewig nicht mehr auf Lager; man werde versuchen, einen Flakon zu bekommen, könne aber nichts versprechen.

Hannelore Petrowski fuhr zum Kaufhaus; aber dort hatte man noch nie von Snob gehört, also tat sie das, was sie in Augenblicken übergroßer nervlicher Belastung am liebsten tat: Sie ging in die Gourmetabteilung und bestellte einen Teller Shrimps, einen Wodka und ein Glas Champagner; den Wodka stürzte sie sofort hinunter, trank dann zügig den Champagner aus und machte sich an die Shrimps. Sie mochte den leichten Widerstand der rötlichen Chitinpanzer, die unter dem Druck ihrer Finger schließlich zerplatzten und das feste, weiße Fleisch freigaben, und sie freute sich über die ölige Soße und leckte sich die Finger ab. Die Witwen, die sich hier oben am Tresen der Gourmetbar durch ihren ereignislosen Vormittag tranken, schauten sie erstaunt an.

Nach dem zweiten Wodka fühlte sie sich besser. Sie bestellte sich noch einen Champagner und fuhr zur nächsten Parfümerie. Dort erfuhr sie, dass Le Galion Snob schon seit längerem eingestellt hatte. Auf Lager hätten sie nichts mehr, leider, erklärte die Verkäuferin freundlich.

Hannelore Petrowski war wie betäubt. Während der Heimfahrt stieg der Geruch der Schalentiere von ihren Händen zu ihrer Nase auf; sie versuchte, das Lenkrad nur mit den Handballen zu berühren.

Günther Petrowski saß im Wohnzimmer an seinem Schreibtisch unter einem handsignierten Foto von Luigi Bernauer – das Bild war ein Geschenk an seine Frau. Er trug einen Kaschmirpullover und eine senffarbene Cordhose und erledigte ein paar Briefe. Neben der Schreibunterlage stand ein Glas Sherry, im Hintergrund tobte Suppés *Leichte Kavallerie*. Petrowski hörte am liebsten Märsche, manchmal, wenn Hannelore einkaufen war, drehte er den Trabmarsch aus Schuberts *Forellenquintett* oder Luigi Denzas Funiculì Funiculà so laut auf, dass die Nachbarn – humorlose, blasse Angestellte aus der städtischen Finanzverwaltung mit einem ausgeprägten Ruhebedürfnis, Menschen, mit denen er nie redete – herüberkamen und klingelten. Wenn er nicht reagierte, hämmerten sie mit ihren mageren Fäusten gegen die Haustür und riefen schließlich die Polizei. Die Beamten standen dann nach erfolglosen Klingelversuchen erstaunt vor dem Wohnzimmerfenster und schauten zu, wie der Erfinder der Flirtstange, in Hemd und Socken, die Hose mit breiten Hosenträgern über dem Bauch befestigt, durch den Raum tänzelte und mit einer Zigarre ein imaginäres Orchester dirigierte.

Als Hannelore den Raum betrat, blickte er von seinem Schreibtisch auf, hob das Sherryglas, rief ihr »Hallo, Darling« entgegen und ließ sich in seinen Schreibtischstuhl zurücksinken.

Sie erzählte ihm nichts. Sie probierte stillschweigend ein Parfüm aus, das man ihr vor ein paar Jahren zu Weihnachten geschenkt hatte, etwas von Chanel.

Er verlor kein Wort darüber, er schien nichts zu merken. Sie aber fühlte sich gehäutet. Wenn sie auf die Straße ging, lief sie leicht gebückt wie jemand, der plötzlich feststellen muss, dass er etwas völlig Unmögliches angezogen oder getan hat. Sie versuchte, ganz auf Parfüm zu verzichten, aber wenn sie sich mit der Hand durch ihr kurzgeschnittenes Haar fuhr, schien es ihr, dass ihr Arm einen müffelnden, erdigen Geruch verströmte. Ihr Körper erschien ihr deutlich älter und faltiger.

Sie kaufte ein anderes Parfüm, von dem die Drogistin behauptete, es rieche ähnlich wie Snob, aber das tat es nicht, und wenn sie es trug, kam es ihr vor, als würden die Dinge um sie herum falsche Farben annehmen.

Am dritten Tag zog sie ihren alten Nerz an, schlich unbemerkt an Günther vorbei, der mit einem schweren Füllfederhalter Neujahrsgrüße an ein paar Großbäckerkollegen schrieb, und fuhr in die Stadt. Im Rückspiegel sah sie, dass tiefe, schwarze Ringe unter ihren Augen lagen. Drei Nächte lang hatte sie kaum geschlafen; das Bett, der Bademantel und, schlimmer, sie selbst, alles erschien ihr irgendwie ungelüftet und abgestanden.

Sie kannte in der Stadt drei Frauen, die ebenfalls Snob benutzten. Diese Frauen – Freundinnen oder ehemalige Freundinnen, Bekannte, Kolleginnen – musste sie jetzt aufsuchen.

Hedwig Kruspe schaute misstrauisch, als sie sah, wer dort, bewaffnet mit einer Pralinenschachtel, vor ihrer Tür stand. Niemals würde Hannelore Petrowski sie einfach so besuchen, es musste einen Grund geben, und es machte Hedwig Kruspe nervös und wütend, dass sie keine blasse Ahnung hatte, was dieser Grund sein konnte. Hannelore Petrowski stand in einem fast bodenlangen Nerz vor einem Mercedes Cabriolet – ein Nuttenauto, dachte Hedwig Kruspe, sie fährt ein verdammtes

Nuttenauto, sie ist wie die Nitribitt, nur schlimmer, aber was zum Teufel will sie jetzt bitte hier?

»Was machst du denn hier«, rief Hedwig Kruspe, eine Spur unfreundlicher, als sie es sich vorgenommen hatte, aus dem Küchenfenster hinaus auf die Straße.

»Ich wollte dich überraschen, wir haben uns so lange nicht mehr gesehen«, quiekte Hannelore Petrowski und verfluchte im gleichen Moment die scheußliche Alte mit den abstehenden grauen Haaren am Fenster. Sie war schon immer gewöhnlich, dachte Hannelore Petrowski, und jetzt ist sie auch noch alt und böse geworden.

Hedwig Kruspe öffnete vorsichtig die Tür. Hannelore Petrowski, die fast zwei Köpfe größer war, drückte ihr den überdimensionierten Pralinenkasten in die Hand, wie man dem Portier Trinkgeld gibt, und schob sich durch den Flur ins Haus. Ihr blondgefärbter Pagenkopf wirkte beinahe majestätisch im Vergleich zu Hedwig Kruspes dünnem Haar, das ihr in Büscheln vom Kopf stand. Hannelore, dachte Hedwig wütend, hat immer schon die schöneren Haare gehabt, und die besseren Rollen hat sie auch bekommen.

Sie waren auf derselben Schauspielschule gewesen vor dem Krieg. Danach hatte Hannelore sich Loretta Petri genannt – Loretta! Sie hatte schon damals nicht alle Tassen im Schrank, dachte Hedwig – und war eine Zeitlang in der Werbung tätig gewesen. In einem Werbefilm trat sie an der Seite eines schönen Italieners auf, dem das Essen nicht schmeckte; er hielt einen Stab in die Suppe – ein »Gaumometer«, erklärte er, das aber nur bis zu der Markierung »Mittelprächtig« ausschlug, doch dann warf die falsche Loretta ihm ein viereckiges Bröckchen in die Suppe und rief: »Tasty in Würfelform! Gleich morgen: Tasty besorgen!«

Mehr Text, dachte Hedwig Kruspe, hat sich die sogenannte Loretta Petri auch nie merken können. Sie legte den Pralinenkasten auf den kleinen Couchtisch – einmal aufgeklappt, war die Schachtel breiter als der Tisch, weswegen Hannelore den Trockenblumenstrauß auf die Anrichte stellte.

»Schöne Blumen«, rief Hannelore etwas zu laut und pustete ein wenig Staub von dem Strauß.»Günther bringt mir jeden Sonntag frische Rosen, ein Herzchen, oder?«

Mascara, Rouge, diese bläulichen Augendeckel, mein Gott, dachte Hedwig Kruspe, die ist ja bemalt wie ein Kindergartenfenster. Sie kochte Kaffee. Hannelore Petrowski, die sich in den cordbezogenen Sessel gesetzt hatte, wippte nervös mit dem rechten Fuß. Dann verabschiedete sie sich ins Badezimmer, schloss ab und sah sich um. Hedwig Kruspes Toilette war mit einem dicken, rosafarbenen Plüsch überzogen. Vor dem Schminkspiegel standen verschiedene Parfümflakons, Givenchy, Chanel, irgendein uraltes Fläschchen, auf dem »Mysterium« stand – und ein leerer Le-Galion-Flakon. Hannelore Petrowski nahm ihn, drückte auf den Sprühkopf, und tatsächlich kam noch ein winziger Tropfen heraus, den sie andächtig auf ihren Handgelenken verrieb. Sie versuchte, den kleinen Medikamentenschrank zu öffnen, aber er war abgeschlossen. Im Flur hörte sie Hedwig Kruspe mit der Kaffeekanne in Richtung Wohnzimmer schlurfen; sie hörte ihren schweren Atem, jetzt blieb sie stehen, direkt vor der Toilettentür. Hannelore lauschte und hielt den Atem an. Plötzlich erlosch das Licht.

Hannelore Petrowski stieß einen spitzen Schrei aus, und der Flakon fiel auf die Fliesen und zersplitterte. Hedwig Kruspe hatte das Licht ausgeschaltet.

»Oh, entschuldige, Lorettaschätzchen, ich dachte nicht, dass du da immer noch drin bist«, drang eine giftige Stimme durch die Badezimmertür, und Hedwig schaltete das Licht wieder ein. »Alles in Ordnung?«

»Ja«, sagte Hannelore Petrowski und versuchte, den Medikamentenschrank mit einer Nagelfeile aufzubrechen, was ihr auch gelang; allerdings zerbrach ihr dabei die Feile. Einen kurzen Moment stand sie da, die abgebrochene Feile in der Hand, inmitten eines Scherbenhaufens, vor einem Schrank, aus dem ein medizinisch scharfer Geruch drang, in dem aber kein Snob war. Dann fegte sie die Scherben mit der Spitze ihres Schuhs zusammen und warf die halbierte Feile hinter den Spülkasten.

Die Verabschiedung fiel kurz und unterkühlt aus.

Hannelore rief Jeanne Goldberg an. Sie hatten sich in Berlin kennengelernt, bei Werbeaufnahmen für Liebigs Dampf-Wasch-Automat (es gibt ein Foto von den beiden, das sie begeistert neben einer monströsen Maschine zeigt, »Ein Freudentag ist der Waschtag nur mit Liebigs Dampf-Wasch-Automat«, stand darunter).

Sie waren Anfang zwanzig damals; sie hatten sich Pagenköpfe schneiden lassen und wurden spätabends von Herren in schweren Limousinen abgeholt; sie gingen in die Komödie und ins Theater am Kurfürstendamm und sahen Édouard Bourdets *Gefangene* und sein *Schwaches Geschlecht*, für das man auf der Bühne die Empfangshalle des Pariser Ritz nachgebaut hatte. In derselben Kulisse sahen sie auch eine Modenschau von Jeanne Lanvin, gingen im Ambassadeur tanzen, oder sie nahmen das Auto von Hannelores Vater und fuhren über den Kurfürstendamm zum Nollendorfplatz und zurück zum Gloria-Palast, dem Marmorhaus und dem Ufa-Theater, deren Lichter den Nachthimmel violett glühen ließen; ein Lyriker, ein dicker Mann mit noch dickeren Brillengläsern, er hieß Ernst Blass, schrieb ihnen Gedichte auf die Rückseite seiner Getränkerechnungen, die sie in ihre Taschen stopften und vergaßen. Monate später entdeckten sie die Texte wieder; sie waren sehr schön.

Jeanne bekam ein paar kleine Rollen am Metropoltheater, sie trat hier und da auf und ging viel mit Hannelore aus, ins Barberina und ins Rio Rita, mit Männern, die ihre Haare mit Pomade nach hinten kämmten und absurde spitze Schuhe trugen. Manchmal tanzten sie auch mit Frauen. Sie waren im alten Theater am Nollendorfplatz, als der Film *Im Westen nichts Neues* gezeigt wurde, und standen danach auf der Straße und hörten die Hochbahn über sich donnern, während die SA vor dem Theater eine Schlägerei anzettelte.

Und dann, von einem Tag auf den anderen, war Jeanne mit ihrer Familie plötzlich verschwunden, nach London. Sie schrieben sich noch ein paarmal, dann hörten sie nichts mehr voneinander. Jeanne verbrachte den Krieg im Exil, Hannelore Petrowski schlug sich mit miesen Nebenrollen an den Kammerspielen durch, wurde ausgebombt, ging aufs Land, und die erdigen, dunklen Jahre begannen; feuchte

Böden, Kartoffelernte, Fliegeralarm, das Heulen am Himmel. Nach dem Krieg traf sie Jeanne wieder; Rudolf Nelson, der Komponist, hatte sie zurückgeholt. Jeanne bekam ein paar Auftritte in Berlin, ging dann nach Paris und Chicago, und sie verloren sich wieder für ein, zwei Jahrzehnte aus den Augen.

Aber seit 1990 lebte sie ganz in Hannelores Nähe, und sie trafen sich regelmäßig.

Gleich nachdem beide Kaffee bestellt hatten, fragte Hannelore Petrowski Jeanne, ob sie noch wie damals Snob trage. »Aber nein«, sagte Jeanne Goldberg erstaunt, »das war Cynique von Chanel damals.«

Sie fuhr zu Clara Bijoux, die mit ihrem Mann in einer Seniorenresidenz am Zoo lebte. Hannelore Petrowski hatte es bisher vermieden, sie dort zu besuchen, sie scheute sich, Altersheime zu betreten, als ob sie den Tod auf sich aufmerksam machen würde, wenn sie sich dort zeigte. Sie war erst einmal in ihrem Leben zu Besuch in einem Altersheim gewesen, bei einem Freund von Günther, und an diesem Tag war dort jemand gestorben, am hellen Nachmittag, er hatte im Rollstuhl vor einem Beet mit Geranien gesessen und die *Bild*-Zeitung gelesen, und plötzlich war er mit dem Blatt vor der Nase einfach vornüber in die Blumen gekippt, als wollte er an ihnen riechen; sein Kopf lag zwischen einer riesigen Überschrift und drei abgebrochenen Blüten.

Hannelore Petrowski parkte am Zoo und betrat den Vorhof des Todes. In den Fluren liefen alte Menschen in cremefarbenen oder grauen Funktionsjacken herum, es waren Tarnfarben, die sie eins mit den Wänden werden ließen, so, als seien sie schon weg, und dann dieses Licht, dachte Hannelore Petrowski, dieses scheußliche, gnadenlose Autopsielicht, und dazu das Keuchen und Husten und Keifen und Jammern und Dämmern, die Vorhölle des Vergessens, sie würde es hier auf keinen Fall länger als eine Stunde aushalten.

Clara Bijoux hatte eigentlich ganz anders geheißen – Hannelore Petrowski wusste ihren richtigen Namen nicht mehr –, aber im Gegensatz zu ihr, die nach dem Ende ihrer Karriere von Loretta wieder auf Hannelore umgestiegen war, so wie man nach dem Karneval sein Kostüm wieder auszieht, und anders als Jeanne Goldberg, die wirklich so hieß, hatte Clara Bijoux ihren Künstlernamen einfach weitergeführt. Man nannte sie auch hier Frau Bijoux.

Sie stand am Fenster, als Hannelore Petrowski den Raum betrat. Im Nebenzimmer rumorte ihr Mann herum; die Möbel, die sie aus ihrer Altbauwohnung mitgenommen hatten, drängten sich in der Enge dieser zwei Heimzimmer. Hannelore deutete eine Umarmung an und rief etwas Herzliches und Aufmunterndes.

»Möchtest du ein Wasser?«, fragte Clara Bijoux und angelte eine Mineralwasserflasche hinter dem Bett hervor.

»Nein danke.«

»Nicht?«

»Nein. Danke.«

Die alte Frau hob die Schultern und sah die Flasche ratlos an.

»Und was soll ich jetzt mit der Flasche? Trink was!«

»Du hast sie doch selber vorgeholt.«

»Weil du etwas trinken wolltest.«

Da Hannelore Petrowski keine Anstalten machte, Clara die Flasche aus der Hand zu nehmen, setzte Clara sie selbst an den Mund; das Wasser lief ihr über das Kinn auf den Bademantel. Ihr Mann, Herbert Kehringer, kam ins Zimmer, und sie nahmen auf knackenden Empirestühlen Platz.

Hannelore erzählte von einer Reise nach Afrika, schmückte Begegnungen mit Tieren aus, die sie nur aus der Ferne gesehen hatte, und stellte dann fest, dass Clara Bijoux eingeschlafen war. Ihr Kopf war auf ihre Brust gesackt, es wirkte, als wolle sie sich selbst in den Ausschnitt schauen, in einer Falte klemmte ihre Perlenkette.

Sie sieht aus, dachte Hannelore Petrowski und schauderte kurz, als ob sie erwürgt worden wäre – ob sie überhaupt Luft bekommt?

Herbert blinzelte sie ungeduldig an, die Tiergeschichten interessierten ihn offensichtlich nicht die Bohne.

»Vierundvierzig hatte es uns übel erwischt«, sagte er und führte mit zitternder Hand einen Keks zum Mund. »Wir saßen fest in einem Schlammloch hinter Galizien ...«

Offenbar ging es ihm schlecht; seine Erinnerung gab nur noch Kriegsereignisse frei.

»Jedenfalls war es schön warm da«, setzte Hannelore ihren Reisebericht fort. »Wir hatten einen Bungalow mit Blick auf den Indischen Ozean, und an der Grenze zu Tansania, da haben wir morgens die Lö...«

»Wir hatten Keuchhusten, da war für uns Schluss. Der Rest der Kompanie ging nach Stalingrad. Da kam keiner wieder«, fuhr Herbert fort. »Ich hatte einen in der Kompanie, der kam aus dem Rheinland, Köln, nein, warte, es war Mönchengladbach ...«

Hannelore Petrowski verschwand ins Bad. Sie starrte auf die Kacheln über dem Waschbecken; gemalte griechische Tempelruinen, vor denen der Ginster blühte, und vor diesen Ruinen standen auf einer gläsernen Ablage die Parfümflakons. Durch die dünne Tür hörte sie Herberts Stimme, er redete einfach weiter.

Sie schob ein paar Flakons von Chanel und Guerlain beiseite und zog aus der hinteren Reihe einen halbleeren Flakon mit der Aufschrift »Snob« hervor. Sie hätte schreien können vor Glück. Einen Moment lang überlegte sie, ob sie Clara und Herbert einfach bitten sollte, ihn ihr zu schenken, aber das Risiko schien ihr zu groß. Weil sie nichts bei sich hatte, um den Flakon aus dem Bad zu schmuggeln, steckte sie ihn sich in den Ausschnitt.

Als sie den Raum wieder betrat, hatte Herbert Claras Kopf auf ein Kissen gebettet. »Sie ist sehr müde«, sagte er leise.

Auf dem Tisch standen jetzt zwei Gläser Likör und eine Pralinenschachtel. Hannelore Petrowski wehrte dankend ab, aber er bestand darauf, sie nicht ohne ein Gläschen gehen zu lassen. Nach dem Likör fühlte sie sich ein wenig schwindelig und griff deshalb zu den Pralinen, die, wie sie feststellen musste, mit Rum gefüllt waren. Der Flakon rutschte bei jeder Bewegung etwas tiefer, er lag jetzt sehr ungünstig und kniff sie am Bauch. Sie versuchte, ihn unauffällig mit der Hand zurechtzurücken.

»Ist dir nicht wohl?«, fragte Herbert.

Der Flakon klemmte mittlerweile zwischen ihrem Bauchnabel und dem Rockbund, und als sie sich leicht vorbeugte, löste sich der Sprühkopf, und ein dunkler, intensiv duftender Fleck entstand auf ihrem Rock.

»Nimm noch einen Likör«, sagte Herbert und drückte ihr das Glas in die Hand.

Als sie eine halbe Stunde später das Altersheim verließ, war ihr schwindelig, und sie musste sich am Treppengeländer festhalten. Vor den Fenstern bogen sich ein paar Kiefern im Wind, die Stämme knackten wie sehr alte Knochen. Ein starker Duft stieg von ihrer Hüftgegend auf.

Im Garten der Heimanlage wanderten ein paar alte Frauen auf einem kreisförmigen Kiesweg. Sie ähnelten den alten Frauen aus den Einkaufszentren, nur dass sie keine Tüten bei sich trugen. Sie liefen immer im Kreis, wie Aufziehpuppen. Andere saßen hinter den Fenstern und starrten auf die Straße, vielleicht warteten sie auf Besuch. Einige hatten diese Hoffnung offenbar aufgegeben; ihre Fenster waren bis auf Brusthöhe mit Pflanzen verstellt.

Auf der Straße rettete sie den Flakon aus ihrer Bluse und bettete ihn in ihre Handtasche. Sie stellte fest, dass sie in diesem Zustand nicht mehr Auto fahren konnte, und wartete auf ein Taxi. Weil kein Taxi kam, ging sie in den Zoo. Sie tastete nach dem Flakon; er lag dort, tief unten in ihrer Handtasche. Sie ging zu den Löwen und den Giraffen, sie freute sich kindisch über ein Nilpferd, das sich in seinem Wasserbassin wälzte, kaufte sich ein Eis und besuchte dann die Affen. Sie schwankte ein wenig; ihr war schwindelig von der Parfümwolke, die mit ihr wanderte, von den Rumpralinen und dem Likör. Sie beobachtete die Menschenaffen. Der Gorilla vor ihr schien ihr zuzuzwinkern. Sie stellte fest, dass eine alte Frau (war sie nicht auch eine alte Frau? – sicher, ja, aber die da sah deutlich älter aus) am Gitter lehnte und auf den Gorilla einredete, offenbar erzählte sie einem Gorilla, was sie in der Woche erlebt hatte. Arme Sau, dachte Hannelore Petrowski, sie hat niemanden, mit dem sie reden kann, vielleicht hält sie den Gorilla auch für ihren Mann, die Leute werden wirr, wenn sie alt werden, der Verstand stirbt vor dem Rest – und während sie das dachte, sah sie, dass die Nase des Gorillas direkt vor ihr bebte. Er warf seine halb angebissene Selleriestange in die Ecke und legte den Kopf schräg. Er riecht das Parfüm, dachte Hannelore Petrowski und nahm eine vorteilhafte Pose ein, sie haben sehr feine Nasen und können Dinge auf Kilometer wittern, er muss Snob riechen.

In ihrem Kopf veranstalteten die Rumpralinen mit dem Likör jetzt eine Art Steilwandfahren, jedenfalls fühlte es sich so an. Der Gorilla schaute sie mit kleinen braunen Augen an. Dann sagte er: »Guten Abend.«

Hannelore Petrowski zuckte zusammen.

»Entschuldigung«, sagte der Gorilla mit einem bedauernden Unterton. »Sie müssen jetzt gehen. Wir schließen.«

Hannelore Petrowski wurde schlecht. Ihr war schwindelig. Der Gorilla ...

Eine schwere Hand legte sich von hinten auf ihre Schulter. Sie drehte sich um – und sah einem Zoowärter ins Gesicht. Er wiederholte, dass sie jetzt leider gehen müsse. Sie nickte wortlos. Ein paar Meter entfernt schob ein anderer Wärter die alte Frau vom Käfig weg; sie winkte dem Affen und rief, er solle nicht traurig sein, sie komme wieder.

Hannelore Petrowski ließ sich in den Wagen fallen und holte tief Luft. Dann startete sie den Motor und fuhr nach Hause.

Ein halbes Jahr später hatte sie einen Bandscheibenvorfall.

Deswegen verkauften sie den Mercedes.

1994
Die Russen

Kilometerstand 172 115

Sein Haus liegt am Ortsrand, dort, wo es zum Eichberg geht, am Ende des Weges, in einer Sackgasse. Vor dem Haus gibt es einen Jägerzaun und einen weißen Briefkasten, dahinter eine Blautanne und, vor dem Waldrand, ein paar Hochsitze, die wie angefrorene Giraffen auf den Feldern stehen. Wenn man länger in die Dunkelheit starrt, tauchen, als blaue Schattenrisse, die Abraumhalden des Kupferschieferbergbaus auf, symmetrische Hügel mitten in der Landschaft, Berge ohne Bergromantik, ohne Geheimnis, ohne Gipfel, davor endlose braune Äcker, dahinter wieder Abraumhalden und Äcker und Dunkelheit und verwaiste Dörfer in der Ebene, die wirken, als hätten sie sich vor der Zeit versteckt. Kleine, in sich zusammensackende Häuser, die um einen geduckten Kirchturm hocken. Holzzäune. Der Kratzputz an den Fassaden hat die Farbe von kaltem, über Nacht ergrautem Milchkaffee. Dahinter die verknickten, dürren Kiefern, wie erschreckte Figuren im weiten Land. Weiter unten, aufleuchtend, das blaue Quadrat von Aral.

Am Zaun vor dem Haus ein Schild: »Vorsicht Wachhund«. Hier wohnt er. Man baut Braunkohle ab in der Gegend und Kupfer. In den Kneipen gibt es ein dunkles, kräftiges Bier. Die Straßen haben freundliche Namen: »Straße der Völkerfreundschaft«, »Straße der deutsch-sowjetischen Freundschaft«. Es gibt auch die »Karl-Liebknecht-Straße«, die »Rosa-Luxemburg-Straße« und die »Egon-Erwin-Kisch-Straße« in der ehemaligen Siedlung Heimatscholle. Dort war es am schlimmsten gewesen.

Der Gasthof Fortuna wirbt mit Schildern: »Zimmer frei«, »Kraftfahrerdusche«. Ein anderes Schild lädt in den »Sauna-Dom« von Kleinosterhausen ein. Am Ortseingang weist ein kleines Plakat auf die »Ü30 Single-Flirtparty« in Quetz hin. »Einlass 22 Uhr. Zur vollen Stunde Schluckialarm«.

Das einzige Licht kommt von den Tankstellen, die man aus der Ferne leuchten sieht.

Das Dorf, in dem Peter Radonovicz damals wohnte, lag gefangen im Talkessel, und es sah aus, als könne hier nichts anderes geschehen als die endlose Wiederkehr von stehender Sommerhitze, Herbststürmen und Schnee, gefolgt von langsam auftauenden, schwarz werdenden Äckern, sprießenden Ähren und Erntetagen, durchsoffenen Nächten in den Jägerstuben, Geburten, Hochzeiten, Scheidungen, Betriebsschließungen, Beerdigungen, Frontalzusammenstößen und wieder stehender Sommerhitze im Tal und den immer gleichen Fernsehsendungen.

Es war dann aber doch viel passiert in diesem Jahr, in dem Radonovicz sich den Mercedes gekauft hatte. Sie hatten ihm den Betrieb geschlossen, es hatte einen Toten gegeben, und am Ende hatten die Russen die Dinge wieder ins Lot gebracht.

Die Russen kamen im Januar 1994 zurück, ein paar Wochen nachdem Radonovicz sich den Mercedes gekauft hatte. Er kannte die beiden; sie hießen Andrej und Igor und waren Soldaten gewesen, als es die Kaserne oben am Wald noch gab, und als die Russen abzogen, waren sie mit ihnen verschwunden. Er hatte keine Ahnung, warum sie jetzt wieder auftauchten, aber so, wie sie aussahen, hatte es nichts Gutes zu bedeuten. Andrej fehlten zwei Zähne, und Igor war sehr blass und rauchte hektisch; die Asche bröselte ihm auf den Pelzkragen seiner Lederjacke.

Tatsächlich war es den Russen, wie Radonovicz ein paar Monate später erfuhr, bei ihrer Rückkehr nach Moskau nicht gut ergangen. Igor hatte sich ein paar Wochen lang um einen Job bemüht und sogar Bewerbungsbriefe geschrieben. Und während er auf die Antworten wartete, hatte er viel Zeit mit alten Freunden verbracht, die auch auf Antworten warteten, und um das Warten etwas angenehmer zu gestalten, hatten sie sehr viel getrunken, so dass er, als er von den Betreibern einer neuen Einkaufsmeile im Süden der Stadt zu einem Gespräch eingeladen wurde, den Termin verschlief. Man gab ihm einen neuen Termin am Nachmittag des darauffolgenden Mittwochs, und weil er wusste, dass das seine letzte Chance war, im krisengebeutelten Moskau der neunziger Jahre doch noch in das Leben eines rechtmäßig arbeitenden, fleißigen, früh aufstehenden Bürgers hineinzufinden, musste er dringend einen Schnaps gegen die Nervosität trinken.

Er hatte sich von Andrej eine Krawatte und einen Anzug geliehen, der ihm einige Nummern zu groß war, und so hockte er nun in dem Stoffberg, der seine Zukunftschancen erhöhen sollte, an der Bar und fühlte sich so vom Leben unter Druck gesetzt, dass er dringend noch ein paar Wodka trinken musste.

Bei seinem Bewerbungsgespräch fühlte er sich nicht wohl. Er sah die Frau von der Personalabteilung doppelt, und sie schwoll, je mehr er sie zu fixieren versuchte, zu enormer Breite an, so dass er während des Gesprächs fast durchgehend kichern musste. Die verdoppelte Person stellte ihm verwirrende, mit einem diffusen Echo verhallende Fragen, während zwei Lampen wie verrückt gewordene Planeten in schlingernden Bahnen um ihre beiden Köpfe kreisten.

Igor versuchte, die Fragen einigermaßen deutlich zu beantworten, aber es gelang ihm nicht. Vor den Augen der Personalchefin versank der Mann in seinem zu großen Anzug zusehends, als habe man ihn aufgeblasen, aber ein Ventil nicht verschlossen, aus dem nun die Luft entwich; die Schulterpolster standen fast senkrecht neben seinen Ohren, so tief hing er in seinem Stuhl. Als man ihm mit giftiger Freundlichkeit signalisierte, dass das Gespräch beendet sei, blieb er noch ein wenig sitzen und musste schließlich von zwei Mitarbeitern hinausgeleitet werden. Man machte sich nicht die Mühe, ihm schriftlich abzusagen.

Andrej hatte es gar nicht erst versucht. Er hatte in den ersten drei Wochen in Moskau sein Geld, einen schönen Wintermantel, ein kostbares, mit Intarsien verziertes Klappmesser, zwei Zähne und auch seine Geduld verloren: Er hatte keine Lust, morgens um fünf bei minus zwanzig Grad irgendwelche Gleise zu reparieren oder einen Bus zu enteisen, deswegen hatte er sich kaum aus seiner Lieblingsbar herausbewegt und abgewartet, ob nicht irgendeine Form des Gelderwerbs zu ihm kommen würde. Außerdem gefiel ihm die Barkeeperin gut, und sie fand seine Geschichten aus Deutschland interessant (er übertrieb und dramatisierte ein bisschen, aber es war ja nicht seine Schuld, dass er etwa fünfzig Jahre zu spät gekommen war, um Deutschland von den Nazis zu befreien, und stattdessen in Wirklichkeit eine eher ruhige Zeit in der Kaserne bei Erfurt verbracht hatte).

Die Barkeeperin war mit einem Geschäftsmann befreundet, dessen Bruder Geld in Deutschland investieren wollte, und weil er für seine Geschäfte dort Leute brauchte, die loyal waren und Deutsch konnten, freute er sich, als er Andrej und Igor kennenlernte. Er lud sie in einem Einkaufszentrum auf einen Mokka ein und rief einen Zahnarzt an, der sich irgendwann um Andrejs Gebiss kümmern sollte.

Eine Woche später waren Igor und Andrej zurück in Deutschland, diesmal als Geschäftsleute und ohne genau zu wissen, was sie zu tun haben würden. Man hatte ihnen Visitenkarten mit ihren Namen und der Aufschrift »Wirtschaftsdienste aller Art« gedruckt. So saßen sie in ihrer Lieblingsbar und warteten auf Aufträge aus Moskau.

Radonovicz hatte die beiden damals kennengelernt, als er die russischen Kasernen mit Schweinefleisch belieferte. Manchmal waren auch die Russen mit einem Lastwagen auf den Hof gekommen und hatten das Fleisch abgeholt, irgendwann hatten sie bei ihm geklingelt und waren zum Trinken dageblieben, und danach waren sie noch ein paarmal wiedergekommen, und sie hatten zusammen die ZDF-Hitparade angeschaut; seine Frau, Ilse Radonovicz, ließ keine Sendung aus, und sie war aufgeregt und fieberte mit, wenn Roland Kaiser mit einem bis zum Bauchnabel aufgeknöpften Hemd »Schachmatt« sang; sie liebte sein schiefes Lächeln und schloss immer die Augen, wenn die Adresse für Fanpost eingeblendet wurde: Wittelsbacher Straße 18, 1000 Berlin 31 – West-Berlin. Diese Adresse begleitete sie durch ihre Träume, und später, als die Mauer gefallen war, fuhr sie sogar einmal dorthin. Und war enttäuscht, als sie nur die Musikproduktionsfirma eines Herrn Dr. Kunz vorfand; genauso enttäuscht war sie, als sie erfuhr, dass Roland Kaiser gar nicht Kaiser, sondern Ronald Keiler hieß und seinen Namen vom Schweinischen ins Majestätische gewandelt hatte, weil man ihm nahegelegt hatte, jemand, der Keiler heiße, werde es nicht weit bringen mit romantischen Schlagern.

Abgesehen davon, dass die Russen wieder da waren, war in der Bar alles wie immer. In einer Ecke saß der alte Köhler und schielte auf die Tür, ob jemand auftauchte, mit dem er sich unterhalten konnte. Weil alle, die kamen, seine Geschichten schon kannten, erzählte er sie ohne benennbaren Adressaten mitten in den Raum hinein. Die Gäste kümmerten sich nicht darum; für sie waren Köhlers Geschichten zu einer Art Hintergrundrauschen geworden, so wie das Surren des Kühlschranks oder das Gurgeln des Ablaufs unter den Zapfhähnen; ab und zu nickten sie ihm freundlich zu. In der anderen Ecke saßen ein paar Arbeiter und vorn am Fenster Radonovicz und Thomyk.

Er hatte Thomyk in der Futterbrigade des Schweinezuchtbetriebs kennengelernt, in dem sie damals arbeiteten. Thomyk war riesig, über zwei Meter groß, und schon damals sehr dick. Das Hemd spannte über seinem Bauch, wenn er nach Feierabend vor seinem Teller Bratkartoffeln saß, die er mit leidenschaftlicher Hingabe aß, und meistens fehlten die Knöpfe über dem Bauchnabel; sie sprangen immer wieder ab. Thomyks Gesicht war rund und freundlich, und seine Augen saßen in seinem Kopf wie kleine, hektische Tiere, die aus einer Höhle herausschauten. Seine Haare hatte er sorgfältig gescheitelt, der Nacken war ausrasiert. Es war nicht einfach, erzählt Radonovicz, Thomyk zum Aufstehen zu bewegen; am liebsten saß er da und aß etwas und schaute sich die Welt um sich herum an, aber wenn ihn etwas aufregte, konnte er sich mit einer tobenden, nicht zu bremsenden Wut auf die Ursache seines Grolls stürzen. An einem Abend während des Prager Frühlings, erinnert sich Radonovicz, hatte Thomyk im Fernseher, der im Aufenthaltsraum der LPG stand, die Berichte über die Proteste verfolgt, und am nächsten Morgen hatte er eine Brandrede vor den Arbeitern der LPG gehalten, in der es um Ehre und Solidarität und Freiheit ging. Er war ein guter Redner; es entstand eine mächtige Unruhe, und schon wenige Stunden später wurde er von der Polizei abgeholt und kam ein paar Tage nicht zurück. Als er wieder da war, war er noch wütender als vorher. Später erfuhr man, dass seine Schwester für die Stasi gearbeitet hatte; sie hatte ausgedehnte Berichte über ihn verfasst, in denen sie ihn als gefährlichen Choleriker darstellte. Man hatte ihn seitdem nicht aus den Augen gelassen, allerdings auch keine wirkliche Gefahr in seinen periodischen Wutausbrüchen erkennen können; für einen wirklich ernstzunehmenden Aufrührer, schloss einer der Berichte, sei er zu sentimental und zu gemütlich.

Thomyk war einmal verheiratet gewesen, aber seine Frau war, ohne es ihm vorher zu sagen, in den Westen abgehauen, zu einer Tante, die gerade aus einem Ashram zurückgekommen war und Kurse in Yoga gab. Seit 1987 lebte sie irgendwo in West-Berlin und hatte zwei Kinder mit einem Mann, der bei den Stadtwerken war und eine randlose Brille trug; eine gemeinsame Freundin hatte die beiden zufällig getroffen.

Nach der Maueröffnung hatte Thomyk sich immer wieder vorgenommen, sie zu besuchen; er hatte sogar schon Geschenke für ihre Kinder gekauft, aber bevor er den Plan in die Tat umsetzte, fuhr er jedes Mal erst in die Jägerstuben und trank so viel, dass er seine Reise bis auf weiteres verschieben musste.

1990 hatten Thomyk und Radonovicz mit den Kollegen Woitha und Böhrnagel aus der LPG einen Kredit beantragt, um den ehemals volkseigenen Schweinezuchtbetrieb in einen Bio-Bauernhof zu verwandeln; sie hatten den Kredit auch bekommen und wurden zusammen mit einem jungen westdeutschen Agrarwirt, einer blassen, frettchenhaften

Gestalt mit exzellenten Zeugnissen, Vorsitzende ihrer eigenen Kooperative. Die Geschäfte liefen gut an im ersten Jahr, sie verdienten, anders als in den folgenden Jahren, sogar etwas Geld, und vor allem mit Thomyk verstand Radonovicz sich gut.

Thomyk war damals immer noch allein. Das einzige Lebewesen in seinem Haus war ein Hund, der ihm von irgendwoher zugelaufen und bei ihm geblieben war. Der Hund begleitete ihn jeden Abend in die Jägerstuben; er wartete geduldig, bis sein Besitzer gegessen und ein paar Biere getrunken hatte, und wenn Thomyk schließlich aus der Bar schwankte und sich in den Fahrersitz seines Ford Scorpio fallen ließ, trottete der Hund hinterher und sprang durch die Seitentür auf den Beifahrersitz, wo er, eine Pfote auf dem Armaturenbrett, in huldvoller Haltung die Straße betrachtete.

An jenem Abend war außer Thomyk und den Russen niemand mehr in den Jägerstuben, und weil Radonovicz keine Lust hatte, mit den Russen zu reden, zahlte er und fuhr nach Hause.

Draußen stand sein Mercedes. Es war so ein Wagen, wie er ihn als Kind bei seinen Nachbarn gesehen hatte; ein entfernter Verwandter der Nachbarn, der in Westfalen eine Apotheke besaß, war mehrfach damit nach Querfurt gekommen. Der Mann war ein Meister des Grenzschmuggels. In dem Hohlraum des Verdeckkastens seines Mercedes, der im Winter unter einem abnehmbaren Metall-Hardtop verborgen war, versteckte er Schallplatten und Bücher und andere Bestellungen. Keiner der DDR-Grenzbeamten wusste, dass man den Blechdeckel abnehmen konnte und im Verdeckkasten ausreichend Platz für Dutzende antikommunistischer Grundsatzschriften und die gesamten Top 50 der imperialistischen Musikindustrie war. Das Auto des Apothekers war am Grenzübergang Helmstedt mehrfach von oben bis unten untersucht worden, aber auf die Idee, das Dach abzuschrauben, war anscheinend niemand gekommen. Wenn der Apotheker den kleinen Vorort von Querfurt erreichte, wurde die Garage geöffnet, der

Mercedes hineingefahren und von vier vertrauenswürdigen Verwandten enthauptet – eine Prozedur, die im Familienjargon »Schlachtfest« genannt und besonders von den Kindern zu den hohen Feiertagen gerechnet wurde.

Jetzt hatte Radonovicz einen solchen Mercedes als Zweitwagen (er besaß auch einen Mitsubishi Pajero, für den Betrieb), aber fühlte sich mit dem Auto fast wie ein Dieb; das Ding hatte nichts mit seinem Leben zu tun; es machte ihn zu einem anderen.

Auf den Kopfsteinpflasterstraßen, die durchs Mansfelder Land führten, lag in diesem Winter Schnee, kein optimales Wetter: In den Kurven brach der Wagen leicht mit dem Heck aus, aber Radonovicz war ein guter Fahrer, und nach ein paar Stunden machte ihm die Fahrerei im Schnee sogar Spaß. Er beschleunigte in den Kurven und ließ den Wagen querdriften; in einer erleuchteten Stimmung fuhr er auf seinen Hof.

Seine Frau schaute auf dem fabrikneuen 17-Zoll-Nordmende-Fernseher »Glücksrad« oder irgendeine andere Sendung, in der Herren mit roten Sakkos gierige Menschen Buchstaben kaufen und seltsame Sprichwörter raten ließen.

Sie hatte eine Batterie Süßigkeiten neben sich aufgetürmt und warf dem Hund von Zeit zu Zeit ein paar Toffifees hin, die er hastig zerbiss. Radonovicz betrachtete die Szene wie ein Polizist, der sich an einer Unfallstelle Überblick verschafft; dann beschloss er, seine Frau nicht bei der mittäglichen Zeremonie zu stören, und nahm sich ein Bier aus dem Kühlschrank.

Angetrieben von seiner Frau, hatte Radonovicz das alte Wohnhaus in ein Anwesen verwandelt, das mit seinen weißen Markisen und der Hollywoodschaukel im Garten in einem nicht ganz so vornehmen Viertel von Miami nicht aufgefallen wäre. Die Eingangstür war durch ein Plastiksprossenfenster im Altländer Stil ergänzt worden und wurde neuerdings von zwei weißgestrichenen Gipslöwen flankiert, die jeweils mit der linken Pfote eine weiße Kugel hielten und mit einem festgefrorenen Gipslöwengrinsen am Besucher vorbei auf die Garage schielten. In der Garage parkten sein Pajero und ein stillgelegter hellblauer Saporoshez, ein erstaunliches russisches Auto mit Heckmotor, das ihn während seiner Zeit als Leiter der LPG sicher über die Straße der Romantik und über die Bier- und Burgenstraße und von Borxleben nach Hackpüffel gebracht hatte. So hießen die Orte hier.

Radonovicz hatte die alte LPG bis zum geplanten Verkauf geleitet. Von den Agrarzuwendungen der Ostförderung kaufte er dann neue Schweine, deren Fleisch in den Restaurants und Biomärkten im Westen reißenden Absatz fand. Der Betrieb ernährte den gesamten Ort, und auch er und seine Familie lebten davon und konnten etwas beiseitelegen; er finanzierte seiner Tochter Tamara, die, anders als alle anderen in der Familie, sehr musikalisch war, ihr Musikstudium in Köln. Seit 1993 arbeitete auch sein Sohn Patrick bei ihm, der gleichzeitig versuchte, sich in Jena als Fitnesstrainer selbständig zu machen, was aber an der feindlichen Einstellung der Jenenser gegenüber beratender Begleitung beim Gewichtheben und Dauerlaufen zu scheitern drohte.

Patrick wohnte in einem kleinen Ort bei Jena, im Souterrain eines Doppelhauses. Nach 1989 war in dieser Gegend nicht mehr viel passiert; die alten Betriebe wurden geschlossen, aber nach der Industrie kam nicht das versprochene hochmoderne Dienstleistungsgewerbe, sondern gar nichts. Ein Sportflughafen wurde errichtet, oben an der B7, zwischen Leumnitz und der E40, aber dann gründeten die Leute aus Naulitz und Thränitz und Zschippern eine Bürgerinitiative gegen Fluglärm; seitdem gibt es nur noch ein paar Hobbyflieger und einige Charterflüge nach Erfurt und Nürnberg.

Hier versuchte es Patrick Radonovicz mit einem eigenen Unternehmen. Er hatte einen Kredit von der Bank bekommen und unten in der Altstadt eine Etage in einer leerstehenden Lagerhalle gemietet und ein paar Geräte gekauft, Hanteln, Matten, eine Rudermaschine, acht Trainingsmaschinen für Bauch-, Rücken-, Arm- und Beinmuskulatur. Er hatte sogar zwei Angestellte, die am Eingang unter dem Firmenschild saßen und die Geräte erklärten. Er bot Judo- und Karatekurse an, und ein paar Männer, die für einen privaten Sicherheitsdienst arbeiteten, kamen fast jeden Tag, um bei ihm zu trainieren, aber sie bezahlten nur unregelmäßig und vertrösteten ihn immer wieder, und wenn er sich einen schärferen Ton erlaubte, wurden sie ungemütlich.

Genau genommen verdiente er sein Geld damit, seinem Vater beim Aufbau des Schweinezuchtbetriebes zu helfen. Der Vater zahlte Patrick, was seine Mutter nicht so genau wusste oder wissen wollte, ein üppiges Gehalt dafür, dass er quer durch die Republik fuhr und all das tat, was seinem Vater, der lieber mit Getreideähren, Hausschweinen und Dobermännern sprach als mit Menschen, zuwider war; er holte Zuchtschweine ab und lieferte Fleisch aus, er fuhr in westdeutsche Provinzstädte und traf Bauernverbandsvertreter und Agentinnen biologisch-dynamischer Vertriebsketten, die kein Bier tranken und mit ihm über den Einfluss von Mondphasen und Gezeiten auf Milch- und Fleischqualität sprachen.

Die Reiseziele selbst entpuppten sich allerdings oft als Enttäuschung. Er fuhr nach Gießen und stellte fest, dass es dort schlimmer aussah als in Halle-Neustadt. Er fuhr nach Nürnberg und kam mit Magenschmerzen zurück, woran die schwarzverbrannten Würstchen schuld waren, die er unvorsichtigerweise gegessen hatte. Er fuhr an die Nordsee, traf einige wortkarge niedersächsische Bauern, die windschief hinter grünen Holztüren saßen und von ökologischen Schweinen nichts hören wollten. Die einzigen Lebewesen, denen er in Schleswig-Holstein begegnete, waren dreißig stumme Schafe, vier stumme Bauern und ein magerer Rechtsanwalt. Den Westen hatte er sich anders vorgestellt.

Jeden Freitag stülpte sich Patrick Radonovicz einen weißen Trainingsanzug aus Ballonseide und atmungsaktiven Spezialmaterialien über, ein Aufzug, von dem er wusste, dass er ihn in den Augen seiner Mutter wie einen erfolgreichen Trainer aussehen ließ, schwang sich in seinen Renault und fuhr aufs Land, um im Betrieb Order von seinem Vater entgegenzunehmen. Dann betrat er, als erfolgreicher Fitnesstrainer verkleidet, das Wohnzimmer. Er war muskulös und eher untersetzt, eins fünfundsiebzig vielleicht, sein Mund schmal und leicht nach unten gebogen, die Augenlider hingen schwer, über dem linken Auge tiefer als über dem rechten. Seine Mutter sprang, wenn er kam, aus der Sofamulde auf, rief »Junge!« und »komm rein« (sie rief immer »komm rein«, auch wenn er direkt vor dem Fernseher stand). Es folgten die immer gleichen mütterlich besorgten Fragen – »Willst du ein Brot? Ich mache dir eine schöne Bemme. Wir haben alles da, Fleischsalat, Mortadella, Frühlingsquark, was du willst« –, dann schnaufte Ilse Radonovicz in Richtung Kühlschrank, stützte sich mit der rechten Hand gegen die Kante der Spüle, riss die Kühlschranktür auf und versuchte, die herauspurzelnden Aufschnittpakete mit der linken Hand aufzufangen. Seit ihr Sohn in Jena lebte, wurde sie den Verdacht nicht los, dass er sich fehlerhaft ernährte, eine Befürchtung, die sich bei ihrem ersten und einzigen Besuch in seinem Apartment bestätigt hatte; die Backbleche im Herd waren noch fabrikneu in Plastikfolie eingeschweißt gewesen.

Die folgenden Stunden waren die, die Patrick Radonovicz in der Woche am meisten hasste und immer auf die gleiche Art zu überstehen versuchte: auf der Couch sitzend, ein Bier in der Hand; in einem Trainingsanzug, der aussah, als sei er für die Evakuierung brennender Wohnungen entwickelt worden; neben sich den vollkommen überfressenen Hund, in dessen Bauch nach sechs Stunden Fernsehen etwa drei Kilo Toffifee lagerten und dessen Verdauungstrakt Geräusche produzierte wie eine defekte Spülmaschine – in dieser gleichzeitig komfortablen wie beklemmenden Freitagabendposition harrte er aus, bis die Kollegen seines Vaters aus dem Betrieb oder, noch schlimmer, die Nachbarn vorbeischauten.

Ilse Radonovicz war im Grunde eine großzügige, hilfsbereite und neidlose Frau, aber wenn es um die Böhrnagels von nebenan ging, konnte sie nicht anders – sie musste vergleichen, und sie konnte es nicht ertragen, wenn sie etwas Neues hatten oder wenn Holger, der Sohn der Böhrnagels, Karriere machte. Offiziell tat sie so, als freue sie sich über die Meldungen aus dem Hause Böhrnagel; man war schließlich befreundet, und Bernd Böhrnagel war im Vorstand des Betriebs. Aber wie sehr es sie quälte, wenn Böhrnagels aus ihrer Sicht vorne lagen, bekam Radonovicz immer wieder zu spüren; so war es auch gewesen, als er ihr den Mercedes vorgeführt hatte.

Radonovicz hatte versucht, ihr die Vorzüge des Wagens vor Augen zu führen, hatte erklärt, dies sei ein Klassiker, ein 1971er, so was finde man heute überhaupt nicht mehr, aber er konnte sie nicht überzeugen. Böhrnagels hatten keinen Klassiker, und überhaupt schien ihr diese Bezeichnung nur ein hinterlistiger Trick zu sein, um das Wort »Schrottkarre« zu vermeiden. »Holger Böhrnagel«, führte Ilse Radonovicz deswegen ins Feld, »hat sich einen großen BMW gekauft, achtzigtausend Mark, und seine Frau fährt ein neues Mazda Cabrio.«

Radonovicz mochte Holger Böhrnagel nicht; er hielt ihn für einen halbkriminellen Angeber, außerdem hatte er seinen Sohn Patrick in ärgerliche Vorfälle verwickelt. Einmal waren Patrick und Holger nach einem Fest auf der schmalen Landstraße zwischen den Orten Oberbösa und Niedertopfstedt mit Herrn Böhrnagels Wartburg ins Schleudern geraten und gegen einen Baum gerutscht. Die Stoßstange, der Blinker und das Blech des linken Kotflügels waren eingedrückt, und es war Holger, der die Idee gehabt hatte, einfach in Straußfurt an einem anderen Wartburg Blinker und Stoßstange abzuschrauben und so den drohenden Fahrzeugentzug durch seinen Vater zu vermeiden.

Als Herr Böhrnagel am nächsten Morgen seinen Wartburg aus der Garage holte, stellte er zu seinem Erstaunen fest, dass der Kotflügel unter der intakten Stoßstange völlig verbeult war (es ist eben schlechtes Blech, bot sein Sohn als Erklärung an, es verzieht sich auf den holprigen Straßen). Dennoch dachte er tagelang darüber nach, wie eine Beule unter eine Stoßstange kommt, bis ihm eine Strafanzeige aus Straußfurt ins Haus flatterte; jemand hatte die beiden beobachtet, sie mussten aufs Polizeirevier.

Nach der Wende hatte sich Holger Böhrnagel als Bauunternehmer selbständig gemacht und schlüsselfertige Krüppelwalmdachhäuser aus norddeutscher Fabrikation verkauft. Das Geschäft lief so gut, dass er bald eine Reihe von amerikanischen Fertighäusern sowie Swimmingpools, Gartendekorationen, Bauernzäune und Kiesauffahrten ins Programm aufnahm. Im Herbst 1990 tat er sich mit einem unansehnlichen dicken Mann zusammen, der aus Bad Homburg stammte und zu Schleuderpreisen Ladenhüter aus westdeutschen Baumärkten aufkaufte. Im Osten war es kein Problem, das Zeug an den Mann zu bringen. Böhrnagels Elitetruppen rückten in kleinen Renault-Transportern an und verwandelten die graubraunen DDR-Eigenheime binnen kürzester Zeit mit tonnenweise Furnierplatten, Gipskartons, Blumentapeten, abwaschbaren Fenstersprossen, Toskanakacheln, Veloursbommeln und Seidenimitat in den Albtraum eines französischen Provinzfürsten. Von den beträchtlichen Summen, die er damit einnahm, hatte er einem sorbischen Händler sein Grundstück abgekauft, eine hohe Hecke pflanzen und sich eine Villa im toskanischen Stil bauen lassen, mit Terrakottalöwen in der Einfahrt.

Holger Böhrnagel war mit Patrick befreundet gewesen, aber genau genommen waren sie es seit Jahren nicht mehr, obwohl Holger ihm gegenüber als sorgender Freund auftrat (eine schmierige, demütigende Nummer, für die Patrick Radonovicz ihn noch mehr hasste); er kam vorbei, wenn er Patricks Renault im Hof stehen sah, und fragte mit einem bekümmerten Blick, ob es denn gut laufe mit »den« Fitnessstudios; er höre, dass ein paar große amerikanische Ketten nach Mitteldeutschland expandieren wollten, aber (dies sagte er mit einem aufmunternden Schulterklopfen) »du wärst nicht Patrick, wenn du die nicht kleinkriegen würdest«.

Peter Radonovicz beschloss, seine Frau zu überraschen. Sie waren seit vierundzwanzig Jahren verheiratet, und er hatte ihr nie etwas Besonderes geschenkt, höchstens Kleinigkeiten – einmal einen Ring, sicher, dann etwas für die Küche, einen neuen Couchtisch oder einen Fußhocker für den Fernsehsessel. Aber er hatte keine besondere Begabung dafür, Geschenke zu machen; in vierundzwanzig Jahren war es ihm nur einmal gelungen, ihr etwas wirklich Umwerfendes zu schenken, und das war der Hund, den er aus dem Tierheim geholt hatte, ein Leonberger, der allerdings als Hofhund völlig ungeeignet war, weil er meistens schlief, in der Küche oder neben dem Fernseher lag, den Kopf zwischen den Pfoten, und darauf wartete, dass man ihm irgendwelche Essensreste oder Toffifees in seinen überdimensionierten Blechnapf warf, den er so gut wie nie aus den Augen ließ und ängstlich bellend gegen alle möglichen eingebildeten Gefahren verteidigte.

Radonovicz wusste, dass seine Frau von einem Urlaub auf einer tropischen Insel träumte. Sie hatten nie eine große Reise unternommen; ein paarmal mit dem FDGB-Feriendienst ins Erholungsheim am Fichtelberg in Oberwiesenthal, einen Plattenbau, der wie eine Fata Morgana hinter alten Holzhäusern am Hang klebte; einmal zwei Wochen Schwarzmeerküste, Kaukasus, Sotschi, Sochumi; fast tausend Mark hatte sie das gekostet, und nach drei Tagen hatten sie einen scheußlichen Durchfall bekommen. Jetzt betrat er ein Reisebüro in Halle und ließ sich von einem jungen Mann mit abstehenden Ohren eine halbe Stunde lang beraten. Dann buchte er eine Fernreise für sich und seine Frau: Indischer Ozean, Vollpension, Zimmer mit Meerblick.

Ein paar Wochen später kamen sie dort an. Seine Frau war begeistert: von den Palmen, von der Größe der Früchte, den Kokosnüssen und Papayas, von den weißen Sandbuchten, dem Bungalow am Rand der Resortanlage, von der Musik, die sie am Hotelpool spielten – einfach von allem. Einen Tag lang verharrten sie in diesem Standbild tropischen Glücks und konnten es nicht fassen. Sie verbrachten den Tag im Resort und am Strand, das Wasser war warm, Ilse sprang in einem knallgelben Bikini im Wasser herum und redete wirres Zeug über das Paradies.

Abends gingen sie, unsicher wie gestrandete Meerestiere, in neugekauften weißen Hosen ins Restaurant, bekamen verwirrende Mengen von Bestecken und eine englischsprachige Speisekarte hingelegt. Ein Kellner tauchte auf und stellte ihnen hartnäckig Fragen, die sie nicht recht zu beantworten wussten – ob man ein Horsd'œuvre wolle, einen Aperitif, à la carte esse und so weiter. Radonovicz zeigte Anzeichen von Stress. Er hielt es für das Beste, sich hinter der Karte zu verstecken und den Kellner einfach zu ignorieren, bis dieser wieder gehen würde. Der Kellner wartete eine Minute mit leicht schief gelegtem Kopf, dann zog er unverrichteter Dinge wieder ab.

Später bestellte Radonovicz zwei Steaks.

Am Nebentisch drehten sich vier neugierige Köpfe um.

Es waren zwei Ehepaare aus Minsk. Den weiteren Abend verbrachten Radonovicz und seine Frau mit den Russen an der Bar. Sie tranken sehr viel und fanden ihren Bungalow erst nach einer Stunde wieder; die Wohnanlage neben dem Hauptgebäude bestand aus achtzehn baugleichen Bungalows, die sich wie Perlen einer Kette halbmondförmig an der weißen Sandbucht aneinanderreihten. Auch am Indischen Ozean bleiben gewisse Probleme bestehen, etwa die Plattenbau- und Reihenhausbewohnern hinlänglich bekannte Frage, welche der achtzehn baugleichen Eingangstüren in den eigenen Block führt.

Am nächsten Morgen gegen sieben Uhr wurde Radonovicz wach, weil erstens die Vögel – große, bunte Vögel mit ruckenden Köpfen – einen furchtbaren Radau machten und zweitens eine ungewohnte Hitze durch das halbgeöffnete Fenster kroch. Ilse beschloss, einen Tauchkurs zu belegen, und weil Radonovicz keine Lust auf die Einweisungskurse und die engen schwarzen Anzüge, auf Atemmasken und Sauerstoffflaschen hatte, blieb er an Land. Es war neun Uhr. Er fuhr mit einem Golfwagen durch die sengende Hitze bis zum Captain's Cove und wieder zurück (fünf Minuten), wobei er den dicken Mann aus Bungalow 11, der ihm auf seinem Golfwagen entgegenkam, knapp grüßte. Dann versuchte er, am Strand ein Buch zu lesen, wobei ihm aber wegen der Hitze der Schweiß in die Augen lief (zwanzig Minuten). Er schwamm eine Runde (fünfzehn Minuten), beobachtete, wie eine Kokosnuss sich von einer Kokospalme löste und dumpf auf dem Sand aufschlug (drei Minuten), ging in den Bungalow, wo die Klimaanlage eine Raumtemperatur von sechzehn Grad herstellte, ging wieder nach draußen, setzte sich erneut auf seinen Golfcaddy und traf denselben Mann aus Bungalow 11, der offenbar die gleiche Umlaufbahn eingeschlagen hatte und ebenfalls ruhelos zwischen dem Captain's Cove und seinem Bungalow hin- und herfuhr. Es war Viertel vor zehn. Der Dicke winkte erfreut und entstieg seinem Golfwagen. Er streckte Radonovicz eine breite, behaarte Hand hin und rief: »Hi, I'm Dan! Pleasure to meet you. Where are you guys from?«

Radonovicz starrte auf die behaarte Hand, die zwischen seinem Bauch und dem Lenkrad in der Luft hing, hob den Blick zu dem Gesicht, in dem auf einer scharfkantigen Nase eine neonfarbene Sonnenbrille balancierte. Seine Golfkarre ließ ein blökendes Geräusch vernehmen, offenbar war die Batterie alle. Der faltige Hals des Mannes ragte aus einem XXL-Shirt von Polo Ralph Lauren heraus.

»Germany.«

Dan nötigte Radonovicz an die Strandbar, bestellte zwei Gin Tonic (kein Problem, erklärte er mit einem heiseren Lachen, es sei schon nach zehn) und begann mit der Schilderung seines Werdegangs: Er hatte in wirtschaftlich schwierigen Zeiten in Idaho ein Unternehmen gegründet, das Handtaschen und Portemonnaies herstellte, jetzt produzierte seine Firma vor allem in Schanghai; er lobte die Arbeitsmoral der Chinesen, nicht ohne zu betonen, dass sie eine Gefahr für die Wirtschaft der westlichen Welt darstelle (»die Chinesen werden uns überrennen, das ist unvermeidlich«, sagte er und schaute sorgenvoll auf eine verkümmerte Palme), andererseits könne man sich diesem Prozess nicht entziehen, denn in Anbetracht der Tatsache, dass man heute in Idaho keine Näherinnen mehr bekomme – »noch zwei Gin Tonic bitte, vielen Dank« –, die Leder fachgerecht vernähen könnten, die Nähte eines Portemonnaies müssten nämlich …

Ein indischer Kellner erschien am Strand und reichte Radonovicz ein blumenvasengroßes tragbares Telefon. Thomyk war am Apparat; er schrie schwer verständliches Zeug in den Hörer. Radonovicz versuchte ihn zu beruhigen, während er mit dem Zeh Kreise in den feinen Sand malte, aber Thomyk war nicht zu beruhigen; es gebe ein Angebot für den Betrieb, ein holländischer Großmastbetrieb wolle einsteigen, die Mehrheit der Anteilseigner sei für die Übernahme, er, Thomyk, sei dagegen, aber niemand, niemand höre auf ihn, die Holländer hätten die Anteilseigner mit Prämienversprechen geschmiert, niemand könne mehr klar denken, zum Kotzen sei das, vor allem Böhrnagel und sein geldgieriger Sohn!

Während Thomyk im Nieselregen eines Märzvormittags in Mitteldeutschland diese beunruhigenden Neuigkeiten in den Telefonhörer brüllte, beobachtete Radonovicz unter einer Palme eine Schildkröte, die vermutlich schon während der Thronbesteigung des deutschen Kaisers auf dieser Insel gelebt hatte und entsprechend langsam, gedrückt von ihrem massiven Panzer, durch den Sand wankte.

Drei Tage später reisten sie wieder ab. Ilse berichtete immer noch aufgeregt von Süßlippenfischen, Korallen, Meeresschildkröten, Muränen und anderem Getier, das sie unter Wasser entdeckt hatte, dann schlief sie an seiner Schulter ein. Radonovicz schaute aus dem ovalen kleinen Fenster der Boeing; unten verschwand die Inselgruppe im Dunst. Er war froh, dass es vorbei war. Er hatte einen Sonnenbrand und finstere Vorahnungen.

Ein paar Wochen später lernte er die Holländer kennen. Er sah, wie sich ihr Wagen an den alten Lagerhallen vorbei den Feldweg emporkämpfte und schließlich ein paar Meter neben den alten Stallungen stehen blieb; wie zwei kleine, untersetzte Herren mit eigenartigen Schnallenschuhen ausstiegen, die interessanterweise beide, obwohl offenbar nicht verwandt, ein auffällig fliehendes Kinn hatten; wie dann der eine Holländer eine ausgebeulte Aktentasche aus dem Kofferraum des Wagens lud und sie ins Haus trug. Dort eröffnete der Mann mit einem kurzen Nicken die Verhandlungen. In einem brüchigen, akzentschweren Deutsch erläuterte er die Interessen seiner Investorengemeinschaft, hinter der sich ein chinesisches Konsortium verbarg, dessen Namen Radonovicz sofort wieder vergaß. Der Holländer trug ein curryfarbenes Hemd und eine Krawatte mit fliederfarbenen Arabesken. Mit ihnen war ein Chinese angereist, der sich anscheinend um den Export des Fleischs ins Ausland kümmern sollte. Der Chinese griff, während sich die Anteilseigner über die von den Holländern vorgelegten Verträge beugten, in die Keksdose, die Ilse Radonovicz auf den Tisch gestellt hatte; beim dritten Keks neigte er seinen Kopf höflich in ihre Richtung und sagte: »Lakker!«

Auch Ilse schien ihm gut zu gefallen.

Der Verhandlungsführer erklärte: »Wir wollen Sie nicht beunruhigen. Wir wollen gemeinsam mit Ihnen mehr aus dem Betrieb machen.« Dann holte er mehrere verschiedenfarbige Folien aus seiner Aktentasche, schlug die Beine übereinander und überließ seinem kinnlosen Kollegen das Wort. Der Plan sah vor, in den bestehenden Gebäuden und auf den Flächen der ehemaligen Produktionsgenossenschaft einen Schweinezuchtbetrieb mit insgesamt dreißigtausend Tieren unterzubringen. Man solle sich keine Sorgen machen, fast niemand würde, nach dem Stand der Dinge, entlassen werden, sagte nun wieder der erste Kinnlose, obwohl auch – hier saugte er kurz Luft durch seine spitzen, kurzen Zähne und klickerte nervös mit dem Druckknopf seines Kugelschreibers – personelle Restrukturierungsmaßnahmen unvermeidbar seien, er müsse wohl nicht weiter ausführen, dass in der DDR die ökonomische Unternehmensführung nicht den internationalen, westlichen Standards entsprochen habe; man bevorzuge für die Überschreibung des Betriebs das unter Punkt 32.1.3. skizzierte Modell, das man in der Anlage zum Datenblatt 32 finde und jetzt bitte kurz gemeinsam anschauen wolle. Böhrnagel war begeistert; er witterte ein einmaliges Geschäft. Die Holländer hatten bereits im großen Stil ehemalige DDR-Betriebe aufgekauft, sie schienen ihm vertrauenswürdig.

Thomyk kämpfte gegen die Holländer, wie er noch nie gegen etwas gekämpft hatte. Er kandidierte sogar für das Amt des Bürgermeisters, nur um den Ausverkauf seiner Heimat aufzuhalten. Er hielt eine Brandrede vor der Belegschaft. Er sagte, bis September 1992 seien über viertausend Betriebe privatisiert und tausendachthundertfünfzig Unternehmen stillgelegt worden: die Leder- und Schuhindustrie und die Textil- und Bekleidungsindustrie würden systematisch kaputtgemacht; die westdeutschen Käufer hätten versprochen, rund 1,3 Millionen Arbeitsplätze zu schaffen und hundertfünfzig Milliarden Mark zu investieren, stattdessen sei in den privatisierten Treuhandfirmen das Personal knallhart abgebaut worden, zwischen Juli 1990 und April 1992 hätten in diesen Firmen zweihundertzwanzigtausend Menschen ihre Arbeit verloren. Er gab der Lokalzeitung ein Interview, in dem er den Einstieg der Holländer den Anfang vom Ende nannte.

Wenig später erschien in der gleichen Lokalzeitung ein Artikel, der Thomyk unterstellte, zu DDR-Zeiten für die Stasi Kollegen bespitzelt zu haben und Sympathien für das RAF-Kommando zu hegen, das Rohwedder umgebracht hatte. Geschrieben hatte ihn ein Praktikant der Zeitung aus Wuppertal, der Robin Bergorius-Wandenberg hieß und wie Rod Stewart zu seinen allerschlimmsten Zeiten aussah. Thomyk, der nie irgendjemanden bespitzelt hatte, fing Bergorius-Wandenberg vor der Redaktion ab und stellte ihn zur Rede, aber der Reporter veranstaltete so ein jämmerliches Geschrei, dass er ihn ziehen lassen musste. Am Abend bekam Thomyk Besuch von der Polizei. Bergorius-Wandenberg hatte ihn wegen diverser Straftatbestände angezeigt. Auch darüber berichtete die Lokalzeitung. (»Wir haben«, sagt Radonovicz heute, »hier wirklich nur die allerschlimmsten Arschlöcher zu sehen bekommen, die sie im Westen hatten. Die absoluten Vollidioten.«)

Eine Woche danach fand Thomyk an der Haustür einen Zettel, auf dem »Thomyk pass auf« stand. Jemand hatte ihm die Wohnzimmerscheibe eingeschmissen. Er verlor die Wahl. Wenn er morgens aufwachte, hatte er das Gefühl, eine furchtbare Dummheit begangen zu haben; er fühlte sich beschämt. Wenn er zu Radonovicz fuhr, sah er am Straßenrand auf den Plakaten sein zerrissenes, aufgeweichtes und beschmiertes Gesicht; auf einem Plakat prangte das Wort »Stasi« auf seiner Stirn.

Im September trafen sich die Holländer mit Woitha, den Böhrnagels und einem westdeutschen Agrarökonomen. Sie entwarfen einen Verkaufsvertrag und gingen anschließend in ein Bordell.

Die Übernahme fand im November statt. Die Holländer kassierten einen Haufen Subventionen, die zur Erhaltung ostdeutscher Arbeitsplätze gedacht waren, verkauften einen Teil der Immobilien und lösten ein halbes Jahr später den Betrieb wegen Unwirtschaftlichkeit auf: Sie hätten, erklärten die Investoren, die mangelhafte Wettbewerbsfähigkeit ostdeutscher Betriebe unterschätzt. Die Fördermittel hatten sie in die Erweiterung eines noch günstiger produzierenden Mastbetriebs in Rumänien gesteckt (das Geschäftsmodell hieß auch »Hennemann-Trick«, benannt nach Friedrich Hennemann, dem Exchef der Bremer Vulkan-Werft, der auf diese Weise mit Ostsubventionen seine eigenen Pleiteunternehmen im Westen sanierte). Die Holländer entließen die Belegschaft bis auf drei Leute, die sich mit einem Anwalt aus Leipzig um die Abwicklung der Tierbestände und der Gerätschaften kümmern sollten. Auch Thomyk entließen sie – und Radonovicz; er wurde aus dem Betrieb geworfen, den er selbst aufgebaut hatte. Dann verschwanden die Holländer aus dem Dorf; es hieß, sie hätten sich von ihrer Provision Villen in Meerane gekauft, in denen sie hin und wieder auftauchten und ihre Zeit mit tschechischen Prostituierten verbrachten.

In den kommenden Wochen ging es Radonovicz schlecht. Er fuhr kaum noch mit dem SL; er hatte keinen Hunger und konnte nicht schlafen. Seine Frau machte ihm Rührei mit Speck und kaufte ihm Zeitschriften, die er gern las. Sie entstaubte den Plattenspieler und legte eine alte Single auf, zu der sie oft getanzt hatten.

Früher waren sie oft tanzen gegangen, aber jetzt gab es nur noch eine Großraumdisco, das Galaxy, und die Ü30-Partys in Quetz, aber weil sie keine Lust auf Fleetwood-Mac-Coverbands aus Bielefeld hatten, gingen sie dort nie hin. (Radonovicz hatte das Gefühl, dass der Westen ihnen nicht nur seine kaputten Autos, sondern auch noch die kaputten Musiker andrehen wollte, die drüben nicht mal die Leute in Bielefeld hören mochten.)

Sie feierten seinen sechzigsten Geburtstag. Freunde kamen und hielten Reden auf ihn und warfen Fotos auf eine Leinwand, die ihn bei Festen zeigten, meist unvorteilhafte Profilaufnahmen; er bedankte sich bei den Rednern herzlich, war insgeheim aber erschrocken darüber, wie die Welt ihn sah.

Ilse überraschte ihn, um ihn aufzuheitern, mit Karten für ein Udo-Jürgens-Konzert, aber er hatte keine Lust. Also nahm Ilse den Mercedes und fuhr mit Frau Böhrnagel zu dem Konzert. Ihre Plätze waren weit vorn; Ilse Radonovicz weinte während des gesamten Konzerts.

Radonovicz meldete sich arbeitslos. Er wusste, dass er in seinem Alter nicht mehr vermittelbar war; am Abend saß er stundenlang am Küchentisch und rechnete, wie lange ihr Geld reichen würde. Sie sahen jetzt oft schon am Morgen fern. Während im Dorf die Bäckerei und der Schlachter dichtmachten und die Welt draußen immer weiter schrumpfte, wuchs sie in ihrem Fernseher; sie entdeckten immer neue Programme und Serien. Bald bestimmte das Fernsehprogramm ihren Tag, und nach einem Glas Wein passierte es Ilse mehr als einmal, dass sie aufschreckte, weil sie glaubte, einer Nachbarin sei etwas Furchtbares passiert, bis ihr einfiel, dass es die Nachbarin aus der *Lindenstraße* war; immer öfter brachte sie ihr eigenes Leben mit dem Elend durcheinander, das sie im Fernsehen sah.

Patrick lieh sich ein paarmal den Mercedes aus. Er fuhr dann über die holprigen Kopfsteinpflasterstraßen nach Chemnitz, aber dort war es genauso trostlos. Einmal lernte er eine Frau kennen, Janine, die oben am Heeresberg wohnte. Sie fuhren den Schänkenberg hoch, von Gera-Oberröppisch nach Gera-Unterröppisch, und danach gingen sie ins Kino und sahen sich *Pretty Woman* an. Am nächsten Tag fuhren sie zur weißen Elster, die glitzernd durch die Wiesen floss, bis in die Stadt, zum Stadion.

Sie trafen sich eine Woche lang jeden Tag nach der Arbeit und fuhren über die Landstraßen und zum Ziegenberg. Gera spielte und verlor, und sie saßen unten am Fluss und aßen Würstchen von der Tankstelle. Sie küssten sich, und Janine legte erst ihre Füße und dann die Schale mit den Würstchen aufs Armaturenbrett, und als er versuchte, im Auto mit ihr zu schlafen, lief die Soße in die Lüftungsschlitze; danach roch es, wenn man das Gebläse anstellte, im Wagen nach Curry.

Er schrie sie wegen des versauten Wagens an, und sie schrie zurück und stieg schließlich aus. Ein paar Leute, die am Ende des Parkplatzes standen, drehten sich nach ihnen um und schüttelten den Kopf; zwei Menschen vor einem alten, verspoilerten Mercedes, die sich anbrüllten – das hatte man jetzt von den Segnungen des Westens.

Am nächsten Abend lernte Janine in einer Disco einen Betriebswirt aus Kassel kennen. Er sah sie, wie sie hinter die Böschung der Fernstraße gingen. Patrick wollte den Typ zusammenschlagen, aber da waren die beiden schon verschwunden, und niemand wusste, wohin.

Patrick fand keine neue Freundin. Es gab keine Frauen mehr in dieser Gegend; auf eine Frau kamen, statistisch gesehen, zehn Männer, und wer eine abbekommen hatte, hütete sie mit der Aggression eines aufgebrachten Tieres. In den wenigen Cafés sah man nur Paare, in den Bars gar keine Frauen, und die Discotheken waren in dieser Hinsicht leergeräumt wie die Regale der DDR in ihren schlimmsten Jahren. Im November 1995 kaufte Patrick sich einen kleinen, grimmigen Hund mit krummen Beinen; es war ein muskulöses Tier mit einem gewaltigen Gebiss, das einen Maulkorb brauchte. In dieser Zeit trainierte Patrick viel in seinem eigenen Studio; bald sah er so ähnlich aus wie der Hund. Er wurde etwas unbeweglich; seine langen, schweren Arme baumelten neben ihm wie fremde Wesen; er war stolz, dass selbst XL-T-Shirts am Oberarm spannten; eine Frau fand er damit nicht.

Das große Schlachten hatte 1990 begonnen. Sie hatten siebenunddreißig Milliarden Quadratmeter Forst und Ackerboden zu lächerlichen Preisen verschleudert. Die Privatisierung der volkseigenen Betriebe hatte das Geld für die Modernisierung der ostdeutschen Wirtschaft bringen sollen, aber durch die Einführung der D-Mark im Währungsgebiet der DDR geriet die ostdeutsche Wirtschaft unter einen Druck, dem sie nicht standhalten konnte. Niemand wollte mehr etwas kaufen, und auch die Aufträge aus den osteuropäischen Ländern blieben aus. Die Holländer machten die ehemalige Produktionsgenossenschaft dicht. Die Textilindustrie starb als nächstes; bald glich die Gegend einem Geisterland – und als erstes verschwanden die jungen Frauen. Ilse Radonovicz wurde trotzdem schon wenige Monate später Großmutter.

Tamara Radonovicz spielte seit ihrem sechsten Lebensjahr Klavier. Eine Großtante, die Sängerin war und früh das Talent des Mädchens erkannt hatte, hatte ihr das Klavier vererbt und dazu eine beachtliche Summe Geld, die für den Klavierunterricht und als Anzahlung für das Konservatorium gedacht war, und während Tamaras kleiner Bruder so furchtbare Töne aus seiner ersten Blockflöte herausquälte, dass man ihn schnell in einen Sportverein steckte, entwickelte Tamara erstaunliche Fähigkeiten.

Menschen weinten, wenn sie spielte. Bei einem ihrer Schulauftritte entdeckte sie der Leiter eines Interhotels; seitdem trat sie, obwohl ihr Vater dagegen war, jedes Wochenende nach der Schule unter den beifällig nickenden Blicken tschechischer und russischer Geschäftsreisender an der Bar des Hotels Merkur auf.

Im April 1991 ging sie nach Köln; sie wollte Musik studieren. Sie zog in ein Hochhaus in Köln-Finkenberg. Die Hausnummern waren mit bunter Farbe auf die Türen gemalt; im Hausflur roch es nach Erbsensuppe, Börek und scharfen Reinigungsmitteln. Ihre Wohnung lag im fünfzehnten Stock; von hier aus konnte sie bequem beobachten, wie die Jugendlichen aus ihrem Viertel nach Einbruch der Dunkelheit versuchten, ein paar Mülltonnen anzuzünden. Gegenüber standen weitere Hochhäuser mit verwitterten Fassaden. Alles sah aus, als sei sie gerade in die DDR gezogen.

Ihre Kommilitoninnen waren blasse Mädchen, die in einer Million Übungsstunden die Farbe absterbender Pflanzen angenommen hatten und angespannt dem nächsten fehlerfreien Auftritt entgegenfieberten. Tamara studierte auf Lehramt und war entspannter als sie. Eine Freundin fand sie unter ihnen nicht. Nachts lag sie in ihrem Bett und sah das Licht der Ampel, die von Rot auf Grün auf Orange und wieder auf Rot umsprang, als changierenden Schimmer an der Zimmerdecke. Sie vermisste ihre Freunde, ihre Eltern, den Klang der frühmorgens vorbeiheulenden Landmaschinen, ihren Bruder, um dessen Zukunft die Familie sich größere Sorgen machte; sie hatte Heimweh.

Im Januar 1995 lernte sie in einer Bar einen Mann kennen, der aus Gera stammte. Er arbeitete bei Ikea, wo er die Einkaufswagen zusammenschieben und nach Geschäftsschluss die Bälle im Kinderparadies einsammeln musste. Als sie sich das zweite Mal trafen, brachte er ihr statt Blumen ein paar Plastikbälle mit. Die Kugeln rochen seltsam, vielleicht nach Kindersocken.

Sie gingen in eine Bar und erzählten sich Geschichten aus dem Pionierlager und von der Jugendweihe. Morgens um fünf küsste er sie, und am Abend kam er in die Bar des Vertreterhotels, in der sie damals spielte. Eine Zeitlang trafen sie sich jeden Abend, und ihr Heimweh legte sich. Bald stellte sich aber heraus, dass er ein launischer Mensch war, besonders an den Tagen, an denen bei Ikea wieder ein Kind auf die Kugeln gepinkelt hatte und er alles aufräumen und reinigen musste. Als Tamara erfuhr, dass sie schwanger war, sagte er ihr, sie sei viel zu jung für ein Kind. Sie stritten sich, er ging, und sie telefonierten noch ein paarmal, dann hörte sie nie wieder von ihm.

Ihr Vater besuchte sie jetzt fast jedes Wochenende, um ihr etwas mitzubringen, Decken, kleine Geschenke, eine neue Uhr; er kam jeden Samstagvormittag und fuhr am Abend wieder heim: Das letzte, was sie dann von ihm sah, waren die breiten, alten Rückleuchten des SL.

Patrick fuhr nach Gera und versuchte herauszufinden, wo der Erzeuger des Kindes lebte, um ihn zu verprügeln. Er traf aber nur die erschreckten Eltern des Jungen an; bei Ikea hatte er gekündigt.

Kurz nach Weihnachten bekam Tamara Radonovicz einen Jungen, den sie Sylvester nannte. Im Mai begann ein Bautrupp, den Acker am Ortsrand von Jena, wo Patrick Radonovicz lebte, umzugraben. Sie bauten mit Aufbau-Fördermitteln eine neue Ortsumgehungsstraße und daneben ein Gewerbegebiet. Die Straße glänzte schwarz und roch wochenlang nach warmem Teer. Im Februar eröffnete die neue Shell-Tankstelle, im März Elf. Im April kamen ein Baumarkt und ein Citroënhändler dazu. Im Mai mietete ein Fitnesscenter zwei Etagen im Gewerbegebiet und bot Whirlpool, Sauna, Schwimmbad und vierzig Geräte an. Es wurde still in Patricks Fitnessstudio. Im Juli musste er schließen.

Er verkaufte die Geräte nach Polen, um den Kredit bedienen zu können. Am Nachmittag ging er ins Spielcenter und traf ein paar Freunde, die ebenfalls arbeitslos waren, und wenn das Spielcenter abends schloss, gingen sie noch auf ein paar Doppelkorn in den Gasthof. Als ihn dort ein Westdeutscher, den er nicht kannte, auf dem Weg zur Toilette anrempelte, schlug er ihm mit der Faust unters Kinn.

Zwei Monate später stand Patrick Radonovicz im langen Korridor des alten Amtsgerichts und blinzelte in den Staub, der im ungefiltert hereinbrechenden Sonnenlicht aufwirbelte, sobald jemand eine Tür aufriss. Er hörte Schuhe auf blassgrünen Linoleumböden quietschen, spürte die kalte, feuchte Hand seiner Schwester, die aus Köln angereist war, um bei ihm zu sein, ging in den Saal hinein, als eine krachende Lautsprecheranlage seinen Namen ausspuckte. Einen Gerichtssaal hatte er sich beeindruckender vorgestellt; er war nicht größer als ein Klassenzimmer, durch die alten Flügelfenster blendete die Sonne. Auch der Richter kniff die Augen zusammen, sein Gesicht war ein Haufen feindseliger Falten.

Er habe den Mann nicht schlagen wollen, sagte Patrick Radonovicz, er sei nur sauer gewesen auf alles.
    Ob er sich präziser ausdrücken könne. Ob er persönliche Probleme habe?

Hatte er. Er war sauer wegen des Fitnessstudios. Sauer, weil er nach der Pleite keinen Job beim Autohaus Pfeil bekommen hatte und auch nicht in der Gaststätte Thüringer Eck oder bei dem alten Jugo-Händler Heinke. (Der Jugo war einmal ein beliebter Kleinwagen aus Jugoslawien gewesen, aber jetzt fuhren die Leute andere Autos, und Jugo war ein Schimpfwort.) Weil er nicht zu seinen Eltern auf den Hof zurückwollte, wo alles brachlag, seit die Holländer da gewesen waren – all das, so erläuterte sein Anwalt, habe sich in dem Schlag entladen, der den Typen ins Gesicht traf.

Der Richter glaubte ihm kein Wort; trotzdem kam Patrick mit einer Bewährungsstrafe davon.

Thomyk wollte seine Frau sehen. Man versuchte, ihn davon abzubringen, aber da er Radonovicz immer wieder von dem Plan erzählte, war klar, dass er es ernst meinte und auf Beistand hoffte. Also schlug Radonovicz ihm vor, mit ihm nach Berlin zu fahren.

Thomyk war aufgeregt. Seit seiner FDJ-Zeit war er nicht mehr in der Hauptstadt gewesen, und noch nie war er über die Avus in die Stadt gefahren; auch den Kurfürstendamm kannte er nur aus Erzählungen.

Der Kurfürstendamm enttäuschte sie; anders als auf der Frankfurter Allee empfing sie hier keine prächtige Torarchitektur, sondern eine Reihe einbetonierter Cadillacs, ein Kunstwerk; es waren seltene Cadillacs, und es war Unsinn, fand Radonovicz, sie hier einzuzementieren. Er parkte den Mercedes vor einem Prada-Laden, aus dem wie aus einer Intensivstation grünes Licht auf die Straße fiel. Zwei Männer kauften Schuhe, die wie Schlittschuhe ohne Kufen aussahen. Die Anzüge und Röcke von Prada hatten die gleiche graue und braune Farbe wie die Arbeitskleidung auf dem Hof, nur dass sie das Zwanzigfache kosteten – überhaupt zeugte die Kleidung des Westens von einer eigenartigen Sehnsucht nach Zuständen, die man anderswo als bedauerlich empfand. Der Westen hatte, übersättigt von Glitzer-, Glanz- und

Fettjahren, die Ästhetik des Mangels entdeckt, den Minimalismus, das Dünne und Leichenblasse, die Sehnsucht nach dem Einfachen. Radonovicz konnte damit nichts anfangen. (»Schau mal«, sagte er zu Thomyk, »so einen Kittel haben wir auch noch im Stall hängen.«)

Ein Mann überreichte ihnen ein Faltblatt, auf dem für Seminare des Rosenkreuzerordens geworben wurde. »Was ist der Mensch?«, stand dort. »Wiedergeburt oder Reinkarnation. Die Welt jenseits von Raum und Zeit. Transfiguration – der Weg in die Übernatur.« Darunter, in kursiver Schrift: »Esoterische Vorkenntnisse werden nicht vorausgesetzt.« Der Mann fragte, ob sie eine Minute Zeit hätten, und erzählte mit leuchtenden Augen von Hermes Trismegistos, Katharern und Rosenkreuzern. »Die Rosenkreuzer«, sagte er und packte Radonovicz am Ärmel, »weisen einen Weg, der zuerst zu einer tiefen Selbsterkenntnis führt, zum Erleben des ichbezogenen Bewusstseins, das sich an die Materie bindet und die Grenzen unserer Freiheit absteckt.« Radonovicz schüttelte den blassen Mann ab und setzte sich in ein Café. Thomyk wollte ein Geschenk für seine Frau kaufen und verschwand für eine halbe Stunde.

Thomyks Frau hatte, als sie noch seine Frau war, gern Briefe geschrieben (nur ihm hatte sie nach ihrer Flucht nie wieder geschrieben – vielleicht, hoffte Thomyk, waren ihre Briefe aber auch nur abgefangen worden). Er betrat einen Schreibwarenladen und wählte zwanzig leicht gerippte Bögen und zwanzig Umschläge in sanften Apricottönen aus, dazu einen silbernen, schweren Stift. Die Verkäuferin lächelte eisern und reichte ihm seine Tüte und eine Rechnung über achtundsechzig Mark. Thomyk lachte heiser und überlegte, ob er die Tüte nehmen und aus dem Laden rennen sollte. Dann verspürte er einen Drang, der Verkäuferin einen zweiundzwanzig Mark teuren Bleistiftminenhalter in die Nase zu bohren, aber er tat es nicht. Er lächelte tapfer und zupfte einen braunen und einen grünen Schein aus der Tasche und verließ den Laden. Er fühlte sich nicht gut. Seine Haut begann zu jucken.

Er wanderte an einer Bude vorbei, in der halbe Hähnchen in einem Drehgrill brutzelten und ein Mensch mit einer Machete Fleisch von einem Drehspieß schabte. In einem heruntergekommenen Gebäude wurden Tanzkurse für Studenten angeboten. Thomyk blieb stehen und starrte durch das Fenster des Tanzsaals. Ein paar Männer übten mit schweren, schleifenden Schritten einen Paso doble, blasse, von der Natur benachteiligte Studenten, denen man vermutlich gesagt hatte, hier könnte es klappen mit einer Frau. Weil sich genau das aber offenbar herumgesprochen hatte, ging keine einzige Frau zu den Tanzkursen, und so mussten die Sitzengebliebenen miteinander tanzen.

Thomyk ging weiter. Er betrachtete sich in der Spiegelung eines Schaufensters. Zwischen Pelzmänteln und schwarzen, polierten Stiefeln mit handgeschriebenen Preisschildern entdeckte er einen kalkbleichen, aufgeschwemmten Penner; es war sein Spiegelbild.

Neben dem Schaufenster gab es ein Sonnenstudio. Die Plakate an der Wand zeigten fröhliche braungebrannte Paare unter Palmen, die in enger Badekleidung laut lachend in ein schäumendes Meer sprangen. Thomyk betrat das Sonnenstudio; in dem Laden war kein Mensch. Eine Neonröhre flackerte; er warf ein Fünfmarkstück in den Schlitz vor einer Kabine. In der Kabine roch es säuerlich; die durchsichtige Liegefläche, unter der man die Neonröhren erkennen konnte, war mit der gleichen transparenten Folie überspannt, die man neuerdings auch im Osten über Essensreste breitete, bevor sie in den Kühlschrank kamen. Er zog sich aus und legte sich auf die kühle Fläche, zog den Deckel des Turbobräuners zu und schloss die Augen. Es war das erste Mal, dass er eine Sonnenbank besuchte. Rechts von seinem Kopf blinkte die Zahl 15, dann wurde es sehr hell und warm, und ein Ventilator blies warme Luft und Musik von Eros Ramazotti in den leuchtenden Tunnel. Er spürte, wie sein Gesicht sich aufheizte, er dachte an das Grillhähnchen an der Ecke, dann an das braungebrannte Paar auf dem Plakat, und er ersetzte den Kopf des Mädchens durch der Frau, die einmal seine Frau gewesen war. Er spürte, wie ihn eine sehr angenehme Wärme durchströmte, als das Licht plötzlich ausging, der Luftzug aufhörte und es wieder kühl wurde. Thomyk klappte den Deckel des stromlinienförmigen Grillsargs hoch, zog sich an und schaute in den Spiegel, der neben dem Plakat des glücklichen Paares hing. Mit dem Mann auf dem Plakat hatte er keine große Ähnlichkeit. Sein Gesicht war dunkelrot gefleckt, über seiner Lippe bildeten sich Pusteln. Er trat ins Freie, die Luft kühlte die Haut, und das brennende Jucken verschwand, aber die roten Flecken blieben.

Er betrat eine Apotheke und kaufte eine Dose Penatenpuder, ging in die Toilette eines Burger-Restaurants und verteilte den Puder auf den roten Stellen, eine Entscheidung, die er sofort bereute, denn der Puder trocknete die gereizte Haut aus, die sich nun schuppenartig ablöste; er betrat erneut die Apotheke und kaufte eine Feuchtigkeitscreme, die die Schuppen aufweichte und die roten Hautflecken dunkelrot glänzen ließ. So ging er in das Café, in dem Radonovicz auf ihn wartete.

Radonovicz hatte sich eine Zeitung gekauft, die er langsam zusammenfaltete, als Thomyk kam.

»Sag nichts. Wir fahren bitte nicht zu ihr. Ich möchte sie doch nicht sehen«, sagte Thomyk leise.

Sie tranken ein Bier in einer Kneipe, die Klo hieß. Danach gingen sie in eine Karaokebar; ein Mädchen, dessen Akzent ihnen auf beklemmende Weise bekannt vorkam, sang »I Was Made for Loving You«. Der Entertainer nahm ihr das Mikrofon ab und imitierte ihre linkischen Bewegungen, fuhr sich mit einer Hand durchs Haar und schrie schließlich »ei wohs määäht« ins Mikrofon. Der Saal brüllte vor Lachen. »Na ja … Mädchen, Mädchen … da habt ihr unseren Ohren ja was eingebrockt mit euren neuen Bundesländern … Aber die Stimme ist nicht schlecht, gar nicht schlecht!« Das Mädchen wurde rot und brach dann in Tränen aus. Ein Transvestit trat als nächster ans Mikrofon und sang »Stand by Your Man«, wurde aber von der Bühne heruntergebuht. Sie verließen das Lokal und fuhren nach Hause.

Einmal in diesem Jahr sah es so aus, als ob Thomyk doch noch ein glücklicher Mensch werden würde. Er hatte eine Frau aus Moldawien kennengelernt, die in Querfurt für eine Gebäudereinigung arbeitete, nachdem sie in Wien aus einem Saunaclub abgehauen war. Sie hieß Ekaterina und war dreißig; Thomyk lieh sich Radonovicz' Mercedes aus und fuhr mit ihr und dem Hund irgendwohin. Niemand wusste später genau, was sie an diesem Wochenende gemacht hatten, und er wollte, nachdem sie verschwunden war, auch nicht mehr darüber sprechen.

Am 24. Oktober kam Thomyk am frühen Abend bei Radonovicz vorbei. Er war in einer finsteren Stimmung; der Tierarzt hatte ihm gesagt, dass der Hund sehr krank sei, er würde es vielleicht noch drei, vier Wochen machen, nicht länger. Thomyk hatte viertausend Mark gespart; er hatte sie dem Arzt angeboten, aber der hatte erklärt, dass das nichts mehr helfen würde. Das Tier habe starke Schmerzen; wenn er ihm einen Gefallen tun wolle, solle er den Hund einschläfern lassen.

Radonovicz schlug Thomyk vor, in die Jägerstuben zu gehen. Aber Thomyk hatte keine Lust, in die Jägerstuben zu gehen. Er saß eine Stunde bei Radonovicz auf dem Sofa und kraulte das Tier. Dann fuhr er nach Hause.

Zuletzt wurde Thomyk an der Tankstelle gesehen. Er hatte an den Tischen neben dem Regal mit den Duftbäumen und den Country-Kassetten gesessen und eine Stunde lang mit einer halben Bockwurst Senf, Ketchup und Mayonnaise auf einem Plastikteller verrührt. Dann war er zum Schlachter gefahren und hatte drei Rinderfilets gekauft; er habe sich gewundert, gab der Schlachter später zu Protokoll; es sei ja bekannt gewesen, dass Thomyk seinen Job verloren hatte und knapp bei Kasse war. Normalerweise kaufte er Hack und Pansen für den Hund, nichts Teures, aber an diesem Donnerstag habe er die besten Filets verlangt. Er habe Thomyk eins der Filets schenken wollen, sagte der Schlachter, aber Thomyk habe darauf bestanden, alle drei zu bezahlen.

Thomyk hatte aufgegeben. Er hatte keine Lust mehr, sich Hoffnungen zu machen. Er hatte Verständnis dafür, dass eine Frau einen Mann wie ihn irgendwann verlassen musste. Er hatte keine Lust, die demütigende Abwärtsspirale durch Arbeitsämter, Schuldnerberatungen und Sozialhilfeantragsformulare anzutreten. Er hatte für den Betrieb gelebt, und den Betrieb gab es nicht mehr. Er hatte den Ort retten wollen, und der Ort hatte ihn nicht gewollt. Er holte sein Gewehr, brachte den Hund ins Haus und legte die Rinderfilets in die Pfanne; er briet sie nur kurz an, bei schwacher Hitze. Dann schüttete er dem Hund eine Portion Frolic in seinen Napf, legte die Filets darauf und wartete, bis das Tier alles aufgefressen hatte. Als der Hund fertig war und sich auf den kalten Steinboden legte, trat er hinter ihn und schoss ihm zweimal in den Kopf. Danach stellte er das Gewehr in den Schrank zurück, trat vor das Haus, setzte sich ans Steuer seines violetten Ford Scorpio, fuhr auf die Landstraße und gab Gas. Einen Kilometer von seinem Haus entfernt raste er gegen einen Alleebaum; er war sofort tot. Bei der Trauerfeier war von einem tragischen Unglücksfall die Rede, der Thomyk zu früh aus dem Leben gerissen habe. Die Alleebäume wurden ein paar Monate später abgesägt.

Radonovicz sprach vier Tage lang kein Wort.
Dann stieg er in den Mercedes, drehte die Musik auf – irgendeine Schnulze von Tammy Wynette, so genau kann er sich nicht erinnern, vielleicht auch von Dolly Parton – und fuhr zu den Russen.

Sergejs Imbiss liegt hinter der Kurve, die ins Tal führt. Die Häuser an der Straße sind reich dekoriert, sie wurden in der Kaiserzeit errichtet, als die Industrie aufblühte. Jetzt sind es Trinkerhäuser, schwarze Höhlen, Depressionshäuser, Häusliche-Gewalt-Häuser, deren Fassaden einzig durch die Leuchtreklamen für Wernesgrüner Bier und die Werbeplakate der Kago-Kamine ein wenig Farbe bekommen.
Andrej und Igor aßen gerade einen Dönerkebab. Beide trugen Krawatten, sie sahen wirklich wie ernstzunehmende Geschäftsleute aus. Sie hörten sich Radonovicz' Plan an, verabschiedeten sich formvoll-

endet und telefonierten am nächsten Tag mit ihrem Auftraggeber. Die Holländer wurden zu einem Verkaufsgespräch gebeten, zu dem sie gern erschienen; ihr Konsortium hatte vor, die restlichen Immobilien des abgewickelten Betriebs gegen Höchstgebot zu verkaufen.

In den kommenden Wochen wurden zwei leere Stallungen und das alte Wirtschaftsgebäude angezündet; im Süden von Rotterdam flog ein leerer Schweinetransporter in die Luft, eine elegante Villa in Zaandam verlor zahlreiche Scheiben, im Vorgarten fand die Polizei einen großen Gouda, der mit einer Gryazev-Shipunov durchsiebt worden war, eine Botschaft, die die Adressaten verstanden. Zwei Tage später wurde siebenhundertachtundsechzig Kilometer weiter östlich der Journalist Bergorius-Wandenberg in einer Seitenstraße von sehr muskulösen Armen gepackt, hinter ein paar Recyclingtonnen gezerrt und dort krankenhausreif geschlagen. Er schleppte sich aufs Polizeirevier und erstattete, so gut er ohne seinen rechten Schneidezahn sprechen konnte, Anzeige gegen unbekannt.

»Name?«, fragte der Polizist.

Bergorius-Wandenberg gab seinen Namen, den Tathergang und die Blessuren an, die ihm die Begegnung eingetragen hatte.

»Zahn fehlt«, notierte der Polizist.

»Daf waren die Ruffen«, lispelte Bergorius-Wandenberg.

»Russen«, wiederholte der Beamte. »Sind Sie sicher?«

Als Bergorius-Wandenberg heftig nickte, schauten sich die Polizisten an und griffen nach dem Telefonhörer.

»Dann ist das organisierte Kriminalität. Das müssen wir weiterreichen, da können wir nix machen.«

Die Ermittlungen verliefen erwartungsgemäß im Sand.

Die Russen präsentierten einen Investor, der einmal Anwalt in Düsseldorf gewesen war und mit dem sie sehr erfolgreich in Leipzig und Berlin Gewerbeimmobilien aufkauften, und die Holländer überließen ihnen die Immobilie zu einem sehr günstigen Preis.

Man entwickelte zusammen mit Radonovicz einen Businessplan,

und er wurde Leiter des Betriebs und stellte einen Teil der ehemaligen Mitarbeiter wieder an. Sie gaben ein Fest für die Russen und holten sogar die alten Banner wieder vom Dachboden, auf denen »Mein Arbeitsplatz. Mein Kampfplatz für den Frieden« und »Lang lebe der Garant unseres Friedens, der beste Freund des deutschen Volkes« standen.

Einmal fuhr Radonovicz mit dem SL zum Grab von Thomyk und schüttete eine Flasche Bier auf die feuchte Erde; er hatte das im Fernsehen gesehen, und es hatte ihm gut gefallen. Im Januar bekam er einen Dienstwagen; den Mercedes schenkte er Patrick. Der hätte sich lieber einen amerikanischen Wagen gekauft, eine Corvette oder eine Dodge Viper mit Sidepipes oder so etwas, aber dafür hatte er kein Geld, und der Mercedes war nicht teuer und immerhin ein Achtzylinder. Also organisierte er ein paar Anbauteile, einen alten Frontspoiler von AMG, eine Gummilippe für den Kofferraumdeckel, sogar eine Lufthutze ergatterte er und schweißte sie am Wochenende in der Garage seines Vaters auf die Motorhaube – die Hutze, sagt er, war eigentlich das Beste an dem Wagen, in ganz Deutschland gab es keinen SL mit einer Lufthutze.

Nachdem er alles an den Mercedes geschraubt hatte, gefiel ihm der Wagen ganz gut. Am Anfang wusch er ihn jedes Wochenende, aber als im Sommer ein klebriger Film von den Linden tropfte, wurde der Lack matt. Ein Lastwagen riss ihm beim Wenden die Flanke auf, der Frontspoiler spaltete sich beim Aufprall gegen einen zu hohen Bordstein in zwei Teile, von denen einer abfiel.

Patrick Radonovicz prügelte den Benz über die winterlichen Autobahnen, zwang ihn im Herbst durch den Schlamm der Feldwege, trieb ihn mit rauchendem Getriebe durch Schneewehen, fuhr Tausende von Kilometern über staubige, vereiste, lehmige Pisten, holte Frauen ab und Freunde und küsste, während er an der Elbe parkte, eine Dresdnerin, die dabei auf dem Beifahrersitz angeschnallt blieb. Hinter den Sitzen stapelten sich Colaflaschen, Zigarettenschachteln, Zeitschriften, Burger-Verpackungen, leere Kaffeebecher und hastig zugedrehte Wischwasserbehälter, aus denen eine klebrige blaue Flüssigkeit auf die Rückbank lief.

Schließlich verabschiedete sich nach einer mehrstündigen nächtlichen Vollgasfahrt bei Bad Köstritz der Motor mit einem metallischen Knall; Patrick Radonovicz hatte vergessen, Öl nachzufüllen. Der Wagen hatte einen Kolbenfresser.

»Dann«, sagt Patrick, »habe ich ihn zum Händler gebracht. Der hat ihn restauriert, alle Spoiler abmontiert, eigentlich schade. Und dann verkauft, nach Berlin.«
»Guter Preis?«
»Ging so.«
»Und sonst?«
»Nüscht. Kein Benz mehr.«

**1999
Biskaya**

Kilometerstand 227 652

Tomiko fuhr den Wagen nur einen Sommer lang. Es gefiel ihr, dass er kein Dach hatte, ansonsten interessierte sie sich nicht für Autos. Sie hatte ihn gekauft, weil es ein Mercedes war, sie wollte auf der Strecke nach Biarritz keine Probleme mit dem Motor oder etwas anderem haben.

Sie war mittags losgefahren und nachts in Paris angekommen; als sie am nächsten Morgen aus dem Fenster ihres Hotels schaute, regnete es; aus der Regenrinne tropfte das Wasser in die Geranientöpfe vor ihrem Zimmerfenster und hinterließ Krater in der weichen Blumenerde; die roten Schornsteintöpfe der Dächer lagen in einem nebligen Dunst. Sie ging zurück ins Bett und schlief bis elf.

Als sie vom Boulevard Périphérique auf die Autobahn nach Orléans abbog, regnete es immer noch. Hinter Tours hielt sie an einer Tankstelle und öffnete die Motorhaube, um den Ölstand zu prüfen, wischte den Ölstab mit einem grünen Papiertuch ab und wusch sich die Hände im Wischwassereimer; dann startete sie den Wagen und schoss über den Beschleunigungsstreifen auf die linke Spur.

Sie besuchte ihren Vater. Er war Antiquitätenhändler und lebte, seit er das Geschäft in der Stadt aufgegeben hatte, am Meer. Sie trafen sich einmal im Jahr in seinem Strandhaus; ihr Zwillingsbruder Yutaka war schon seit einer Woche dort und lernte für sein Examen.

Das Thermometer am Armaturenbrett zeigte an diesem Tag knapp fünfundzwanzig Grad an, der Drehzahlmesser stand bei viertausend Umdrehungen. Kurz vor Poitiers brach die Sonne durch die Wolken.

Ihr Vater hieß Percy. Er hatte Ethnologie studiert und in den sechziger Jahren in Kenia und Gabun gelebt, und als er nach Europa zurückgekommen war, hatte er sich auf den Handel mit afrikanischer und japanischer Kunst spezialisiert. Auf einer seiner Reisen nach Japan hatte er ihre Mutter kennengelernt. Tomiko und Yutaka hatten keine Erinnerung an sie; ihr Vater hatte sie aufgezogen.

Wenn Tomiko und Yutaka nicht im Kindergarten waren, nahm er sie mit ins Geschäft, wo sie zwischen den Antiquitäten spielten, und wenn sie dabei zu wild wurden, sperrte er sie auf die Rückbank seines Jaguars, der hinter dem Laden in einem Hof parkte. Er nannte sie Tom und Yuta. Einmal alle sechs Wochen schnitt er ihnen im Badezimmer die Haare zu identischen Frisuren und freute sich, dass die Kunden sie nicht auseinanderhalten konnten.

Tomiko fuhr über den Pont d'Aquitaine; die Garonne und die hellen Kirchtürme von Bordeaux tauchten neben dem Seitenfenster auf. Am Rastplatz bei Labouheyre stieg sie aus, setzte sich auf die Motorhaube und rauchte eine Zigarette. Es hatte aufgehört zu regnen, der Sand war nass und dunkel, und es roch nach Pinienharz und feuchtem Holz. Sie klappte das Verdeck auf; die letzte Stunde fuhr sie offen.

Das Haus stand oben auf einer Düne, direkt am Strand. Von der Zufahrt aus konnte man das Meer sehen; im Winter wehten die Stürme den Sand über die Veranda und auf die Straße, und die Gischt zerfraß das Holz der Fensterläden und blätterte die weiße Farbe ab. Bei Sturm schlugen die Fensterläden gegen die Holzpfeiler und brachten die Wände zum Wackeln; das Haus zerstörte sich selbst.

An der Straße, wo der Pinienwald in die Düne überging, hatten sich ein paar Baracken mit Restaurants und Läden angesiedelt. Abends saßen die Surfer im L'œil dans le bleu und tranken Pernod oder Bier, während ihre schwarzen Gummianzüge auf den Motorhauben eines Renault-Transporters trockneten; im Sommer kamen die Campingurlauber auf den Zeltplatz im Wald; an der Straße wurde dann eine rostige alte Achterbahn aufgebaut, die aussah, als würde sie die Saison nicht mehr überleben; im September verschwand sie mit den Urlaubern, und zur Überraschung aller stand sie im nächsten Juni wieder da.

In der Mittagshitze war der Ort am stillsten. Die Urlauber flüchteten sich in den Schatten der Häuser, die versprengt im Sand der breiten Düne standen, oder sie verzogen sich in die Pinienwälder. Manchmal hörte man das Knattern eines vorbeifahrenden Mofas, manchmal den Lärm eines fernen Rasenmähers oder die Arbeiter, die weiter unten am Wasser die Blechdächer der Baracken ausbesserten. Manchmal tauchte ein Propellerflugzeug auf, das ein Werbetransparent zog, manchmal platzte das Scheppern eines Megafons in die Stille, und ein vorbeifahrender Lieferwagen warb für die Grillfeste, die sie jeden Freitag im Ort veranstalteten. Meist aber war alles still, und man hörte nur das Knacken des trockenen Holzes und das ferne Lärmen der Zikaden.

Tomiko parkte den Mercedes neben dem Range Rover ihres Vaters. Vor dem Haus stand noch ein weiterer Wagen, ein Audi mit deutschem Kennzeichen, in dessen Kofferraum zwei Golfausrüstungen lagen. Ihr Vater vermietete im Sommer einige Zimmer in seinem Haus; das Auto gehörte offenbar den Gästen.

Ihr Vater saß auf der Terrasse. Er trug dunkelblaue Wildledermokassins und einen Schlangenledergürtel, sein graues Brusthaar schaute aus dem Leinenhemd heraus. Er begrüßte Tomiko mit einem Kuss auf die Stirn; dann trug er ihre Tasche ins Haus.

Im Haus war es dunkel, es roch nach kaltem Holz und erloschenem Kamin. Eine glänzend schwarze Holztreppe führte zu den Gästezimmern, auf dem Terrazzoboden im Erdgeschoss standen vier Mingvasen und zwei balinesische Holzstühle, über dem Kamin hingen afrikanische Masken. Eine Flügeltür öffnete sich in das Studierzimmer, wo sich Ausstellungskataloge und vergilbte Fachbücher über afrikanische Plastik stapelten. Auf dem Arbeitstisch lag eine Holzmaske, aus der Nase schauten glatte, dunkle Haare heraus.

Yutaka lag auf dem Sofa am Kamin. Er hatte ein Handtuch um die Hüfte geknotet und blätterte in einer alten Fernsehzeitung. Er war braungebrannt und exakt so groß wie Tomiko; wenn man die beiden nebeneinander sah, musste man an eine Entscheidungsschwäche der Natur glauben, die offensichtlich bis zum letzten Moment zwischen »eineiig« und »zweieiig« geschwankt hatte. Yutaka hatte die gleiche Figur wie Tomiko, die gleichen schmalen Hüften, und er ging genau wie sie, mit einem leicht federnden Gang, als habe die Schwerkraft plötzlich unmerklich nachgelassen. In diesem Sommer hatte Yutaka längere Haare als Tomiko; seine Stimme war ungewöhnlich tief für eine so kleine Person.

Sie hatten sich lange nicht gesehen; Tomiko fiel Yutaka um den Hals, und es sah aus, als habe sich jemand auf gespenstische Weise verdoppelt, um aus sich heraustreten und sich selbst umarmen zu können.

Die beiden Gäste, Jana und Christian Minderberg, kamen aus Frankfurt, wo er für eine Telefongesellschaft Kunden akquirierte; sie arbeitete für ein Auktionshaus und machte Geschäfte mit Tomikos Vater, und er hatte sie eingeladen, auf der Rückfahrt von ihrem Golfurlaub in Spanien ein paar Tage in seinem Haus zu verbringen. Jana war groß und ging leicht gebückt, eine Folge jahrelanger Bemühungen, sich bei Gesprächen zu kleineren Menschen hinunterzubeugen und insgesamt nicht übergroß zu erscheinen. Vielleicht kam es aber auch vom Hockeyspielen; sie war in Pinneberg aufgewachsen und einmal sogar in der Endauswahl für das deutsche Hockeynationalteam gewesen. Sie hatte kräftige Oberschenkel wie alle Hockeyspielerinnen und ein breites Kreuz, über dem ein Pferdeschwanz wippte. Ihr Mann Christian war fast zwei Meter groß und hatte die massige Gestalt eines Sportlers, der mit dem Sport aufgehört hat. Beim allgemeinen Händeschütteln stand sein Mund leicht offen, als sei das Kinn auf halbem Weg eingerastet. Er wirkte weniger trainiert als seine Frau, und das cremefarbene Polohemd spannte über einem leichten Bauchansatz. Wenn er lächelte, sah er aus, als presse er sein Gesicht gegen eine Scheibe.

Die Gästezimmer befanden sich im ersten Stock. An den Wänden hingen ausgeblichene Familienbilder in Goldrahmen, lächelnde Kinder, darunter der Name eines Zeichners und das Jahr, in dem die Bilder entstanden waren: 1942. Über dem Bett hatte Percy einen Stich angebracht, der eine schlafende Nackte darstellte; mit dem linken Finger drehte sie eine Locke ihres schwarzen Haars auf, die zurückgeschlagene Decke entblößte die Brust. Unter dem Stich stand in schwungvollen Buchstaben »La Nuit« und »P van der Lynn«.

Das Haus war alt und in den Zimmern, die zum Meer hinausgingen, auch in der Mittagshitze kühl. Früher hatte hier ein Fabrikant aus der Stadt gelebt, der Marmelade produzierte, aber dann hatten sie die Fabrik dichtmachen müssen, und Percy hatte die Villa zu einem günstigen Preis bekommen. Selten fuhr jemand die sandige Piste bis zum Grundstück hoch, dessen Grenzen im Sand verliefen; nur am Wochenende parkten die Limousinen aus der Stadt auch hier; die Leute kamen mit ihren Familien und gruben Löcher, die sie mit Muschelschalen dekorierten, gingen in die kleinen Restaurants unten am Strand und aßen Muscheln und Austern. Am späten Abend verschwanden sie dann wieder, und auf der Sandpiste parkten nur noch die rostigen Busse der Surfer.

Über der Biskaya türmten sich in diesen Tagen schwere Wolken. Tomiko hatte einen dunkelblauen Kapuzenpullover an; sie war braungebrannt wie ihr Bruder, ihre Haut hatte die Farbe des Teakholztisches am Kamin. Sie trug silberne Sandalen mit hohen Korkabsätzen, die die Muskeln ihrer Unterschenkel hervortreten ließen. Vom Meer zogen Wolken auf, ein leichter Wind blies Muster in den Sand. Tomiko saß vor dem Haus auf einer Bank in der Sonne und schaute auf eine alte Büste, die auf dem freien Platz stand und ihren Großvater darstellte. Ein Schüler von Aristide Maillol hatte sie in den vierziger Jahren angefertigt; sie zeigte den Großvater mit einem imposanten Schnurrbart und dichten Augenbrauen.

Am Strand waren um diese Zeit nur wenige Leute. Ein Nackter, der nur mit einer Baseballkappe der New York Yankees bekleidet war, rannte an der Düne entlang und versuchte, einen Plastikdrachen steigen zu lassen. Seine Frau stand weiter unten an der Brandung, schaute angestrengt aufs Meer und tat so, als ob sie mit dem Mann nichts zu tun habe. Auch das Kind, dem die ganze Anstrengung galt, hatte seinem Vater den Rücken zugedreht und grub ein Loch in den Sand. Tomiko beobachtete eine Weile, wie der Mann mit schlenkernden Testikeln über den Sand raste, einen Arm in die Luft gereckt, am dünnen Nylonfaden reißend. Dann ging sie wieder ins Haus.

Das Wetter wurde besser, und dann brach die Zeit der Windstille und der Hitze an; die Handtücher bekamen Salzränder und weiße Krusten von der Sonnenmilch, und die Zeit versandete wie der Ort. Tomiko verbrachte die Tage in der Hängematte und stand nur auf, um sich ein Bier zu holen oder ein Sandwich zu machen. Stundenlang dämmerte sie im Schatten einer Pinie vor sich hin, und in ihren Halbschlaf drangen ferne Stimmen, die Rufe und das Geschrei der Kinder, die weiter unten am Strand spielten, und manchmal das Auto mit dem Megafon, aus dem Wortfetzen herüberwehten, dann versank der Tag wieder in der Stille eines hohen, farblosen Himmels. Später rissen Rauchschwaden und verkohlte Zeitungsfetzen, die über den Strand segelten, Tomiko aus dem Schlaf. Percy stand am Grill; sein Kopf war brandrot, der Schweiß lief ihm über die Stirnfalten und hinterließ auf seinem Hemd dunkle Flecken; er goss sich Wasser über den Kopf, und als er sich an den Tisch setzte, roch er nach Ruß und Bier und Aftershave.

Das Meer war ruhig in diesen Wochen, bei Ebbe lag es erschöpft hinter der zweiten Sandbank. Die Tage waren so heiß, dass die Luft über dem Sand flimmerte und die Pinien knackten.

Mittags musste Tomiko die Sonnenbrille absetzen, weil ihr der Schweiß in die Augen lief. Die Holzterrasse, auf der sie saß, verschwand langsam unter dem Sand.

Sie frühstückten gemeinsam ab elf; dann gingen die Minderbergs schwimmen, Percy verschwand in seiner Bibliothek und hörte die Siebte von Beethoven – manchmal lief eine Stunde lang, in automatischer Wiederholung, nur der 2. Satz –, während er mit der Lupe eine im 19. Jahrhundert angefertigte Kopie von Luca Signorellis *Maria Magdalena* untersuchte, die er bei einem Antiquar in San Sebastián gekauft hatte. Yutaka und Tomiko lagen in ihren Hängematten und rauchten und blätterten in Modezeitschriften herum und cremten sich gegenseitig ein. Die Druckerschwärze an ihren Fingern mischte sich mit der Sonnenmilch und hinterließ seltsame Arabesken auf ihren Körpern.

Percys Hund arbeitete sich mit schleifendem Bauch durch den tiefen Sand. Es war ein Cockerspaniel, Percy hatte ihn vor vielen Jahren für die Kinder gekauft; jetzt war der Hund alt und fett geworden, sein Fell war stumpf, der Blick trüb und sein Bellen heiser. Sie gaben ihm zu viele Essensreste, und wenn der Hund die wenigen Treppen zum Eingang hochsteigen musste, schlug er mit dem Bauch auf und warf seinem Herrchen vorwurfsvolle Blicke zu. Der Hund war eine bellende Ruine, aber wenn er nicht da gewesen wäre, hätte er ihnen gefehlt.

Manchmal ging Yukata auf sein Zimmer, um für sein Examen zu lernen. Manchmal kam er mit, wenn Tomiko eines der Surfbretter holte, die in der Garage standen, und sie paddelten bis hinter die zweite Sandbank, wo sich die Wellen brachen.
Es gab Mulden am Strand, in denen man die Tage verbringen konnte, ohne dass einen ein Mensch sah. Sie badeten nackt, aber Yutaka war das Wasser meistens zu kalt, er saß lieber in der Mulde, las etwas und wartete, dass Tomiko neben ihm in den Sand fiel und auf dem Bauch liegen blieb, bis die Sonne ihre Haut getrocknet hatte.

Die Minderbergs gingen immer nur so weit ins Wasser, dass sie beide noch stehen konnten. Sie schwammen nicht oder nur wenige Züge, dann testeten sie wieder mit einem Fuß, ob sie den Grund noch berühren konnten. Meistens standen sie ruhig und schwer wie belgische Pferde nebeneinander, ohne etwas zu sagen, und wenn eine Welle kam, sprangen sie synchron in die Höhe und reckten den Hals in die Luft, um möglichst kein Wasser ins Gesicht zu bekommen, und nur wenn es nicht anders ging, tauchten sie unter einer Welle durch. Jana Minderbergs Haar war fein und hell, und im Salzwasser, unter der heißen Sonne, wurde es schnell weißblond, während Christian Minderberg mit schmerzhaften Sonnenbränden kämpfte. Aus der Ferne waren sie, vor allem wenn Jana die Haare über ihrem muskulösen Nacken zusammengeknotet hatte, kaum zu unterscheiden.

Am frühen Abend, wenn die Hitze nachließ, zogen sie große, weiße Turnschuhe an und gingen eine halbe Stunde joggen; danach kamen sie mit roten Köpfen wieder und verschwanden unter der Dusche, aus der man von Zeit zu Zeit ein schrilles Kichern vernahm, das man den beiden, wenn man sie sah, nicht zugetraut hätte.

Percy fuhr jeden Tag zum Hafen und kaufte Fisch, den die Händler in blauen Plastikkisten auf Eis auslegten; wenn die Sonne sank, warf er den Grill an, bestrich die Sardinen und die Doraden mit Öl und Kräutern und legte sie über die Glut auf den schwarzgebrannten Metallrost. Minderberg, der keinen Fisch mochte, legte sich ein paar bleiche Würstchen dazu.

Während des Essens ging die Sonne unter; für einen Moment begannen die Gläser rot zu schimmern, und das Meer wurde ruhig und glänzte mattweiß; dann wurde der Sand unter den Füßen kalt, und vom Meer wehte ein stärker werdender Nachtwind über die Düne.

Meistens zogen sie sich nach dem Essen ins Haus zurück und tranken Armagnac; Percy dozierte, während das salzige Treibholz im Kamin bunte Flammen aufzischen ließ, über Luca Signorelli und Junichiro Tanizaki und erzählte von seinen Reisen nach Afrika. Obwohl er nicht abergläubisch war, liebte er unheimliche Geschichten über Schadenszauber und schwarze Magie und berichtete von Masken, deren böser Blick die traf, die ihnen in die toten Augen schauten. Gern erzählte er von einer Frau, die ihm jede Nacht in seinem Zelt in der Masai Mara erschienen war und ihn schweigend angestarrt hatte – er habe sie dem Stammesoberen genau beschrieben, und der sei angstvoll zurückgewichen und habe ihm erklärt, die Frau sei schon lange tot; sie sei vor achtzig Jahren in einem nahen See ertrunken. Christian Minderberg hasste diese Geschichten und zog sich zügig auf sein Zimmer zurück; er hielt nichts von übersinnlichen Angelegenheiten und sah mit Groll, wie empfänglich seine Frau für derartigen Unsinn war; die Abende offenbarten einen Charakterzug an ihr, der ihm bisher verborgen geblieben war, außerdem setzte die Hitze ihm zu; ihm war oft schwindelig, und dort, wo sich beim Laufen die Innenseiten seiner Oberschenkel berührten, hatte sich ein unförmiges rotes Exzem gebildet.

An einem Sonntag fuhren sie mit zwei Wagen in die Stadt. Tomiko, die Jana Minderberg mitgenommen hatte, überholte den Range Rover ihres Vaters und kam eine Viertelstunde vor den anderen an. Die Stadt lag festlich und weiß in der Mittagshitze, und der Wind fegte den hellen Sand über die Place des Girondins und überzog die parkenden Autos mit einer feinen Staubschicht. Über den Dächern ragte der Turm von Saint Michel in den verblassten Himmel. Der Fluss glänzte hellbraun und spülte den lehmigen Grund der Garonne an die Oberfläche und an der hellen Stadt vorbei.

Christian Minderberg war für die Schönheit des Panoramas nicht zu haben; er saß unbequem im Fond des Range Rovers und stieß bei jeder Bodenwelle mit dem Kopf ans Dach, und ihm war übel von dem Geschaukel.

Um diese Tageszeit wirkte die Stadt wie ausgestorben; die meisten Läden und sogar die Restaurants hatten geschlossen. Sie gingen ins Musée des Beaux-Arts, wo Percys Lieblingsbild hing, Albert Marquets *Nu à Contre-Jour*, das ein dunkles Pariser Appartement an einem heißen Sommermorgen zeigte. Das Fenster – vielleicht war es auch ein

Spiegel – gab den Blick auf die Stadt frei. Davor stand eine nackte Frau, die Tomiko verblüffend ähnlich sah, zumal man ihre vom Gegenlicht verhüllten Gesichtszüge nicht erkennen konnte. Tomiko und Yutaka standen lange vor dem Bild. Danach ließen sie die Minderbergs, die aufmerksam die Schilder unter den Bildern studierten und sich die Titel der Werke einprägten, mit ihrem Vater im Museum zurück und gingen hinaus auf die Straße. Dort war die Hitze noch drückender geworden. Tomikos Schultern waren bei der Fahrt verbrannt und glühten rot. In einem Antiquitätengeschäft kaufte sie für ihren Vater eine alte Maske, deren matte Düsterkeit ihr gefiel.

Als sie ans Meer zurückkamen, hatte sich der Himmel bezogen. Es war windstill, und sie konnten die Geräusche der letzten Fischlaster hören, die den Hafen verließen und hinter dem Leuchtturm verschwanden. Wenig später setzte ein feiner Landregen ein, der stundenlang nicht mehr aufhörte.

Tomiko legte die Maske in der Bibliothek auf einen der alten Korbstühle, die viel zu klein für einen Erwachsenen waren – vielleicht waren es Gebetsstühle aus einer alten Kapelle. Überhaupt sah das Haus aus, als habe man es aus einer zerlegten Kirche zusammengeschraubt: In der Halle, neben dem Kamin, hing ein fast lebensgroßer wurmstichiger Holzchristus, wie man ihn manchmal noch in alten spanischen Kapellen fand. Einmal, als sie am Kamin saßen, hatte Yutaka die Figur mit dem Fuß berührt und war zurückgeschreckt – die Hitze des offenen Feuers hatte das Holz erwärmt, so dass es sich auf eine gespenstische Art und Weise lebendig anfühlte. Danach hatten sie überlegt, die Figur an einen anderen Ort zu hängen; der Versuch, sie aus der Verankerung zu lösen, war allerdings gescheitert. (Bei dieser Gelegenheit stellten sie fest, dass derjenige, der die Figur an der Wand angebracht hatte, die beiden großen Stahlnägel durch die Arme der Figur in die Mauer getrieben hatte; seitdem machten sie einen Bogen um das Ding.)

Am Abend kam Percy aufgeregt aus der Bibliothek. Er hielt die Maske in der Hand, die ihm Tomiko gekauft hatte, und zerrte ein altes, graues Nachschlagewerk unter einem Stapel Papiere hervor.

»Kongo«, flüsterte er aufgeregt, »eine Mbiaji-Maske, wurde um 1900 im Auftrag des Königs Wangadjuna hergestellt, durfte nur vom Herrscher und den Traditionswächtern gesehen werden. Die Maske wurde bei schwerwiegenden Tabuverstößen und gegen Feinde verwendet, um sie mit einem Fluch zu belegen. Diese Masken werden immer noch benutzt dort unten. Ein Glücksfund«, rief er; er hätte zu gern gewusst, wie so etwas in die Stadt gekommen sei.

Christian Minderberg starrte auf das hölzerne Ding, das auf dem Tisch lag und ihn aus leeren Augen fixierte. Er glaubte nicht an solche Sachen, aber er empfand die Anwesenheit der Maske auch nicht als beruhigend – vor allem, wenn er sich den Effekt ausmalte, den das Ding auf seine Frau ausüben würde. Er hatte zu viel getrunken; das hohläugige Gesicht schien sich zu drehen, aber das konnte nur an dem verdammten Armagnac liegen. Außerdem hatte er zu viele Bratwürste gegessen; sein Magen rumorte; er musste eine Tablette nehmen.

»Sie könnte, wenn sie kleiner wäre«, sagte Percy, der immer noch mit der Lupe um die Maske herumschlich, »auch zu einem Kraftstuhl gehört haben. Man erzählt, dass Gongwe solche Hocker benutzte, um mit den Kräften der Nacht in Verbindung zu treten. Gongwe soll ihren Mann vergiftet haben und Schadenszauber gegen viele junge und treue Männer ausgeübt haben.«

»Das ist ein altes Holzding, nichts weiter«, sagte Minderberg heiser. »Ich gehe ins Bett.« Als er aufstehen wollte, verlor er das Gleichgewicht, stolperte und griff nach dem Kaminsims. Eine weiße, unförmige Kalksteinfigur schwankte ihm entgegen.

»Vorsicht, das ist eine Iniet-Figur«, sagte Percy sachlich. »Bitte nicht runterwerfen. Wer weiß, was dann passiert. Sie war Teil einer Zeremonie, die die Eingeweihten des Iniet-Geheimbunds an den Maravots von Papua-Neuguinea vollzogen. Die Kolonialherren haben diese Geheimbünde ausgerottet, ich vermute, sie hatten Gründe für ihre Angst.«

Minderberg starrte wieder auf das Ding aus dem Kongo, das vor seinen Augen verschwamm, und für einen kurzen Moment schien es ihm, als hätte die Maske ihm zugezwinkert; er hatte jetzt wirklich genug.

Gegen Mitternacht löste sich die Runde am Kamin auf, nur die neue Maske blieb mit starren Blicken neben einer alten Ausgabe der *Bunten* liegen, auf der Lothar Matthäus mit einer Frau namens Lolita zu sehen war, beide erklärten den Lesern, wie man seine Ehe retten könne.

Am nächsten Morgen war es noch heißer als an den Tagen zuvor: Die Hitze quoll durch die zugezogenen Fensterläden in den Raum, Tomiko lag mit geschlossenen Augen im Bett, und hinter ihren Lidern blitzten ein paar Bilder auf, die Maske, der Sonnenbrand auf ihren Schultern, Christian Minderbergs behaarter Bauch, Jana beim Muschelsammeln, Percys aufgeregtes Gesicht, der Schadenszauber. Das Aufwachen bestand darin, diese Bilder zu sortieren und ihnen einen Sinn zu geben.

Sie stieg aus dem Bett und ging die Treppe zur Küche hinunter. Auf der Veranda roch es nach Sonnenöl und warmem Holz. Minderberg stand mit einer Harke auf der Düne und starrte angestrengt in den Sand. Er hatte seinen Autoschlüssel verloren, jedenfalls glaubte er das, und harkte schon seit zwei Stunden den Strand um. Er schwitzte und hatte einen Sonnenbrand auf dem nackten Oberkörper, und auf seinem Hemd, das er um die Hüfte gebunden hatte, bildete sich ein dunkler Schweißrand. Die französischen Surfer schauten ihm aus einiger Entfernung zu; sie schienen sich zu fragen, ob die Deutschen immer erst den Sand durchharkten, bevor sie ihn betraten.

Ein gründliches, seltsames Volk.

Der Reserveschlüssel des Autos lag im Handschuhfach. Percy hatte Minderberg geraten, die Heckscheibe einzuschlagen, aber dann wäre die Wegfahrsperre ausgelöst worden, und die Diebstahlsicherung hätte automatisch die Benzinzufuhr abgeschaltet. Sollte er den Schlüssel nicht finden, würde ein Mechaniker von Audi aus Bordeaux kommen müssen, der zuvor jedoch einen Kode aus Ingolstadt brauchte, wo sie am Wochenende aber nicht arbeiteten. Also ließen sie den Wagen stehen.

Tomiko reinigte die Scheiben des Mercedes mit einem Eimer Wasser, der jetzt halbleer im Sand stand, von Salz und Insekten und fuhr mit Jana los, um irgendwo einen Metalldetektor aufzutreiben.

Minderberg betrat die Küche und machte sich einen Tee. Auf dem Tisch lag die Maske und starrte aus dem Fenster. Minderberg schob sie beiseite und stellte seine Teetasse ab, blieb aber mit dem Finger am Henkel hängen; die Tasse kippte um, der Tee verbrühte ihm die Hand. Er schrie auf und versetzte der Maske einen Schlag. Percy kam die Treppe herunter und schaute sich die Hand an.
»Sie müssen sie unter kaltes Wasser halten«, sagte er. »Dann gebe ich Ihnen etwas Wundsalbe.«

Als Tomiko und Jana nachmittags mit dem Gerät zurückkamen, war immer noch Ebbe. Der Sand war fest und kühl und die Luft salzig. Die Flut hatte alle Fußspuren glattgewaschen, nur ein paar Muscheln lagen feucht und schimmernd im Licht. Tomiko nahm eines der Surfbretter und ging zur Mündung des kleinen Flusses, der sich durch den Pinienhain zum Meer wand. Die Schatten der Möwen rasten über den Strand, das Meer leuchtete grün, und im Dunst verschwammen die Konturen der Küste. Tomiko lief ein Stück die Düne hinauf, um zu sehen, wo die Wellen sich brachen. Dort oben war der Sand wärmer, grauer und schmutziger; dort sammelte sich das Treibgut, das die Winterstürme angespült hatten, verrostete Farbdosen, Puppen ohne Arme und Köpfe, verbranntes Holz und ein Brett, das einmal zu einer Kiste gehört haben musste; auf dem salzzerfressenen Holz schimmerten die Buchstaben *alva-or*.
Um diese Zeit war kaum jemand am Strand, nur ein paar Angler saßen auf ihren Eimern und starrten aufs Wasser; die gespannten Nylonfäden glänzten in der Sonne.

Tomiko war dabei, das Surfbrett nachzuwachsen, als sie unten am Ufersaum eine Gruppe zusammenlaufen sah, die sich um etwas Dunkles versammelte.

Es war ein Fisch, der mit offenem Maul im seichten Wasser lag. Die kleinen Wellen, die ihn überspülten, ließen den langen, silbern glänzenden Leib leicht zucken. Am Bauch schimmerte er bläulich, Reißzähne ragten aus dem Maul, und der Kopf war übersät mit bizarren Antennen, die an militärisches Gerät erinnerten und eine Ahnung davon gaben, wie es in den ungeheuerlichen Tiefen zuging, aus denen dieses Monster emporgeschleudert worden war. Niemand traute sich, es anzufassen, nur ein Langhaardackel sprang um das havarierte Tier herum, wedelte hektisch mit dem Schwanz und bellte in das rot glühende, feuchte Maul hinein, in dem er bequem hätte verschwinden können. Tomiko trat an das Wesen heran wie an einen Verletzten bei einem Verkehrsunfall, kniete sich halb hin, berührte den Fisch vorsichtig und erklärte fachmännisch, er sei tot. Ein Dicker in engen Badehosen fuchtelte aufgeregt mit den Armen. Er beugte sich über das Tier und schnaufte, es wiege mindestens fünfzig Kilo; die Herumstehenden erschauderten.

Minderberg stand auf der Terrasse und versuchte, mit der linken Hand eine Wurst auf dem Grill zu wenden. Seine rechte Hand war in einen Verband eingewickelt, dessen Rand sich gelblich verfärbt hatte. Er legte die Merguez neben die Doraden und die Sardinen und goss Weißwein über die Glut. Zwei Wespen arbeiteten sich am porösen Holz der Gartenmöbel ab. Tomiko lehnte an einem Holzpfahl und schaute Minderberg zu. Ihr Gesicht war von einer überdimensionierten Sonnenbrille verdeckt. Sie kam vom Strand und hatte sich ein Tuch um die Hüfte gebunden; der Sand, der an ihrem Rücken klebte, zeichnete sich hell auf ihrer Haut ab. Yutaka saß mit einem überdimensionierten Strohhut, wie ihn sonst nur die alten Damen im Casino von Biarritz trugen, am Teakholztisch und kratzte mit dem Fingernagel an einem Rotweinfleck; dann stand er auf und legte Christian eine Hand auf den Rücken.

»Die Dorade verbrennt gleich.«

»Keine Sorge, ich habe alles im Griff.«

Christian drehte die Dorade auf die andere Seite und schaute mit zusammengekniffenen Augen aufs Meer. Er beklagte sich über den Wellengang, das Rauschen sei nachts unerträglich, und als Segler sei ihm sowieso das Mittelmeer lieber.

Jana fehlte beim Essen. Sie saß am Kamin, trank Tee und erklärte, sie habe eine Magenverstimmung. Percy setzte sich zu ihr und machte ihr Komplimente für ihr Kleid und lud sie ein, mit ihm auf einen Digestif in die Bar am Strand zu gehen. Unten am Wasser schlugen ein paar Kinder mit Stöcken auf den Fischkadaver ein, der jetzt ganz auf dem Trockenen lag, und bewarfen ihn mit Sand.

Die Sonne versank unerwartet schnell hinter den aufziehenden Abendwolken. Als Percy später am Abend den Grill reinigte, sah er im einsetzenden Zwielicht zwei Silhouetten; vielleicht waren es Jana und Yutaka, vielleicht waren es aber auch Tomiko und Christian, aus der Entfernung konnte er es nicht erkennen.

Die Hitze hielt an, aber der Wind wurde stärker. Hinter den Sandbänken bildeten sich weite, breit auslaufende Wellen, und der Sand wehte über den Mercedes und bedeckte den Chrom mit einem feinen Film. Tomiko ging in die Küche und briet sich ein paar Eier, die sie im Stehen aus der Pfanne aß. Dann nahm sie den Wagen und fuhr über die schmale Straße durch den Pinienwald bis zum nächsten Dorf und kaufte Zeitungen.

Als sie zurückkam, waren die anderen verschwunden. Sie ging in die kühle Halle des Hauses und setzte sich in einen Ledersessel. Die Zeitungen berichteten über Auseinandersetzungen in der sozialistischen Partei und über den Auftritt eines Toreros namens Padilla, der, was der Autor des Artikels beanstandete, wie ein Kastagnettentänzer in einem rosafarbenen, orange schimmernden und silbern besetzten Kostüm vor dem verletzten Stier herumhüpfe, aber von den Basken wie ein Gott verehrt werde.

Gegen Mittag, als der Wind nachließ, wurde die Hitze auf der Düne unerträglich. Tomiko holte das Brett aus der Garage und ging hinunter zum Strand. Der Swell war größer als sonst, die Wellen brachen sich mit einem dumpfen Donner draußen vor der zweiten Sandbank. Yutaka war schon dort; er lag hinter der zweiten Sandbank im Lineup. Tomiko paddelte zu ihm. Sie hörte die Wellen und spürte den Sog der Strömung, dann paddelte sie mit ein paar kräftigen Zügen bis zur Sandbank. Das Wasser dort war kühl und frisch, und die Strömung war stark. Sie war jetzt fast bei den Wellen; kein anderes Geräusch drang mehr zu ihr, nicht das Schreien der Möwen und nicht die Dieselmotoren der Fischkutter, die weit draußen in der Dünung lagen.

Yutaka trieb etwa zehn Meter vor ihr auf seinem Board. Er bugsierte das Brett in die richtige Position und erwischte eine klare, kräftige Welle. Als er aus dem Wasser kam, sah er die Silhouette von Tomiko. Sie musste ihn irgendwie überholt haben; sie saß mit huldvoll verschränkten Beinen neben ihrem Board. Sie war nackt.

Christian und Jana Minderberg lagen ein paar Meter entfernt von ihnen im Sand. Als sie vor einer Woche angekommen waren, war ihre Haut weiß und an einigen Stellen bläulich gewesen; zwischen den braungebrannten Körpern ihrer Gastgeber hatten sie sich wie Nacktmullen bewegt, die aus ihrem Erdloch ans Licht gezerrt worden waren. Jetzt hatten sie mehrere Tage in der Sonne verbracht und waren in der roten Phase angekommen; Christian, dessen helle Haut empfindlicher war als Janas, hatte einen furchtbaren Sonnenbrand.

Tomiko wanderte langsam wie eine Ballerina auf einem Schwebebalken auf sie zu, stellte sich mit dem Rücken zu ihnen und schaute aufs Meer. Dann drehte sie sich um und sah Jana an, ohne etwas zu sagen und ohne eine Geste, die der Situation die Spannung genommen hätte.

»Na, heute ist Nudistentag, was«, rief Christian etwas zu laut und blinzelte ins Gegenlicht. Er wand sich auf seinem Handtuch.

Tomikos Busen leuchtete hell, es sah aus, als trüge sie einen weißen Bikini.

»Stört es dich, wenn ich hier nackt herumlaufe?«, fragte sie.

»Nein«, sagte er und versuchte, auf eine unverfängliche Stelle ihres Körpers zu schauen. Sie hatte eine Gänsehaut, auf der das getrocknete Salz rätselhafte Mäander bildete, die dort, wo normalerweise der Bikini saß, mit dem Weiß der Haut verschmolzen. Über der linken Brust hatte sie zwei kleine Leberflecke, die ihn wie Augen anschauten. Sie war außer Atem; er konnte ihr Herz aus einer Distanz von zwei Metern unter der Gänsehaut schlagen sehen.

Minderberg sah hinter der Düne einen splitternackten, dicken Mann auftauchen. Es war der deutsche Zahnarzt, der in einem der Nachbarhäuser wohnte. Sie hatten ihn ein paarmal in der Strandbar getroffen.

»Christian Minderberg! Mein neuer Freund!«, brüllte der Zahnarzt und schwankte durch den weichen Sand auf ihn zu. »Sie müssen keine Angst vor mir haben – ich hab keinen Bohrer mit – ich bin unbewaffnet! Hahaha!«

Er hob die Hände in die Luft und sah sich um, ob sein Scherz ankam. »Feine Gegend, was? Feines Wetter! Alles gut? So lässt sich's leben! Kommen Sie nachher mal auf einen Drink rüber, wir wohnen gleich hinter der Düne, das alte Holzhaus. Meine Frau wird sich freuen, die Franzosen gehen ihr nämlich mächtig auf die Nerven!«

Tomiko kreuzte die Arme so, dass ihre Brust kunstvoll von ihren dünnen Unterarmen bedeckt wurde, und sah dem Zahnarzt hinterher, der sich in Richtung Strandbar entfernte. Die Sonne brannte jetzt so unbarmherzig vom Himmel, dass Minderberg der Schweiß in die Augen lief, für einen Moment war er vollkommen blind. In der Hitze war fast niemand mehr am Strand, nur ein paar krebsrote Engländer lagen wie Koteletts direkt neben einer Strandmülltonne.

Minderberg stakte über die Düne zum Haus. Der Sand war so heiß, dass er nur mit Schuhen über die Düne laufen konnte oder dort, wo die kurzen Schatten der Dächer auf den Sand fielen und die Düne sich blau färbte. Im Haus war es kühl; ein leicht modriger Geruch hing in der Eingangshalle über den alten Möbeln. Die Spiegel waren in den langen Sommern, in denen die salzige Luft durch die Fenster drang, fast vollkommen blind geworden.

An der Wand, über einer wurmstichigen Truhe, hing ein altes Gemälde. Es stellte einen nordischen Strand dar, über den ein paar Mädchen in langen weißen Kleidern flanierten; die Szene musste, der Mode nach, um 1900 spielen. Das Gemälde war vom Salz angefressen und in Teilen zerstört; die Farbe blätterte ab, ein halber Kopf fehlte, ein Bein war zerbröselt, das Salz hatte aus dem Strandidyll eine Invalidenveranstaltung gemacht. Im Nebenraum, der noch dunkler war als die Halle, hingen ein paar wertlose Kunstdrucke und ausgeblichene Werbeplakate.

Minderberg griff nach seinem Mobiltelefon und prüfte, ob er Netz hatte, aber wie so oft war keine Verbindung zu bekommen. Er schaute missmutig auf die Stiche im Flur. Der alte Sack ging ihm auf die Nerven mit seiner Bildungsnummer und dem mystischen Unfug. Es wäre vielleicht tatsächlich das Beste, wenn er auf einen Drink zu dem Zahnarzt ginge.

Jana war verschwunden. Am Strand lag sie nicht mehr. Er suchte sie auf dem Zimmer, rief ihren Namen in die Dunkelheit des Wohnraums hinein, blinzelte ins Gegenlicht, aber sie war nicht zu finden.

Weil es noch zu früh war, um dem Arzt einen Besuch abzustatten, ging er ins Strandcafé am Ende der Dünenstraße und schaute den Wellenreitern zu. Kurze Zeit später tauchte Yutaka auf, der erstaunt war, ihn hier sitzen zu sehen. Minderberg bestellte ein Bier, dann, plötzlich, riss er sich die Pilotenbrille von der Nase und fragte Yutaka, ob seine Schwester eigentlich einen Freund habe oder eine Freundin.

Yutaka lachte und sagte, er habe sich noch nie Gedanken darüber gemacht, was Tomiko so alles hatte, aber bevor Minderberg nachhaken konnte, tauchte Jana auf und legte sich in die wackelige Holzliege neben ihm, deren Gestänge unter ihrem Gewicht vernehmlich knackte.

Wenig später erschien Tomikos Mercedes auf der Dünenpiste. Sie beschleunigte, um durch die kleine Sandverwehung zu kommen, und bremste scharf auf dem Teer vor dem Café. Sie trug Yutakas braungetönte Sonnenbrille und seine weiße Hose. »Ich fahre Fisch holen«, rief sie und schaltete den Automatikhebel auf S.

Christian presste die Lippen aufeinander und schwieg. Er schaute Tomikos Wagen nach und las zum dritten Mal den Wetterbericht. Jana kauerte auf ihrem Stuhl. Sie hatte ein Buch aus ihrer Tasche geholt und las darin. Er starrte auf den Titel, der ihm nichts sagte.
»Um was geht es in dem Buch?«, fragte er.
»Um nichts.«
»Wie, es geht um nichts?«
»Es geht um Menschen, die auf etwas warten, was nicht kommt. Sie trinken Tee und hören zu, wie der Kühlschrank brummt.«
»Warum liest du das?«
»Weil es sehr schön geschrieben ist.«
»Es ist schön geschrieben, aber es handelt von nichts«, wiederholte Minderberg.
»Genau. Ich lese es gern, weil es schön klingt. Es langweilt mich, wenn immer etwas passiert.«
Christian legte seine Hand auf ihren Nacken und schaute aufs Meer.
»Du vermisst deine neue japanische Freundin«, sagte er schließlich, als sei das keine Feststellung, sondern ein Gerichtsurteil.
»Ich vermisse sie beide«, sagte Jana. »Sie sind ein lustiges Paar.«
Christian schaute sie an, ohne etwas zu sagen; dann bestellte er einen Weißwein, den er in einem Zug austrank.

Als Percy aufwachte, war es später Nachmittag. In der Küche summten ein paar dicke Fliegen. Er hatte über dem Herd einen Heizdraht mit Lockstoffen angeschaltet, und jedes Mal, wenn die Fliegen hineinflogen, gab es einen unterhaltsamen Knall. Von der Veranda des Hauses aus sah man bis zum Ende der Düne, wo hinter Ginsterbüschen die Pinienwälder begannen. Im Westen fiel der Blick auf das offene Meer;

keine Bucht begrenzte den Blick. Percys Haushälterin hatte die Betten gemacht, die Kissen waren aufgeschüttelt und kühl; auf der Anrichte standen eine Flasche Pastis und eine Flasche Four Roses. Tomiko war offenbar wieder zurück, der Mercedes parkte neben dem Bootsschuppen. Durch das alte Gebälk fiel ein Lichtfleck auf den Terrazzoboden; er sah den Staub im Gegenlicht treiben, der Wind hatte den Sand zu rätselhaften Figuren zusammenlaufen lassen. Ein Salamander verschwand in einer Nische. Draußen blühten die Hortensien, aber auch sie kämpften mit dem Sand. Drüben in der Küche polterte Minderberg herum, offenbar suchte er etwas zu trinken.

Tomiko lag im Schatten hinter ihrem Auto und las ein Buch über Masken und Schadenszauber. Sie hatte einen Fuß gegen den Vorderreifen des Mercedes gestellt. Mit dem Zeh des anderen hatte sie sich in den Abschlepphaken eingehakt. Sie hatte eine neue Frisur, die etwas kürzer war und an Juliette Binoche in ihren frühen Filmen erinnerte.

»Wir waren bei so einem alten Dorffriseur«, sagte sie, als Percy die Terrasse betrat. »Er war großartig. Yuta hat sich exakt die gleiche Frisur schneiden lassen. Du musst ihn sehen, es steht ihm phantastisch!«

Dann ging sie ins Haus und betrachtete ihre neue Frisur in dem alten Spiegel, der in der Eingangshalle zwischen zwei eingestaubten Jagdtrophäen hing. Im Gegenlicht wirkte ihr Gesicht noch dunkler.

Minderberg stand in der Küche und machte sich einen Gin Tonic, als Tomiko aus der Dusche kam – wie er dachte; es war aber Yutaka. Mit der neuen Frisur sah er endgültig wie ein Mädchen aus, das heißt, im Grunde wirkten beide wie Zwitterwesen aus einem Reich, in dem das Geschlecht keine Rolle mehr spielt. Christian starrte die Zwillinge an. Dann goss er sich einen großen Schluck Gin Tonic in den Mund, schluckte und rief: »Donnerwetter! Was wird das denn?«

Der nächste Tag begann mit einem Gewitter. Der Himmel über dem Wald war schwarz und ließ den Sand der Dünen weißer als sonst leuchten. Im Süden verschwamm der Horizont mit dem Meer, und die

Luft war so schwül, dass ihnen trotz des Ventilators die Hemden auf der Haut klebten. Am Nachmittag schlug Percy vor, sie sollten zum Stierkampf nach Bayonne fahren; Jana wollte zu Hause bleiben, wurde aber zum Mitfahren genötigt.

Sie nahmen Percys Geländewagen. Yutaka und Tomiko saßen mit Jana hinten, Christian Minderberg auf dem Beifahrersitz, der asthmatische Cockerspaniel wurde in den Kofferraum gehoben, wo er sich wie die Hauptfigur eines Salongemäldes auf einem abgewetzten Orientteppich ausstreckte. Percy fuhr; er trug eine weiße Hose, ein weißes Leinenhemd und rote Loafer. Pinien zogen am Fenster vorbei, der Geruch von erhitztem Harz wehte durch die offenen Seitenfenster. Im Kassettenrecorder lief Dexter Gordon.

Bayonne lag mit seinen Fachwerkhäusern träge am dahinfließenden Adour. Der Fluss trennt die weiten Pinienwälder von Aquitanien vom Baskenland, die Straßenschilder sind zweisprachig hier und die Stierkämpfe blutig. Sie parkten an der Kathedrale und gingen zu Fuß zum Stadion. Christian Minderberg, der einen enormen Hunger hatte, kaufte an einem kleinen Platz ein paar Gâteaux Basques. Er gab Yutaka ein Stück ab; der süße Teig zerbröselte in seiner Hand und fiel auf den Boden, wo eine Taube gierig danach pickte.

Gegen halb sieben, als die Sonne sank, donnerte der erste Stier in die Arena; ein schwarzes, majestätisches Ungetüm, fünfhundertdreiundsiebzig Kilo schwer. Man sah die Muskeln unter dem glatten schwarzen Fell. Ein Helfer fuchtelte mit einem rosafarbenen Tuch, der Stier raste darauf zu, der Helfer machte sich aus dem Staub und hüpfte hinter eine Holzabsperrung. Ein paar Herren in rosafarbenen Söckchen tänzelten durch die Arena, winkten mit ebenfalls rosa Tüchern, sie meckerten, als hätten sie Ziegen darzustellen, »hé hé hé!«. Ein Picador ritt auf einem Pferd herein, das man mit Beruhigungsmitteln vollgepumpt hatte. Der Stier raste auf das Pferd los, das bäumte sich auf und ruderte mit den Hufen in der Luft; dann stach der Picador dem Stier seine

Lanze zwischen die Schulterblätter. Der Stier blutete stark; er raste auf die Banderilleros los, die ihm ihre Spieße in den Nacken stießen. Ein Paso doble kündigte den Auftritt des Matadors an. Der Stier, schon geschwächt, raste auf die rote Muleta zu. Der Torero führte den Stier eng an sich vorbei und trat sachte vor das rote Tuch; das Publikum kreischte, *Olé!*, der Torero wackelte freudig mit dem Hintern, über dem das enge Kostüm spannte.

Die Hitze in der Arena war gnadenlos; der Stier blutete stark, wollte aber nicht sterben; mehrfach fuhr der Degen in seinen Körper hinein, immer wieder setzte das Tier zum Angriff an, zahlreiche Helfer mussten es so lange in die Irre treiben, bis es, blutüberströmt, zu einem letzten verzweifelten Angriff auf seine Peiniger die Hörner senkte und mit einem Stich zwischen die Schulterblätter getötet wurde.

Der nächste Stier wurde von einem anderen Torero erledigt. Das Tier schnüffelte an der Muleta, es sah aus, als freue es sich, mit dem Mann spielen zu dürfen. Der Torero führte die Muleta noch gewagter als sein Vorgänger. Er rammte den Degen ins Herz des Tieres und wurde von der tosenden Menge gefeiert und mit Hüten beworfen und durfte schließlich das abgeschnittene Ohr des Stiers in die Arena halten. Der Torero selbst hatte lächerlich kleine Ohren; ein so großes Ohr abschneiden zu dürfen musste eine besondere Befriedigung für ihn sein.

Christian Minderberg verfolgte das Schauspiel mit einem technischen Interesse; er freute sich über Dinge, die funktionierten, und hier lief offenbar alles nach Plan. Das Gefuchtel und Getue, bevor der Stier erledigt wurde, dauerte ihm aber zu lange. Er prüfte, ob er Empfang hatte, aber auch hier bekam er kein Netz. Yutaka und Tomiko saßen stumm neben ihrem Vater und rührten sich nicht, man hätte denken können, sie seien aus Ton. Jana war bleich, sie sagte kein Wort.

Auf der Rückfahrt redeten sie kaum. Sie fuhren über die engen Betonpisten durch die endlosen, leeren Pinienwälder, die von der Route Nationale bis ans Meer reichten, die Wolken hingen tief, und von Zeit zu Zeit fiel etwas Regen. In diesem Teil des Landes gab es fast keine

Dörfer, nur hin und wieder tauchte ein Gehöft zwischen den Pinien auf, die Landstraße war vollkommen dunkel.

Percy starrte über sein Lenkrad in das endlose Stakkato nasser, schwarzer Pinienstämme, als hinter einer Kurve etwas Helles im Scheinwerferlicht auftauchte. Es war eine Frau mit auffallend weißer Haut und einem Sommerkleid, die an der Leitplanke kauerte und ins Scheinwerferlicht starrte. Percy wich ihr aus und bremste; der schwere Wagen kam nach vierzig Metern zum Stehen. Christian erwachte aus seinem Dämmerzustand und fragte, was zum Teufel nun los sei; die zahlreichen Kuchen in seinem Magen waren durch die Vollbremsung in eine bedrohliche Schieflage geraten; ihm war jetzt furchtbar übel.

Percy antwortete nicht, er setzte den Wagen mit heulendem Motor zurück bis zu der Stelle, wo die Frau gestanden hatte, aber dort war niemand mehr.

»Sehr merkwürdig«, knurrte er. »Hier ist weit und breit kein Haus.«

»Hu! Das war bestimmt ein Geist«, sagte Yutaka und kicherte.

Percy stieg aus und starrte misstrauisch ins Dunkel. Die Pinien rauschten und knackten im Wind, sonst war es still, nur der Achtzylindermotor seines Range Rovers bollerte in die Nacht hinein, und die Rückleuchten tauchten die Straße hinter dem Wagen in ein rotes, unwirkliches Licht.

Christian Minderberg schaute auf die Stelle, auf der Percy eben noch eine Frau gesehen hatte. Er hatte die Geistersehverei, die Masken und okkulten Weisheiten der Irgendwasstämme aus Irgendwo gründlich satt, ihm war schlecht, er hatte einen schmerzhaften Sonnenbrand, und er konnte sich unmöglich noch um Geisterfrauen oder Werwölfe kümmern oder was der alte Exorzist hier wieder witterte. Er überlegte, ob er mit der Faust auf die Hupe hauen sollte, ließ es aber sein.

»Vielleicht hatte sie einen Unfall«, sagte Tomiko.

»Hallo«, rief Percy in die Dunkelheit.

»Vielleicht ist es auch der Trick einer Bande, die Touristen ausnehmen will«, schlug Christian vor. »Ich würde weiterfahren.«

Percy starrte weiter ins Dunkel der Pinien. Jana klammerte sich an die Kopfstütze vor ihrem Sitz.

»Wenn es eine Bande wäre, hätte sie ein Mofa an den Straßenrand gelegt, eine Panne inszeniert, was weiß ich«, murmelte Percy und klopfte gegen die Leitplanke. »Und wenn man jemanden überfallen will, verschwindet man nicht, wenn das Opfer anhält.«

»Komm«, sagte Tomiko. »Wir sind hier nicht in Afrika und auch nicht in einer Geschichte von Stephen King. Die Frau sah okay aus. Vielleicht vergnügt sie sich mit ihrem Freund irgendwo hier in den Büschen und wir stören sie.«

Percy sah sich mit zusammengekniffenen Augen um. Dann stieg er ein und gab Gas.

In den nächsten Tagen drehte der Wind und trieb ein Tief aus der Biskaya über das Land. Die Temperaturen fielen, nachts mussten sie die Fensterläden schließen und die alten modrigen Winterdecken aus dem Holzschrank holen; das Rauschen der Wellen wurde lauter, und die Fensterläden klapperten im Wind.

Jana ging es nicht gut. Sie aß kaum, musste sich oft übergeben und blieb viel auf ihrem Zimmer.

Tomiko und Yutaka saßen am Kamin und warteten, dass das Wetter besser würde, aber es regnete sich ein. Percy legte ein paar Scheite nach, und Tomiko erzählte von einem Unfall, den sie vor ein paar Jahren gehabt hatte. Sie war bei Nässe mit dem Motorrad gestürzt und in eine Leitplanke geschleudert worden; der Helm hatte ihren Kopf geschützt, aber sie hatte sich die Beine an der Leitplanke aufgerissen und viel Blut verloren. Im Krankenhaus hatte man ihr eine Bluttransfusion geben müssen.

»Jetzt«, sagte sie und schaute ins Feuer, »habe ich Blut von einem Mann oder einer Frau, die ich nie gesehen habe, in mir. Ich würde den Spender gern mal kennenlernen. Ich würde gerne wissen, wer jetzt durch meinen Körper fließt.«

Christian sagte nichts, aber die Art, wie er sie anschaute, ließ klar erkennen, dass er auch diese Geschichte nicht besonders mochte und außerdem Zweifel daran hegte, ob sie überhaupt wahr war. Er hatte sich offensichtlich bei ein paar Verrückten eingemietet, die ihre Zeit damit verbrachten, sich gegenseitig mit irgendwelchem irrationalen Zeugs zu ängstigen. Andererseits gefiel es ihm hier. Er starrte missmutig auf Tomikos von der Sonne leicht gerötetes Gesicht, das auch ihm nun ärgerlicherweise so erschien, als ob ein anderer Mensch aus ihr herausleuchtete.

Als es aufhörte zu regnen, gingen sie zusammen zum Strand. Das Meer lag grün unter einem grauen Himmel, das Wasser hatte lange Rillen im Sand hinterlassen, der Sand war dunkel und klebte an den Füßen, und nur dort, wo die Spuren vom Meer wegführten, war er trocken und weiß. Jana redete auf Christian ein, dass sie abreisen sollten, aber ihm war nicht mehr danach. Er legte sich in eine der Mulden in den Dünen und schlief schnell ein.

Als er aufwachte, war Jana verschwunden, stattdessen beugte sich Tomiko über ihn. Sie war wirklich sehr braungebrannt, und im Gegenlicht wirkte ihre Haut fast schwarz. Hinter ihrem Kopf wankten die Silhouetten zweier Kiefern.
    Er hob den Kopf und sah Tomikos Fußspuren, die eine Zickzackkurve in den nassen Sand gezeichnet hatten und irgendwo den Fußspuren von Jana begegnet waren, die weiter unten am Strand saß. Am Horizont zogen neue Wolken auf, und der Wind wurde kühler.

Draußen im Hof hatten Möwen eine weiße Spur auf der Büste des Großvaters hinterlassen; ein weißes Rinnsal tropfte aus seinem Mund und gab ihm ein gespenstisch lebendiges Aussehen; Yutaka holte einen Lappen und entfernte die Spur.

Percy schraubte an seinem Range Rover herum, und Jana und Tomiko fuhren mit dem Mercedes ins Dorf, um einzukaufen. Jana betrachtete Tomiko; sie hatte dünne, aber muskulöse Oberarme, an ihrem Unterschenkel leuchtete die Narbe, die sie sich angeblich bei dem Motorradunfall zugezogen hatte. Am Fenster hetzten Heidekrautbüschel und Strandhafer vorbei.

Auch am nächsten Tag blieb das Wetter schlecht. Das Tief trieb den Regen über die Küsten des Baskenlandes nach Norden. Christian stand vor dem Haus und versuchte, den feuchten Grill anzubekommen, aber der qualmte nur, deshalb warf er die Merguez drinnen in die Bratpfanne. Yutaka und Tomiko aßen frische Austern, die die beiden Frauen auf dem Markt gekauft hatten, und danach gingen sie duschen. Als Christian später den Tisch abdecken wollte, rasten sie wie zwei verrückte Kinder durch die Bibliothek; sie hatten die afrikanischen Masken aufgesetzt und schrien, als seien sie wahnsinnig; bis auf die Masken waren sie nackt. Als sie ihn sahen, warfen sie die Masken von sich und rannten die Treppe hinauf.

Christian Minderberg war nervös. Obwohl er nicht abergläubisch war, beunruhigte ihn die Verkettung von Seltsamkeiten und Missgeschicken. Die verbrühte Hand, der verlorene Autoschlüssel, der sich am Ende in einer Schublade wiedergefunden hatte, in die ihn aber keiner getan haben wollte, dann die seltsame weiße Frau, die alle gesehen hatten, obwohl sie im nächsten Augenblick verschwunden war, dazu die verdammten Masken, die ihn von den Wänden anstarrten, wenn er nachts zur Toilette musste: Jedes Vorkommnis für sich war erklärbar; und trotzdem … dass er nachts von der weißen Frau träumte und mehrfach schweißgebadet aufgewacht war, erzählte er keinem außer seiner Frau, die es dann nach einigen Armagnacs am Kamin allen erzählte. Es sei doch rührend: Der arme Christian träume, seit die Maske im Haus sei, immer so schlimme Sachen, er habe ja so eine blühende Phantasie, das sehe man ihm gar nicht an – und vorhin habe sie ihn sogar mit Büchern über Schadenszauber erwischt!

Es wurde wieder wärmer, aber diesmal war es eine schwüle Hitze; die Sonne schien durch einen dunstigen Filter, und über dem Meer zog eine Gewitterfront auf. Tomiko nahm den Mercedes und fuhr in den Pinienwald, um noch vor dem Wolkenbruch trockenes Feuerholz zu holen. Jana begleitete sie. Hinter den Dünen, wo die Waldarbeiter ein paar frische Pinien geschlagen hatten, roch es nach Harz und warmem Holz und Ginster und Heide. Der Waldboden war mit Farnkraut und trockenen, braunen Nadeln bedeckt, die knisterten, wenn man auf sie trat. Tomiko sammelte die großen Späne und Nadeln ein und warf sie zusammen mit ein paar Pinienzapfen in den Kofferraum. Danach fuhren sie bis zum Ende der Sandpiste und holten das ausgeblichene Treibholz, das die Winterstürme an den Dünensaum gespült hatten. Sie nahmen auch lackierte Planken und bedruckte Holzkisten mit, die im Kamin bunte Flammen auflodern ließen. In den Dünen wuchsen wilde Lupinen und Brombeeren; Tomiko pflückte ein paar und bot sie Jana im Auto an. Sie erzählte, dass Yutaka und sie damals, als sie noch zur Schule gingen, in den Ferien immer die gleichen Sachen angezogen und dann die Jungs im Discozelt verwirrt hatten; erst tanzte Tomiko mit einem von ihnen, dann holte sie sich eine Orangina an der Bar und erzählte Yutaka, was sie erfahren hatte; dann ging er auf die Tanzfläche und tanzte mit demselben Jungen und behauptete, das könne ja wohl nicht sein, eben habe er ihm doch schon erzählt, dass er soundso heiße und dies und das mache.

Als sie zurückkamen, stand Christian Minderberg in einer Ecke des Hofes, wo er Empfang hatte, und telefonierte hektisch; er hatte einen roten Kopf und war sichtlich durcheinander. Sie gingen ins Wohnzimmer, um das Holz abzuladen. Yutaka lag auf dem Sofa und grinste. Mit einem erstaunlich energischen Sprung kam er hoch und machte den Kamin an, danach verschwand er auf seinem Zimmer. Jana schaute hinaus auf den Hof; ihr Mann war verschwunden.

Als Percy gegen acht aus der Stadt kam, fehlte der Audi auf dem Parkplatz; im Haus traf er nur Tomiko, die breitbeinig auf dem weißlackierten Küchentisch saß.

»Du glaubst nicht, was hier los war, als wir weg waren«, sagte sie, und ihrem unbewegten Gesicht war nicht zu entnehmen, ob die Ereignisse eher begrüßenswert oder ärgerlich waren.

»So?«, sagte Percy. »Was war denn los?«

»Jana ist abgehauen. Und Christian ist verschwunden.«

»Warum das denn?«

»Es war offensichtlich so: Christian wollte mit mir wegen Jana reden. Er ist die Düne hinunter zu dem kleinen Garten gegangen. Die Tür stand offen, und er dachte, ich wäre dort. Es war aber Yutaka; sie saßen ein bisschen im Garten, dann schlug Yuta ihm vor, schwimmen zu gehen, tja, und das haben sie dann gemacht. Und als sie im Wasser waren, hat Christian eine mörderische Erektion bekommen. Das Wasser ging zurück, und Yutaka hat gefragt, ob alles in Ordnung sei. Christian hat einen furchtbar roten Kopf bekommen und auf irgendein Mädchen gezeigt und gesagt, das sei doch eine Hammerfrau. Und dann kam die nächste Welle und spülte die beiden zusammen. Dann sind sie zum Abtrocknen hinter die Düne. Und da haben sie sich geküsst.«

»Wie, geküsst?«

»Wie man sich halt küsst. Vielleicht haben sie auch – ich meine, ich war ja nicht dabei. Ich weiß es nur von Yuta«, sagte Tomiko und rollte mit den Augen. »Und Jana hat es gesehen und ist abgehauen.«

»Und was sagt Yutaka zu der Sache?«

»Er fand es – nett.«

Sie suchten Christian, aber er blieb verschwunden, also kochten sie Kaffee und warteten, was passieren würde. Yutaka war oben auf seinem Zimmer und schlief. Es wurde langsam dunkel.

Gegen neun hörten sie draußen einen schweren Wagen über den Kies fahren. Der Audi hielt neben dem Mercedes; der Motor wurde abgeschaltet, nur der Kühler lief noch nach. Dann betrat Jana das Wohnzimmer. Tomiko lächelte sie an und goss ihr einen Becher Armagnac ein. Jana trank ihn fast in einem Zug aus und setzte sich auf das Ledersofa am Kamin.

»Ich erreiche Christian nicht«, sagte sie.

Gegen ein Uhr morgens fand eine Patrouille der Küstenwache zwei Kilometer vom Ort entfernt einen durchnässten, stark unterkühlten Mann, der mit einer leeren Flasche auf einer Sandbank saß. Er hatte vier Stunden dort gestanden und das Wasser um sich steigen sehen. Dem Polizeiprotokoll zufolge wurde er ins Krankenhaus von Dax transportiert, da er zum Zeitpunkt seiner Bergung vollkommen betrunken, verstört und auf Nachfrage nicht in der Lage gewesen sei, zu sagen, wer er war.

2001
Die Mitte

Kilometerstand 238 874

»Ich soll Ihnen etwas über Marie Bergsson erzählen? Ich kannte sie eigentlich kaum. Ich habe sie nur ein paarmal gesehen.«
»Sie waren der letzte, der sie gesehen hat.«
»Das ist fast zehn Jahre her.«
»Acht.«
»Also gut, ich erzähle es Ihnen.«

Er wusste nicht viel über Marie Bergsson. Sie wohnte damals in der Tucholskystraße, in einer renovierten Altbauwohnung mit Blick auf die Polizeiabsperrungen vor dem Café Beth. Womit sie ihr Geld verdiente, wusste niemand, vielleicht hatte sie welches geerbt; an den Wochenenden habe sie als Sprecherin für einen privaten Radiosender gearbeitet – jedenfalls bis zu jenem Tag, als morgens um fünf ihr Telefon klingelte. Es war ein Sonntag, sie war gerade ins Bett gegangen und hatte sehr viel getrunken, und als sie schon fast schlief und bestimmt nicht mehr ans Telefon gehen konnte, war ihr Anrufbeantworter angesprungen, und sie hatte von fern ihre eigene, rauchige Stimme vernommen, die verkündete, sie sei leider nicht da. Dann hatte sie, wie ein gedämpftes, unwirkliches Echo, die metallische Stimme des Redakteurs gehört: Ob sie verrückt sei, sie müsse gleich moderieren, wo sie denn stecke … er habe es satt, dass er immer auf den letzten Drücker … man müsse sich einmal grundsätzlich unterhalten … ob sie jetzt bitte *sofort* …

Woraufhin sie drei Aspirin genommen und eine vom Samstag

übriggebliebene halbvolle Kanne kalten Espresso getrunken hatte, mit dem Mercedes zum Sender gerast war und, wie sie fand, die Nachrichten den Umständen entsprechend unauffällig bis gut verlesen hatte.

Das sah man im Funkhaus anders. Man hatte es schon öfter erlebt, dass Marie Bergsson im letzten Moment mit rotem Kopf ins Studio stürzte, atemlos keuchend ihren Mantel direkt neben das Mikrofon warf und man (jedenfalls bildete sich der Tontechniker das ein) ihr Herz schlagen hörte, während sie die Nachrichten verlas, was man jedoch nicht merkte, weil die Nachrichten ohnehin von einem Herzschlagton und diversen strukturierenden Scheppergeräuschen unterlegt waren. Aber im Sender wurde geredet, dass sie zu viel trinke, und diesmal war es schlimm. Sie beugte sich wie immer über das Blatt Papier und begann zu sprechen; sie hatte wie immer ihre sehr dünnen Unterarme vor der Brust verschränkt und wippte vor und zurück, während sie den Text ablas, so dass die Techniker den Leberfleck unterhalb ihres Schlüsselbeins sehen konnten, aber diesmal schaute sie nicht zwischendurch hinüber zur Regie, sondern fuhr sich durchs Haar, das in wirren Büscheln auf ihrem Kopf stehenblieb und dann langsam, wie in Zeitlupe, in ihr Gesicht zurückfiel. Schon im ersten Satz begannen die Konsonanten ihren vorgesehenen Ort zu verlassen.

»Es ist siehm Uhr«, sagte Marie Bergsson und zog den Kopf erstaunt zurück. »Hier sind die Nachrichten. Ich bin Marie Bergsson.«

Ihr Kopf tat weh, und sie hätte sich jetzt gern kurz hingelegt, aber der Knopf links an ihrem Tisch blinkte rot und bestätigte, dass sie auf Sendung war. Draußen in der Welt, in der sie eben noch gefeiert hatte, saßen jetzt unnatürlich muntere Menschen in ihren Küchen oder in ihren Autos, hörten Radio und wollten wissen, was auf dem Zettel vor ihrer Nase stand. Sie musste es vorlesen. Sie musste. Es musste gehen.

Eigentlich hieß Marie Bergsson Marie Kempel, aber der Name passte ihr nicht, und deswegen nannte sie sich Bergsson, und wenn sie gefragt wurde, ob das ein schwedischer Name sei, nickte sie ernst und sagte:

»*Ja, jag kommer från Sverige*«, das einzige, was sie auf Schwedisch sagen konnte. Manchmal wurde sie gefragt, ob sie Bergson hieße wie Henri Bergson, der französische Philosoph, dann sagte sie nein, Bergsson wie Guðbergur Bergsson, der große isländische Schriftsteller, der Verfasser von *Músin sem Laedist*, ob man diesen phantastischen Roman etwa nicht gelesen habe. Sie war klein und sehr schlank, trug die Haare kurz und lief meistens in einem langen schwarzen Ledermantel und mit schweren Lederstiefeln herum; von weitem erinnerte sie an einen auf fünfundsiebzig Prozent verkleinerten Armeeoffizier.

»Aufgrund eines von der Kullusministerkofferens«, begann Bergsson und machte eine kleine Pause. Auf dem Weg vom Auge über den Kopf hin zur Zunge hatten sich ein paar Konsonanten verabschiedet, so viel war klar. Sie starrte mit der gleichen fassungslosen Verärgerung auf das Papier, wie Hunde einer Fliege hinterherschauen, nach der sie vergeblich geschnappt haben. Die Worte auf dem Papier waren nicht lesbar, sie waren viermal so lang wie sonst, und die Buchstaben surrten in einem wirren Durcheinander umher. »Aufgrund eines von der Kultluskonferrens vorrelegten Reformpapiers«, setzte Bergsson neu an, »hat die Ministerpräsidennenkonferens beschlossen…«

»Die ist ja völlig betrunken«, sagte der Tontechniker.
»Betrunken«, wiederholte der Redakteur und starrte angestrengt durch die Glasscheibe in das Tonstudio. Marie Bergsson war sehr blass, eine dicke Strähne ihres blonden Haares war ihr vor das linke Auge gefallen und hing dort herum, offenbar las sie jetzt nur noch mit dem rechten Auge.
Das ist nicht gut, was sie da macht, dachte der Redakteur, das ist *live*, da kann man nichts schneiden, das geht direkt so raus.
»Bonn«, sagte Marie Bergsson, und es klang wie ein Gong.
Bonn ist ein gutes Wort, dachte der Redakteur, auch wenn man ein bisschen was getrunken hat, merkt keiner was, Bonn ist eine Insel, auf die man sich retten kann in einem Meer von Kultusministerkonferen-

zen und Leuthäuser-Schnarrenbergers, und tatsächlich schien sie in ihrem schallisolierten Kabuff ein paar Zeilen lang ganz gut durchzukommen. Dann aber kam eine Meldung zu Tschetschenien. »Achtung«, flüsterte der Tontechniker, der das Manuskript vor sich liegen hatte, und klammerte sich an der Tischplatte fest.

»Die schescheschenische-schsche-schetschneenische Opposission hat in scharfer Form«, sagte Marie Bergsson und hielt sich das Blatt noch dichter vor die Nase.

»Was machen wir jetzt?«, fragte der Tontechniker.

»Ja«, sagte der Redakteur mit dünner Stimme, »was machen wir jetzt?«

Die Antwort gab ein Mann, der in den Aufnahmeraum stürzte, »rausrausraus« brüllte und theatralisch mit den Armen fuchtelte, und nachdem Marie Bergsson die Tschetschenien-Meldung irgendwie zu einem Ende gebracht hatte, drehte man ihr das Mikrofon ab und spielte die übliche Erkennungsmelodie ein, *euer Hauptstadtradio / immer fünf vor / für euch / das Neueste / aus / aller Welt.* Die Zusammenarbeit mit Marie Bergsson wurde beendet.

Sie hatte einen Freund damals. Er war vierundvierzig, trug einen grauen Kapuzenpullover unter seinem Sakko und hieß Robert Scharnov. Sie hatte ihn bei einem Essen kennengelernt. Irgendetwas hatte sie gerührt an seinen Bemühungen um sie – vielleicht war es bloß die Tatsache, dass er ganz offenbar sein etwas heruntergekommenes Aussehen durch außerordentliche Liebenswürdigkeit und Großzügigkeit wettmachen wollte. Er hatte Biologie, Physik und Philosophie studiert und arbeitete jetzt in einer Agentur, von der er auch bei hartnäckigen Nachfragen nicht sagen konnte, was man dort tat – es ging um Konzepte aller Art, globale Strategien, Marktforschung, Kommunikationsdesign und Grafik. Als er nach Berlin kam, hatte er sich eine seltsame, nach vorn gebürstete Frisur schneiden lassen, die aussah, als begleite ihn ein von hinten blasender Miniaturtaifun; er hörte Musik von Kruder & Dorfmeister und stattete seine Wohnung mit Plastikmöbeln aus, die er auf der Alten Schönhauser Straße in einem Laden für DDR-

Designklassiker kaufte. Bei den ostdeutschen Nachbarn galt er deswegen als merkwürdig – »alles aus Plaste«, hatte die Nachbarin verblüfft gerufen, als sie einmal einen Blick durch seine offene Wohnungstür warf, »dabei verdient der junge Mann doch Geld.« Über seinem Schreibtisch hing eine Zeichnung von M.C. Escher, ein Kippbild, das »Relativität« hieß. Auf der Zeichnung stiegen Menschen unmögliche Treppen hinauf, und als Bergsson ihn fragte, was ihm daran gefalle, antwortete er, die Schönheit eines formalen Systems, das auf innere Widerspruchsfreiheit verzichtet, so sagte er es, darum gehe es seiner Ansicht nach in der Kunst.

Als Bergsson ihn kennenlernte, trug er eine gelbe Freitag-Tasche über der Schulter wie ein New Yorker Fahrradkurier. Der Trageriemen erinnerte an einen Sicherheitsgurt, und er trug ihn quer über der Brust, so, als befürchtete er, sein Leben könne jeden Moment gegen eine Wand fahren; er schnallte sich sogar beim Gehen an.

Immerhin verdiente er Geld. Er entwickelte Grafikkonzepte für Konzeptagenturen, die nicht im Grafikbereich tätig waren; er traf in den zahllosen neuen Restaurants andere Agenturmenschen mit dicken schwarzen Brillen und Miniaturtaifunfrisuren und erklärte ihnen alle möglichen Dinge, und sie nickten und hinterließen Kaffeeränder auf den Grafikkonzeptunterlagen. In der Agentur arbeiteten immer mehr blasse junge Männer mit seltsamen Bärten, von denen niemand sagen konnte, was sie den ganzen Tag taten.

Robert investierte viel Geld in ein Unternehmen, das ein alter Freund gegründet hatte. Der Freund war mit großem Erfolg als Risikofinanzierer an die Börse gegangen, und Robert bekam als erste Ausschüttung eine erstaunliche Summe überwiesen. Er ließ seinen Flur in Orange streichen und kaufte weitere orangefarbene Möbel. Manchmal kamen die Männer mit den schwarzen Brillen zu Robert und ließen sich in die Plastikstühle fallen, legten Platten von New Order auf und schütteten, die unpraktische Farbe des Tischs beklagend, den Inhalt kleiner Plastikbeutel auf die weiße Plastikplatte. So hatte Roberts Leben in Berlin bislang ausgesehen: eine dicke schwarze Brille, ein Kaffeerand auf den Konzeptunterlagen und ein Hundertmarkschein im rechten Nasenloch.

Dann, kurz nach Beginn des neuen Jahrtausends, brach der Neue Markt zusammen. Als erstes machte die Konzeptagentur dicht, offenbar brauchte niemand mehr Konzepte. Dann bekam Robert einen Brief von der Firma seines Freundes. Man teilte ihm mit, dass die neuen Technologien auf längere Sicht gewiss weiterhin überdurchschnittliche Renditen erbrächten, angesichts der desolaten Kapitalmärkte und der Entwicklung des Neuen Marktes sei jedoch der Börsenwert des Unternehmens auf etwa zweihunderttausend Mark gesunken. Man sei noch Anfang 2000 von einer gesunden Seitwärtsbewegung der Märkte und einer stetigen Aufnahmebereitschaft für Initial Public Offerings ausgegangen, das habe sich aber leider nicht bewahrheitet. Statt der erwarteten zehn Millionen Mark Ertrag aus dem Börsengang der Dumboo Media habe man, da diese nicht wie geplant an die Börse, sondern in die Insolvenz gegangen sei, eine massive Wertberichtigung um zwölf Millionen vornehmen müssen. Wegen des Ausfalls von Early-Stage-Beteiligungen und der Expansion des Unternehmens, die im Prinzip einem stark wachsenden Segment, jedoch nicht der aktuellen Marktsituation entspräche, sehe man sich insgesamt zu einer außergewöhnlichen Wertberichtigung von 29,8 Millionen Euro gezwungen.

Er verstand kein Wort.

Ein paar Monate später rief der Freund ihn an: Es sei nun der Fall eingetreten, dass die liquiden Mittel der Venture-Capital-Gesellschaft zum Bilanzstichtag um dreihundert Prozent überstiegen worden seien, und da das Transaktionsrisiko nicht mit ausreichend Geld hinterlegt wurde, sei tatsächlich der *worst case* eingetreten ... Kurz: Sein Geld war weg.

Er fand einen Job in einer Werbeagentur. Die jungen Männer mit den schwarzen Brillen kamen jetzt seltener, und wenn sie kamen, baten sie ihn um Jobs und Drogen und stellten ihm andere Leute vor, die Jobs suchten oder Drogen brauchten. Er begann, zu viel zu trinken, und entwickelte wirre Theorien von einem möglichen Umknicken der Zeitachse. Marie Bergsson konnte sich darunter wenig vorstellen, fand aber die Idee sympathisch, dass in einer Stadt, in der das Adlon wieder aufgebaut wurde und das Stadtschloss vielleicht auch, die Zeit außer Kontrolle geraten könnte und ein rückläufiger Zeitstrahl die Menschen in die Vergangenheit reißen würde, an einen Punkt zurück, wo die Berliner wieder Felle tragen und vor den Höhlen des Prenzlauer Berges das Fleisch der Büffel grillen würden, die am Spreebogen weideten, und mit Knochen nach den Missionaren aus dem Süden schmeißen und gar nicht wissen, was ein Stadtschloss ist. Isaac Newton, sagte Robert, habe behauptet, dass die absolute Zeit gleichförmig und ohne Beziehung zu einem äußeren Gegenstand verfließe; er habe von »Verfließen« gesprochen, aber nicht gesagt, wohin diese Zeit flösse: Konnte die Zeit, so Roberts Frage, also nur eine Richtung haben, und konnte sie ohne Dinge, im abstrakten Raum, vor sich hin fließen – oder war sie dort, wo es keine verfallenden, absterbenden Dinge gab, in der Lage, ihr Tempo zu ändern und sogar eine andere Richtung zu nehmen? Die fundamentalen Naturgesetze, die heute bekannt seien, schrieben nicht vor, in welche Richtung der Zeitparameter zu laufen habe; sie reichten nicht aus, um zu erklären, warum man viele physikalische Prozesse nur in eine Richtung ablaufen sehe; der Verfall folge nur einer Zeitrichtung, das allein beweise aber noch nicht, dass die Zeit zwangsläufig in diese Richtung laufen müsse; es wäre denkbar, sagte Robert, dass es keinen Verfall gebe, wenn die Zeit ihre Richtung änderte – wenn es gelänge, Quantenphysik und Gravitationslehre zusammenzubringen, könne man zu einem ganz neuen Bild der Zeit kommen. Unsere Vorstellung von Zeit, sagte Robert, sei nur richtig, wenn das Universum einen Ursprung habe, an dem maximale Ordnung herrsche, wenn es also vor etwa vierzehn Milliarden Jahren als gleichmäßiges Gebilde aus Raumzeit und Energie entstanden war. Seither müsste sich die Raumzeit stetig ausgedehnt haben. Die Energie gerann zu Materie, und die verklumpte zu Sternen und Galaxien, wofür die uns bekannten Galaxien sprächen. Das bedeute aber nicht, dass diese Gesetze auch in theoretisch denkbaren anderen Galaxien gälten, und es beweise auch nicht, dass Raumzeit sich zwangsläufig ausdehnen müsse – es könne sein, dass die Weltformel überhaupt keine Zeitparameter kenne, was wiederum bedeuten würde, dass Anfangs- und Endzustand des Universums identisch aussehen könnten. Denkbar wäre es aber auch, sagte Robert, dass das Universum sich nicht ständig weiter ausdehne, sondern dass es sich an einem bestimmten Punkt auf der Zeitlinie wieder zusammenziehe wie ein Luftballon, aus dem die Luft entweicht.

Die Werbeagentur musste Mitarbeiter abbauen; Robert verdiente sein Geld jetzt im Callcenter einer großen Supermarktkette.

Er raffte sich noch einmal auf. Er hatte von einer Stiftung Geld bekommen, um eine interaktive Internetplattform aufzubauen, auf der Laien grundlegende philosophische Fragen diskutieren sollten. Er nannte das Projekt »Performative Wissensbildung als neue urbane Erkenntniskultur«. Es ging darum, so hatte Robert es in seinem Forschungsantrag geschrieben, »philosophische Fragen jenseits der bekannten Diskurskreisläufe in die alltägliche Kommunikation einzuspeisen und das emanzipatorische Potential philosophischer Grundfragen im konkreten Alltagsleben auszuloten«. Als in den kommenden Wochen die Kunden der Supermarktkette anriefen, weil sie irgendetwas über Staubsauger oder Farbstoffe in Keksen wissen wollten, bat er sie, ihnen noch eine persönliche Frage stellen zu dürfen. Die meisten Kunden waren neugierig, und Robert Scharnov verwickelte sie in Gespräche über Ängste, Hoffnungen und große, letzte Fragen, die oft eine halbe Stunde dauerten und die Warteschleife des Supermarkt-Callcenters zur Endlosschleife werden ließen. Bald hatte er zwei Studentinnen, die wie er im Callcenter arbeiteten, gewonnen, an seinem Projekt teilzunehmen. Leute, die nur wissen wollten, ob man die Brotbackmaschine von Rowenta noch auf Lager habe, wurden gefragt, was sie glaubten, hoffen zu dürfen; einem alten Mann, der sich erkundigte, wie lange die Filiale in Schöneberg aufhabe, wurde die Frage vorgelegt, wozu man auf der Welt sei. (»Keine Ahnung«, sagte der alte Mann, er werde nicht mehr lange da sein, aber das ließ man ihm nicht durchgehen.) Abends, in seiner Wohnung, schrieb Robert die Tonbänder ab, die er und seine Mitarbeiterinnen aufgenommen hatten, und schickte das Material an die Stiftung. Von dem Geld, das er für sein Projekt überwiesen bekam, kaufte er sich eine neue Stereoanlage und bezahlte die Miete.

Er hatte schon sechzig Seiten Material, als eine Frau von der Qualitätssicherung einen Testanruf im Callcenter tätigte, wobei sie in ein überraschend tiefgreifendes Gespräch über Dasein und Sosein verwickelt wurde. Danach musste Robert sich einen neuen Job suchen.

Abends gingen er und Marie in eine Bar in der Gipsstraße, die Greenwich hieß. In die Wände dort waren Aquarien eingelassen – man fühlte sich wie unter Wasser, in einer untergegangenen Welt. Blasse Menschen lagen auf Sofas, griffen mit dünnen Armen nach Gläsern und ließen sich wieder in die Polster zurücksacken. Es sah aus wie in einem U-Boot, in dem der Sauerstoff knapp wird: Das Hirn hatte ihre Gesichtsmuskulatur ausgekoppelt, sie starrten mit offenen Mündern die Fische an, und die Fische starrten mit offenen Mündern zurück, während die französische Band Air einen beruhigenden Klangteppich über die Szene breitete. Es gab viele Orte wie das Greenwich in dieser Ecke der Stadt; das ganze Viertel war ein Aquarium, in dem die Leute im Kreis schwammen – einige, die Anfang der neunziger Jahre hierhergekommen waren, verbrachten ein ganzes Jahrzehnt damit, Projekte zu entwerfen und in den fensterlosen Bars zu sitzen, bis es draußen hell wurde, und konkrete Dinge auf den nächsten Tag zu verschieben. Die Mieten waren billig, und irgendwann standen dieselben Leute mittags in den heruntergekommenen Altbauwohnungen vor dem Spiegel und entdeckten die ersten grauen Haare über ihren müden Gesichtern, und aus keinem der Projekte war etwas geworden.

Diese Stadt, besonders dieser Teil von ihr, sagt Bergsson später, sei grauenhaft, ein Trümmerfeld: Hinter den Fenstern der engen, braunen Häuser Türme begonnener Diplomarbeiten, nie geschriebener Drehbücher, gescheiterter Konzepte für nie umgesetzte Kommunikationsplattformen, eine gigantische kreative Müllhalde, das Volk darin eine verlorene Generation, die nichts erlebt und nichts vorhatte und in zu tiefs Sofas herumlungerte und wartete, ob das richtige Leben vielleicht doch noch vorbeischaute. Im Winter gäbe es hier sieben Monate lang so gut wie kein Licht, sagt Bergsson, die Leute seien deswegen müde und könnten nicht arbeiten, und im Sommer wiederum sei es zu schön; die langen, trockenen Berliner Sommer – da müsse man draußen sitzen und könne deswegen auch wieder nicht arbeiten. Berlin ruiniere einen, sagt Marie Bergsson; man müsse die Stadt verlassen.

Robert verließ Berlin und ging in eine süddeutsche Universitätsstadt. Marie Bergsson behielt die Wohnung; in sein Zimmer zog Theresa Peterson.

An dem Abend, bevor Theresa bei Julian auszog, stand ihr Mann hinter ihr im Schlafzimmer und starrte auf ihren Rücken. Sie hatte sich ein handtellergroßes Tattoo stechen lassen. Zwischen ihren Schulterblättern zeichnete sich im Halbdunkel ein mit Arabesken verzierter Drache ab. Ihr Körper war so dunkel, dass der weiße BH darauf zu fluoreszieren schien. Draußen war Nacht.

Er: »Wo – wo hast du das her?«
  Sie: »Habe ich mir machen lassen.«
  Er: »Wo? Wann? Warum ...«
  Sie: »In der Stadt. In Mitte.«
  Er: »Warum – wann warst du denn in Mitte? Warum hast du mich nicht gefragt?«
  Sie: »Weil ich dich nicht fragen muss, wenn ich in die Stadt fahren will, oder?«

Sie hatten beide Ökonomie in Lausanne studiert, und als sie vor drei Jahren nach Berlin gekommen waren, erschienen ihnen die Hinterhöfe und die Bars wie ein Versprechen. Sie zogen in die Kleine Hamburger Straße. Aus dem Fenster schauten sie auf die Ruine eines Gartenhauses, von dem der Kratzputz in Fladen abfiel und die erschreckte

Backsteinwand freigab; Julian, der in Mainz, in einer Neubauvilla an einem Wendehammer aufgewachsen war, gefiel dieser Anblick.

Nachts hörten sie, dass aus einem nahen Keller Musik und Stimmen drangen, aber sie konnten nicht herausfinden, woher der Lärm kam. Sie zogen ihre Mäntel an und suchten den Eingang, aber sie fanden ihn nicht; als sie wieder im Bett lagen, drangen die Bässe wie ein ferner Lockruf zu ihnen; sie träumten Ungeheuerliches.

Als Julian für ein paar Tage nach Brüssel fuhr – er arbeitete damals bei einer Unternehmensberatung –, ging Theresa mit einem Freund aus, der schon länger in Berlin lebte. Er führte sie in die Keller, von denen sie bisher nur gehört hatte, und die Menschen dort erschienen ihr wie Vorreiter einer neuen Kultur – sie tanzten intensiver, sie waren sanfter und umarmten sich ständig. Vor den abblätternden Wänden eines muffigen Kellers küsste eine Frau sie auf den Mund, weiter hinten, in einem abgetrennten Raum, steckte eine Frau mit sehr großen Augen einem Mann ihren Finger in den Mund. Die Bässe trieben die Menge im Dunkel an, es war eng und heiß. »Du musst es probieren«, sagte der Freund, und dann tunkte die Frau ihren Finger in einen Beutel und steckte ihn auch Theresa in den Mund: Es schmeckte bitter, kurz darauf raste ihr Herz, ihr Kiefer tat weh, sie hörte alles wie durch Watte und sank jemandem in die Arme. Sie fand die Menschen um sich herum anbetungswürdig. Sie wollte jemanden küssen. Leute umarmten sie. Sie berührte Haare und Arme und seidene Hemden. Dann wurde es dunkel. Als sie aufwachte, war ihr heiß, und sie hatte einen trockenen Mund. Sie lag auf einem Samtsofa, und ihre Arme waren schwer. An ihrem Kopf lehnten zwei Bierflaschen; jemand küsste ihre Hand. Es fühlte sich gut an. Umso enttäuschter war sie, als der Freund ihr später erzählte, dass die Leute dort Methylendioxy-N-Methylamphetamin, kurz MDMA, genommen hatten und jeden geküsst hätten, auch einen Baum oder eine Parkuhr.

Mit der Zeit kam ihr Berlin-Mitte auf eine deprimierende Weise dörflich vor; die schmalen Einbahnstraßen der Spandauer Vorstadt, die Auguststraße, die Linien- und die Tucholskystraße wurden ihr zu eng, die Straßenzüge erinnerten sie an das muffige Idyll von Studentenstädten wie Heidelberg oder Tübingen. Man sah immer die gleichen Leute, die mit Mitte zwanzig in dieses Viertel gezogen waren und hier langsam, wie unter einer Käseglocke, alt wurden und jeden Weg, der sie aus dem Einbahnstraßenidyll über die Torstraße, die Friedrichstraße oder den Alexanderplatz hinausführte, als ungewöhnliche Expedition empfanden. Das hier hatte nichts mit Berlin zu tun, das hier war schmal und klein, ein Dorf, das man der Großstadt implantiert hatte, weswegen es auch all diejenigen so gern mochten, die aus den westdeutschen Provinzstädten nach Berlin gezogen waren: Es sah aus wie zu Hause in Göttingen und Münster, die Leute fuhren Fahrrad, sie saßen in kleinen Lokalen, gingen in kleine Galerien und arbeiteten an kleinen Projekten, die sich über Jahre hinzogen. Das einzige, was hier groß war, war der Turnschuhladen.

Alle trugen hier Turnschuhe oder Sneakers. Die große Turnschuhmanie veränderte den Gang, das Straßenbild; nirgendwo außerhalb von Florida gab es, quer durch alle Altersgruppen, so viele Turnschuhe wie in Berlin-Mitte. Die Leute gingen nicht mehr, sie wippten, federten, schlurften, auch die Alten. Auch sie trugen Bomberjacken und Chucks, und keiner wurde seltsam angeschaut, wenn auch er im großen warmen Mitte-Ding in neuen Turnschuhen und mit einem großen grauen Kapuzenpullover in den Clubs mitwippen wollte.

Nach einem deprimierenden Winter, in dem Julian und Theresa ratlos durch die kleinen, graubraunen Einbahnstraßen von Mitte gewandert waren, zogen sie nach Zehlendorf in eine alte Villa, die seinem Onkel gehörte. Einen Sommer lang fand Theresa es aufregend dort, aber der Winter wurde genauso trostlos.

Die Nachbarn, ein junges Paar mit Kind, luden sie zum Kaffeetrinken ein. Auch sie hatten einmal in der Stadt gewohnt. Dann hatten sie geheiratet und ein Kind bekommen. Weil er nicht wollte, dass das Kind ohne Garten aufwuchs, drängte er sie dazu, ihre Altbauwohnung in Kreuzberg aufzugeben und in das Reihenendhaus hier zu ziehen. Weil es praktischer und sicherer war, hatten sie ihren Alfa Romeo verkauft und einen Mazda mit sieben Sitzen angeschafft, in dem der Kopf des Kindes wie ein einsamer Planet im All auftauchte. Weil es praktisch war, trugen die beiden bunte Surferschuhe; weil es praktisch war, kauften sie nicht mehr im KaDeWe, sondern beim Edeka um die Ecke ein. Sie übernahmen die Wohnzimmereinrichtung von seinen Eltern. Eine Kette von nachvollziehbaren, sinnvollen und vernünftigen Entscheidungen hatte sie dahin gebracht, wo sie jetzt waren. Es gab Erdbeerkuchen und Sprühsahne. Der Mann trug, weil er gerade von der Arbeit gekommen war, Flipflops zur Anzughose; wenn er in die Küche ging, um einen Weißwein zu öffnen, hallte das Klatschen seines Schuhwerks im Flur.

Julian arbeitete viel, er fuhr morgens um sieben mit seinem Dienstwagen ins Büro und kam nie vor acht nach Hause.

Wenn Theresa vormittags aus dem Haus in einen vernieselten Westberliner Herbsttag trat, lag vor ihr eine lange, leere Straße, und das einzige Lebewesen, das sie erkennen konnte, war ein Hund, der gegenüber an eine grüne Recyclingtonne pinkelte. Sie arbeitete an ihrer Doktorarbeit und schaute dabei in den Garten, über dem der Nebel hing. Sie war jetzt achtundzwanzig. Im Haus war es sehr still, und die Stille machte sie nervös. Deswegen fuhr sie vormittags nach Mitte, kaufte sich am Hackeschen Markt neue Kleider, trank einen Kaffee und beobachtete die Männer am Nebentisch; sie hatten ihre Mobiltelefone auf den Tisch gelegt, wie es Cowboys in alten Western mit ihren Revolvern tun. Wenn sie einen Satz beendet hatten, wippten sie bestätigend mit dem Kopf. Sie bewegten sich anders und sahen anders aus als die Männer im Westen der Stadt – es war eine andere Spezies, höchstens weitläufig verwandt. In Zehlendorf war sie mit Abstand die Jüngste; oft wurde sie für die Tochter, nicht für die Frau des Bewohners der Villa gehalten. Außer dem trostlosen jungen Paar nebenan gab es nur noch eine Frau in ihrer Straße, die unter sechzig war, eine Russin, die ein paar Häuser weiter wohnte und ihre Tage in den Cafés am Kurfürstendamm verbrachte, wo sie kichernd und augenrollend in ihr diamantenbesetztes Mobiltelefon hineinplapperte. Aber sogar die

Russin war sieben Jahre älter als sie – hier dagegen, im Café Bravo, gehörte Theresa allmählich zu den Älteren. Sie stellte fest, dass der Westen sie verändert hatte: Ihre Kleidung, ihre Frisur, ihre perfekt maniküerten Füße und Hände, ihre mit Dahlemer Duftölmassagen butterweich geknetete Haut – all das hatte sie zu einem Wesen aus einer anderen Galaxie gemacht. Sie fuhr jetzt fast jeden Tag nach Mitte und abends zurück in den Westen, so wie es früher die Leute gemacht hatten, die nur einen Tagesschein besaßen.

Julian sah die Rückverwandlung von Theresa in einen Mitte-Menschen mit Entsetzen. Er rief seinen Freund Tobias an, um mit ihm ein Bier in der Newton Bar zu trinken. Dort lernte er Dorottya kennen. Sie kam aus einem Dorf nördlich von Budapest und studierte Sport in Berlin, jedenfalls erzählte sie das. Ihre Eltern waren Bauern, sie hatte sechs Geschwister und ein Kind, zu dem es keinen Vater gab. Um das Kind und sich durchzubringen, hatte sie als Trainerin in einem Fitnessstudio in Wien gearbeitet. Als ihr dort gekündigt wurde, begann sie als Serviererin in einem Saunaclub, der an der Grenze lag, und bald servierte sie dort nicht nur. Nebenbei trainierte sie in einem Wrestlingclub und verdiente Geld, indem sie bei Wrestlingwettbewerben gegen andere muskulöse Frauen antrat. Ein Freund brachte sie nach Berlin. Nachdem Julian sie zweimal in einem vergammelten Hotel getroffen hatte, bat sie ihn um eine empfindlich große Summe Geld. Er erklärte ihr, daran sei gar nicht zu denken, aber Dorottya ließ nicht locker. Als er beim dritten Mal wieder nicht zahlen wollte, fuhr sie zu Theresa und erzählte ihr alles. Ein paar Tage später ließ sich Theresa einen Drachen tätowieren und suchte sich ein Zimmer; sie zog zu Marie Bergsson.

Obwohl sie zusammenwohnten, sahen sich Marie und Theresa selten. Marie arbeitete jetzt tagsüber in einer Galerie, die kein Mensch kannte, und abends in einer kleinen Bar in der Nähe vom Rosenthaler Platz, und wenn sie vormittags nicht schlief, gab sie Anfängern in einer Schauspielschule Sprachunterricht. Theresa schrieb weiter an ihrer Doktorarbeit; sie verbrachte die Tage in ihrem Zimmer. Auch hier war es ruhig. Sie hörte, wie die Frau aus dem zweiten Stock den Soundtrack von *Titanic* mitsang; sie hörte, wie der alte Mann aus dem ersten Stock über mehrere Wochen hinweg versuchte, mit einer asthmatischen Bohrmaschine Löcher in eine neu eingezogene Brandschutzmauer zu bohren. Irgendwann lag die Bohrmaschine dann in der Tonne für Biomüll; danach war es noch ruhiger.

Ende Juli geriet Marie mit dem Mercedes in eine Radarfalle. Sie bekam drei Punkte, einen Monat Fahrverbot und die Auflage, ein Fortbildungsseminar für punkteauffällige Verkehrsteilnehmer zu besuchen (sie hatte jetzt vierzehn Punkte, sieben wegen Nötigung eines Reisebusfahrers, den sie durch ein Lichthupenfeuerwerk von der linken Spur gedrängt hatte, die anderen wegen diverser Geschwindigkeitsdelikte).

Die Punkteauffälligen trafen sich wie Teilnehmer eines illegalen Pokervereins im fensterlosen Hinterzimnmer einer Fahrschule in einer Seitenstraße von Moabit, in der Nähe des Gefängnisses.

Der Leiter des Kurses hieß Wolf. Er sprach, wie man mit sprachunkundigen oder begriffsstutzigen Menschen redet, übertrieben korrekt. Er lächelte mild und erklärte, man habe sich hier ja nicht ganz freiwillig versammelt, auch er habe »in jungen Jahren« schon mal die eine oder andere Dummheit am Steuer begangen – wenn er hingegen heute daran denke, da könne ihm schlecht werden! –, und deswegen sei er nun neugierig zu hören, was die Teilnehmer des Kurses zu ihm führe; ein jeder möge sich (er zerrte an dieser Stelle ein vorgedrucktes, grünliches Formular aus seiner Tasche und las den Fragenkatalog vor) mit seinem Namen vorstellen, dazu Beruf, Hobby und das Auto nennen, das er gerade fahre, und erzählen, wie er zu seinen Punkten gekommen sei. Dann nickte er aufmunternd einem dicken Syrer zu, der mit finsterer Miene hinter seinem Namensschild saß. Er hatte beeindruckende Arme, die eher quadratisch als länglich wirkten. Er hieß Mahmud und besaß eine Imbissbude in Schöneberg; als Hobby gab er Essen und Bodybuilding an, er fuhr einen Fiat-Transporter und hatte siebzehn Punkte; ein Polizist habe ihn nach einem angeblichen Rotlichtverstoß aus dem Verkehr gezogen, es habe dann ein paar Handgreiflichkeiten und einen Prozess gegeben.

»Was waren denn das für Handgreiflichkeiten?«, fragte Wolf und verzog den Mund zu einem ironischen Kräuseln, man bekomme ja nicht einfach so siebzehn Punkte, woraufhin der Syrer zornig wurde und sagte, er hier, mit seinen schönen Fahrschulschildern (er schlug dabei rückwärts mit dem Handrücken gegen ein Fahrschulschild, das scheppernd vom Tisch fiel), habe doch gar keine Ahnung, wie schnell das gehe in einem Land, in dem alle Verbrecher, die zu feige seien, irgendwo einzubrechen, bei der Polizei arbeiteten.

»Das ist nun sicher etwas übertrieben, aber wir kommen später darauf zurück«, erwiderte Wolf mit einem seifigen Tonfall.

Der Teilnehmer neben dem Syrer war etwa Mitte vierzig und sehr dünn, trug einen weiten Rautenpullover und eine silberne Stahlbrille, das dünne Haar hatte er nach vorn in die Stirn gekämmt.

»Und Sie sind der Herr ...?«

»Viehsen«, krächzte der Mann. Eine alte Frau beugte sich interessiert vor.

»Und wie viele Punkte haben Sie?«

Herr Viehsen saß mit eingezogenem Kopf da, als müsste er sich vor einer mit hohem Tempo heranschießenden Gefahr wegducken, und drehte das leere Papier eines Bahlsen-Crispini-Beutels zu einem Strang zusammen. Seine Stimme war ein belegtes Quaken, als er sagte:

»Drei.«

Es gab ein Raunen im Raum.

»Das ist nicht viel«, sagte Wolf erstaunt.

Die angestaute Verbitterung der Kursteilnehmer bahnte sich ihren Weg in einem brüllenden Gelächter. Der Dreipunktemann schaute gedemütigt, als sei die Anzahl der Punkte ein Männlichkeitsindikator, der für ihn ungünstig ausfiel. Der dicke Syrer lachte zum ersten Mal herzlich und fuchtelte mit den Händen in der Luft herum.

»Drei Punkte! Drei Punkte! Alter!«

»Es könnte sein, dass ich wegen einer Abstandsmessung noch drei bekomme«, schob Herr Viehsen mit puterrotem Kopf nach. »Wir wohnen draußen in Brieselang, wir brauchen das Auto. Und sechs Punkte würde mir meine Frau nicht verzeihen.«

Es folgte die Vorstellung der weiteren Teilnehmer: eine renitente Rentnerin aus Spandau, die im Parkhaus mit ihrem Renault einen Wagen gerammt, es aber angeblich nicht bemerkt hatte; ein Feinbäcker aus Ludwigsfelde, der morgens um vier in einer Seitenstraße in Stahnsdorf mit hundertzehn Stundenkilometern geblitzt worden war; ein Vertreter für Wellblechdächer (sechzehn Punkte wegen Rotlichtverstoß, Beamtenbeleidigung und notorisch dichtem Auffahren); ein melancholischer Alkoholiker aus Treuenbrietzen, der zu spät zum Geburtstag seines Sohnes gekommen wäre, wenn er nicht drei rote Ampeln überfahren hätte (insgesamt vierzehn Punkte); ein dünner polnischer Handwerker mit einem kindlichen Gesicht, der auf einem nichtversicherten, illegal aufgebohrten Mofa ohne Helm in falscher Richtung durch eine Einbahnstraße gerast war, an deren Ende die verblüffte Polizei auf Verkehr aus der anderen Richtung gewartet hatte, um Drogen- und Alkoholkontrollen vorzunehmen, die bei ihm ebenfalls positiv ausfielen (siebzehn Punkte); eine moldawische Fitnesstrainerin, die in einem halben Jahr viermal bei Rot über die gleiche Ampel vor ihrem Studio gefahren war (achtzehn Punkte); ein dicker Mann Anfang sechzig mit Kunstlederweste, der einen Elektrofachladen hatte, Landesmeister im Bogenschießen war und sagte, seine Freundinnen hätten ihn reingeritten, weil sie mit seinem nichtversicherten Zweitwagen herumgefahren und beide erwischt worden seien, wofür er als Halter die Punkte bekommen habe (insgesamt achtzehn Punkte). Als letzter stellte sich Hüseyin vor.

Er war so alt wie Marie Bergsson. Ein Cousin namens Selçuk hatte ihm einen Nebenjob in seiner Firma angeboten, dessen genaue Aufgabe Hüseyin nicht verraten wollte oder konnte, jedenfalls musste er für Selçuk die Hälfte der Woche mit einem Transporter quer durch Berlin fahren, und weil Selçuk ihn alle zwanzig Minuten anrief, wo er mit dem verdammten Transporter bleibe, hatte Hüseyin nach ein paar Monaten dreizehn Punkte in Flensburg gesammelt.

Jeder der Teilnehmer erhielt einen Fragebogen, auf dem er Autofahrertypen – den Siegertypen, den Defensiven, den Aggressiven – und ihr Gefährdungspotential auf einer Punkteskala von null bis sechs analysieren sollte.

Der Feinbäcker machte Witze über die zwei Freundinnen des Bogenschützen, der Syrer saß mit verschränkten Armen da und moserte über die Berliner Polizei, und die Moldawierin, die Aniuta hieß, trug eine Theorie vor, die darauf hinauslief, dass man im Leben eben schneller und besser als die anderen sein müsse, das gelte auch im Verkehr. Sie hatte einen harten Zug um den Mund, man sah, dass sie Wolf für ein ausgemachtes Weichei hielt; der Syrer und Hüseyin schienen ihr aber zu gefallen, jedenfalls zwinkerte sie ihnen verschwörerisch zu, als die Teilnehmer sich »mögliche Konsequenzen ihres verkehrswidrigen Handelns, zum Beispiel Unfälle, vielleicht mit Todesfolge« ausmalen sollten.

Hüseyin war der erste Türke, den Bergsson kennenlernte; sie umkreisten sich höflich wie Bewohner zweier verschiedener Planeten beim Erstkontakt. Danach trafen sie sich öfter und wurden Freunde. Hüseyin nahm sie mit in die Saz Bar in Kreuzberg und zu seinen Freunden auf den Kurfürstendamm, sie ging mit ihm ins Greenwich und auf die Torstraße. Einmal rief Bergsson, die nicht glauben konnte, dass Menschen unter vierzig wirklich vor drei Uhr morgens schliefen, ihn spät in der Nacht an: Ihr Auto stehe im absoluten Halteverbot, sie wolle Theresa nicht wecken, aber sie könne nicht mehr fahren und habe kein Geld für ein Taxi, sei außerdem von Arschlöchern umgeben und auch zu dünn angezogen, sie friere …

Hüseyin nahm ein Taxi und fuhr dorthin, wo Marie gestrandet war.

Sie fuhren mit dem Mercedes quer durch Berlin, über die Torstraße, auf der sich der Verkehr mitten in dieser warmen, von Gewitterblitzen erhellten Nacht staute, zum Fernsehturm. Die Stadt löste sich im Flappflappflapp der Scheibenwischer in einem nassen Glitzern und Sprühen auf, Bremslichter und Blitze, jetzt war etwas Giftiges in der Luft, etwas Gelbliches; im Radio sagten sie, dass die Temperaturen wieder steigen würden, obwohl sie gar nicht gefallen waren. Marie schob eine Kassette ein, die mit einem Klacken einrastete, und streckte ihre Beine aus dem offenen Fenster, und der Regen und der Fahrtwind peitschten gegen ihre Füße. Sie hatte eine Flasche im Arm, die sie an irgendeiner Bar mitgenommen hatte; der Barkeeper hatte es gesehen, war aber nicht hinter ihr hergekommen, weil es so voll war; sie war draußen in ein Taxi gesprungen und hatte ihr ganzes Geld dem Fahrer gegeben, damit er schnell losfuhr. Es war August, und es war heiß; die Leute kamen mit Autos, Flugzeugen, Zügen in die Stadt, es war eine allgemeine Mobilmachung, vor den Bars sprangen die Aufgekratzten herum: Hallo, wo geht denn ihr jetzt hin? – Wo ist das denn, Mann? – Lasst ihr mich bitte mal durch da? Nee? Ich kenn aber den Boris. – Den kennt jeder. – Den kennt nicht jeder. – Doch! – Nein. – Hau ab, sonst fängst du dir eine! –

Sie fuhren durch die Gegend, bis es hell wurde. Ein paar Übriggebliebene stolperten durch den Morgen, jemand übergab sich vor dem geschlossenen Prater; eine gelbe Straßenbahn quietschte in die Kurve und verschwand in Richtung Schönhauser Allee. Marie Bergsson wollte noch irgendwohin, wo Techno gespielt wurde, sie liebte Techno, liebte das Riesenhafte und Schwitzende, das Oberkörperfreie und Naturgewaltenhafte, den pyrotechnischen Wahnsinn, die Explosionen und Rauchsäulen und Lichtdome, den großen Massenkörper; sie freute sich, dass Hüseyin mitkam, denn Theresa hasste diese Abende, wie sie in ihrer ausgeglichenen Art sonst nichts hasste, sie verabscheute die, wie sie es formulierte, Mischung aus Nazi- und Hippietum. Sie stritten sich oft darüber, Marie fand, dass Techno im Gegenteil die Leute mit seiner schieren Kraft und seinem Lautstärkepegel aus der muffigen Loungegemütlichkeit, von den Bierbänken in den kleinen Seitenstraßen, aus ihrer kopfsteingepflasterten Erdverbundenheitsenge herausreiße und in eine größere Welt hineinkatapultiere: So sei das.

Vor der Tür des Clubs standen schwere Geländewagen, drinnen trugen die Frauen Tanktops mit Tarnmustern und die Männer Bomberjacken oder Parkas genau wie 1991, als Bergsson nach Berlin gekommen war; das Nachtleben war ihr Krieg. Während irgendwo vor Kuwait-Stadt ein paar amerikanische GIs in ihren M2-Bradley-Panzern auf das Stadtzentrum zurasten und dabei Hardrock hörten, standen sie mit Bomberjacken und Combat-Hosen in Berliner Technodiscos im Stroboskopgewitter und warteten, dass der tiefe Donner der Bässe in ihre Eingeweide drang. Über fünfzig Jahre Frieden schienen die Leute zu langweilen; sie litten unter der Ereignislosigkeit ihres Lebens, sie hatten ganz offenbar Sehnsucht nach Krieg und Abenteuer – vielleicht, weil angesichts einer monumentalen Katastrophe die Frage, wann aus irgendeinem Internetprojekt denn endlich etwas werde oder wie lange und zu welchem höheren Zwecke man denn noch Kommunikationsdesign oder irgendeinen anderen Unsinn studieren und das Geld dafür mit dem Aufschäumen von Milch verdienen solle, endlich in den Hintergrund treten und von dem Ungeheuerlichen weggewaschen würde.

Sie schliefen bis nachmittags um fünf. Dann fuhr Marie, weil Hüseyin seinen Cousin zu sehen hoffte, der irgendwo am Kurfürstendamm herumsaß, mit ihm nach Charlottenburg. Sie parkten den Mercedes in der Grolmanstraße, und weil Marie ein Bier trinken wollte, gingen sie ins Diener, in dem um diese Uhrzeit nur ein betrunkener Schauspieler saß, der einmal mit Fassbinder gedreht hatte und den Abend damit verbrachte, seine alte Rolle aufzusagen. Draußen wurde es wieder dunkel, Charlottenburg lag festlich erleuchtet da, die Fassaden erinnerten an einen illuminierten Adventskalender. An einer Ecke schimmerte die Leuchtschrift eines heruntergekommenen französischen Lokals, vom Schriftzug »Reste fidèle« war nur das Wort »Reste« erleuchtet, es sah aus wie eine Warnung. Durch das Fenster sahen sie die

Silhouette des Journalisten Franz Josef Wagner, der auf einen Mann einredete. Es war der steinalte Explayboy Rolf Eden; er saß mit zwei Russinnen, die seine Enkelinnen hätten sein können, an einem Tisch am Fenster. Die Russinnen trugen kniehohe Lederstiefel, eine spielte gelangweilt an ihrem Mobiltelefon herum. Eden trat damals im Lokalfernsehen auf, man sah, wie er am Strandbad Wannsee Berliner Mädchen in Bikinis musterte: Sie sollten ihm vorführen, was ihnen an ihren Körpern nicht gefiel; den aus seiner Sicht dramatischsten Mangel würde er, das war das Versprechen der Sendung, durch eine Schönheitsoperation beheben lassen.

Jemand hupte, weil Eden seinen Rolls-Royce in zweiter Reihe geparkt hatte. Einen Moment später stürzte der Wirt, ein Mann mit altägyptischer Frisur, aus dem Lokal, um unter den Beschimpfungen des Mannes, dessen Auto zugeparkt worden war, Edens Wagen aus dem Weg zu räumen.

Charlottenburg hatte sich verändert. Die Studenten waren verschwunden, und mit ihnen das Brasil in der Mommsenstraße und die Wohngemeinschaften in den Altbauten. Es war nicht mehr das Viertel der in dezentem Wohlstand alternden bundesrepublikanischen Mittelstandsgesellschaft. Jetzt waren die Russen da.

Sie saßen breitschultrig im Café Einstein oder um die Ecke bei den Italienern in der Schlüterstraße. Sie parkten ihre mattschwarzen Ducatis direkt vor der Tür und begrüßten sich mit krachenden Schlägen auf den Rücken. Manchmal verschwand einer, und dann kam ein neuer Russe mit einem schwarzen Porsche oder Ferrari. Die meisten von ihnen waren unter dreißig.

Die Schlüterstraße war das genaue Gegenteil der Mitte-Welt: Während die Leute dort mit fünfzig noch in spätstudentischen Outfits herumliefen, an sogenannten Projekten herumbastelten und so taten, als seien sie siebenundzwanzig, versuchten die jungen Russen, die sich hier, am anderen Ende der Innenstadt, versammelten, so gravitätisch und erwachsen dazusitzen wie Robert De Niro in *The Untouchables*, und während in Mitte überhaupt kein Geld verdient wurde, hatten die Jungs hier, auf welchem Weg auch immer, mit dreißig schon ihr erstes Zweihunderttausend-Mark-Auto zusammenverdient.

Selçuk saß im Café Einstein; vor ihm stand ein Stück Kirschkuchen, in das er senkrecht eine Gabel hineingerammt hatte; mit dem rechten Daumen hämmerte er auf seinem Mobiltelefon herum. Er hatte schwarze Augen und eine akkurat gescheitelte, glänzend schwarze Fighter-Frisur, die in einem ausrasierten Nacken endete und einen wirkungsvollen Kontrast zu seinen Schuhen bildete – er trug sehr große, weiße Turnschuhe, ein Modell, das es in Mitte nicht gab.

Selçuk wartete auf eine Frau, die er im Diwan kennengelernt hatte. Sie hieß Fatima und arbeitete in einer Kanzlei am Kurfürstendamm. Sein schwarzer Mercedes CL 600 parkte in der zweiten Reihe vor einem russischen Geländewagen, und er hatte zufrieden festgestellt, dass sein Auto die größeren Felgen hatte, 22 Zoll, verchromt: So was hatten die Russen schon mal nicht.

Am Heck war der Wagen neu lackiert; in Kreuzberg hatte ein wütender Fahrradkurier mit seinem Schlüssel den Kofferraum zerkratzt, weil Selçuk den Wagen wie immer auf dem Radweg geparkt hatte. Seine Familie parkte seit drei Generationen auf diesem Radweg; lange bevor der Fahrradkurier das rußige Licht seiner ostdeutschen Geburtsstadt erblickt hatte, stand hier der grüne Ford Transit von Selçuks Großvater. Sie hatten den Kurier ausfindig gemacht und ihn zu Hause besucht, und nachdem Selçuk ein Bügeleisen heiß gemacht und gedroht hatte, es dem Fahrradkurier wie einen Telefonhörer ans Ohr zu halten, hatte der anstandslos die Kosten der Lackierung sowie eine angemessene Aufwandsentschädigung übernommen.

Auch in dieser Augustnacht wurden auf dem Kurfürstendamm wieder illegale Viertelmeilenrennen gefahren. Die Fahrer kamen aus Kreuzberg und Moabit und hatten tiefergelegte, verchromte Wagen mit

Sportauspuff. In den Wagen saßen Türken, Russen, Libanesen oder manchmal auch ein paar Deutsche, aber der Auftritt war immer der gleiche: schwarz abgeklebte BMWs, vorn tiefer als hinten; verbreiterte Mercedeslimousinen mit Sechsarmfelgen; giftgelbe RS 4 mit schwarzen Heckscheiben, darin Männer mit schweren Ketten, Bomberjacken, gegelten Haaren, mit scharf ausrasierten Nacken und spiegelnden Sonnenbrillen; die Frauen trugen Stiefel und Lederröcke und Pushup-BHs und steckten in einem Kokon aus Chrom, Alcantara und Schwarzfolie. An jeder Ampel schwebte der rechte Fuß des Fahrers trittbereit über dem Gaspedal. Wenn die Ampel auf Grün sprang, trafen sich die Augen der Fahrer kurz, dann brachen die Motoren los, die Fasanenstraße flog vorbei (sechzig Stundenkilometer), die Knesebeckstraße (hundertzwei Stundenkilometer) und schließlich die Schlüterstraße (hundertdreißig Stundenkilometer), Taxen wurden rechts überholt, Busse geschnitten, bevor die Wagen am Adenauerplatz zum Stehen kamen und dann langsam wendeten, um die nächste Runde anzutreten.

Es ging natürlich auch um die Verärgerung der gutbürgerlichen Passanten, die Entgeisterung in den Gesichtern. Sie fuhren nächtelang um den Block, durch die Leibnizstraße vor zur Kantstraße und über die Fasanenstraße wieder auf den Kurfürstendamm. An jeder Ampel schauten sie zu den Wagen, die neben ihnen hielten, hinüber. Vor allem die Russen waren für Rennen zu haben; Selçuk hatte erst vor ein paar Tagen einen russischen Maserati abgehängt, mit hundertzwanzig Stundenkilometern auf Höhe der Knesebeckstraße, weil der Russe beim Versuch, einem rückwärts bis zum Mittelstreifen ausparkenden Lieferwagen auszuweichen, reichlich Tempo verloren hatte.

An diesem Tag hatte Selçuk allerdings keine Nerven für Autorennen; er war müde und nervös, weil Fatima nicht kam. Um sich abzulenken, telefonierte er alle fünf Minuten mit einem bulgarischen Kaufmann. Er verdiente sein Geld jetzt auch damit, abgelaufene Joghurtbecher und Fleischpakete nach Bulgarien oder Polen zu verkaufen, wo sie angeblich zu Tierfutter verarbeitet wurden.

Hinter der Schlüterstraße ging die Sonne unter; wenig später begannen die Straßenlaternen auf dem Kurfürstendamm rosa zu glühen, dann wurde es Nacht. Fatima tauchte nicht auf und beantwortete seine SMS nicht. Selçuk hatte schlechte Laune und überlegte, ob er nicht doch noch ein paar Russen auf dem Kurfürstendamm versägen sollte, aber es waren keine Russen in Sicht.

Als Fatima um neun immer noch nicht gekommen war, stieg Selçuk in den Mercedes und fuhr nach Hause.

Seine Wohnung lag in Kreuzberg, im gleichen Haus wie die seines Großvaters; sie wohnten alle hier, nur Hüseyins Eltern waren aus der Stadt fortgezogen, in eine Gegend, in der es keine Türken gab.

Selçuks Großvater war zusammen mit seinem Bruder, Hüseyins Großvater, Anfang der sechziger Jahre nach Deutschland gekommen. Die Brüder hatten erst bei Schwarzkopf und dann bei Siemens gearbeitet; jeden Morgen fuhren sie mit dem Fahrrad zum Werk. Sie waren pünktliche, zuverlässige Arbeiter und nie krank; sie schickten Geld in die Türkei, und jeden Abend rollten sie den Gebetsteppich aus. Ihre deutschen Kollegen machten Karriere, sie nicht. Ihre Söhne eröffneten zusammen einen Gemüseladen, in dem man auch Tee trinken konnte; der Laden lief einigermaßen, aber nicht so gut, dass sie ihren Kindern die Nachhilfe, das Gymnasium und ein Studium hätten finanzieren können. Selçuk hatte viel Zeit bei seinen Großeltern verbracht, die kein Wort Deutsch sprachen, während seine Mutter in einer Industrieanlage die Treppenhäuser putzte. Die deutschen Wachleute machten Witze über sie und wurden böse, wenn irgendwo noch Schlieren zu entdecken waren; sie riefen, hier sei *wieder auf die anatolische Art gefeudelt* worden. Wenn die Mutter spätabends heimkam, weinte sie oft, und Selçuks Großvater wurde wütend und verbot ihr zu arbeiten. Selçuks Vater war ein sanfter, melancholischer Mensch. Er liebte seine Frau sehr und wollte nicht, dass sie putzen ging, aber sie bestand darauf; sie wollte etwas für ihre Söhne tun. Am Wochenende ging Selçuk mit seinem Vater und seiner Mutter Autos anschauen, die sie sich nicht leisten konnten. Hinterher tranken sie gemeinsam Tee.

Es waren die einzigen Momente, in denen er seine Eltern glücklich gesehen hatte.

Selçuk hatte keine Lehrstelle bekommen, nachdem er wegen notorischer Renitenz und miserablen Mathematiknoten von der Realschule geflogen war; schon damals entwickelte er einen ausgeprägten Hass auf das Land, das seine Eltern unglücklich gemacht hatte. An den langen Nachmittagen seiner Kindheit, an denen er im Wohnzimmer Spielzeugpanzer durch die Kissenschluchten einer mattgrünen Velourscouch lenkte, hatte sein Großvater ihm von den Sommern an den Stränden von Kuşadası erzählt, und die Türkei war in Selçuks Vorstellung zu einem unwirklich schönen Traumland geworden. Aber wenn sie einmal im Jahr zu den Verwandten nach Görece fuhren, wunderten sich die zahlreichen Onkel und Tanten, wie schlecht Selçuk Türkisch sprach. In der Tat beherrschte er keine der beiden Sprachen, die ihn umgaben, richtig, deswegen redete er nicht gern. In die Türkei fuhr er selten; vor allem den Geburtsort seines Vaters mochte er nicht mehr, seit dort mehr deutsche Rentner als Türken lebten und mehr Deutsch gesprochen wurde als in der Straße in Berlin, in der er wohnte.

Er aß bei seinen Großeltern zu Abend, dann ging er wieder zu seinem Mercedes. Die Fahrerei machte ihn glücklich, der Motor, die Beschleunigung, die weichen, breiten Ledersitze, die vielen leuchtenden Bedienungsknöpfe, der herrliche Klang der Stereoanlage; alles funktionierte einwandfrei, wenn man es bloß antippte, ganz anders als in der Welt, die vor der Windschutzscheibe lag. Schon an der ersten Ampel entdeckte er einen BMW 540i, in dem vier dicke junge Männer saßen. Er zog auf die Busspur und setzte sich neben sie. Die Dicken starrten grimmig auf seine Felgen. Er machte ein Zeichen, und der Fahrer nickte. Bei Grün gaben beide Vollgas.

Hüseyins Eltern waren in eine Wohnung im Grünen gezogen, in einen Ort, der Wünsdorf hieß. Im Zweiten Weltkrieg war in der Nähe das Amt 500 angesiedelt gewesen, eine der größten Nachrichtenzentralen der deutschen Heeresleitung; nach dem Krieg hatten die russischen

Besatzer die Anlagen übernommen. Bis 1994 lebten ungefähr fünfzigtausend Russen dort, danach baute eine Entwicklungsgesellschaft die ehemaligen Kasernen zu Wohnhäusern um. Die Leute im Laden schauten Hüseyins Vater misstrauisch an, weil sie ihn für einen Russen hielten; als sie hörten, dass er Türke war, reagierten sie überraschend freundlich.

Anfang des Jahrhunderts, im Ersten Weltkrieg, stand in der Gegend sogar die erste Moschee Deutschlands. Sie war 1915 als Teil des sogenannten Halbmondlagers gebaut worden. Die muslimischen Kriegsgefangenen, die als Soldaten für England und Frankreich gekämpft hatten, wurden nach Wünsdorf gebracht und sollten dort zu Kämpfern gegen die Kolonialmächte ausgebildet werden; und um die Gefangenen davon zu überzeugen, dass die Deutschen auf der Seite des wahren Islam standen, baute man die Moschee. In den zwanziger Jahren hatte man sie nicht mehr gebraucht und wieder abgerissen.

Einmal fuhr Hüseyin mit Marie Bergsson zu seinen Eltern. Sie aßen im Restaurant Zum Zapfenstreich und wanderten durch die neue Siedlung. Zwischen den Kiefern stand ein seltsamer alter Bunker, der nicht wie ein Bunker aussah, eher wie ein Projektil, das selbst ein feindliches Ziel treffen will. Es war ein Prototyp, ein Entwurf des Ingenieurs Leo Winkel. Je weniger Dach ein Bunker hat, hatte Winkel gesagt, desto geringer die Gefahr, dass eine Bombe das Dach durchschlägt – und so wurden seine Bunker immer schmaler und höher, bis sie auf eine gespenstische, echohafte Weise die Form jener Raketen annahmen, zu deren Abwehr sie dienten.

Sie aßen Börek bei Hüseyins Mutter, dann fuhren sie wieder nach Berlin.

Ein paar Tage später lernte Hüseyin auf dem Kurfürstendamm Diana kennen. Sie arbeitete für eine PR-Agentur. Bei ihrem aktuellen Projekt unterstützte sie einen ostdeutschen Kulturmanager, der in Abu Dhabi ein Einkaufszentrum mit Theatern und anderen Kultureinrichtungen planen sollte. Diana war einunddreißig Jahre alt, blass und stark geschminkt; sie trug enge Blusen und anthrazitgraue Kostüme; ihre

Haare waren streng nach hinten gekämmt. Sie hatte keine Wohnung; sie wohnte in einem Hotel in Mitte. Zweimal in der Woche flog sie um sechs Uhr morgens nach München, wo der Hauptinvestor seinen Stammsitz hatte, und alle zwei Wochen für ein paar Tage nach Abu Dhabi.

Als sie von Königstein nach Berlin gezogen war, hatte sie beim Theater arbeiten wollen, aber nach einem im neunten Semester abgebrochenen Studium der Theaterwissenschaften und einer im vierten Semester abgebrochenen Ausbildung zur Kommunikationsdesignerin, die ihren Vater etwa fünfzehntausend Mark gekostet hatte, war sie schließlich in einer Werbeagentur gelandet. Jetzt trug sie einen Aktenkoffer mit ihren Initialen und einen Gürtel von Moschino und sah zehn Jahre älter aus, als sie war.

Sie stand jeden Tag um sechs auf, machte eine halbe Stunde Yoga, schminkte sich und fuhr dann in die Agentur; sie ernährte sich fast ausschließlich von Joghurt und Take-away-Sushi. Nach der Arbeit, zwischen neun und zehn Uhr abends, ging sie ins Fitnessstudio. Dort trainierte sie neben verbitterten, schmallippigen, auf Laufbänder eintrampelnden Frauen, drängelte sich in den lächerlich kleinen Pool mit Gegenstromanlage, um ein paar Züge zu schwimmen, und ließ sich von einem Personal Trainer zu absurden Gleichgewichtsübungen überreden, von denen sie starke Rückenschmerzen bekam. An dem Tag, an dem Hüseyin sie kennenlernte, hatte sie vier Nächte hintereinander nicht länger als drei Stunden geschlafen.

Als sie in seinem Bett lagen, schien es ihm, als wäre ihre Haut sechs Grad wärmer als seine; nur ihre Hände, erzählt er, seien eiskalt gewesen und blieben es auch. Dann fuhr er sie mit Maries Mercedes zum Flughafen. Sie winkte ihm durch das graue Tor der Sicherheitskontrolle; sie sah gleichzeitig glücklich und verwirrt aus, und sie war sehr blass. Später schickte sie ihm ein paar hektische E-Mails aus Abu Dhabi.

Am nächsten Tag fuhr Hüseyin mit Marie ins Urban-Krankenhaus. Selçuk war in der Nacht mit einem Kieferbruch eingeliefert worden; da er schlecht reden konnte, war nicht aus ihm herauszubekommen, was genau passiert war; Polizisten hatten ihn vor einem Club in Schöneberg gefunden und einen Onkel alarmiert, dessen Telefonnummer in Selçuks Handy gespeichert war (sie hatten es zuerst bei dem bulgarischen Kaufmann für Im- und Export versucht, der aber, als sich die Polizisten zu erkennen gaben, standhaft behauptete, er kenne keinen Selçuk, dies müsse eine Verwechslung sein).

Der Onkel saß, als Hüseyin und Marie über den quietschenden Linoleumboden des Korridors schlichen, bereits an Selçuks Bett; er trug eine gestrickte graue Mütze und schaute bekümmert aus dem Fenster. Als sie den Raum betraten, starrte er Marie wortlos an. Selçuk versuchte ihr zuzuzwinkern; vielleicht lächelte er auch.

In den kommenden Tagen wurde das Wetter schlechter. Wenn die Linienbusse durch die Pfützen fuhren, schwappte das Wasser auf den Gehweg, Sturmwolken ballten sich über Moabit, im Osten war der Himmel mittags schwarz, und der Regen trieb gegen die Scheiben.

Diana rief Hüseyin vom Flughafen aus an. Sie hätte nur zwei Stunden Zeit, dann müsse sie wieder einchecken. Er war vor ihr im Hotel; als sie ankam, hatte sie fettiges Haar, ihr Gesicht wirkte aufgedunsen und war stark gepudert. Sie trug einen Burberry-Mantel über dem Arm. Hüseyin starrte auf das karierte Innenfutter. Er wusste nicht, wo man solche Kleidungsstücke kaufen konnte; nicht einmal seine Tante Öslem, die in Ankara als Immobilienmaklerin arbeitete, hatte solche Sachen.

Diana zerrte einen überdimensionierten Koffer hinter sich her, in dem sie offenbar einen Großteil ihres Haushalts transportierte. Seit fast einem Jahr hatte sie keinen festen Wohnsitz mehr. Oben in ihrem Hotelzimmer küsste sie ihn hektisch und ging dann duschen. Auf dem Weg ins Bad stolperte sie; offenbar war sie immer noch benommen von dem Oxazepam, das sie im Flugzeug geschluckt hatte, um schlafen zu können. Hüseyin sank in das Queensize-Bett, blätterte in einem Magazin der Emirates Airlines, das in ihrer Handtasche steckte, und schaltete MTV an; ein Mann mit einer beknackten Dauerwelle sang, er sah wie ein abgelehnter Jesusdarsteller aus; seine Band hieß Nickelback.

Als Diana aus dem Bad kam, trug sie ihr feuchtes Haar offen; ein paar Tropfen liefen über ihre Schultern und versickerten in den Spitzenornamenten ihres BHs. Sie hatte einen blauen Fleck am Oberschenkel. Während sie neben Hüseyin im Bett lag, klingelte ihr Mobiltelefon neunmal und kündigte den Eingang von zwanzig SMS an. Jedes Mal zuckte sie zusammen oder verdrehte die Augen, fünfmal rief sie hektisch »Moment« und nahm das Gespräch an oder beantwortete eine SMS; er sah im Dunkel des Zimmers ihr Gesicht, das vom Display blau erleuchtet wurde, als befänden sie sich weit unterhalb der Wasseroberfläche.

Selçuk war gerade aus dem Krankenhaus entlassen worden, als ihn die Polizei gegen zwei Uhr morgens aus dem Bett klingelte. Zwei Zivilbeamte standen mit strengen Gesichtern im Türrahmen und fragten, ob er sich zu dem seltsamen Loch äußern wolle.

»Welches Loch«, sagte er, so gut der Verband an seinem Kinn das zuließ.

Drei Finger deuteten zur Antwort vage in Richtung Straße. Ein paar Kreuzungen weiter, wo der EC-Automat gestanden hatte, sei ein Loch in der Wand, sagte einer der Beamten, ein paar Steine lägen daneben und ein abgerissenes Abschleppseil für Lkws, der Automat hingegen sei verschwunden. Ob er davon etwas mitbekommen habe? »Eindeutige Sache«, sagte Selçuk: »Das waren Rumänen.«

Weil Diana verreist war und Selçuk mit dem Kinnverband nicht aus dem Haus wollte, rief Hüseyin Marie Bergsson an, ob sie mit ihm ausgehen wolle. Sie saß mit Theresa in Schuppes Sport-Klause auf der Torstraße, wie immer, wenn es etwas Ernstes zu besprechen gab. Wer hierherkam, gehörte zu der anderen Welt, nicht zu dem Dorf südlich der Torstraße, in dem die Kommunikationsdesigner hausten. Die Torstraße war das Bukarest von Berlin, eine Aneinanderreihung von Plattenbauten und heruntergekommenen Häusern aller Art, der Osten im

Osten, und mittendrin stand das Haus Nummer 140. Es gehörte der Erbin des Hemdenimperiums Van Laack, die den ehemaligen Verwaltungsbau zu einem Luxusapartmenthaus umgebaut hatte. An diesem Abend fand auf dem Deck eine Poolparty statt. Sie wanderten zu dritt durch die Eingangshalle, in der eine gebäudehohe Plastikpalme stand, und nahmen den Fahrstuhl zum Dach. Etwa fünfzig Menschen standen dort am Pool. Ein Mensch mit weißen Hosen und Strandsandalen, auf denen die brasilianische Flagge abgebildet war, redete auf zwei große Mädchen in schwarzen Abendkleidern ein.

Ein älterer Künstler, der Marie Bergsson aus der Galerie kannte, stürzte auf sie zu: Er gehe jetzt gleich mit Freunden essen, Jeffrey Deitch käme auch, ob sie Deitch kenne? Schon ein *sehr* bedeutender Galerist! Sie könne gern dazukommen, der Jeffrey sei ein guter Freund, er würde sich freuen!
 Ein paar Tische weiter saß ein Mann und spießte mit vollendeter Eleganz ein Salatblatt auf. Er trug ein blauweiß gestreiftes Hemd und eine Krawatte mit kostbar aussehnden Arabesken. Seine Brille spiegelte stark, man wusste nicht, ob er den alten Künstler sah oder nicht.
 »Das ist Schuster, der Direktor der Berliner Museen«, zischte der alte Künstler finster, »ich wollte, dass er ein Bild von mir kauft, aber er hat es nicht getan.«
 Theresa, in schwarzen Stiefeln und Strickjacke, die Haare zu einer schwungvollen Serpentine aufgetürmt, starrte den Künstler an; sie schaute nicht in seine Augen, sondern auf seine Ohren, aus denen weiße Haarbüschel herauswucherten. Der Künstler hatte in den siebziger Jahren einige Erfolge mit heftigen expressionistischen Bildern von verrenkten Körpern gehabt, seit längerem hatte man aber nichts mehr von ihm gehört. Offenbar hoffte er jetzt, von einer jüngeren Generation wiederentdeckt zu werden; er machte Marie ein Kompliment und griff gleichzeitig mit einer knotigen Hand nach ihrem Unterarm.
 Eine der Frauen am Pool hob ein Bein, kratzte sich am Knöchel über dem schmalen Lederriemen ihrer Sandale und schaute nach einem jungen Schauspieler mit längeren Haaren, der an der Brüstung der

Dachterrasse lehnte und auf eine andere Frau einredete. Ein elegant angezogener junger Mann tippte »ich vermisse dich dein T« in sein Mobiltelefon und verschickte die SMS, wie Hüseyin sah, als er von den heraufströmenden Massen gegen seine Schulter gedrückt wurde, gleichzeitig an drei Personen.

Aus dem Apartment kamen ein paar Halbnackte gerannt und sprangen in den Pool; es gab ein allgemeines Raunen in der Menge, irgendwo ging ein Glas zu Bruch. Eine kichernde Delegation von fünf Personen stürmte gemeinsam durch die schmale Toilettentür. Marie Bergsson hatte den Künstler abgeschüttelt und lehnte an der Brüstung der Dachterrasse. Die Luft war warm. Sie angelte mit zwei schmalen Fingern nach dem halbierten Pfirsich, der in ihrem Glas schwamm; zweimal entglitt er ihr, dann ließ sie ihn über die Brüstung in die Tiefe fallen. Er landete auf dem Dach eines alten Trabant.

Auf der gegenüberliegenden Straßenseite standen ein paar Plattenbauten, deren Dächer auf der gleichen Höhe lagen wie der Pool. Drei Männer in Unterhemden saßen dort auf der Teerpappe, sie hatten einen Kasten Bier aufs Dach geschleppt, den sie fast leer getrunken hatten; sie winkten mit den leeren Flaschen wie eine Gruppe, die in der Wüste eine Autopanne hat, und brüllten: »Wir wollen auch mal baden!« Unter den Gästen am Pool entstand eine kleine Unruhe; die Gesellschaft zog sich einige Meter zurück, bis sie außer Sichtweite war.

Inzwischen hatte der alte Künstler Marie wieder entdeckt und lief mit pathetischen Gesten so schnell auf sie zu, wie seine kurzen Beine es erlaubten. »Meine Liebe«, rief er und breitete seine Arme aus. Ein dicker Chinese verbeugte sich neben ihm. »Ihr kennt euch sicher«, sagte der Künstler. »Das ist Hue, der berühmte Maler, Sie kennen seine berühmten *Lachenden* – und diese junge Dame ist, wenn ich so sagen darf, der neue Star unter den Nachwuchsgaleristinnen – doch, doch, meine Liebe, keine Widerrede, das ist schon so. Glauben Sie einem alten Hasen.« Er hatte sich einen unterwürfigen Ton zurechtgelegt, klammerte sich aber mit seiner Hand erstaunlich aggressiv an Maries

Hüfte fest und schob sie über die Terrasse. Sie stießen auf Robert, der einen seltsamen Hang zu großen alten Männern hatte und den Ausführungen des Künstlers ergeben lauschte ... wie er damals mit Beuys, einem guten Freund, und Lüpertz ... ein feiner Kerl, wirklich –

Eine Frau sprach Marie an; wenn sie etwas sagte, wippte sie am Ende jedes Satzes mit dem Kopf, als müsste sie das Gesagte bekräftigen. »Ich habe Sie immer im Radio gehört«, sagte sie zu Bergsson und nickte zweimal. Es sah vollkommen absurd aus – als habe jemand das Eintreffen einer Mitteilung mit Schlägen gegen den Hinterkopf bestätigt. Ihr Freund hatte denselben Tick. Als Marie ihn fragte, was er gerade unterrichte, sagte er »visuelle Kommunikation« und nickte ebenfalls zweimal.

Sie gingen.

Sie fuhren über die Friedrichstraße, deren Gebäude wie leere Aktenordner in der warmen Nachtluft standen, zu einer anderen Party. Eine Fotografin, die keiner kannte, lief zwischen den Gästen herum und fotografierte Männern mit einer Digitalkamera von oben in den Hemdkragen hinein, so dass ihre Bäuche zu sehen waren – ein Kunstprojekt, erläuterte sie und hängte sich an einen Haufen neuangekommener Leute. Hinter ihnen schob ein Mann mit wehenden Locken eine kompakte Frau mit einer blonden Turmfrisur durch den Raum, die laut quiekte; es war Frédéric Beigbeder, der französische Schriftsteller, der irgendwo auftreten sollte. Weiter hinten tauchte das Paar mit den wippenden Köpfen auf und sprach mit einem Mann, der ebenfalls in kurzen Abständen mit dem Kopf nickte; sie wirkten wie Außerirdische, die gerade eine neue Kommunikationsform entwickelt hatten. Jemand drehte die Musik lauter, die ersten Leute tanzten. Eine Gruppe hatte sich ins Badezimmer verzogen und zerkleinerte dort mit dem Foto einer jungen Frau, das am Badezimmerspiegel gesteckt hatte, auf dem heruntergeklappten Klodeckel einen Brocken Kokain. Das Fotopapier reagierte chemisch auf das Zeug; eine schwarze Blase fraß sich bis zu den Ohren der jungen Frau vor.

Hüseyins Mobiltelefon klingelte. Selçuk war am Telefon, er sagte, Mustafa sitze in U-Haft mit einem Haufen Libanesen, die ihm auf die Nerven gingen, und er erreiche Hisham nicht. Hüseyin solle sofort Hisham auftreiben und die Sache regeln. Vor der Badezimmertür gab es einen Knall, jemand schrie auf, dann rief ein rotköpfiger Mann, jemand habe das Foto seiner Freundin zerstört, ihr Gesicht sei entstellt, wer, bitte, tue so etwas …

Marie Bergsson klemmte sich eine Magnumflasche Roederer unter den Arm und zog Theresa hinaus, zum Auto.

Vor dem alten Ballhaus hatte sich eine Schlange gebildet; an der Wand neben der Toilette lehnte Marilyn Manson bleich in der Schlange und schaute sich nervös um, ob ihn jemand erkannte, aber die Menschen hielten ihn bloß für einen Verrückten, der wie Marilyn Manson aussehen wollte.

Aus dem Ballsaal stolperte ein etwa dreißigjähriger Mann; sein schwarzes Haar stand in verschiedene Richtungen ab. Er kratzte sich an den Armen und umarmte wahllos Menschen. Seine Frau kicherte und fiel der Länge nach hin. Der Mann half ihr auf und setzte sie auf einen Stuhl. »Das ist der schönste Moment in meinem Leben«, sagte er, dann drehte er sich um sich selbst und breitete die Arme aus. Ein Tross, der sich von den Toiletten auf die Tanzfläche wälzte, riss ihn um, jemand, der weniger getrunken hatte, stellte ihn wieder senkrecht hin. »Gib mir ein bisschen Geld«, sagte der Mann und küsste ihn aufs Ohr.

Marilyn Manson starrte verärgert auf eine johlende Figur, die mit einem vollen Wasserglas durch die Luft wirbelte und einen kalten Regen auf die Wartenden fallen ließ. »Dies ist der schönste Moment in meinem Leben«, wiederholte der Mann und wischte sich das Wasser vom Gesicht. Jemand brüllte ihn an, er solle sich schämen, wie er sich hier aufführe, jedes Wochenende zweihundert Euro für den Dealer und hundert für den Babysitter, kein Wunder, wenn sie pleite seien. Der Mann nickte einsichtig. Er und seine Frau waren in der Werbung tätig, und vor ein paar Jahren hatten sie als die Entdeckung in ihrer Branche gegolten. Jetzt hatten sie ein Kind zu Hause, um das sie sich kaum kümmerten, andere Leute galten als Entdeckung, und sie verbrachten ihre Nächte weiter in Bars und Clubs; er trank, und sie hatte Affären.

Der Mann zerrte an Maries Hand. »Wie wäre es«, flüsterte er verschwörerisch, »wenn wir jemanden anrufen, jetzt? Das wäre doch herrlich.«

Er zog einen kleinen Beutel aus seiner Manteltasche und kicherte. »Und das hab ich gefunden!«

Draußen zog ein Gewitter auf, über dem Fernsehturm wurde der Himmel plötzlich schwarz, der Dom verschwand in einer unscharfen grauen Masse, die kühlere Luft kündigte Regen an. Hüseyins Mobiltelefon klingelte; es war Diana, die aus Abu Dhabi anrief und weinte. Sie hatte einen Deal verpatzt und musste getröstet werden, der ostdeutsche Kulturmanager war offenbar außer sich. Der Werbemann tauchte aus der tanzenden Masse auf, er war kalkweiß im Gesicht und schrie auf seine Frau ein, wie sie ihm so etwas nur antun könne; sie blickte ihn glasig an, dann schob sie sich die verschwitzten Haare aus dem Gesicht und sagte, er solle sich nicht so anstellen, dieser Kuss sei doch nur eine Art erweiterter Tanzschritt gewesen.

Vom Tresen kam ein lautes, kreischendes Lachen, ein neuer Trupp machte eine Expedition in die Herrentoilette, jemand rief »weg da, du Penner«, eine verknotete Menge von Köpfen, Beinen und Armen drängte in die schon übervolle Kabine. Kurz darauf war ein würgendes Geräusch zu hören, dann Protestschreie und Gepolter, schließlich flog die Tür auf.

»So eine Unverschämtheit«, zischte einer. »Wer hat denn den Arsch hier mit reingenommen?«

Eine Frau stolperte hinter dem Pulk aus der Herrentoilette ins Freie. In der Kabine stank es; neben der Kloschüssel am Boden saß ein hilfloser, kalkbleicher Mensch mit schwarzumränderten Augen. Seine Frisur war vollkommen zerstört. Es war der Werbemann, der sich am Abflussrohr der Kloschüssel festhielt.

»Was ist denn jetzt passiert?«, fragte er und kicherte sinnlos. Seine Hände zitterten.

Jemand zeigte streng auf den Klodeckel, von dem eine gelbliche, übelriechende Flüssigkeit auf den Boden tropfte.

»Du hast Harris ins Koks gekotzt«, stellte eine Frau sachlich fest.

Einer der kahlrasierten Türsteher tauchte auf, und es gab einen Tumult; eine Faust krachte auf einen dünnen Knochen, Blut tropfte aus einer Nase, mehrere Leute wurden durch die Tür ins Freie geschoben. Ein dürrer Mann umklammerte mit der Faust einen kleinen Beutel und starrte hektisch hinter sich, wo der Türsteher wie ein Verkehrspolizist die Menge davon abzuhalten versuchte, hinter dem Dürren herzulaufen. Marie Bergsson hatte sich zum Ausgang gerettet; sie hatte Hunger und wollte ins White Trash, einen Burger essen.

Vor dem White Trash lehnte ein Mann an seinem Motorrad und redete auf eine Frau ein, die gerade aus einem Smart ausgestiegen war. Sie sei doch ein hübsches Ding, krähte er der Frau entgegen. Sie solle nicht mit so einer Kiste rumfahren, das sei kein Auto – sie könne vorn ein paar Scheren drunterschweißen und damit ihrem Papa den Rasen mähen, aber im Straßenverkehr habe so etwas nichts zu suchen. Drinnen saßen Marie Bergsson, Hüseyin, Theresa und Takashi, den sie auf der Straße getroffen hatten. Marie hatte Takashi in irgendeinem Club kennengelernt. Er verdiente sein Geld mit japanischen Tattoos. In Japan könne man mit Tattoos kein Geld machen, erzählte er und drehte sein Bierglas in der Hand; ganz früher einmal sei das Tattoo ein Teil von *ukiyo-e*, der Kultur der fließenden Welt, gewesen, also von allem, was Spaß macht, aber seit dem achtzehnten Jahrhundert sei das Tätowieren in Japan vor allem eine offizielle Bestrafung, die damals die früher übliche Amputation der Nase und der Ohren ersetzte. Der Kriminelle erhielt ein Tattoo um den Arm für jedes begangene Verbrechen oder ein tätowiertes Schriftzeichen auf die Stirn. Heute tätowierten sich in Tokio und Osaka nur die Gangster und ein paar anstrengende Sonderlinge; in Berlin sei das anders, man könne den Leuten alles überallhin tätowieren.

Takashi war Künstler, und die Leute, die sich von ihm tätowieren ließen, wurden unfreiwillig zum Teil eines Kunstwerks. Die meisten seiner Kunden hatten keine Ahnung davon, was die japanischen Zeichen bedeuteten, die Takashi ihnen auf den Hintern, entlang der Wirbelsäule oder auf ihre Oberarme tätowierte; wenn sie nach dem Sinn fragten, sagte er irgendetwas Diffuses über Mut und Eigensinn; in Wirklichkeit aber schrieb Takashi auf ihnen einen Brief. Von jedem Tattoo, das er stach, machte er ein Foto, notierte Namen und Adressen des Trägers und klebte die Aufnahmen in der richtigen Reihenfolge in ein Album. Bald lief, verteilt auf dreißig Berliner, folgende Botschaft durch die Stadt: Geliebte Yumiko (Ramona, Choriner Straße) – du bist die Schärfste, die es gibt (Karsten, Lottumstraße) – ich verwandle die Welt für dich in einen Roman (Jens, Schönhauser Allee) – und alle Menschen werden eine Geschichte für dich sein, die von der Schönheit deiner Augen, deines Mundes und deines Arschs handelt (Petra, Auguststraße) – und davon, dass ich dringend mit dir schlafen will (Ansgar, Kantstraße); und so weiter. Wenn der Brief beendet wäre, sagte Takashi, werde er die Bilder an Yumiko schicken, das Mädchen, in das er seit seiner Schulzeit verliebt war.

Im Hintergrund ratterte irgendeine Psychobillyband aus den Lautsprechern. Ein paar echte Rocker tauchten auf, schoben die dünnen Menschen am Tresen wie eine Gardine beiseite und bestellten ein paar Bier. Für sie war das fernfahrerkneipenhafte White Trash der einzige vertrauenswürdige Ort in der Gegend, sie verstanden nur nicht, was die beknackten Popperkinder mit ihren dicken Brillen hier wollten.

Takashi begutachtete Theresas Tattoo und schüttelte betrübt den Kopf: Es war ein chinesisches Motiv und außerdem schlecht ausgeführt. »Die Deutschen können nicht richtig stechen«, sagte er und fixierte geistesabwesend den Barkeeper, der mit einem stumpfen Messer in einer Limone herumbohrte, »sie begreifen es einfach nicht.«

Die Musik wurde lauter.

Marie griff hinter die Bar in einen Becher, in dem ein Dutzend schwarzer Strohhalme steckte, und klemmte zehn von ihnen zu einem Superstrohhalm zusammen, mit dem sie dem Mann gegenüber seinen Bourbon wegzutrinken versuchte, aber der Superstrohhalm zerfiel, und sie bastelte sich stattdessen aus den Einzelteilen eine schwarze

Philosophenbrille. Ihre blonden Haare standen in einem erstaunlichen Chaos zu Berge. Sie hatte zu viel getrunken.

»Du siehst gut aus«, schrie sie Hüseyin an. »Du Schöner! Weißt du was? Ich heirate dich einfach.« Sie wickelte sich eine längere blonde Strähne um ihre Nasenspitze. »Nein wirklich. Ich will dich heiraten. Morgen heiraten wir. Ich will ein Kind von dir. Und ich will nicht in Berlin bleiben. Ich finde es ganz schlimm hier. Lass uns durchbrennen. Nach Sankt Moritz.«

»Warum jetzt nach Sankt Moritz?«, fragte Hüseyin, dem Sankt Moritz nichts sagte.

»Komm!«, rief Marie und fuchtelte mit den Strohhalmen vor seinem Gesicht herum. »Wir fahren los. Wir sind betrunken, das ist lustig.«

Im Auto schlief sie sofort ein. Hüseyin trug Marie in ihr Zimmer und legte sie angezogen auf ihr Bett. So, wie sie da lag, sah sie aus, als habe man sie aus hoher Höhe abgeworfen. Er schloss die Tür und ging. Dann fuhr er mit dem SL zum Kottbusser Tor.

Es hatte eine Schlägerei gegeben. Selçuk stand neben seinem Wagen und wischte sich Schmutz von der Hand; an seiner Lederjacke klebte Blut. Auf dem Boden lag ein leeres weißes Fläschchen, jemand rieb sich die Augen und schrie herum; sie hatten ihm Pfefferspray ins Gesicht gesprüht, aber er hatte Tilidin genommen und spürte nichts. Ein paar Schritte weiter stand eine Gruppe um einen jungen Mann, der auf der Straße lag; es war der deutsche Freund von Hüseyins Cousine. Ein paar betrunkene Punks redeten fürsorglich auf ihn ein, einer hatte eine Hand auf seine Schulter gelegt.

Die Cousine saß auf dem Gehweg und weinte und schrie, so ein Arschloch, wie könne er nur ... er sei ja verrückt ...

Hüseyin verstand nicht ganz, was passiert war, beschloss aber, weil Selçuk noch mit der Polizei reden musste, die Cousine mit dem SL nach Hause zu fahren. Er schaltete Metropol FM ein, sie kannte das Lied und sang den Text mit, *Kırılma, / Yapma kalbim, darılma ... nedeni var herşeyin / Suçlu, sorumlu arama*. Am Hotel Forum erlosch die rote Leuchtschrift, in der Ferne heulten Polizeisirenen. Dann zog im Osten ein blasses Grau auf, das sich langsam rot färbte; es wurde Tag. Als er die Cousine abgesetzt hatte, fuhr er zurück zu Marie.

Sie schliefen lange. Es war einer der heißesten Sommertage, durch den offenen Fensterspalt drang eine trockene, stickige Hitze, und als er das Fenster ganz öffnete, war es, als halte ihm jemand einen Föhn in den Mund. Draußen tropfte ein klebriger Film von den Linden, die Autoscheiben waren blind, der Lack wie mit Honig überzogen.

Marie tauchte im Türrahmen auf. Sie balancierte durch die Wohnung, als stünde sie auf einem Seil, trat sich mit dem linken Schuh in die Hacke des rechten, dann mit dem Zeh des rechten Fußes in die Hacke des linken Schuhs. Dann stelzte sie barfuß auf Zehenspitzen ans Fenster; die Schuhe blieben wie verdrehte Füße auf dem weißgestrichenen Parkett liegen. Sie wandte sich zu Hüseyin um.

»Was magst du machen?«
»Weiß ich nicht.«
»Wir schlafen einfach weiter. Oder wir fahren aufs Land.«

Weil es zum Weiterschlafen zu heiß war, fuhren sie zu einer Freundin von Theresa, die mit ihrem Mann irgendwo in Brandenburg ein Wochenendhaus gekauft hatte.

Theresa steuerte den Mercedes am Funkturm vorbei, dann tauchten die ersten Kiefernwälder auf. Die Autobahn war fast leer und lag hellgrau in der Hitze. Sie überholten ein paar polnische Lastwagen. Marie lag hinten quer auf den Notsitzen, hängte die Beine in den Wind und las aus der *Amica*-Beilage »100 Singles zum Verlieben« vor: »Torsten ohne H, geboren am 11. Februar 1969. Frage: ›Wie sieht eine ideale Nacht aus?‹ Antwort Torsten: ›Ich hole meiner Traumfrau die Sterne vom Himmel und gieße Sekt in ihren Bauchnabel.‹ Die sind doch auch alle nicht ganz dicht, oder?«

Sie verließen die Autobahn und fuhren durch seltsam farblose Dörfer. In der Ernst-Thälmann-Straße parkte ein zusammengebrochener

Lastwagen vor einem verrammelten Gasthof. Dann ging die Straße in einen Feldweg über; am Ende des Feldwegs stand das Haus.

Vor dem Haus hatte einmal eine rote Backsteinmauer gestanden, aber die Wurzeln der hohen Eichen hatten die Mauer so lange angehoben, bis sie umgekippt und in ihre Einzelteile zerfallen war. Nur die Pfosten des Tores, die das Grundstück zum Feldweg hin begrenzten, standen schief wie zwei verunsicherte Wachposten vor dem Haus. Dahinter begann der Wald, durch den ein Hohlweg führte; an seinem Ende leuchtete der See.

Das Haus gehörte Günter und Birgit. Günter hatte einen Computerschnellreparaturservice aufgebaut und fünf Jahre später eine Firma gegründet, die Großkunden mit IT versorgte. Er aß gern und kochte hervorragend, aber er teilte ungern. Theresa und Julian hatten ihn einmal besucht, als er gerade argentinische Rinderfilets briet; Birgit hatte vorgeschlagen, man könne die Portion doch durch vier teilen, was er zähneknirschend tat; in Wirklichkeit war er außer sich. Jeden Freitag verbrachte er in einem Sportclub und spielte Tennis oder Golf, nachts suchte er das Internet nach Sonderangeboten ab. Er war süchtig nach Sonderangeboten; er kaufte verbilligtes Fleisch und verbilligte Anzüge; und das Schönste, was er bisher gefunden hatte, war ein Golfurlaub auf den Seychellen zu fünfzig Prozent Last-Minute-Rabatt; weil der Tarif nur für eine Person galt, blieb Birgit zu Hause.

Birgit war Accessoire-Designerin. Sie hatte Armbänder und Flipflops entworfen, aber die Arbeit strengte sie an, und das Geschäft lief nicht gut. Günter warf ihr vor, lethargisch zu sein. Vor zehn Uhr morgens stand sie nie auf, und auch dann brauchte sie mindestens eine Stunde, bis sie ansprechbar war. Birgit trieb keinen Sport. Sie hatte es mit Yoga probiert, aber sogar das war ihr zu anstrengend.

Auf der Wiese vor dem Haus standen Autos mit Berliner Kennzeichen. Einige der Menschen, die am Zaun lehnten, kannte Marie. Es waren die üblichen Halbstars: Spätabendmoderatoren, die hofften, im kommenden Jahr auf die Sendeplätze vor dreiundzwanzig Uhr aufzurücken, erfolgreiche junge Ärzte, die sich eine Chefarztstelle oder ein üppiges Deputat für ihr Forschungsprojekt ausrechneten. Auf einer Bank saßen eine vielversprechende junge Literatin, deren Lyrikband einen Preis bekommen hatte, und ein Designer, der eine Tasche mit bunten Punkten entwickelt hatte, die sich einigermaßen gut verkaufte. Die beiden hatten lange in Portland gelebt, aber dann bekamen sie ein Kind, das Karl oder Friedrich oder Hans hieß, irgendein Name jedenfalls, wie man ihn auf den Kompanielisten des Ersten Weltkriegs findet, und mit dem Kind wurden sie auf eine seltsame Weise deutsch. Nachdem sie sich ein halbes Jahrzehnt lang nur von Sushi ernährt hatten, kauften sie jetzt in einem kleinen Laden, der schwäbische Spezialitäten anbot, Krustenbrot und Pastinakencreme; der Designer bekam einen kleinen Bauch und ließ sich einen Vollbart wachsen. Sie machten jetzt kein Yoga mehr, sondern hatten eine Kleingartenparzelle gekauft, in der sie schwarze Erdsäcke aufschnitten und mit Metallspaten Gemüsebeete anlegten.

Ein junger Neurologe saß im Gras und redete auf eine Frau ein. Dank einer funktionalen Magnetresonanztomographie habe man herausgefunden, rief er, dass Männer und Frauen unterschiedlich auf positive und negative Reize reagierten.
Er habe für die Studie dreißig Männer und zwanzig Frauen an bildgebende funktionale Magnetresonanzgeräte angeschlossen. »Männer zeigten stärkere Aktivität im bilateralen Okzipitallappen, der mit der Verarbeitung von Gesehenem zu tun hat. Das heißt«, sagte der Neurologe mit dem Lächeln eines Mannes, der eine unverhoffte, schmeichelhafte Wahrheit ausspricht, »dass Frauen positive Reize in einem breiteren sozialen Feld analysieren und die positiven Bilder mit Erinnerungen verbinden. Sie sind von Natur aus nostalgisch.«
Der Neurologe versuchte sie dazu zu bewegen, ein Experiment mit ihm zu machen.
»Ich zeichne einen Kasten. Du zeichnest eine Linie hinein.«
Die Frau zögerte, dann zeichnete sie eine senkrechte Linie.
»Wir haben gerade einen sehr interessanten Test gemacht«, sagte

der Neurologe und legte seinen Arm um die Frau. »Wo du deinen Stift angesetzt hast, liegt der goldene Schnitt, eine Naturkonstante. Das ist auch neurowissenschaftlich nachweisbar.«

»Dann können wir gar nichts selbst entscheiden?«, fragte die Frau mit dünner Stimme.

»Was uns wie eine Entscheidung vorkommt, ist eigentlich schon vorprogrammiert«, entgegnete der Neurologe und sah sie ernst an. »Aber wenn wir das Programm kennen, können wir es steuern und für unsere Zwecke nutzen.«

Ein junger Unternehmensberater schüttelte andächtig den Kopf. »Das ist wirklich faszinierend, oder«, sagte er zu seiner Sitznachbarin, »dass doch alles vorprogrammiert ist und wir nur das Programm knacken müssen.«

Birgit verbrachte viel Zeit auf dem Land. Die Fahrt zurück in die Stadt erschien ihr bald als Zumutung. Wenn sie mit dem Jeep, den Günter ihr geschenkt hatte, abends an einer roten Ampel in Kreuzberg stand, verriegelte sie die Türen. Einmal hatten ein paar Scheibenputzer ihr an der Ampel mit einem sandigen, verölten Lappen ein Herz auf die Seitenscheibe gemalt. Sie versuchte zu Hause, es mit heißem Wasser abzuwaschen; es verschwand nicht ganz.

Sie liebten den Ort, in dem sie am Wochenende wohnten. Sie fanden die bröckelnden Fassaden melancholisch schön und waren erbost, als die ostdeutschen Eigentümer von gegenüber beschlossen, ihr Haus neu zu verputzen und quittengelb streichen zu lassen.

Zum Geburtstag schenkte Günter Birgit eine Leica und ein Kopftuch von Hermès, auf das große goldene Ketten gedruckt waren. Er liebte seine Frau, er hatte, das sagte er seinen Freunden gern, »auch etwas von ihr gelernt«. Einen Abend pro Woche trainierte er tapfer in einem Fitnessstudio, das Holmes Place hieß, an den Geräten, obwohl er es hasste, dass er den kleinen Stift bei den Gewichten aus dem Loch mit der Siebzig, wo es die muskulösen Proleten am Tresen gelassen hatten, immer in das Loch mit der Fünfundzwanzig stecken musste.

Manchmal kauften Günter und Birgit Kunst. Einmal hatten sie das Bild eines jungen Malers erstanden, der mit schwarzer Farbe Selbstporträts auf die Leinwand warf, die er mit obszönen Kritzeleien umrahmte. Der Galerist nannte ihn den neuen Jonathan Meese. Birgit mochte das Bild; sie fand es aufregend, war aber von der Begegnung mit dem Künstler enttäuscht. Sie trafen ihn auf einer Vernissage, es gab Kartoffelsalat und Rotwein. Der Künstler sah aus, als habe er eine Woche in einem feuchten Erdloch gesessen. Er machte unangenehm aufdringliche Bemerkungen über Birgits Kleid und ihre Beine und schwieg, als Günter ihm von seinen Assoziationen und Empfindungen angesichts des Bildes erzählte (»Ruhe, verstehen Sie, Ruhe und Energie«, sagte Günter).

Im Herbst machten sie mit Freunden Most (»wir mosten am Wochenende und freuen uns, wenn ihr mitmacht«, stand in ihren SMS, und es klang ein bisschen wie eine Drohung).

»So, jetzt wird der Most gemacht«, rief Günter dann, und Birgit erwachte aus ihrer Lethargie und führte einen albernen Tanz auf, stemmte die Arme in die Hüften und rief: »Jeder muss mitmachen! Jeder bekommt eine Aufgabe« – woraufhin die kleine Gemeinde sich daranmachte, die aufgetürmten Äpfel zu schälen.

Bergsson saß auf einem Schaukelstuhl im Garten. Jemand hatte den Motorrasenmäher angeworfen, und ein schwacher Benzindunst mischte sich mit dem Geruch von frisch gemähtem Gras. Auf der Wiese erklärte ein junger Mann mit Seitenscheitel dem Neurologen etwas; beide hatten ein Wasserglas in der Hand und sahen aus wie vorbildliche Kinder aus einem Werbefilm der fünfziger Jahre.

Hinter ihnen nagte das Pferd am Holz des Koppelzauns. In der Ferne ratterten Mähdrescher durch die trockenen Weizenfelder. Der Wind drehte, und sie hörten die Lkws auf der Autobahn, die an die polnische Grenze führte.

Bergsson ging mit Hüseyin zum See; sie schwammen nackt; das Wasser war modrig und warm.

Am anderen Ufer tauchte ein alter Mann hinter den Bäumen auf. »Bitte raus aus der Uferschwimmblattpflanzenzone«, schrie der Mann. »Hier können Sie nicht durch, hier ist Naturschutz!«

»Wir wollten nur kurz an Land gehen.«

»Raus aus der Uferschwimmblattpflanzenzone«, wiederholte der Mann und fuchtelte mit einem langen Stock. »Ich fordere Sie ein letztes Mal auf: Verlassen Sie sofort die Uferschwimmblattpflanzenzone, oder ich hole die Polizei.«

»Du warst mal Grenzer, was?«, rief Bergsson zurück. Sie stand bis zu den Knien im Schlamm. Der alte Mann versuchte, auf ihre Brüste zu schauen und gleichzeitig auch nicht.

»Sie dürfen hier gar nicht schwimmen! Und textilfrei ist hier auch nicht!«

Bergsson machte einen Versuch, sich an einem Weidenast aus dem Schlamm an Land zu ziehen. Der alte Mann schlug mit der Stange auf den Ast, der Ast schnappte hoch, und sie landete im Morast.

»Du DDR-Nazi«, schrie sie, »kriegst jetzt gleich mal richtig eins in die Fresse.«

Sie bekam eine Portion Schlamm zu fassen und schleuderte sie auf den Alten. Der Schlammklumpen eierte durch die Luft und traf den Mann am Kopf.

»Treffer«, sagte Hüseyin sachlich.

Der Mann stieß einen heiseren Laut aus, wich ein paar Schritte zurück, fluchte etwas Unverständliches und kreischte: »Raus aus der Uferschwimmblattpflanzenzone! Haut sofort ab, oder ich knall euch alle ab!«

Dann verschwand er im Dickicht.

»So«, sagte Hüseyin ruhig. »Jetzt gehen wir raus.«

»Das machen wir nicht«, sagte Bergsson. »Ich kenne solche Typen. Der erteilt sich gerade selbst den Schießbefehl. Der holt jetzt eine Waffe.«

Sie schwammen zurück. Als sie aus dem Wasser kamen, dämmerte es. Ein Mann saß mit einer Frau am Ufer und schaute in den Himmel. Er trug nichts außer einem Strohhut. Während Hüseyin und Bergsson sich anzogen, deutete er in den Himmel und sagte:

»Wie klein man ist. Was für eine Weite.«

Die Frau neben ihm nickte andächtig.

Vor dem Haus parkte ein amerikanisches Paar seinen Toyota Prius. Es waren Freunde von Günter, die Birgit um den Hals fielen, als hätten sie nicht mehr damit rechnen können, sie je wiederzusehen.

»So what did you do today?«

»Pilze sammeln«, sagte Birgit. »I picked mushrooms.«

»You picked *mushrooms* in the *forest*?«, quietschte die dicke Amerikanerin, breitete die Arme aus und schüttelte den Kopf, wie man es bei einem Kind tut, das etwas Ungeheuerliches zustande gebracht hat.

»Oh my god, I can't believe it. That is incredible. Mushrooms in the forest. How romantic!«

Günter machte ein Lagerfeuer. Die Wochenendgesellschaft setzte sich mit Weingläsern auf den Rasen, und im Schein des Feuers begann eine Lesung. Ein kleiner, hagerer Mann wurde als Dichter vorgestellt und las etwas Assoziatives vor (»Ein Typ mit so einer spitzen Nase, der Gedichte vorträgt – das ist wirklich scheußlich«, flüsterte Bergsson).

»Ich möchte euch erzählen / von einem dunkeln Strand«, begann der hagere Mann und holte tief Luft; dann schleuderte er, wild hinter sich in die Luft greifend, eine endlose Wortkaskade heraus, die mit den Worten »letzter Gruß / ein Wind aus deinem alten Leben / als du jung warst als du nicht wusstest / was es bedeutet im Schlaf / zu werden« endete. Es gab ein anerkennendes Nicken in der Runde.

»Das ist wunderschön«, flüsterte Birgit. Günter machte ein langes Gesicht; Gedichte waren nicht seine Sache, und er wusste nicht, warum seine Frau solche Typen einlud. Er schnaufte und rutschte unbehaglich auf seinem Sitzkissen herum; diese Leute würden gleich seinen Wein saufen und sein Fleisch fressen. Er freute sich, dass die Arschlöcher in seinem Garten bloß das Zeug von Kaiser's tranken: Zum Glück hatte er einen wirklich sehr billigen Bordeaux im Sonderangebot bekommen, und das Grillfleisch war auch heruntergesetzt gewesen.

Die Leute tranken Unmengen; als Hüseyin sich gegen eins im Garten umschaute, sah er, wie Birgit und der Neurologe sich gegenseitig Kirschen an die Stirn hielten; ein paar Meter weiter hinten lag ein Paar mit glasigen Augen.
»Wärst du lieber Fisch oder Vogel?«, fragte der Mann.
»Ich glaube, als Vogel ist es schöner.«
»Ich will was von der Welt sehen«, murmelte der Mann.
»Das kann ein Fisch auch, wenn er im Meer lebt.«
»Was redet ihr denn da für ein Zeug«, sagte Bergsson.
Der Mann verstummte. Dann drehte er sich langsam zu Bergsson um und schaute sie erstaunt an.
»Stell dir mal vor, es gäbe kein Wasser, nur Erde.«
»Und?«
»Keine Fische. Nur Würmer«, sagte der Mann traurig und fiel zurück ins Gras.

Günter erschien im Türrahmen, er war kalkbleich. »Was habt ihr Birgit gegeben«, rief er.
Hinter ihm torkelten der Neurologe und Birgit ins Haus. Sie hielten gemeinsam eine verkohlte Bratwurst in die Höhe, die sie aus dem erloschenen Grill gezerrt hatten. »Ich bin genetisch, kann ich nix dafür«, schrie Birgit und küsste den Neurologen. Dann versuchte sie, Günter die Bratwurst in den Kragen zu stecken. Der Neurologe kicherte.
Vor dem Haus versuchte ein Mann, die Motorhaube eines Opel Corsa aufzumachen. Warum der Klodeckel nicht hochgehe, rief er verärgert, er müsse dringend mal. Ein anderer hielt eine leere Bierflasche über die Motorhaube und rief feierlich: »Ich taufe dich auf den Namen Horst!« Dann ließ er die Flasche auf das Auto fallen. An das, was danach passierte, konnte sich am nächsten Morgen niemand mehr erinnern.

Am Morgen trafen Theresa und Marie auf der Terrasse einen Dicken mit feuchten Haaren, der über seinen Laptop gebeugt am Tisch saß. Er schrieb eine Keynote Speech zur Entwicklung der asiatischen Märkte für eine Konferenz, die seine Firma veranstaltete. Er sagte: »Morgen, Mädels.«

»Ich habe diese Typen so satt«, flüsterte Marie und zerrte Theresa am Arm. »Ich gehe nach Afrika. Ich halte das nicht mehr aus. Dieses Pferd wird noch jahrelang da stehen und an diesem Holzzaun kauen, und irgendwann wird der Zaun zerbissen sein und in zwei Teile brechen, und dann sind die Typen hier alt und grau und ihr Leben ist vorbei. Was für schreckliche Menschen das hier sind. Most! Ich will hier weg!«

Theresa, Hüseyin und Bergsson verbrachten den Rest des Sommers zu dritt. Sie fuhren zum Kreuzberg und zum Müggelsee; sie standen so lange im Wasser, bis sie eine Gänsehaut bekamen; auf der Frankfurter Allee fuhren sie nachts hundert und schauten, ob der Fahrtwind ihnen die Zigaretten ausblasen würde. Ende August wurde es kühler. Es regnete, und als Marie und Hüseyin nach einer unruhigen Nacht aufwachten, war es so dunkel wie im Winter.

Bergsson verschwand, als der Herbst kam. Er rief sie an, aber sie nahm nicht ab. Auf dem Display seines Mobiltelefons leuchtete für den Bruchteil einer Sekunde der Satz »Verbindung beendet« auf.

Über ihm wohnte eine Frau; er hörte sie in ihrer Wohnung auf und ab gehen; sie installierte neue Klingeltöne auf ihrem Mobiltelefon. Um zwei Uhr morgens hatte sie sich entschieden.

Am nächsten Tag sah er die Wiederholung der Bilder des Feuerballs, der aus dem Turm des World Trade Center platzte. Bergsson hatte ihr Mobiltelefon abgeschaltet. Die Spätnachrichten, die Sondersendungen, alle Sender zeigten die Türme. Selçuk meldete sich. Das World Trade Center war ihm egal, er war unglücklich; er hatte Fatima in der Saz Bar getroffen, aber sie wollte nichts von ihm wissen; er sei ein Prolet, hatte sie gesagt, und sie habe die Nase voll von Männern wie ihm.

Hüseyin ging viel schwimmen in diesem Herbst. Der Geruch des Chlors, die weißen Kacheln, die Bahnmarkierungen auf dem Grund des Wassers beruhigten ihn. Er tauchte ab und versuchte, so lange wie möglich unter Wasser zu bleiben.

Er fuhr zu Bergssons Wohnung, aber dort traf er nur auf einen etwa sechzigjährigen Mann, der einen lilafarbenen Wildlederblouson trug und ihn erstaunt musterte; um sein Kinn wuchs wie ein Hufeisen ein grauer Bart. Am Küchentisch saß eine Frau mit kurzen, rotgetönten Haaren. Es waren Theresas Eltern, die aus Lübeck zu Besuch gekommen waren. Weil Hüseyin nichts zu tun hatte, kam er mit zu einer Diskussionsveranstaltung im Hebbel-Theater.

Theresa fuhr; sie parkte den braunen Saab ihrer Eltern vor dem Theater. Sie konnte es schwer ertragen, wie ihre Eltern mit jedem Besuch betulicher und überforderter erschienen. Ihr Vater, der früher betont sportlich fuhr und einen der ersten Turbosaabs der Stadt besessen hatte, brauchte für jede Parklücke eine Ewigkeit, rangierte falsch, dirigierte die Mutter von einem Wagenende ans andere, die mit kleinen Schritten hin und her eilte und Positionsbestimmungen durchs Schiebedach schrie, die er nicht verstand. Oft brach er den Parkversuch verärgert ab und fuhr eine ganze Runde um den Block, während die Mutter noch immer in der zu engen Lücke stand. Sie wurden alt. Sie begannen sich wie Pinguine an Land zu bewegen und trugen mehr hautfarbene Kleidung als früher.

Vor dem Hebbel-Theater gab es einen Grillstand. Theresas Vater fuhr mit seiner Wurst durch die Senfpfütze auf dem Pappteller und nickte Hüseyin aufmunternd zu. Am Tresen lagen belegte Brötchen mit gelbem Scheibenkäse; dort, wo die Dekorationstomate verrutscht war, schimmerte der Käse feucht und weiß. Aus den Lautsprechern über der Bar schepperte »God Only Knows What I'd be Without You«.

»Das sind die Beach Boys«, sagte Theresas Vater zu Hüseyin, »kennen Sie das?«

»Ja«, sagte Hüseyin.

»Das ist aber nicht dein neuer Freund, oder?«, flüsterte Theresas Mutter verschwörerisch.

»Nein, Mama.«

Ihre Mutter beobachtete, wie sich das Foyer allmählich mit Leuten füllte.

»Aber er ist nett. Und sieht auch gut aus. Ich hätte nichts dagegen, wenn du einen türkischen Freund hättest. Dein Vater auch nicht. Vorausgesetzt, der Junge behandelt dich gut.«

»Mama.«

»Das musst du selbst entscheiden. Wir mischen uns da nicht ein.«

Ihr Vater verwickelte Hüseyin derweil in ein Gespräch über die fehlgeschlagene Integrationspolitik der siebziger Jahre.

»Wir waren ein paarmal in Istanbul, das hat uns gefallen, sehr schöne Stadt, schöne Lage am Fluss! Der Bosporus, nicht wahr, und die Hagia Sophia. Das ist schon beeindruckend. Sind Sie noch öfters da, bei der Familie?«

Ein Mann in Wildlederschuhen wippte durch das Foyer, dahinter drängte eine Gruppe älterer Damen in den Raum, die ihre Knirps-Regenschirme trockenschüttelten.

Als sie den Saal betraten, war unten auf der Theaterbühne alles in ein aufmunterndes Hellblau getaucht. Die Moderatorin trat ins Rampenlicht und stellte den Dichter vor. Theresas Mutter kicherte, auch ihrem Vater schien die Moderatorin zu gefallen.

»Die ist gut«, murmelte er und kratzte sich an seinem Bart, »die ist gut.« Die beiden amüsierten sich prächtig. Theresa schaute Hüseyin mit dunklen Augen an; sie wirkte kleiner als sonst; sie war jetzt wieder zwölf.

Als sie aus dem Theater kamen, regnete es immer noch. Am Bockwurststand pumpte ein Polizist Senf auf seinen Plastikteller. Hüseyin verabschiedete sich. (»Also, er ist wirklich sehr höflich«, sagte Theresas Mutter angetan, »und auch durchaus reflektiert in dem, was er sagt.«)

Er traf Diana in einem Café neben dem Fitnessstudio. Sie hatten sich seit einem halben Jahr nicht mehr gesehen, und Diana sah nicht gut aus. Sie war blass und kaute auf den Fingernägeln.

»Es ist alles so sinnlos«, jammerte Diana.

»Was ist mit deinem neuen Freund?«, fragte Hüseyin.

»Er ist nett. Gut, er trägt einen Schnurrbart. Er sagt, das sei ironisch gemeint. Es geht, tagsüber; aber wenn ich morgens aufwache, möchte ich im Gesicht meines Freundes keinen Schnurrbart sehen.«

»Und sonst?«

»Er ist nicht das Problem. Das Problem ist, dass ich morgens in ein Büro fahre, in dem mich ein Fotograf empfängt, der mich bittet, ein Foto, das vier singende Vollidioten auf einem Segelboot zeigt, in ein Layoutformat einzupassen und vier Probeausdrucke mit gelber, grüner und blauer Schrift zu machen, jeweils in verschiedenen Punktgrößen. Dass ich mit den Ausdrucken dann nach Abu Dhabi fliegen und mich noch von dort aus außerdem um eine Kampagne für ein Sommerbier mit Zitronenzusatz kümmern muss. Hast du schon mal Bier mit Zitronenzusatz getrunken? Mach es nicht. Ich hab es so satt. Ich möchte irgendetwas Sinnvolles machen. Vielleicht sollte ich nach Südamerika gehen und ...«

»Was willst du denn ausgerechnet in Südamerika?«, fragte Hüseyin, den die Vorstellung vom schnurrbärtigen Freund ärgerte.

»Das ist es ja«, flüsterte Diana. »Niemand kann mich dort brauchen. Weil ich nichts kann. Ich kann gar nichts. Ich bin jetzt einunddreißig. Meine Eltern haben ungefähr vierhunderttausend Mark in mich investiert, um aus mir einen glücklichen, selbständigen Menschen zu machen. Sie haben alles, was sie hatten, für ihre Tochter ausgegeben. Ich habe dreihundert Blusen zerschlissen, sieben zu Koteletts portionierte Kühe aufgegessen, achthundert Liter Wein, Bier und Evian getrunken, mein Papa hat mir etwa zweitausend Gutenachtgeschichten vorgelesen, mir Radfahren und S-Bahn-Fahren und Autofahren beigebracht, mir neunzehn Weihnachtsgeschenke, zwanzig Geburtstagsgeschenke und vierunddreißig Schlümpfe gekauft, meine Mutter war auf etwa siebenundsechzig Elternabenden, hat mir jeden

Mittag Essen gekocht, mir ein Dutzend Praktikumsplätze besorgt, mir sieben Jahre lang zweitausend Mark monatlich fürs Studium überwiesen, mich *jeden* Tag angerufen, um zu fragen, wie es mir geht – und all das, damit ich am Ende einen bekloppten Eventkulturmanager in eine Wüstenstadt begleite und gelbe oder grüne Schriftzüge über einem Foto von vier biertrinkenden Vollidioten plaziere.«

Diana brach in Tränen aus, wischte sie mit dem Handballen fort und verteilte die zerlaufene Mascara quer über ihr Gesicht. Jetzt sah sie aus wie ein trauriges Zebra, ein überfordertes Zebra am Anfang des neuen Jahrhunderts, das gern irgendwo ein wenig Sinn und ein bisschen Liebe entdeckt hätte.

»Und ich hasse meine Nase.«

»Hmm?«

»Ich hasse sie. Ich möchte morgens nicht mehr in den Spiegel schauen, weil dort schon diese Nase auf mich wartet. Ich mag überhaupt nicht aufstehen, wenn ich daran denke, dass ich dann gleich wieder diese Nase sehe.«

Draußen vor dem Fenster drängten Menschen über den Rosenthaler Platz und gingen ins China Fast Food und den Grillimbiß Yildiz; über der Bäckerei Backfee warb ein Aerobic-Center für Spinning und Wellness, ein Friseur bot für achtzehn Mark Färben, Strähnchen und Dauerwelle an.

Sie kauften eine Pizza und gingen zu ihm. Diana schlief auf dem Sofa ein, mit dem Kopf auf Bergssons silberner Daunenjacke, die immer noch dort lag. Er zerrte an der Telefonschnur, die sich zu einem lakritzschlangenartigen Knäuel verknotet hatte, und wählte Bergssons Nummer, aber sie nahm nicht ab.

Im Dezember rief Bergsson ihn an; sie wolle die Stadt verlassen, wolle ihn aber vorher sehen. Sie holte ihn mit dem Mercedes ab, sie fuhren aufs Land, in einen Wald. Sie öffneten die Türen und ließen sich in den Schnee fallen. Er erinnert sich: an den Wald und das Moos unter dem Schnee, an die nasse Erde, die in seinem Haar hing. Später starteten sie den Motor wieder, und der Mercedes wälzte sich mit rauchender Kupplung aus dem Feldweg zurück auf die Straße.

Als sie ihn vor seiner Tür absetzte, ging die Sonne gerade auf.

Das letzte, was er von ihr sah, waren die Rückleuchten des Mercedes, der sich auf der Torstraße entfernte. Sie verkaufte ihn ein paar Tage später.

Dann verschwand sie. Eine Zeitlang schickte sie noch Postkarten und Fotos, die sie in Athen und in einer Bar in Beirut zeigten; sie hatte ihre Haare heller gefärbt, und auf den Fotografien schien es, als läge ein Schatten unter ihren Augen. Es hieß, sie arbeite in Syrien oder Marokko als Fremdenführerin. Sie schickte schließlich noch ein paar Fotos von ihrem Mobiltelefon: Marie Bergsson mit einem Kopftuch, dann ganz vermummt, einmal nackt im Meer, in einer Bucht. Dann wurden die SMS weniger, und schließlich hörten sie nichts mehr von ihr.

2008
Die linke Spur

Kilometerstand 270 423

Er hatte sich nichts vorzuwerfen.

Sie hatten ihn schon früh am Morgen angerufen, er solle ins Büro kommen, es müsse jetzt schnell gehen, die Leute von Atticus seien am Durchdrehen, weil der Kurs sich halbiert habe, es sei der Ernstfall eingetreten, niemand habe wissen können, dass … Um kurz vor acht stand Berger im Stau Richtung Innenstadt, rasierte sich mit der linken Hand im Rückspiegel, machte das Radio an und betrachtete auf dem iPhone die nach rechts unten zuckende blaue Xetra-Dax-Kurve, die den Tagesverlauf vom Mittwoch darstellte. Er gab verschiedene Stichworte bei Google ein, fuhr fast auf seinen Vordermann auf und versuchte zu verstehen, was auf dem Display seines Mobiltelefons vor sich ging. Es war Donnerstag, der 11. September 2008, kurz vor acht, die Temperaturen lagen bei fast zwanzig Grad. Er fuhr offen, obwohl sich ein Wolkentumult vor die Sonne geschoben hatte und der Wind an seinen Haaren zerrte. Er versuchte, seine Frau anzurufen, aber sie schlief offenbar noch oder stand unter der Dusche oder stritt sich mit dem Kind, was es anziehen solle. Tolkow, mit dem er manchmal zusammenarbeitete, rief an, er klang gehetzt und redete wirres Zeug, sprach von Handlungsbedarf – Lehman sei am Ende, man erwarte die Ausgliederung von Gewerbeimmobilien und weiteren illiquiden Vermögenswerten, die Dividende werde verringert, so wolle man wieder auf Kurs kommen, dies sei kein gutes Zeichen, man müsse reden, sich treffen, hallo, ich verstehe Sie nicht, ach so – dann brach die Verbindung ab. Berger drehte das Radio wieder laut, es kam jetzt ein Bericht über einen Amerikaner namens Wagner, der gegen das US-Energieministerium und das Schweizer CERN klagte, um die Inbetriebnahme des neuen Teilchenbeschleunigers zu verhindern; der Große Hadronen-Speicherring sollte in ein paar Tagen seine Arbeit aufnehmen. Wagner, hieß es in dem Bericht, fürchte, bei den Experimenten könnten Schwarze Löcher entstehen, die den Planeten aufsaugen würden. Es folgte ein Interview mit dem Chaosforscher Otto Rössler, der mit einer matten, fast flüsternden Stimme erklärte, im CERN könnten künstliche Schwarze Löcher erzeugt werden, aber diese extrem kleinen Schwarzen Löcher müssen nicht – wie von Stephen Hawking vermutet – sofort wieder zu Strahlung zerfallen, sondern könnten exponentielles Wachstum entwickeln, bis sie letztlich die gesamte Masse der Erde verschlingen würden. Im Atomendlager Asse, meldeten die Nachrichten, hatte es einen Wassereinbruch gegeben; das Lager sei nicht sicher. Unter der Erde schienen die Dinge kompliziert zu werden, aber das interessierte Berger nicht. Was ihn beunruhigte, war die Kursentwicklung.

Im Parkhaus schnappte ihm der Kollege aus der Abteilung Emerging Markets den letzten Platz auf Ebene eins weg. Er schoss in einem Viertürer mit zornig schrägstehenden Scheinwerfern an ihm vorbei, direkt in die Lücke; eine Sekunde später sprang er mit einem Satz aus dem Wagen, ein völlig lächerlicher Auftritt. Der Mann war eine Plage, ein kleinwüchsiger, drahtiger Mann, der, um ein paar Zentimeter an Höhe zu gewinnen, seine Haare in eine aufstrebende Helmform föhnte – alles an ihm wies auf eine pathetische, übertriebene Weise aufwärts, bog sich nach oben, die Kragenspitzen des zu weiten Hemdes, das Revers seines Sakkos, die lächerliche Stupsnase; an seinem Gürtel prangte ein Sonnensymbol.

Er legte in seiner Freizeit Karten, womit er hin und wieder auch versuchte, Frauen zu beeindrucken; aber er glaubte tatsächlich an die Wirkung von Magnetfeldern, Kristallen und Strahlungen.

Einmal im Büro angekommen, hämmerte der Mann schwungvoll eine E-Mail nach der anderen in die Tastatur. Seine Abteilung war die einzige, die einen Quartalsgewinn aufwies; auch deswegen hatte er eine unerträglich gute Laune.

Berger hatte ihn erst vor ein paar Tagen bei einem Abendessen getroffen. Die Gastgeber galten als einer der wichtigsten Kontakte zur SAPC.SA, mit der sie seit einiger Zeit intensiver zusammenarbeiteten. Er hatte sich auf die Einladung gefreut; als er gegen acht ankam, sah er zu seinem Ärger auch den Wagen des Kollegen aus der EM-Abteilung vor dem schmiedeeisernen Zaun parken.

Das Haus war erleuchtet, in der Eingangshalle wurden Mäntel abgenommen und Champagnergläser gereicht und Fleischbällchen auf Silbertabletts serviert. An den Wänden hing Kunst. Berger wurde herzlich begrüßt und in einen Raum geleitet, in dem man eine lange Tafel gedeckt hatte. Ihm gegenüber, unter einem raumgreifenden Gemälde, das eine nackte Frau auf einer Couch zeigte, saß die Gattin eines Vorstands. Links und rechts von ihrem Kopf prangte jeweils eine überdimensionierte gemalte Brust; aus Bergers Perspektive sah die Vorstandsgattin aus wie eine von Hugh Hefner überarbeitete Mickymaus. Er musste lachen, was ihm neugierige und irritierte Blicke einbrachte.

Während des Hauptgangs tat sich der Kollege aus der EM-Abteilung mit Geschichten über seine Tauchurlaube auf den Malediven hervor, er berichtete von weißen Haien und hinterhältigen Muränen, die es in den Riffs zu meiden gälte. Die Tischgesellschaft hörte ihm gebannt zu. Ein junger Baron nahm den Gesprächsfaden auf; er betreibe eine Schafzucht in Patagonien, leider seien die dortigen Schäfer alles andere als zuverlässig – andererseits sei er froh, dass er nicht in Afrika sei, ein Freund besitze dort eine Avocadoplantage, man mache sich keine Vorstellung, wie das Land unter den Leuten, die jetzt dort das Sagen hätten, verkomme! –, jedenfalls sei er, als er einmal wieder unten war, von einer Lanzenotter gebissen worden, Bothrops ammodytoides, präzisierte er, verwandt mit der Buschmeister, so was müssen sie da unten wissen – eine Sache, die tödlich ausgehen könne, mit knapper Not habe er es aus eigener Kraft in eine der lokalen Krankenstationen geschafft.

Ob er, Berger, in seinem Beruf auch so interessante Erfahrungen mache, fragte die Gastgeberin schließlich hinter ihrem gigantischen Rotweinglas hervor; vierzig neugierige Augen richteten sich auf ihn. Er erklärte, er interessiere sich mehr für Kursentwicklungen; als er die Enttäuschung in den Gesichtern der Gastgeber sah und der Fachmann für aufstrebende Märkte schon anhob, einen weiteren Tauchgang nachzuerzählen, riss er das Wort an sich und schmückte eine Begegnung mit einem Kampfhund und seinem Besitzer aus; er habe sofort einen Polizisten … Einige der Gäste schüttelten besorgt den Kopf, andere wandten sich desinteressiert ab; am oberen Ende des Tisches lachte eine Frau schrill auf, zwei Dicke steckten die Köpfe zusammen und begannen sich über etwas anderes zu unterhalten, »bin aus dem Fonds rausgegangen, das ist mir zu unsicher« … »sollten wir aber halten, weiter runter werden die nicht gehen … das können sie nicht zulassen«. Berger versuchte, der Geschichte mit dem Hund etwas Amüsantes abzupressen, musste aber feststellen, dass nur die Gastgeberin aufmerksam seinen Kampf gegen den Kampfhund verfolgte und ihrem Mann, der die Unterlippe vorgeschoben hatte und seine Serviette mit phantasievollen Faltungen auf Handtellergröße zusammenknickte, mahnend die Hand auf die Schulter legte.

Am späteren Abend, als er sich verabschieden wollte, verwechselte er die Vorsitzende der SAPA Holding mit der identisch gekleideten Frau von Tolkow. Er fuhr mit Magenschmerzen nach Hause und wachte am nächsten Morgen mit dem Gefühl auf, eine nicht wiedergutzumachende Peinlichkeit begangen und sich vor einflussreichen Figuren seiner Branche bis auf die Knochen blamiert zu haben.

An diesem Mittwochmorgen schlich Berger wie ein Einbrecher am Empfangstresen vorbei in sein Büro. Im gesamten achten Stock war die Klimaanlage ausgefallen, und obwohl es noch früh war, stand eine ungesunde Hitze im Raum. Jemand versuchte, ein Fenster zu öffnen, und stellte fest, dass die Griffe abgeschraubt worden waren; es gab nur, für Notfälle, einen roten Hammer, der in einem Glaskasten hing. Kurz vor der Konferenz versagten die ersten Deos, und über den

Telefonen, Tastaturen und Türklinken bildete sich ein feiner, klebriger Film.

Die Frühkonferenz fand im dritten Stock statt. Es war eine außerplanmäßig anberaumte Krisenkonferenz, was man an der Menge schiefsitzender Anzüge, hektisch gebundener Krawatten und nervös zuckender Augen erkannte; die Jalousien waren halb heruntergelassen. Auf dem Tisch herrschte die gleiche penible Ordnung wie immer; die Sekretärinnen hatten auf sechs Tellern Tagungsgebäck ausgelegt, trockene Kekse, die ihr Verfalldatum längst erreicht hatten und deren Schokoladenüberzug kleine weiße Bläschen zeigte.

Der Leiter der Abteilung für strukturierte Produkte, ein eleganter Halbitaliener mit erstaunlich behaarten Händen, ergriff als erster das Wort. Er bat um erhöhte Wachsamkeit. Die Kunden seien angesichts der Entwicklungen auf den internationalen Märkten sehr nervös, »und wir sind«, sagte er mit einer ausladenden Bewegung des rechten Arms, »Teil dieser Dynamik«. Die Volatilität der Märkte beanspruche die Nerven vor allem konservativer Anleger. Er wisse von Vorfällen in Hamburg, dort gebe es Ärger wegen der Beteiligung an United Stardust; anderswo seien Mitarbeiter von enttäuschten Investoren körperlich angegangen worden; man müsse davon ausgehen, dass die Anleger bei der Hauptversammlung sehr emotional reagierten – und dass es in sehr vereinzelten Fällen zu Bedrohungen kommen könne. Das gelte, natürlich, vor allem für die Juristen und Anlageberater der Fonds, deren Dünnhäutigkeit nicht dazu beitrage, die Lage zu entschärfen.

Zum Glück, dachte Berger, waren die Container nicht zur Sprache gekommen. Dafür tauchte gegen halb zehn, während er seine Präsentation vorbereitete, einer der Vorstände in seinem Büro auf. Er machte ein ernstes Gesicht und legte den Ausdruck einer Transaktion vom 13. August auf den Tisch.

»Wussten Sie von diesem Geschäft?«

»Nein.«

»Also«, insistierte der Vorstand und beugte sich so weit vor, dass

Berger sein süßliches Parfüm riechen konnte, »Sie haben nichts davon gewusst?«

Seine Mundwinkel zuckten. »Es ist sehr wichtig, dass ich das weiß. Es gibt Irritationen über Ihre Rolle in dieser Sache. Ich habe Informationen, dass es sehr ernste« – ihm erstarb an dieser Stelle die Stimme, er räusperte sich – »sehr ernste Konsequenzen haben kann, wenn sich herausstellen sollte, dass Sie von dieser Angelegenheit Kenntnis hatten.«

»Ich wusste nichts davon.«

»Aber die Sache gehört ja eigentlich in Ihr Ressort, und es beunruhigt mich fast noch mehr, dass sie an Ihnen vorbeigespielt werden konnte. Wirklich – es wäre mir lieber, Sie hätten hier eine Fehlentscheidung getroffen, als dass Sie eine so fundamentale Angelegenheit einfach übersehen haben.«

Berger holte Luft.

»Wir wissen«, hakte der Vorstand mit einer kälter werdenden Stimme nach, »dass es Anrufe von Ihrem Telefon nach Tokio und Frankfurt gab. Wissen Sie, es ist wichtig, dass ich es jetzt erfahre, wenn Sie der Anrufer waren. Es gibt sehr weitreichende Anschuldigungen gegen Sie …«

»Von wem?«

»Das darf ich Ihnen natürlich nicht sagen. Also: Sie haben ganz bestimmt von nichts gewusst?«

Berger starrte auf seinen Schreibtisch. Wusste der Vorstand etwas, oder bluffte er? Oder hatte ihn jemand … und warum war Tolkow nicht erreichbar gewesen? Aber bevor er etwas sagen konnte, nahm der Vorstand sein Sakko und verließ das Büro.

Um zehn Uhr eröffnete Berger die Versammlung. Hinter ihm flimmerte das Firmenlogo, das ihm beunruhigend unscharf erschien. Er begann seine Ansprache.

»Sehr geehrte Damen und Herren, liebe Aktionäre. Ich möchte Sie zu unserer ordentlichen Hauptversammlung begrüßen. Die Kapitalmärkte befinden sich, wie Sie wissen, gerade in einer turbulenten

Situation. Trotzdem gibt es keinen Grund zur Panik. Lassen Sie mich kurz ...«

Er sprach zwanzig Minuten, zeigte Tabellen, erklärte Entwicklungen und war insgesamt zufrieden mit seinem Auftritt; nur der bleiche Typ, der früher bei der IKB-Bank war und ihn dringend sprechen wollte, machte ihm Sorgen. Andererseits boten sich in der ganzen Aufregung Chancen für Geschäfte, mit denen er seinen Vorstand wieder würde besänftigen können ...
Er hatte mit New York telefoniert. Wenn es stimmte, dass der Kurs von Goldman Sachs weiter einbrechen würde, könnte man ... Berger versuchte, Tolkow zu erreichen, aber der ging nicht ans Telefon.

Berger galt als Quereinsteiger, als unerwarteter Star; er hatte, als er im Dotcom-Crash von 2001 einen Großteil seines Geldes verlor, in Immobilien investiert, was angesichts der Niedrigzinspolitik der US-Zentralbank eine gute Entscheidung war, er hatte sein Geld und das seiner Freunde und Anleger in Schiffsanleihen und Dubai-Immobilien gesteckt, und noch im Juli hatte ihn der Vorstandsvorsitzende auf eine Dienstreise nach New York mitgenommen und neue Deals vorbereitet. Sie waren am Sonntag in Manhattan mit einer Limousine abgeholt und über den Long Island Expressway in eine Villa gebracht worden, die irgendeiner Investment-Legende gehörte. Sie standen im Sand und tranken Champagner, ihm wurden Hände und Drinks gereicht; er sah das Meer und Gesichter mit sehr vielen weißen Zähnen, gelockerte Krawatten und versandete Lederschuhe im Dünengras. Später hatte sich eine, die aus Delaware stammte, bei ihm untergehakt; sie hatte einen Sonnenbrand und Sommersprossen und stark getuschte Wimpern und erzählte ihm von Leon Levy und von Paulson, Paulson war ihr Idol, er hatte mit seinem erfolgreichsten Produkt 600 Prozent Rendite erzielt, hieß es; sie träumte davon, für Paulson zu arbeiten. Sie waren hinter die Villa gegangen, wo man den Lärm der Atlantikwellen und das Rumoren der Liveband vorn auf der Hauptterrasse nur noch leise hörte, und zum Abschied hatte sie ihm ihre Visitenkarte (Büttenpapier mit Prägedruck, eine Adresse in Manhattan mit der üblichen einschüchternden Menge an Namen und Abkürzungen) und die Nummer ihres privaten Blackberry gegeben. Am nächsten Tag hatte er, während die Endzwanziger mit den aufgestellten Hemdkragen, die er am Abend zuvor kennengelernt hatte, in ihren Büros in Midtown Millionendeals eintüteten oder in den Sand setzten und Schuldverschreibungen ausstellten und Zinszahlungen für gefälschte Wechsel bedienten, in einem Deli an der siebenundvierzigsten Straße gesessen und auf sie gewartet, aber sie war nicht gekommen.

Trotzdem hatte es so ausgesehen, als ob das eigenartige, dunkle, hysterische Jahrzehnt, dass mit dem großen Crash der New Economy und dem Einsturz der Türme an der Wall Street begonnen hatte, ein heiteres Ende finden würde, aber offenbar war das nicht der Fall.

Es war elf Uhr, Berger saß wieder am Schreibtisch. Draußen flimmerte die Hitze über dem trägen Fluss, und die Verfahrenheit seiner Lage baute sich in einem bedrohlichen Breitwandformat vor ihm auf.

Als er ein Kind war, hatte er als hoffnungsvolle Entdeckung in seinem Fußballverein gegolten, mit fünfzehn als Ausnahmetalent am Schlagzeug und an der Gitarre; man prophezeite ihm eine bedeutende Karriere als Musiker. Man hatte in seine Bildung, seine Talente investiert – aber dann hatte er schließlich doch Jura und Wirtschaftswissenschaften in Lausanne studiert, und jetzt saß er in der verdammten SPTC-Abteilung fest und beeindruckte mit seiner Gitarre nur noch die Mütter beim Basteltag im Kindergarten. Paulson hatte auf Leerverkäufe von Subprime-Hypotheken gesetzt, er hatte, dachte Berger, alles richtig gemacht, das Vermögen seines Fonds lag etwa bei 28 Milliarden Dollar. Berger hatte solche Ideen nicht gehabt.

Wie immer in diesen Momenten beugte er sich ein wenig vor, um durch die Lamellenjalousie vor seinem Fenster den verschrammten Mercedes 350 SL zu sehen, den er sich als Sommerauto gekauft hatte – eine Schrottkarre genau genommen, aber mehr Geld konnte er nach dem Kauf einer Zweihundertzwanzig-Quadratmeter-Wohnung mit Dachterrasse nicht für einen Zweitwagen ausgeben, und dieses Auto war das am wenigsten entwürdigende Fahrzeug, das er für so wenig Geld bekommen konnte.

Dann, gestärkt vom Anblick des Cabriolets, das ihn an seine unkomplizierteren und euphorischeren Zeiten erinnerte, versuchte er, seine Frau zu erreichen.

Sie hatten am Freitag übers Wochenende aufs Land fahren wollen, und während sein Koffer seit 14.45 Uhr einladebereit an der Wohnungstür stand, war Simone um halb acht Uhr abends immer noch damit beschäftigt, ihre Sachen zu packen, und zeigte keinerlei Anzeichen von Schuldbewusstsein, im Gegenteil. Sie fand Zeit, auf dem Balkon eine Zigarette zu rauchen (5 Minuten), mit einer Freundin, die einen Mann kennengelernt hatte, zu telefonieren (23 Minuten, zwei Zigaretten), ihre ohnehin espressodunklen Augen in einer ausladenden, zeitintensiven Bemalungs- und Puderprozedur optisch ins Riesenhafte zu vergrößern (10 Minuten), am Kiosk die *Gala* und die *Bunte* zu kaufen (13 Minuten), im Badezimmer, wieder telefonierend, nach einem bestimmten Body-Öl zu suchen (17 Minuten) und sich ihre Beine zu rasieren (7 Minuten) und einzucremen (6 Minuten). Während dieser einundachtzig Minuten, die nach Beendigung des eigentlichen Packvorgangs bis zur Abfahrt verstrichen, hatte er mit seinem zweijährigen Sohn Karl gespielt, dessen vergnügtes Quietschen ihn über die Verzögerung einigermaßen hinwegtröstete, während Mina, Simones Tochter aus einer früheren Beziehung, auf dem Sofa liegend seit Stunden mit ihrem Freund Jago telefonierte, was er ihr nicht zum Vorwurf machen konnte, schließlich war sie die Tochter ihrer Mutter.

Simone war sagenhaft unordentlich. Sie verwandelte binnen kürzester Zeit die gesamte Wohnung in eine entropische Schreckenswüste: Auf dem Küchentisch, den er am Donnerstagmorgen aufgeräumt hatte, türmten sich bereits am Donnerstagabend ein altes Ladegerät, eine halbleere Packung Einwegrasierer, sieben Tampons, drei Stabilo-Pens, eine Plastikblockflöte, das Kündigungsschreiben für das Kiesertraining, ein Einkommensteuerbescheid, ein rosafarbener Lipgloss, eine

Dose Niveacreme, ein offensichtlich benutztes Taschentuch, eine Rolle Geschenkpapier, ein Tesafilm, eine umgekippte Packung Nesquick, deren Inhalt sich über den Einkommenssteuerbescheid verteilte. Außerdem, unter und neben dem Tisch: zwei verschiedenfarbige Kindergummistiefel, ein Bobbycar, eine zerbrochene Rassel, zahlreiche Reiskekskrümel, ein vom Tisch gefallenes, mit der feuchten Seite nach unten gelandetes, inzwischen angetrocknetes Marmeladenbrot, ein nichtbeachtetes Aufforderungsschreiben des Kindergartens, in Karls Jacke ein Schild mit der Aufschrift »Karl« zu nähen, ein Stapel Schmutzwäsche, ein Bügelbrett, ein brauner BH, ein Papierlocher und eine Ray-Ban-Sonnenbrille mit nur einem Bügel.

An diesem Tisch, in dieser Küche, das heißt, in ihren noch begehbaren Teilen, hatte es am Donnerstagabend einen Streit über a) das Aussehen der Wohnung und b) die Frage gegeben, ob man Karl schon jetzt für den Waldorf-Kindergarten anmelden solle. Er war dagegen. Er war auf einer Waldorfschule gewesen, er hatte den ganzen Irrsinn mitgemacht, sie hatten ihm ein persönliches Mantra gegeben, das er niemandem verraten dürfe, das nur er besitze, und natürlich hatte er es gleich seinem besten Freund verraten und feststellen müssen, dass der das gleiche Mantra hatte. Der Freund war später nach Brasilien gegangen und Trommler geworden, er hatte sich in Pernambuco einer Candomblé-Sekte angeschlossen und dann einen Nervenzusammenbruch bekommen. Sie hatten sich also zuerst über Waldorfschulen gestritten, dann über den unnützen Krempel, den sie bei Manufactum gekauft hatte, und in diesem Zustand erregter Zermürbung fuhren sie wie fast jeden Freitagabend aufs Land.

Eine Freundin seiner Frau hatte dort ein Haus, und obwohl sie beide die Freundin nicht besonders mochten – Simone verbrachte sogar sehr viel Zeit damit, zu erläutern, wie sehr sich die Freundin zu ihrem Nachteil verändert habe –, fuhren sie immer wieder hin, angeblich, weil es den Kindern dort so gut gefiel. Den Kindern war das Land natürlich egal, sie fanden es dort todlangweilig; schon bei der Hinfahrt schrie Karl, während Mina wortlos auf der Rückbank der Großraumlimousine saß und mit müden Augen auf das Display ihres Mobiltelefons oder in die vorbeiziehende Landschaft starrte.

Das Familienauto war ein weiteres Ding in seinem Leben, das er zutiefst hasste. Es war ein Volkswagen Touran, eine sogenannte kompakte Großraumlimousine. Es sah aus wie ein demolierter Toaster auf Rädern, trug eine absurde Chrommaske über der vorderen Stoßstange und hatte sieben Sitze. Sie waren zu viert, plus ein Hund, und es war ihm nicht erklärlich, warum sie für vier Personen und einen Hund sieben Sitze brauchten, zumal der Hund grundsätzlich nicht auf Autositzen Platz nahm und deswegen in den lächerlich kleinen Restkofferraum gezwängt werden musste, während Objekte, die normalerweise in einen Kofferraum gehörten – das Kinderfahrrad, ein toskanischer Blumentopf, Einkaufstüten –, auf die freien Sitze geschnallt wurden, von wo aus sie in der erstbesten Kurve auf den Hund stürzten.

Sie hatten sich oft über den Volkswagen gestritten, so oft, bis er sich schließlich den Mercedes gekauft hatte, und deswegen hatte es wieder Streit gegeben. Es war nicht so, dass sie nicht gern, wie in ihren jüngeren und wilderen Tagen, wieder eine alte Alfa Giulia gefahren hätte, aber es machte sie ratlos, dass er sein restliches Geld für ein Objekt ausgab, das so unübersehbar inkompatibel mit dem Dasein einer jungen Kleinfamilie war, schlimmer noch, die Existenz dieser Familie gegenüber der Außenwelt rundheraus verleugnete. Außerdem hätte sie das Geld lieber für eine Afrikareise genommen. Sie wollte immer schon einmal echte Löwen sehen, während er nichts von Safaris hielt; so ein Löwe, hatte er gesagt, sei entweder enttäuschend weit weg oder bedrohlich nah dran, genießen könne man es in beiden Fällen nicht.

Er hatte also den alten Mercedes gekauft. Er wollte den Wagen neu lackieren lassen, und er hatte sich darauf gefreut, wie gut Simone am Steuer dieses Wagens aussehen würde; andere Frauen wären, sagte er, doch froh, ästhetisch nicht noch weiter in die Mutterrolle gedrängt zu werden, sondern ein Cabrio fahren zu können, aber davon wollte sie nichts hören, in diesem Auto, hatte sie gesagt, sehe sie allenfalls wie eine Luxusprostituierte aus, aber wenn das seine Vorstellung von der idealen Beifahrerin wäre, dann sei er ja automäßig auf dem richtigen Weg, herzlichen Glückwunsch, es werde sich ganz bestimmt eine Praktikantin finden, die diese Rolle gern übernähme.

Er hatte Simone im Herbst 2001 kennengelernt. Sie waren, weil die Reiseangebote nach den Anschlägen günstig waren, nach New York geflogen und hatten in einem geisterhaft leeren Hotelturm an der achten Avenue gewohnt und in den Läden an der Lexington eingekauft und ihre Zeit im Indochine und in Milano's Bar verbracht. Oben in den Hoteltürmen waren die Zimmer am billigsten. Nachts, wenn sie schon schlief, stand er am Fenster und schaute über die Backsteinhäuser, die weit unter ihm in einem gelblichen, feuchten Nebel lagen, er hörte ferne Sirenen und war, soweit er sich erinnert, glücklich damals.

Seit sie ein gemeinsames Kind hatten, verreisten sie nicht mehr oft, nur einmal, kurz nachdem er den Mercedes gekauft hatte, waren sie an die Ostsee gefahren. Sie hatten Mina und Karl bei ihrer Mutter gelassen; sie trugen ihre alten Sonnenbrillen und sahen, wie er fand, phantastisch aus; es fühlte sich an, sagt er später, als wären sie auf der Flucht in ihre eigene Vergangenheit gewesen. Die Sonne brach durch die Kiefern, und seine euphorische Stimmung hielt so lange an, bis Simones Mobiltelefon den Eingang einer Nachricht vermeldete. Sie tippte eine SMS. Dann brüllte sie in den Fahrtwind hinein:
»Anke hat sich von ihrem Freund getrennt.«
»Aha«, sagte er.
Er mochte Anke nicht besonders. Sie war eine alte Freundin von Simone, die bei Karstadt in der Verwaltung arbeitete, Politiker als »die da oben« bezeichnete und ihre Sommerurlaube bei ihren Eltern in einem enträderten Campinganhänger an der Nordsee verbrachte. Sie hatten sie ein paarmal getroffen, und bei gemeinsamen Fernsehabenden zeichnete sie sich durch erstaunliche Fressanfälle aus; zwei Tafeln Milka vertilgte sie in einer Viertelstunde, wonach sie mit einem bedauernden Klagelaut in die Sofakissen sackte und matt, in einer jammern-

den Tonlage, »o nein, jetzt platze ich gleich« rief. Obwohl sie jeden Winter zwei Wochen nach Thailand flog, war sie sehr blass. Anke hatte einen dicken Freund, der Jens hieß und aus kleinen, verkniffenen Äuglein in die Welt schaute, als wolle er dieser mitteilen, sie könne ihm nichts vormachen. Jens spielte gern Golf und verfolgte die Entwicklung seiner Depots aufmerksam, er hatte Theorien zur Misere des Landes und eine Schwäche für Sauerbraten. Wenn er sprach, war man erstaunt, dass eine solch dünne, quakende Stimme aus einem derart massigen Körper kommen konnte. Seine Schwester war arbeitslos, er steckte ihr, wie er mit besorgtem Gesichtsausdruck mitteilte, manchmal Geld zu, nicht ohne sie zu mehr Fleiß zu ermahnen. Mehr wusste man nicht über Jens, von dem sich Anke jetzt offenbar getrennt hatte.

»Wer, den wir kennen, würde zu Anke passen?«

»Du meinst, wer, von allen Leuten, die wir kennen, gern mit ihr zusammen wäre?«

»Ja.«

»Niemand.«

»Was?«

»Nein. Zu antriebsarm. Und besonders gut sieht sie ja auch nicht aus.«

Er öffnete das Fenster einen Spaltbreit, schaute dem Tanz der gelben Instrumentennadeln im Cockpit zu und zündete sich eine Zigarette an, die er aus dem Fenster rauchte. Sie fuhren mit geschlossenem Verdeck. Draußen, neben der Autobahn, stach das Sonnenlicht in die Nadelwälder und schnitt grelle Achsen durch die Luft, der Motor gab ein zuversichtliches Achtzylinderbrummen von sich. Das Auto erschien ihm wie eine Zeitmaschine, die aus ihnen wieder das Paar machte, das sie vor der Geburt des Kindes gewesen waren. In diesem Moment kam die Frage:

»Wen von meinen Freundinnen findest du denn attraktiv?«

»Wie meinst du das?«

»Wie meine ich das? Wie soll ich das wohl meinen?«

Simone schaute ihn an, er kannte diesen Blick, jetzt kam ein Spiel, eine Untat, Frage Nummer zwei:

»Wenn du jetzt mit einer meiner Freundinnen schlafen müsstest ...«

Was ist das jetzt wieder für ein Nonsens, dachte er, ging aber pflichtbewusst all ihre Freundinnen durch. Natürlich galt es, die Wahrheit zu vermeiden.

»Ich will mit keiner deiner Freundinnen schlafen«, log er. »Ich will mit dir schlafen.«

»Aber wenn du müsstest«, quengelte sie. »Wenn es mich nicht gäbe.«

Sie hatte ihre Füße auf das Armaturenbrett gestellt, er warf einen kurzen Blick auf die Muskulatur ihrer schmalen Unterschenkel.

»Wenn es nur meine Freundinnen auf der Welt gäbe.«

»Wenn es dich nicht gäbe, würde ich schwul werden oder Mönch«, sagte er. Simone schaute ihn an wie ein Kind, dem man einen Wunsch nicht erfüllt.

»Komm, das ist ein Spiel. Also los.«

»Gut«, sagte er, wissend, dass er jetzt möglicherweise eine schwerwiegende, das Wochenende gefährdende Wahrheit preisgeben würde, aber was sollte er tun, es war nicht seine Schuld. »Wenn es unbedingt sein muss, mit Anna.«

Er versuchte, jetzt möglichst unbeteiligt auf die Fahrbahn zu schauen. Rechts neben ihm gab es einen Ruck, dann hörte er ein zischendes Geräusch wie aus einem Kessel, in dem Überdruck geherrscht hatte.

»Anna. Das ist ja klar. Das ist so billig. Klar, dass du Anna nehmen würdest. Das ist so primitiv. Außerdem ist Anna überhaupt keine richtige Freundin von mir.«

Sie hockte sich mit angezogenen Beinen in den Beifahrersitz und schüttelte sich pathetisch. Dann zündete sie sich eine Zigarette an.

»Das ist echt widerlich. Aber passt gut zu diesem Auto.«

Er beschloss, nicht mehr zu antworten, und starrte grimmig auf die Betonfahrbahn.

»Unwiderstehlich, wie du nichts sagst und so lässig auf die Straße schaust«, giftete Simone weiter. »Das ist James Bond, mindestens. Schade, dass keine Kameras oder wenigstens ein paar Spiegel da sind, in die du so schauen kannst.«

Er wurde wütend. Er schaute zu oft in spiegelnde Oberflächen, er wusste, das war ein Fehler von ihm; er hatte, um diese plötzlichen, unerwarteten Begegnungen mit sich selbst auszuhalten, auch einen bestimmten Gesichtsausdruck, den er sofort aufsetzte, wenn er Spiegeln oder Kameras begegnete – aber es war unfair und herzlos, ihn an dieser Stelle darauf hinzuweisen.

Simone saß im Schneidersitz da und rauchte; sie hatte das Fenster auf der Beifahrerseite einen Spaltbreit geöffnet; der Rauch zog über das Armaturenbrett.

»Kannst du bitte zum Fenster raus rauchen«, sagte er.

Sie nahm einen tiefen Zug und hielt die Zigarette aus dem Fensterspalt. In diesem Moment drückte er auf den elektrischen Fensterheber in der Mittelkonsole, die Seitenscheibe surrte hoch und klemmte ihre Zigarette ein. Sie schrie kurz auf, und er musste lachen. Den Rest der Fahrt schwiegen sie. Gefährlich verrenkte Kiefern flogen vorbei, Felder und Schilder mit bizarren Namen, die nach Polen wiesen. Im Hotel lagen sie ratlos nebeneinander im Bett. Im Nebenzimmer tobte sich ein älteres amerikanisches Ehepaar aus.

»Die haben ihren Spaß, was«, sagte Berger und starrte auf die goldene Messinglampe neben dem Bett.

»Schatz«, antwortete sie mit einem grimmigen Unterton, »du bist Familienvater und hast keinen Sex mehr, aber tröste dich, ab fünfzig wird dein Leben zurückgespult, und in der kurzen Phase, wenn die Kinder aus dem Haus sind und bevor du wieder in die Windeln scheißt, wirst du wieder Sex haben wie ein Zwanzigjähriger, vermutlich mit einer Zwanzigjährigen, die dich hinreißend findet in deinem Sportcabriolet.«

Die giftigen Kommentare zu seinem Auto verfehlten ihre Wirkung nicht. Dank ihrer ständigen Spitzen gegen den Mercedes kam er ihm wirklich wie das Vehikel eines anderen Lebens vor, und wenn er ihn fuhr, war ihm, als ob sich Chancen wieder auftäten und die unerbittlichen Leitplanken seiner Existenz verschwunden wären.

Er trat der Internet-Community Facebook bei. Die Seite baute sich vor ihm auf, man sah eine Weltkarte, auf der gelbe Köpfe mit gestrichelten Linien verbunden waren. »Wähle Personen aus, die du möglicherweise kennst«, befahl das System. Ein paar Fotos erschienen. Er kannte keinen. Dann gab er Simones Namen ein, und offenbar bestätigte sie seine Anfrage. Simone und Jochen sind jetzt Freunde, verkündete das System. Links baute sich eine Liste auf.

»Du hast eine Freundin«, sagte das System. »Schön wär's«, murmelte er. Er ging auf die Rubrik »Personen blockieren«.

»Jegliche Verbindung, die du mit einer Person, die du blockierst, derzeit auf Facebook hast, wird abgebrochen (zum Beispiel Freundschaft, Beziehungsstatus usw.)«, teilte das System mit.

Wenn der Arsch aus der EM1 hier drin ist, dachte er, werde ich ihn blockieren.

»Schreibe etwas über dich«, verlangte das System. »Interessiert an: Freundschaft, Verabredung, feste Beziehung?«

Nichts davon, dachte er.

»Was machst du gerade?«, wollte das System wissen.

»Ich melde mich bei Facebook an«, schrieb er wahrheitsgemäß und schaute, was passierte.

»Jochen meldet sich gerade bei Facebook an«, teilte das System mit.

Ein Klingelton ertönte. Der Satz »Simone findet das gut« erschien unter dem Eintrag. In der Rubrik »Personen, die du vielleicht kennst«, wurde ihm ein Irrer gezeigt, der einen Hut und einen langen Bart trug. Wie kam das System jetzt darauf, ihm diesen Unglücksvogel als Freund anzudrehen; welcher böse Zufallsalgorithmus hatte ihm jetzt den angespült; war das der Vorschlag, den alle bekamen, die keine Freunde hatten? Er schaltete den Computer aus.

An diesem Freitag – dem Tag, an dem er erst später ins Büro musste – nahm er das Kind. Sie gingen auf den Spielplatz, und er betrachtete mit Rührung, wie der kleine Karl Gruben aushob, Berge aus Sand auftürmte und das Geräusch eines Baggers imitierte. In dieser Welt waren die Dinge in Ordnung, es gab nichts außer formschönen Türmen und

Krokodilen und Dankbarkeit. An diesem Freitag versuchte er, Tolkow wegen der dubiosen Transaktionen und der neuen Produkte zu erreichen, aber Tolkow war wie vom Erdboden verschwunden. Weiter hinten saß eine Türkin auf der Parkbank, dann tauchten zwei Frauen mit ihren Kindern auf; sie trugen schwarze Stiefel und streng gescheitelte Frisuren, eine trank Kaffee aus einem Pappbecher, die andere fingerte an ihrem iPhone herum; sie stammten aus seiner Welt, der Welt der Leute mit den weißen Kabeln im Ohr. Sie musterten ihn kurz und redeten dann weiter. Es war nicht die Stunde der erfolgreichen Väter, die war samstagnachmittags, wenn die erfolgreichen Väter aus ihren Kanzleien und Büros kamen, um sich der Familie zu widmen. Ein Vater, der dagegen an einem Freitag um Viertel vor zwölf Zeit hatte, Krokodile aus Sand zu bauen, war entweder unermesslich reich und musste überhaupt nicht mehr arbeiten, oder er war arbeitslos. Die Frauen hatten ihn nach dem ersten Eindruck offenbar in die zweite Kategorie getan, und obwohl er keine besonders große Lust hatte, sie kennenzulernen, war er trotzdem empört über das, was sie vermutlich von ihm dachten. Während Karl mit spitzen Freudenschreien die Sandkrokodile zertrampelte, die er ihm baute (und zwar leider bevor die Pilzfrauen sehen konnten, welche künstlerische Begabung in ihm schlummerte), wuchs die Wut in ihm, dass er nicht seinen sichtbar teuren Kamelhaarmantel angezogen hatte und dass er sich nicht gegen Simones kryptoökologischen Automobilhass durchgesetzt und statt des Touran einen Porsche Cayenne gekauft hatte, der jetzt gut sichtbar hinter dem Zaun des Spielplatzes stünde und beim Start durch seine vier mächtigen Auspuffendrohre die Wahrheit in die Welt brüllen würde: Schaut her, ihr Pilzfrauen, ich sitze nicht um halb zwölf auf dem Spielplatz, weil ich arbeitslos bin und meine Frau das Geld verdienen muss, sondern weil ich a) mein Kind liebe und b) so erfolgreich bin, dass ich es mir leisten kann, zu meiner sehr gut bezahlten Arbeit zu erscheinen, wann ich will.

Er verlagerte die Sandkrokodile unauffällig und schrittweise in Richtung der Frauen. Die linke sah müde aus und gähnte oft. Vielleicht war sie alleinerziehend. Er verspürte ein starkes Bedürfnis, sie zu trösten; während Karl mit seinem dünnen Stimmchen Lieder aus der Spielgruppe sang, stellte er sich vor, wie er mit ihr in eines dieser neuen asiatischen Restaurants essen gehen würde.

»Alles gut?«

Die Frau stand jetzt vor ihm und schaute zu ihm hinunter.

»Doch, ja, warum?«

»Weil Sie so komisch gucken.«

»Wir bauen Krokodile jeden Tag«, sagte Karl strahlend und fuchtelte mit seiner roten Plastikschaufel in der Luft herum.

»Das ist aber schön«, sagte die Frau mit einer milderen Stimme.

»Nicht jeden Tag, nur heute, Karl, sonst muss Papa doch immer arbeiten«, beeilte er sich zu sagen und schaute entschuldigend zu der Frau hoch, aber sie war schon verschwunden.

Als sie heimkamen, lag Simone in der Badewanne und hörte ohrenbetäubend laut Musik, ein Zeichen dafür, dass sie schlechte Laune hatte.

Er vermied es, das Badezimmer zu betreten. Er setzte Karl in seinem Kinderzimmer ab, nahm aus einer vom Vorabend herumstehenden Champagnerflasche einen großen Schluck und beschloss, die Kisten auszupacken, die er vor ein paar Monaten aus dem Haus seiner Eltern geholt hatte. Sie hatten das Dach renovieren lassen und dabei die alten Überseekoffer seines Urgroßvaters ausgeräumt, in denen sich Mitbringsel aus aller Welt befanden, unter anderem ein präparierter Bisonkopf, der früher im Arbeitszimmer seines Großvaters gehangen hatte. Vielleicht war es ein Anfall von Nostalgie, vielleicht ein Versuch, die unterkühlt wirkenden zweihundertzwanzig Quadratmeter gemütlicher zu machen, der ihn dazu verleitete, eine Leiter und eine Bohrmaschine aus der Werkzeugkammer zu holen und im Flur ein Loch zu bohren, um den Kopf dort aufzuhängen. Er nahm viermal Anlauf; der Bohrer begann zu glühen, eine Wolke aus rotem Backsteinstaub, metallischem Gestank, Putz und schwarzem Abrieb dampfte aus dem Loch, überzog sein Gesicht, brannte in seinen Augen, legte sich auf den Kleiderständer und sank als Nebel in den weißen Teppich. Er holte einen Staubsauger und trank, weil er Durst hatte, auf dem Rückweg zum Bohrloch die restliche Champagnerflasche in einem Zug aus (das Zeug war schal und warm, aber die Vorstellung, Champagner im Restwert von zwanzig Euro in den Ausguss zu schütten, widerstrebte ihm). Er hatte nichts gegessen, und er war übermüdet. Er steckte das Kabel der Bohrmaschine in die Doppelsteckdose und stieg, die Düse des dort ebenfalls eingesteckten Staubsaugers unters Kinn geklemmt, auf die Leiter, geriet auf der zweiten von vier Stufen bedrohlich ins Trudeln und holte zu einer stabilisierenden Gegendrehung aus, wobei sich das Staubsaugerkabel um sein Bein wickelte. Dann nahm er die Saugtülle in die linke Hand und presste sie auf die Stelle, an der das Loch entstehen sollte, mit der rechten Hand hielt er die Bohrmaschine – eine dunkelgrüne Black & Decker KR 650 CRE – wie eine Maschinenpistole auf die Wand und betätigte den gelben Schalter. Er hätte jetzt eine dritte Hand gebraucht, um den Apparat gegen die Wand zu drücken, und weil diese Hand nicht vorhanden war, drückte er mit der Stirn oben gegen die Bohrmaschine. Er war jetzt das heilige Einhorn der Baumarktwelt, ein zorniger Maschinengott; die Bohrmaschine kreischte und vibrierte, als der Bohrer den harten Stein traf, das Bohrfutter ratterte und fräste Putz in Fontänen aus der Wand, der Staubsauger heulte, sein Kopf zitterte und schmerzte, und er spürte, wie das dunkelgrüne Plastik der Bohrmaschine einen Abdruck auf seine Stirn presste. Eine gnadenlose Wut auf den Ist-Zustand der Welt, auf die Beharrungskraft der Dinge packte ihn; Backsteinstaub drang in seine Lunge, Geschosse, Granatsplitter aus Tapetenresten und Gründerzeitmörtel stoben an seinen betäubten Ohren vorbei, die Luft brannte, und dann gab es einen Ruck, etwas explodierte, seine Maschinenpistole flog kreischend in den Kleiderständer, und im gleichen Moment knallte es gewaltig, ein Blitz zuckte durch die Welt, und er stürzte in eine tiefe Nacht.

Offenbar hatte es einen Kurzschluss gegeben, und offenbar war er von der Leiter gestürzt. Er rappelte sich auf. Im Flur war es jetzt dunkel, aus dem Badezimmer hörte er ein energisches Schwappen. Simone erschien, noch tropfend, nur in ein weiches, großes Frotteehandtuch gewickelt, an der Unfallstelle.

»Was ist denn hier los?«, fragte sie ins Dunkel hinein.

»Nur der Strom ausgefallen«, log er, um Zeit zu gewinnen.

Er stand auf und lächelte sie an, als sei das Chaos bloß eine Sinnestäuschung von ihr, als hätte jeder der herumliegenden Gegenstände den von ihm bestimmten Platz eingenommen. Dann wickelte er seinen Fuß aus dem Kabelsalat, der ihn an die umgekippte Leiter fesselte, barg die Bohrmaschine aus dem umgestürzten Kleiderständer (der orientierungslos durch den Raum trudelnde Bohrer hatte einen tiefen Riss in ihrem Kostas-Murkudis-Mantel hinterlassen und danach wütende Pirouetten auf das Fischgrätparkett gefräst, aber das konnte sie wegen der mangelhaften Lichtverhältnisse glücklicherweise nicht sehen) und hievte den Bisonkopf in die Höhe der Wand, aus der dankenswerterweise der abgebrochene Bohrer wie eine ordnungsgemäß angebrachte Schraube herausragte.

Der Bisonkopf hatte hinten, wo früher das Bisongehirn gewesen war, einen Haken. Berger stemmte den Schädel nach oben, und der Bison rastete nach einer kurzen Sekunde des Zögerns ein.

»So«, sagte er und bemühte sich, zu schauen wie ein Mann, der weiß, was er tut. Es sah aus, als sei der Bison soeben mit dem Kopf durch die Wand gerannt.

»Ouahhh!«, schrie Simone und machte einen Satz rückwärts. »Das ist nicht dein Ernst! Möchtest du vielleicht noch zwei gekreuzte Säbel unter dieses Ding hängen? Was wird denn das hier, Hermann Görings Jagdsitz oder wie?«

Berger versuchte, mit einem Zeh unauffällig den beschädigten Mantel über das zerstörte Parkett zu zerren. Seine depressive Gemütslage verschob sich ins Aggressive. Der schiefhängende Bison, die grimmige Frau und das Bewusstsein, dass er einen Fehler gemacht hatte, aktivierten ein Selbstverteidigungsprogramm in seinem Gehirn. Obwohl er wusste, dass es die Situation nicht entschärfen würde, hörte er sich gegen seinen Willen sagen: »Es ist ja bekanntlich noch die Frage, wer hier aus einer Nazikolonialfamilie ...«

»Du sollst nicht so über meine Familie reden«, schrie Simone. Ihre Großeltern waren 1947 für ein paar Jahre nach Uruguay gegangen, was immer das bedeuten mochte, und weil sie es nicht wusste, machte sie das Thema nervös. Sie ging, kleine Pfützen hinterlassend, ein paar Schritte zurück und griff resolut in den Sicherungskasten. Das Licht ging wieder an und fiel auf die erschreckten Dinge.

»Was hast du denn mit deiner Stirn gemacht?«

Der dunkelrote Abdruck des Black-&-Decker-Bohrers prangte wie ein seltsames, pfeilförmiges Zeichen, eine Art Umleitungsschild, auf seiner Stirn. Aber bevor er etwas dazu sagen konnte, hatte sie den Mantel entdeckt und an sich gerissen, wodurch auch das malträtierte Parkett sichtbar wurde. Gleichzeitig kam ein ächzender Laut von der Wand. Der Bison machte ein Geräusch, als sei ihm nicht wohl, und senkte den Kopf.

»Ich glaube es nicht! Mein Lieblingsmantel! Es ist … das … ist doch …«

Ihr Ärger brauchte einen Halt, einen Blitzableiter, über den ihre ungeheure Wut entweichen konnte, und da alles, woran man sich hätte festhalten können, bereits umgekippt war, griff sie nach einem grünen Spielzeugdinosaurier und feuerte ihn gegen die Wand.

Genau diese Detonation beendete die ohnehin fragile Allianz des abgebrochenen Bohrers mit dem morschen Aufhänger des Bisonkopfes. Der Bison senkte die Hörner, als wollte er sich auf die Streitenden stürzen, und krachte senkrecht zu Boden. Ein handtuchgroßes Stück Putz folgte dem Tierschädel; die Wand sah jetzt tatsächlich so aus, als sei das Tier durch sie hindurchgebrochen.

Simones Badetuch hatte sich gelöst. Sie stand nackt neben dem Bisonkopf auf einem weißen Schaffell. Er hatte Lust, mit ihr zu schlafen, aber das war nicht der Plan, den die Urzeitfrau vor ihm gerade verfolgte. Sie tobte. Sie schrie. Dann packte sie, nackt wie sie war, den Bison bei den Hörnern, rannte quer durch die Wohnung und schleuderte ihn aus dem offenen Wohnzimmerfenster hinunter in den Canyon, der sich vor ihr auftat.

Er ging nach unten auf die Straße. Der Bison tat ihm leid, er lag neben einem türkisfarbenen Smart in einem Laubhaufen, ein Horn war abgebrochen, ein Auge beim Aufprall zersprungen. Berger deponierte den ramponierten Kopf im Kofferraum des Mercedes. Beim Zuschlagen des Deckels schien ihm das übriggebliebene Auge aufmunternd zuzuzwinkern.

Am nächsten Tag fuhr er, weil der Mercedes nicht mehr genug Benzin hatte und weil er zu spät dran war, um noch zu tanken, mit dem Touran ins Büro.

Simone meldete sich nicht, und als er sie anrief, nahm sie nicht ab. Er öffnete seinen Facebook-Account. Simone teilte ihren Freunden auf Facebook mit, sie sei gerade aufgestanden. »Henrike findet das gut«, stand in einem Feld über der Mitteilung. Oben links sah er ein Foto von Simone, das er selbst aufgenommen hatte. Unter dem Foto gab es zwei Rubriken, »Simone eine Nachricht senden« und »Simone anstupsen«. Er drückte »anstupsen«. »Du bist im Begriff, Simone anzustupsen«, teilte das System mit. »Sie wird darüber auf ihrer Startseite informiert.« Er drückte noch mal auf »Anstupsen«. »Du hast Simone angestupst«, erschien auf seinem Bildschirm, aber Simone hatte offenbar keine Lust, angestupst zu werden. Auch Tolkow schien sich in Luft aufgelöst zu haben; er war unter keiner seiner Nummern erreichbar, und sein Sekretariat hatte ein Band laufen, das wegen Überfüllung der Inbox keine Nachrichten mehr annahm. Er wollte lieber nicht wissen, was das zu bedeuten hatte.

Simone stand spät auf. Sie zog sich eine zu große, graue Jogginghose an, ging barfuß bis zum Briefkasten und zerrte an den Zeitungen, die mit Gewalt in den schmalen Schlitz gepresst worden waren; wie jeden Morgen riss beim Versuch, sie herauszubekommen, die erste Lage. Sie machte sich einen Kaffee, und dann begann sie mit der Arbeit – das heißt, sie versuchte es; sie machte ein paar Skizzen und kolorierte sie, dann warf sie alles weg und begann von vorn: Sie wollte etwas Großes und Mitreißendes, etwas grundlegend Neues schaffen. Sie blätterte in ein paar alten Katalogen und überlegte, ob sie jemanden anrufen sollte, aber sie tat es nicht. Sie dachte an die weißen Feste in Jean-Luc d'Erissys Haus in Portofino, als sie vormittags im Pool trieben und nachmittags mit Valerio, den sie in Cortina d'Ampezzo kennengelernt hatten, Wasserski oder mit Jolandas Bentley in die Stadt fuhren und sich Kelly Bags kauften; sie dachte an Karim, der immer irgendein melancholisches Lied gesummt hatte, wenn er ihr unten an der Badestelle oder im Pinienhain den Rücken massierte; sie dachte an die Nächte, die sie mit Julia und Anja und Anna im Dolce Vita an der Piazza del Carmine verbracht hatte, und daran, wie sie mit Valerio und Karim am Morgen zum Ponte alla Carraia hinunterlief. Das alles war lange her. Jetzt entwarf sie Etiketten für Joghurtbecher und nähte den Namen »Karl« in Karls Jacken.

Berger ging mittags mit einem schweigsamen Mitarbeiter zum Italiener an der Ecke. Er hatte das Gefühl, der blasse Mann von der IKB-Bank verfolge ihn, aber als er sich umdrehte, war dort niemand. Nachmittags erledigte er seine Post und betrat, um der Sache mit der Transaktion auf die Spur zu kommen, das Büro seines Kollegen Lehnert.

Lehnert saß an seinem Schreibtisch. Er hatte dunkelblondes Haar, das er mit Gel in Form brachte, und eine rötliche, schuppige Haut, vielleicht eine Folge der trockenen Luft in seinem Büro. Der Raum war klein, und weil Lehnert immer bei geschlossener Tür telefonierte, roch es am Ende des Tages wie in einem Raubtierstall. Es war der Geruch, den man nach Dienstschluss in Anwaltskanzleien und Werbeagenturen findet, ein Geruch nach saurem Atem und Schweiß und Blähungen, ein Geruch, der entsteht, wo stillgestellte Körper psychischem Druck ausgesetzt sind. Ihm wurde schlecht, aber jetzt, wo er hineingegangen war und die Tür hinter sich zugezogen hatte, konnte er nicht einfach wieder rausgehen.

Er erzählte Lehnert von seinem Streit mit Simone, von einsetzenden Depressionen.

»Dann geh doch heute Abend mal mit der Janna aus der SP2 essen. Die hat doch keinen Freund. Die ist doch ...«

»Entschuldige mal, die kenne ich überhaupt nicht. Ich kann sie doch nicht einfach so zum Essen ...«

Lehnert lehnte sich, so weit es ging, in seinem Bürostuhl zurück und machte ein aufgeräumtes Gesicht.

»Geh einfach in ihr Büro und sag etwas Böses über Frau Stoltenberg. Mit der hat sie sich heute Morgen richtig in die Wolle gekriegt. Immer taktisch gut, wenn man einen gemeinsamen Feind ausmachen kann.«

Er ging zu Janna Bissheimer. Sie war Juristin, etwa dreißig Jahre alt und neu in der Firma; dem Akzent nach kam sie irgendwo aus Rheinland-Pfalz. Sie hatte ein großes rundes Gesicht, streng zur Seite gekämmtes Haar und weiche Arme, die sich unter ihrer Seidenbluse abzeichneten. Sie kleidete sich konservativer, als das Unternehmen es verlangte. Berger stellte ihr eine europarechtliche Fachfrage, die er sich sorgfältig zurechtgelegt hatte, und ließ dann eine böse Bemerkung über Frau Stoltenberg fallen, die er kaum kannte. Es funktionierte. Jannas Miene hellte sich auf. Sie beugte sich über den Tisch und flüsterte ihm mit einem unheilvollen Glitzern in den Augen zu: »Wissen Sie was? Ich *hasse* diese blöde Kuh.«

Sie verabredeten sich für den Abend auf einen Drink. Als sie sich später am Parkhaus trafen, fiel ihm ein, dass er nicht mit dem Mercedes gekommen war. Janna Bissheimer stand vor der Heckklappe ihres Fiats und durchwühlte den Kofferraum, offenbar suchte sie etwas. Auf dem vorderen Kotflügel stand in einer kunstvollen Kringelschrift »Luigi«.

»Das ist also der Luigi?«, sagte Berger.

»Ja«, strahlte Janna Bissheimer. »Das ist der kleine Luigi.«

Sie musste noch einmal ins Büro zurück; das gab ihm einen Vorsprung von drei Minuten, um die deutlichsten Spuren seiner Familienexistenz aus dem Wagen zu beseitigen. Er schickte Simone eine SMS, in der »Sorry, Arbeitsessen, call you ltr« stand, baute den Kindersitz aus, warf ihn hinter die dritte Sitzbank und versuchte, die lächelnde

Stoffente, die Simone für Karl an die Kopfstütze des Beifahrersitzes geknotet hatte, zu entfernen. Die Ente war allerdings mit einem Doppelknoten befestigt; als er hektisch an ihren Beinen zog, riss ein Fuß ab. Im gleichen Moment tauchte Janna Bissheimer wieder in der Tiefgarage auf, ihre Absätze klackerten metronomartig auf dem Beton. Er stand da, mit einer amputierten Ente in der Hand, die tapfer weiterlächelte, als wollte sie sagen, egal was du tust, wir haben dich lieb. Fassungslos starrte Berger auf den kleinen roten Fuß, der an einem dünnen Faden baumelte. Eine Welle schlechten Gewissens stieg in ihm auf und fraß sich in seine wütende Entschlossenheit hinein, sich ein Abenteuer zu gönnen – und vor die herankurvende Janna Bissheimer schob sich das Bild eines friedlichen Sommertags, an dem Karl, gerade zweijährig, »oh, Ente« rief und Simone, seine Frau, die beste aller denkbaren Frauen, in einem Sommerkleid …

»So«, sagte Janna Bissheimer.

»Ja«, sagte er und stopfte die amputierte Ente in seine Manteltasche. Gern hätte er gesagt, dieser Wagen gehört nicht mir, er gehört meiner Frau, aber das hätte gleich zu Beginn des Abends das Gespräch auf seine Familiensituation gelenkt, und im Moment sonnte er sich in dem Bewusstsein, einer jüngeren Kollegin attraktiv genug zu erscheinen, dass sie mit ihm essen ging; er wollte jede virtuelle Solidarisierung zwischen Simone und Janna Bissheimer vermeiden.

»Entschuldigung«, sagte er, als er ihr die Tür öffnete, »das ist ein Mietwagen, mein Wagen ist gerade zur Inspektion. Man glaubt nicht, was für hässliche Autos die heute bauen.«

Berger bestellte zwei Gläser Prosecco und eine übertreuerte Flasche Pouilly Fumé. Janna Bissheimer wählte »Lombok Style Giant Shrimp«, er einen »Zander auf seinem gedünsteten Lauchbett«. Er überschlug kurz, was ihn dieser Abend kosten würde und ob es eine Möglichkeit gäbe, die Sache als Arbeitsessen einzureichen.

Sie lästerten eine Viertelstunde mit leuchtenden Augen über Frau Stoltenberg, gegen die er eigentlich nichts hatte, dann geriet das Gespräch ins Stocken. Berger ging, in der Hoffnung, eine weitere nähestiftende Figur ihrer gemeinsamen Welt auszumachen, alle Kollegen durch, aber die meisten kannte sie noch nicht gut genug, und außer Frau Stoltenberg mochte sie alle gern. Ohne das sichere Gerüst geschäftsnaher Themen, an dem er sich entlanghangeln konnte, hing er in der Luft. Politik schien sie nicht zu interessieren, Sport mochte sie nicht, Musik war ihr egal, sie hörte, was gerade im Radio kam. Noch vor dem Hauptgang war das Gespräch mehr oder weniger erloschen. Er begann, Details aus seiner Jugend zu erzählen: Sein erster Skikurs. Sein Hund, ein ganz süßer Cockerspaniel! Seine Führerscheinprüfung, »also, da ist was passiert –«.

Janna Bissheimer starrte ihn an. Entweder interessierte sie sich nicht die Bohne für diese Dinge, oder sie war müde, oder sie wollte in Ruhe ihren Giant Shrimp essen, jedenfalls nahm sie keines der Gesprächsangebote, die er wie ein eilfertiger Kellner servierte, auf. Stattdessen trank sie zügig den Wein und zog ihre Lippen mit einem dunkelbraunen Lippenstift nach.

»Und wo kommen Sie ursprünglich her, Janna?«

»Aus Mannheim.«

»Aha! Da war« – Mannheim! Was wusste er von Mannheim? Herrje! – »ich noch nicht. Muss ganz schön sein, wie?«

»Der totale Horror.«

»Wie bitte?«

»Ja. Wirklich der Horror dort. Ich bin so froh, dass ich weg bin da.«

Er wusste nicht, was er sagen sollte. Gegen halb zwölf vibrierte es in seiner Hose, eine SMS seiner Frau: »Stör ich?« Zehn Minuten später die zweite SMS: »Darf ich daran erinnern, dass du eine Familie hast?« Dann: »Nimm dir irgendwo ein Zimmer, ich schließ hier jetzt ab und geh schlafen.«

Jetzt war er aus dem Konzept gebracht; er spürte, wie sich ein Schweißfleck unter seinem rechten Arm bildete. Der Kellner trug eine Mousse au Chocolat auf. Als sie mit dem Löffel hineinfahren wollte, hob er feierlich sein Glas über den Teller.

»Ich bin Jochen.«

Der Löffel hielt auf seinem Weg in den bereits offenstehenden Mund inne.

»Wie bitte?«

»Ich bin Jochen«, wiederholte er mit einem gewinnenden Lächeln und hob das Glas ein paar Zentimeter höher.

»Das verstehe ich jetzt nicht.«

»Ich wollte Ihnen das Du anbieten«, krächzte Berger. Aus seiner Stimme war jegliches Timbre entwichen.

Sie nickte freundlich. Sie sieht unglaublich gesund aus, dachte er, ihre reine Haut, ihre weißen Zähne, diese butterweichen, flauschig verpackten Arme.

Jetzt duzten sie sich, und beim Espresso erzählte Janna Bissheimer doch noch etwas. Ihr Vater war Leiter eines Supermarktes. Sie hatte Jura in Heidelberg studiert, ihr Bruder machte irgendwas im Marketing bei BMW, sie hatte drei längere Beziehungen gehabt, ihre große Liebe war allerdings gescheitert, und zwar aus einem seltsamen Grund.

»Es war eigenartig«, sagte Janna, die jetzt schon ordentlich betrunken war. »Wir waren das perfekte Paar. Wir passten gut zusammen, wir hatten die gleichen Interessen; ich war verliebt in ihn, wir schliefen miteinander, aber jedes Mal, wenn wir das taten, bekam ich einen Ausschlag. Es juckte mich überall. So was hatte ich noch nie. Er ließ das Parfüm weg, das er benutzte. Er ließ sich epilieren.« Je näher sie einander kamen, desto stärker wurde das Jucken. Wenn sie neben ihm aufwachte, war sie glücklich, aber ihre Augen brannten, ihre Haut war gerötet und fleckig und juckte furchtbar. Wenn sie ein paar Stunden allein zum Einkaufen ging, wurde es wieder besser, aber jedes Mal, wenn er sie in den Arm nahm, kam das Jucken wieder, und mit jedem Mal wurde es schlimmer. Schließlich, als sie ihn in einem Restaurant küsste, bekam sie plötzlich keine Luft mehr.

»Wir waren das perfekte Paar«, sagte Janna noch einmal und schüttelte den Kopf, »aber unsere Körper waren dagegen. Die Ärzte waren ratlos. Nach einem Jahr haben wir uns getrennt, und ich habe ihn nie wiedergesehen.«

Jannas seltsame Geschichte, die wie durch einen Nebel aus Alkohol, Müdigkeit und diffusen Wünschen zu ihm drang, wurde von einem harmonischen Dreiklang unterbrochen. Simone schickte eine weitere SMS, in der »Viel Spaß, du Arshloch« stand.

Ihm war übel. Er spürte einen Aufruhr in sich, der überhaupt nicht zu der gediegenen, fast bedrückenden Stille des Restaurants passte, in dem man nur gemurmelte Wortfetzen und das Klappern der Bestecke hörte. Es war klar, dass er, wenn er nicht das Ende seiner Beziehung provozieren wollte, dringend nach Hause musste. Außerdem machte sich das Lauchbett in seinem Magen bemerkbar; auch der Zander war, befeuert von zwei doppelten Espressi, wieder zum Leben erwacht. Eine unheilvolle Wolke aus Methan, Kohlenmonoxid, Schwefelwasserstoff und anderen Gär- und Faulgasen wälzte sich mit der Energie einer Lawine durch seinen Verdauungstrakt, nahm engste Kurven, beschleunigte und drängte nach außen.

»Wenn du los willst, kein Problem«, sagte Janna mit einem missbilligenden Blick auf sein Mobiltelefon, das eine neuerliche Beschimpfung aufblinken ließ. Er schaltete es ab. Die Gaswolke wälzte sich weiter, er setzte sich schräg auf seinen Stuhl, presste sich gegen den Sitz, sein Schließmuskel leistete Heroisches, war aber schließlich machtlos. Es klang, wie wenn jemand einen Ast durchbricht – wie ein Schuss in der Stille. Das Klappern der Gabeln verstummte, über ihre Speisen gebeugte Herren und Damen hoben den Kopf. Irgendwo kicherte einer. Selten hatte hier jemand so laut gefurzt.

Es war furchtbar. Janna Bissheimer schaute ungläubig auf den Salzstreuer vor sich; er sah ihr Dekolleté und die Sommersprossen auf ihrem Schlüsselbein und darunter ihr Herz schlagen. Wenn er je eine Chance bei ihr gehabt hatte, war sie jetzt vertan, im Büro, am Kopierer im dritten Stock, im ovalen Konferenzzimmer und in der Teeküche, beim Italiener an der Ecke würden sich morgen alle diese wahnsinnig komische Geschichte erzählen, wie der Typ aus der Abteilung im achten Stock … mitten im Restaurant, doch, doch …

In dieser verzweifelten Situation tat Berger das einzige, was ihn retten konnte; er drehte sich ruckartig in Richtung Nachbartisch, lenkte so die drei Dutzend auf ihn starrenden Augenpaare schlagartig um und schaute dem überraschten Herrn, der dort saß, lange und vorwurfsvoll in die Augen – »Entschuldigen Sie mal, das war ich nicht«, stotterte der Mann entgeistert –, dann schüttelte Berger theatralisch den Kopf und trank seelenruhig seinen Wein aus.

Vielleicht hatte er Janna überlistet, vielleicht war sie aber auch nur sehr höflich, jedenfalls sagte sie nichts. Sie zahlten schnell. Er brachte sie zum Taxi; die Verabschiedung fiel kühler aus, als er es sich erhofft hatte.

Als er nach Hause kam, war es ruhig in seiner Straße, nur ein Betrunkener schlug mit der flachen Hand auf einen Zigarettenautomaten ein. Es roch nach frischem Karbolineum, der Nachbar hatte den Vorgartenzaun gestrichen. Im Wohnzimmer trat Berger auf ein Spielzeug-Laptop von Fisher-Price, das zwischen dem Sofa und dem Barschrank herumlag. Eine metallische Stimme sagte: »Hallo, bist du noch da? Ich bin dein Computer. Lass uns spielen.« Er gab dem Ding einen Tritt, es flog zwei Meter durchs Zimmer und gegen eine Wand. Die metallische Stimme sang: »Mein Laptop ist mein Freund, mit dem spieln wir heut', und haben dabei ganz viel Spaß und lernen auch noch was.«

Er schaute nach den Kindern und küsste den schlafenden Jungen auf den Kopf, dann legte er sich zu Simone ins Bett.

Er hatte Albträume; große, scharfkantige Zahlen polterten durch seinen Kopf und krachten von innen gegen die Schädelwände und hinterließen tiefe Risse, durch die das Tageslicht drang.

Sie schickten ihn nach Niedersachsen. Er sollte am Nachmittag jemanden wegen der Geschichte mit Tolkow treffen, in einem Gasthof hinter Großenkneten, das ist so eine Gegend, sagt Berger, das ist nicht nur normal proletig, das ist allerschlimmster Wahnsinn – schwarze Äcker, schiefe Bauernhöfe, übermooster Backstein, depressive Schafe im Nebel, Futtersilos, Traktorenland, Dioxinskandale, Hühnerfarmen,

Schweinemastland, gekreuzte Pferdeköpfe aus vermodertem Holz am Giebel: tiefstes, matschiges Niedersachsen. Auch: Gerhardschröderland, Hartzvierland, Volkswagen-Betriebsrats-Puffskandalland, Drückerkönigland.

Veronika Ferres schaute vom Cover der *Bunten*, die in Vechta am Kiosk hing, zusammen mit ihrem Mann, dem sogenannten Unternehmer Carsten Maschmeyer, dem Freund von Gerhard Schröder und Christian Wulff.

Hinter der Ortsausfahrt hing ein Plakat, es warb für ein »Gemeinschaftskohlessen mit Tanz in Sage-Haast«, das stand auf dem Plakat, darunter sah man ein tanzendes Paar und eine Wurst in einem Topf mit Grünkohl. Vielleicht würde man dort, andererseits, sogar Spaß haben, dachte er. Er trank ein Bier und wartete auf jemanden, der nicht kam. Er versuchte, Simone zu erreichen. Nach einer Stunde fuhr er weiter, nach Köln.

Am Abend zog er ein frisches Hemd an, verließ sein bestürzend trostloses Hotelzimmer und wanderte durch die Innenstadt, starrte in die Hässlichkeit eines Bata-Schuhgeschäfts, sah gelbe Butzenscheiben und Gummibäume im Sparkassenfenster und rosafarbene Putzfassaden, die aussahen, wie Schweiß roch, sah Glasbausteintreppenhäuser und sich auftürmende Verkehrsschilder; der Dom war genau genommen auch hässlich, aber er war groß, und ab einer gewissen Größe war Hässlichkeit kein Thema mehr, dachte er. Er ging ein Kölsch trinken. Er hatte einen anstrengenden Tag hinter sich, an dem er sich den Umständen entsprechend gut geschlagen hatte, der nächste Tag wartete mit zwei Sitzungen auf ihn, also war das Bier mehr als verdient. Ein Mann sprach ihn an und bat ihn an seinen Tisch; dort saßen ein paar schweigsame Männer und tranken Kölsch; sie hatten bei einem Zulieferer von Ford gearbeitet, aber ihre Stellen waren gestrichen worden, weil man die Produktion nach Osteuropa verlagerte.

Gegen zehn riss ihn eine SMS von Simone (»Wo steckst du eigentlich?«) aus dem Kölschkoma, in das ihn seine neuen Freunde hineingetrunken hatten. Er versuchte, eine Antwort zu tippen, aber die Tasten drehten sich heimtückisch vor seinen Augen und sprangen weg, wenn er einen Buchstaben fixieren wollte. Also ließ er es sein. Die nächste Kurznachricht kam fünf Minuten später. »Hallo???«

Er nahm vor Schreck noch ein Kölsch.

Es gelang ihm, die Buchstaben H A L und O in die Tastatur einzugeben und abzuschicken.

Eine weitere SMS von Simone krachte in seinen Abend: »Soll ich dir ein bisschen Geld überweisen lassen, dass du dir eine Nutte für deinen Sportwagen kaufen kannst?«

Seine neuen Freunde lallten etwas Mundartliches, das er nicht verstand, sein Telefon begann auf dem Tisch zu vibrieren. Simone rief an. Einer der Lederjackenmänner schnappte sich das Telefon und rief: »De Jong kann jrad nischt.« Kreischendes Gelächter am Tisch. Das Handy klingelte weiter. Zum Glück hatte er nicht abgenommen. Berger war schlagartig wieder nüchtern, entriss dem Typen sein Telefon, stürzte ins Freie und nahm ab.

Simone fragte, wo er bitte sei.

»Im Hotel«, log er.

»Dann«, sagte sie mit einer listigen Verbitterung in der Stimme, »ruf ich dich im Hotel an, das ist billiger als auf dem Handy. Wie ist die Nummer?«

»Es ...«

Er konnte ihr unmöglich sagen, dass er um diese Uhrzeit noch unterwegs war, um ein Bier zu trinken und mit entlassenen Ford-Arbeitern Skat zu spielen. Sie würde ihm das nicht glauben, dabei war es die Wahrheit. Er habe, sagte er deswegen und bemühte sich, seine Stimme in Richtung schlaftrunken zu modellieren, die Nummer nicht da, außerdem liege er im Bett und sei furchtbar – er gähnte übertrieben an dieser Stelle – müde ...

»Hör mal, Alter, du schläfst doch nicht«, schrie Simone am anderen Ende. »Du bist doch irgendwo auf der Straße!«

Über die leere vierspurige Straße raste ein laut hupender Kleinwagen. Berger hatte in seinem Leben noch nie ein so lautes Auto gehört.

»Oho, bei meinem Mann tobt das wilde Leben«, höhnte Simone.

»Ich – habe – das Fenster offen«, jammerte er und bemühte sich, seiner Stimme einen Tonfall zu verleihen, der glaubwürdig extreme Müdigkeit vortäuschte. »Ich schlafe. Ruf mich bitte morgen früh an.«

In diesem Moment kam eine Reisegruppe aus der Kneipe. Sie hatten sich Hüte aus Papierservietten gebastelt und sahen aus, als wollten sie etwas Lautes, Gewaltsames tun. Tatsächlich hielten sie urplötzlich ein paar Bierflaschen in die Luft und riefen »Wir sind aus Bielefeld / ladiladiho / Wir sind aus Bielefeld, laaaa-di / ladiho ...«

Simone war außer sich. So sei das immer. Sie habe es langsam satt, man könne nicht einfach ... sie habe auch nur ... und das sei wieder typisch! Es folgte ein Redeschwall, in dem sich Wut, Gebrüll und Husten vermengten.

»Das Hotel ist ein einfaches Hotel. Es gibt hier kein Telefon. Ich schlafe«, hauchte er; dann legte er auf. Hinter der beschlagenen Scheibe des Lokals sah er die nackte Schulter einer Frau. Ein lärmender Lastwagen kam näher. Es war kalt, und es roch nach Urin und Schweiß. Er steckte die Hand in die Manteltasche und zog die amputierte Ente heraus. Nach drei Minuten lärmte sein Mobiltelefon wieder. Simone hatte sich in sein Internet eingeloggt (er hatte nie besonders einfallsreiche Passwörter), seinen Google-Speicher durchforstet und dort das Hotel, das er gestern herausgesucht hatte, ausfindig gemacht, dort angerufen und von der Rezeptionistin erfahren, dass er nicht auf dem Zimmer zu erreichen sei.

Sein Hass auf Google wuchs. Google, sagt Berger, zerstöre nicht nur den Ruf der Leute, weil der Schwachsinn, den irgendwelche Feinde über einen ins Netz stellen, immer an erster Stelle kommt, es sei schlimmer. Ein amerikanischer Kollege habe ihm erst vor kurzem die Geschichte einer Frau aus Los Angeles erzählt. Die Frau hatte seit Jahren eine Affäre mit einem Mann, der auf dem Weg von Santa Monica nach Malibu in einem Strandhaus wohnte. Immer nach der Arbeit fuhr sie mit ihrem Wagen, einem alten, hellblauen Volkswagen, zu ihm. Sie blieben im Haus oder gingen nur kurz an den Strand, um zu schwimmen. Niemand sah sie in der Öffentlichkeit. Sie verbrachten nie mehr als eine Stunde zusammen. Jahrelang ahnte ihr Mann nichts. Als er etwas ahnte, ließ er sie und den Mann beobachten, aber sie waren vorsichtig und trafen sich nicht mehr. Es half ihnen nichts: Der Detektiv habe auf Google Maps das Haus des Mannes, den er im Verdacht hatte, gesucht – und im Hof, geschützt vor den Blicken der Straße, den hellblauen Wagen der Frau entdeckt. Das Luftbild war offensichtlich zu einem Zeitpunkt gemacht worden, als sie bei ihm war.

Als Berger ein paar Tage später ins Büro kam, war alles wie immer. Janna Bissheimer hatte offenbar nichts erzählt, jedenfalls benahmen sich die Kollegen unauffällig. Er telefonierte mit ein paar Kunden, beantwortete die wichtigsten E-Mails, versuchte, Simone anzurufen, die aber nicht abnahm, bestellte ein Pastrami-Sandwich, stellte das Telefon auf seine Sekretärin um und schloss die Tür. Janna kam gegen eins in sein Büro: Sie hatte sich einen Aktenordner zwischen Arm und Hüfte geklemmt und kaute Kaugummi; sie wolle sich, sagte sie, für den schönen Abend bedanken, sie sei leider ein wenig müde gewesen. Habe man gar nicht gemerkt!, rief er erleichtert. Sie redeten noch ein paar Minuten über Belanglosigkeiten, dann ging sie. Den restlichen Tag verbrachte er damit, ein Schreiben an seine Kunden zu diktieren: Tatsächlich sei während der – durch negative Presseberichte erzwungenen! – Aussetzung der Anteilrücknahme die Liquidität der Anteilswerte eingeschränkt, diese sicherten jedoch die Ertragskraft und die ordnungsgemäße Bewirtschaftung des Fonds. Die Maßnahme erfolge zum Schutz der Anleger. Sie sei zunächst auf drei Monate befristet. Das Geld der Anleger bleibe jedoch nach wie vor sachwertgesichert in Immobilien investiert.

Berger schaute zufrieden auf den Entwurf. Es war eine sehr elegante Art, den Leuten zu sagen, dass sie gerade nicht an ihr Geld kamen, weil es sich sonst in Luft auflösen würde. Jetzt musste man ihnen noch das Gefühl geben, dass er die Lage im Griff hätte.

Von draußen drang ein ungewohnter Lärm in sein Büro; Berger steckte kurz den Kopf aus der Tür und schaute auf den Flur, wo eine kleine Feier stattfand. Irgendjemand war befördert worden und gab einen aus. Die beiden dicken Sekretärinnen legten eine CD von Tom Jones ein und begannen, mit kreisenden Hüften um den Empfangstisch zu tanzen. Kurze Zeit später stellte der Abteilungsleiter sein Mineralwasser ab und begann ebenfalls zu tanzen; er machte Wellenbewegungen mit den Armen, seine kurzen, gemusterten Socken gaben ein Stück seiner weißen Waden frei. Berger zog die Tür zu und diktierte weiter. »Zum weiteren Ausbau und Erhalt einer belastbaren Liquiditätsquote erfolgte der Verkauf – ich korrigiere«, rief Berger, »die Absage oder der Ausstieg aus mehreren laufenden Projekten.«

Er blieb lange; als er gegen Mitternacht ging, traf er im Parkhaus die dicke Putzfrau, die gerade von ihrem Motorroller stieg und müde grüßte, bevor sie sich daranmachte, in den verlassenen nächtlichen Büros das Chaos und den Schmutz des Tages zu beseitigen.

Simone und Jochen Berger versuchten in den folgenden Monaten mehrmals, sich zu trennen, aber immer wenn er kurz davor war auszuziehen, saß sie zusammengesackt da und schaute wie ein verletztes Tier, das nur einigermaßen anständig behandelt werden will, stattdessen aber mit grundloser Brutalität geschlagen wird. Er konnte sich nicht von ihr trennen.

Zur Paartherapie gingen sie insgesamt dreimal. »Diese Paartherapie«, sagt Berger später, »war sicherlich das Unsinnigste, was wir je gemacht haben.« Die Therapeutin habe eine spitz an den Ecken zulaufende rote Stahlbrille und Wollsocken getragen, auch er habe die Schuhe ausziehen müssen. Dann saßen sie da und starrten auf eine schief durch den Raum wuchernde Pflanze. »Sagen Sie Ihrer Frau, dass Sie sie lieben«, schlug die Therapeutin vor. Er presste die Lippen aufeinander und schaute hilfesuchend in Richtung der halbvergilbten Zimmerpalme. Die Therapeutin bohrte weiter. Dann solle er eben eine ihm genehme Form finden, seine Gefühle auszudrücken.

Er könne seine Gefühle nicht ausdrücken, erklärte er erbost, während die Therapeutin mitfühlend nickte, seine Gefühle seien keine Pickel, die man einfach so ausdrücken könne. Die Therapeutin lächelte metallisch und sagte, dies sei sicherlich eine sehr schlagfertige Bemerkung, aber der falsche Moment für Beweise seiner Rhetorik. Stattdessen müsse er lernen ...

Sie verzichteten darauf, noch einmal wiederzukommen.

Es wurde Dezember.

Berger begleitete eine Wirtschaftsdelegation nach Dongguan und Schanghai; ein Studienfreund von ihm, Sprecher eines wirtschaftspolitischen Arbeitskreises im Bundestag, hatte ihn eingeladen. Die Teilnehmer waren Männer mittleren Alters, die sich nur durch ihren Krawattengeschmack unterschieden; sie hatten die gleichen schwarzen Rollkoffersets, die gleichen anthrazitfarbenen Anzüge, die gleichen Blackberrys und die gleichen, scharf auf Linie geföhnten Frisuren. Sie fuhren an Baustellen, Schulen und Fabriken vorbei, schüttelten Hände, saßen in Konferenzräumen, betrachteten Flipcharts, begrüßten andere Delegationen und bekamen fettiges Essen serviert. Durch die getönten Scheiben des Busses, der sie vom einen Termin zum anderen transportierte, sahen sie die glänzenden abstrakten Skulpturen, die in Dongguan zur Erbauung der Arbeiter auf jedem Verkehrskreisel standen. Sie gingen auf das Dongguan International Beer Festival und dann, in Schanghai, in den Paulanerkeller. Vier schmale Chinesinnen in zu großen Dirndln servierten Bierhumpen, es gab Serviettenknödel und Oktoberfestmusik, dazu lief *Anton aus Tirol*; die Chinesen klatschten begeistert in die Hände. Am nächsten Morgen empfing eine Abordnung der örtlichen Bezirksregierung die Delegation. Der Staatssekretär bedankte sich bei seinen Gastgebern. Er beugte sich zu seinem Übersetzer und lobte das rasante Tempo, die beeindruckenden Fortschritte, die Effizienz der Industrieanlagen; der Dialog, schloss er, sei nun das Wichtigste. Die Chinesen verneigten sich leicht und verschränkten die Hände.

Weil auch ein paar Journalisten mitgekommen waren und im Anschluss an die Vertragsvorbereitungen eine Pressekonferenz stattfinden sollte, erklärte der Staatssekretär, er müsse allerdings auch betonen, wie wichtig ihm und den Investoren aus Deutschland, die hier zu produzieren gedächten, die – hier machte er eine kleine Pause – weitere Verbesserung der Arbeitsbedingungen sei, man wolle dies gern aktiv unterstützen, und die Menschenrechte müsse er auch ansprechen; das habe er hiermit getan. Die Chinesen saßen auf ihren Stühlen und lächelten eisern. Danach zog man sich zu Beratungen und Verhandlungen über diverse Kooperationsprojekte zurück.

Später, bei der Pressekonferenz, fragten die Journalisten, ob man auch über die Arbeitsbedingungen und die Frage der Menschenrechte gesprochen habe. Der Sprecher des Staatssekretärs antwortete, der Staatssekretär habe noch einmal persönlich in angemessener Form betont, wie wichtig der Regierung diese Frage sei. Berger war beeindruckt.

Am Morgen des 24. Dezember bat Simone ihn, ihren Onkel und ihre Tante vom Hauptbahnhof abzuholen. Als er ankam, erkannte er die beiden schon von weitem; die Tante zog, unduldsame Blicke in verschiedene Richtungen werfend, zwei Rollkoffer hinter sich her; der Hund, ein träger, in der Mitte durchhängender Cockerspaniel, schlurfte ergeben neben ihr her. Der Onkel trug einen grauen Blouson und bewegte sich mit kleinen Schritten Richtung Ausgang; er hielt mit beiden Händen einen Karton umklammert. Wie jedes Jahr hatte er fast die ganze Adventszeit damit verbracht, die vorweihnachtlichen Sendungen im Nachmittagsprogramm des lokalen Oldie-Senders auf seinem uralten Doppelkassettendeck mitzuschneiden und die besten Titel zu zwei Bändern zusammenzustellen, die an Heiligabend als Hintergrundmusik laufen sollten. Der Onkel war im zerrütteten familiären Gefüge so etwas wie der Zeremonienmeister des Heiligen Abends, aber er war schlecht organisiert. Am 23. Dezember lagen rund ein Dutzend Kassetten auf seinem Schreibtisch herum, deren beste Titel er auf zwei Bänder überspielen wollte, aber leider beschriftete er seine Kassetten nie, so dass bei der Bescherung oft das falsche Band eingelegt wurde.

Im Auto nahmen der Onkel und die Tante auf der Rückbank Platz. Der Onkel reckte den Kopf links an der Kopfstütze vorbei und schaute misstrauisch auf den Verkehr. Während der Fahrt rief Janna Bissheimer an; Berger versuchte, die Freisprechanlage abzuschalten, erwischte aber irgendeinen Bluetooth-Knopf nicht, und eine Sekunde später schallte Jannas Stimme wie ein Strafgericht Gottes in den Wagen hinein.

»Jochen! Hör mal! Wo bist du? Es gibt hier ein richtiges Problem. Tolkow hat, ohne dass wir das wussten ...«

Der Onkel zuckte zusammen und klammerte sich an den Karton mit den Kassetten. Er war schwerhörig, aber diese Stimme war sogar ihm zu laut. Berger fummelte verzweifelt an seinem Bluetooth-System herum und konnte gerade noch einem einscherenden Bus ausweichen.

»Wo kommt das jetzt her? Ist das das Navigationssystem oder was?«, krähte der Onkel und bohrte seinen Zeigefinger in Bergers Kopfstütze.

»Das ist die Freisprechanlage«, sagte die Tante.

»Das ist ja irrsinnig laut«, brüllte der Onkel. »Was will die Frau?«

»Jochen, wo bist du, auf der Straße oder wo? Wir haben ein richtiges Problem hier«, rief Janna Bissheimer jetzt noch lauter in ihr Telefon. »Können wir jetzt mal reden? Ich höre die ganze Zeit nur so einen Bekloppten im Hintergrund.«

Der Onkel schaute ungläubig hinter der Kopfstütze hervor. »Hat die mich eben bekloppt genannt?«

»Nein«, rief Berger hektisch in Richtung Onkel.

»Es wäre sehr wichtig, auch für dich, wenn du jetzt vielleicht ...«, schrie Janna Bissheimer in den Hörer.

»Ich rufe dich zurück«, brüllte Berger und legte auf. Im Rückspiegel sah er das enttäuschte und misstrauische Gesicht der Tante.

Zwei Stunden später – der Onkel sortierte seine Kassetten im Wohnzimmer, Mina telefonierte mit Jago, der bei einer Demo einer linken Splittergruppe verhaftet und seinen Eltern von der Polizei zurückgebracht worden war, Berger schmückte mit Karl den Tannenbaum, Simone machte Yoga, um den Abend psychisch durchzustehen – kam Simones Mutter aus ihrem Villenvorort angereist. Sie beklagte mit gespielter Bestürzung das unvorweihnachtliche Chaos in Bergers Wohnung und bot an, die Kinder zu nehmen, damit er und Simone alles für Heiligabend fertig machen könnten. Es war die typische, als Hilfsangebot verkleidete Kombination aus Vorwurf und Aufforderung, mit der Simones Mutter ihre Tochter malträtierte, seit sie das Haus verlassen hatte; natürlich lehnte Simone den Vorschlag ab, und natürlich gab es Streit.

Berger zog sich mit seinem Laptop in eine Ecke zurück und schaute sich die im Bodenlosen versinkende Kurve des Baltic Dry Index für Frachtgüterverschiffung an. Als er begonnen hatte, mit Schiffsfonds zu handeln, lag der BDIU bei über 10 000 Punkten, aber dann war er ausgerechnet am 11. September 2008 unter die 5000-Punkte-Marke gesackt, hatte im Oktober die 1000-Punkte-Grenze durchschlagen und landete im Dezember bei erbärmlichen 700 Punkten, das entsprach einem Rückgang um über neunzig Prozent.

Die Tante schlug vor, man solle zusammen zum Krippenspiel gehen; das Krippenspiel, erklärte sie energisch, sei eine sehr schöne Tradition, gerade für den kleinen Karl, und weil ihnen keine Ausrede einfiel, gingen sie hin.

Die Kirche war vollkommen überfüllt. Im Gang und vor dem Altar saßen Kinder und Eltern, die keinen Platz mehr gefunden hatten, in den hinteren Reihen als gute Väter verkleidete Väter, die er auf einem Elternabend in Karls Kindergarten gesehen hatte; einer erkannte ihn und nickte ihm schwach zu.

Karl drängte ganz nach vorn an die Bühne in eine Gruppe von etwa dreißig zwei- bis fünfjährigen Kindern; Mina setzte sich links vor den Altar auf den Fußboden und begann, eine SMS an Jago zu schreiben. Die Musik setzte ein, der Pfarrer trat auf die Kanzel.

»Könnten Sie sich bitte hinsetzen«, zischte eine rotgesichtige Mutter von hinten; auf ihrem Schoß saß, wie er feststellte, als er sich umdrehte, ein dickes Kind, das nichts sehen konnte. Berger hockte sich zwischen die Kinder auf den Boden.

»Wir wollen beten«, sagte der Pfarrer. Die Gemeinde erhob sich; Berger blieb hocken und versuchte, Karl davon abzuhalten, unter die Bühne zu kriechen. Die rotköpfige Frau schaute ihn tadelnd an. Sie hielt die Hände gefaltet und starrte unverwandt in seine Richtung.

Simone stand mit verschränkten Armen neben ihrer Mutter am Rand und betrachtete das goldene Kreuz, das an zwei Stahlseilen im Flutlicht gigantischer Scheinwerfer schimmerte. Berger versuchte, sich für einen Moment aufzurichten. Das dicke Kind krähte »Kopf runter«. Berger zog den Kopf ein und warf dem Kind einen hasserfüllten Blick zu. Hinter sich hörte er einen melodischen Dreiklang, Lautstärkeeinstellung »Draußen«; Mina hatte eine SMS bekommen.

Dann begann die Aufführung. Maria und Josef betraten die Bühne und beklagten mit einer leiernden Kinder-die-etwas-darstellen-müssen-was-ihnen-nicht-einleuchtet-Stimme, dass keiner ihnen Quartier gebe. »Kein Platz für uns? Du harter Mann! – Ich glaubs ja gar nicht«, rief der etwa elfjährige Josef frei interpretierend. Karl hatte sich währenddessen losgerissen und war unter der Bühne in Richtung Kanzel gekrochen. Berger stand auf, um ihn einzufangen; er schwitzte stark, seine Krawatte war verrutscht, das Hemd hing ihm aus der Hose. »Kopf runter«, krähte der dicke Junge. Berger kroch hinter Karl unter die Bühne, durch das Gestänge, eigentlich war das hier zu eng für ihn; er hörte über sich ein Poltern, ein Kulissenteil war mit einem dumpfen Knall umgestürzt. Karl hatte seinen Vorsprung auf etwa sieben Meter ausgebaut. Eingeklemmt im Gestänge der rostigen Bühnenelemente, sah Berger, wie Mina versunken auf das Display ihres Mobiltelefons starrte, ihr Gesicht war von unten erleuchtet, sie hatte einen seligen Gesichtsausdruck und wirkte wie die jugendliche Maria auf alten Gemälden. Karl war inzwischen unter der Bühne hervorgekrochen, allerdings auf der anderen Seite, und hatte die Bühne erklommen. Er stand jetzt neben der Krippe und zerrte erfreut an einem Stromkabel, das die Beleuchtung des Stalls von Bethlehem garantierte.

Berger robbte ihm hinterher und kroch genau in dem Moment unter der Bühne hervor, in dem ein als Engel verkleideter kleiner Russe »Fürchtet euch nicht« rief. Maria drehte sich erstaunt um. Berger nickte verlegen, schob die Heiligen Drei Könige beiseite und stolperte durch den Stall von Bethlehem. Mit einem dumpfen Knall ging dort das Licht aus. »Kopf runter«, krähte der dicke Junge in der ersten Reihe. Karl hatte mittlerweile die Puppe, die das Jesuskind darstellte, an sich gerissen, reckte erfreut seinen speckigen kleinen Arm in die Luft und rannte auf Maria zu, die ratlos zum Pfarrer schaute. Josef warf einen kurzen Blick ins Publikum und brach in ein hysterisches Gelächter aus. Einer der Heiligen Drei Könige begann zu weinen und wurde vom hartherzigen Wirt getröstet. Die ersten Leute begannen zu kichern. Berger duckte sich hinter den Pappmaschee-Esel. Im Halblicht des Kirchenschiffes sah er das versteinerte Gesicht seiner Schwiegermutter aus dem Lodenmantel ragen. Er flüsterte Karl zu, er solle sofort zurückkommen, aber Karl hörte ihn nicht.

»Fürchtet euch nicht«, wiederholte der verunsicherte kleine Russe und wackelte mit seinen Pappmascheeflügeln, aber es klang nicht mehr sehr überzeugend. Der Pfarrer starrte fasziniert auf das seltsame Geschehen und sagte erst mal nichts; dann kniete er sich hin und versuchte, Karl das Jesuskind wegzunehmen, aber der dachte nicht daran, seine Beute herauszurücken. Maria kniete sich neben Karl und redete sanft auf ihn ein, aber der zerrte entschlossen mit beiden Händen am Jesuskind, sein Kopf war dunkelrot vor Anstrengung und Zorn, und er gab erst auf, als ihn Simone mit einer Tüte Gummibärchen von der Bühne lockte.

Auf der Fahrt nach Hause sprach keiner ein Wort. Berger zerrte sein blinkendes Mobiltelefon aus der Innentasche seines Anzugs; er hatte zwölf Anrufe in Abwesenheit. Janna Bissheimer war auf der Mailbox und flüsterte mit gepresster Stimme, Tolkow habe, anscheinend ohne Kenntnis des Vorstands, bei den Portfolioinvestments auf eigene Rechnung gearbeitet, er hatte, ohne dass es jemand wusste, in forderungsbesicherte Wertpapiere investiert, die amerikanische Immobilienkredite enthielten. Der dynamische Typ aus der EM-Abteilung hatte zusammen mit ein paar jungen Typen aus der Abteilung für strukturierte Produkte die Anleger zusammengetrieben, viele hatten investiert – auch der blasse Mann, der auf der Hauptversammlung aufgetaucht war und ihn hatte sprechen wollen.

Berger versuchte, Janna Bissheimer zurückzurufen, aber auch sie war offenbar unter irgendeinem Tannenbaum verschwunden.

Jan-Hendrik, Simones Bruder, traf ein. Er war neununddreißig und hatte noch nie in seinem Leben Geld verdient. Er war auf dem Internat gewesen und hatte später mit dem Geld seiner Mutter eine Immobilienberatung gegründet, die aber bald nur noch in Form einer stillgelegten Website und eines leerstehenden Büros existierte, in dem Jan-Hendrik von Zeit zu Zeit eine Party veranstaltete. Zu seinem fünfunddreißigsten Geburtstag hatte seine Mutter ihm probehalber den Geldhahn zugedreht, ein Erlebnis, das Jan-Hendrik traumatisiert hatte.

Seit er denken konnte, war Geld da gewesen; und so wie der Cockerspaniel davon ausging, dass ihm das Fressen in seinem Napf und seine Lieblingskekse naturgemäß zustünden, und alle gegenteiligen Ansichten mit Knurren und Entgeisterung quittierte, war er überzeugt davon, dass es ein großes Unrecht darstelle, ihm einfach kein Geld mehr zu geben. Er konnte sich nicht im Ernst vorstellen, von selbstverdientem Geld leben zu müssen – ganz so, wie es für einen Adligen des Jahres 1787 undenkbar schien, dass man ihm die Ländereien, auf denen schon seine Urvorsassen hockten, mitsamt allen Schlössern und Privilegien einfach unter dem Hintern wegziehen und seinen Kopf auf der Place du Carrousel in einen Bastkorb werfen würde.

Jan-Hendrik war der Ansicht, dass er mit der Eröffnung eines Büros und einer liebevoll gestalteten Website, auf der die Ausschmückung seiner Biografie und das Register der Fotografien des Firmeninhabers (Jan-Hendrik auf der Yacht seines Freundes, Jan-Hendrik beim Skifahren in Klosters, Jan-Hendrik bei einem Junggesellenabschied im Hasenkostüm) den größten Raum beanspruchten, genügend guten Willen bewiesen hatte, Geld zu verdienen, und dass ihm daher ein moralisches Recht auf ungehinderten Zugang zu den familiären Finanzreservoirs zustehe.

Nach einem Streit mit seiner Mutter hatte er sich zu einem Psychotherapeuten begeben, der ihn in seiner Ansicht bestärkte und gleichzeitig eine komplizierte, langwierige und kostspielige Psychoanalyse verordnete, um frühkindlichen Traumata auf die Spur zu kommen, die sein erfolgreiches Berufsleben verhinderten.

Während der Therapie empfahl der Psychotherapeut ihm jedoch, sich von seiner übermächtigen Mutter zu lösen. Sie habe ihn vernachlässigt, fand er nach einem sehr kostspieligen Jahr der Analysen und Gespräche heraus, und viel zu oft bei seinem Onkel abgegeben, um zu arbeiten; so gesehen sei es nur gerecht, wenn sie den ihm zugefügten Schaden wenigstens finanziell wiedergutmache.

Weil seine Mutter ihn trotz allem liebte, übernahm sie auch die Therapiekosten und kaufte ihm eine Wohnung. Dafür ließ sich Jan-Hendrik zu Weihnachten mit aufwendigen Geschenken blicken, die er mit dem Geld seiner Mutter erstanden hatte.

Wenig später kam es bei den Bergers zu dem erwartbaren Drama, das sich jedes Jahr wiederholte. Die Tante läutete die Weihnachtsglocke, die Ikea-Lichterkette warf ein feierliches Glitzern in den Raum, aus der Küche drang der schwere, winterliche Geruch einer Gans in Portweinsoße – dann aber erklang nicht, wie vom Onkel beabsichtigt, eine James-Last-Version von »Jingle Bells«, sondern die Stimme von Mike Krüger. Der Onkel hatte die falsche Kassette eingelegt. Hektisch wurde sie von der Tante wieder herausgenommen und der Onkel angeschrien, das sei mal wieder typisch, sie sage ihm seit Jahren, er solle die Kassetten beschriften. Der Onkel schrie zurück, dann solle sie doch ihren Scheiß alleine machen, der Tannenbaum wurde vorübergehend abgeschaltet, Kassetten wurden zur Probe eingelegt, vor- und zurückgespult, die Gans im Ofen bekam eine bedrohliche Solariumsbräune, der Onkel einen bedrohlich roten Kopf und eine Herztablette, schließlich wurde eine alte Vinylsingle mit Dean Martins »Let it Snow« aufgelegt.

Am späteren Abend saß man am marmorierten Kamin der alten Villa und starrte leicht betrunken ins Feuer, während der Hund der Tante unbemerkt große Teile der auf dem Couchtisch geparkten Keksvorräte vertilgte und Simones Mutter am Flügel Chopins »Prélude Nr. 7« spielte. Gegen Mitternacht wurde Marillenschnaps gereicht, danach ging man zügig zu Bett.

Ein paar Monate später – es war irgendwann im Sommer, sagt Berger, er erinnert sich nicht genau, wann – nahm er ein paar Tage frei und fuhr mit dem Mercedes in seine Heimatstadt.

Er ging zu einem Kiosk, an dem er als Kind Süßigkeiten gekauft hatte. Der alte Besitzer, ein keuchender Wehrmachtsveteran, war offenbar gestorben, der Kiosk hatte neue Schilder, und die Frau, die dort bediente, war vielleicht zwanzig. Als er sein Abitur machte, war sie noch nicht einmal gezeugt worden. Er rief einen alten Lehrer an. Eine Viertelstunde später hatte er Solveigs Nummer.

Solveig war inzwischen verheiratet und hatte drei Kinder. Als sie seine Stimme hörte, war sie erstaunt, aber sie freute sich. Sie wohnte jetzt in einem Reihenendhaus am Naturschutzgebiet. Sie hatte ein paar Falten bekommen, aber die Art, wie sie im Türrahmen lehnte und ihre Beine überkreuzte, war die gleiche geblieben, und wie früher trug sie einen Kaschmirpullover und weiße Cloggs. Sie hatten sich zum letzten Mal gesehen, als sie sechzehn waren.

Ein Junge tauchte hinter ihr auf.

»Wer ist der Mann, Mama?«

»Ein alter Schulfreund, Schatz.«

Berger zuckte zusammen. Das Kind kam ihm irgendwie bekannt vor.

Sie tranken einen Kaffee im Garten. Ihr Mann, sagte sie, sei Architekt, er würde jeden Moment heimkommen. »Vielleicht kennst du ihn noch, Hans Milbengang, er war zwei Klassen über uns.«

»Der mit dem BMW?«

»Genau.«

Ihn überkam eine Bitterkeit, die aus den Untiefen seiner Erinnerung emporquoll; er dachte an die langen Nachmittage, an denen er in einem grauenhaft verpickelten Zustand den Waldweg hinauf- und hinuntergelaufen war und an die damals schon reizend aussehende Solveig gedacht hatte; wie sie einmal in der Schulaula übermüdet an seine Schulter gesunken war, weil sie die Nacht davor mit Hans verbracht und mit ihm unten am Fluss übernachtet hatte; wie feucht und sandig ihre Kleider an diesem Morgen waren. Näher war er ihr nie gekommen. Er hatte das Gefühl, sich übergeben zu müssen. Hans Milbengang. Sein ganzes Leben, das Gezerre an den Jannas und Simones dieser Welt, das Cabrio, der berufliche Erfolg, seine gnadenlose Härte bei Verhandlungen – all das erschien ihm in diesem übertriebenen Idyll, zwischen diesen Rosenbüschen und karierten Kissen, wie der Versuch, aus dem Tal der Demütigungen und unerfüllten Wünsche herauszukommen, in das Solveig ihn zwischen seinem zwölften und zwanzigsten Geburtstag gestürzt hatte. Mein ganzes Leben, dachte er, ist eine Rache für das, was mir damals angetan worden ist.

Er saß da und besichtigte die endgültige Vernichtung seiner alten Hoffnungen: Hans Milbengang hatte mit ihr ein Kind gezeugt, das aussah wie der kleine Hans Milbengang, aber mit einer Verfeinerung ins Solveighafte, das den Jungen noch unwiderstehlicher als seinen etwas plumpen Vater machen würde. Dieses Kind war vier Jahre älter als sein Sohn Karl, und wenn der einmal fünfzehn wäre, würde dieser kleine Scheißer neunzehn sein und einen BMW fahren.

Als er ging, versuchte Berger, sie zu küssen. Sie war erstaunt, aber nicht böse. Sie schob ihn sanft durch die Haustür und küsste ihn flüchtig auf den Mund.

»Sweety«, sagte sie mit einem bedauernden Ton in der Stimme, »es tut mir leid. Bad timing. Damals war es zu früh, jetzt ist es zu spät.«

Berger hastete zu seinem Wagen, rammte beim Ausparken Solveigs Familienauto und raste auf die Autobahn. Er fegte die linke Spur mit dem Fernlicht frei, er rief, während er den alten Wagen auf zweihundert beschleunigte, Janna Bissheimer an, um sie zu fragen, ob sie mit ihm ein Wochenende nach Rom fahren würde, ob sie, schrie er in den Hörer, während der Fahrtwind am Stoffdach zerrte, mit ihm nach Italien fahren wolle! Janna verstand ihn erst nicht und lachte dann; ob ihn die Frauen so wenig liebten, dass er mit ihr nach Rom fahren müsse?

In diesem Moment zog ein polnischer Lastwagen auf seine Spur. Berger bremste, die Räder blockierten kurz, er kam ins Schleudern, konnte den Wagen aber wieder einfangen. Als er sich von dem Schreck erholt hatte, beschleunigte er den Mercedes wieder, setzte sich vor den Polen und bremste auf vierzig Stundenkilometer herunter. Dann gab er Gas.

Er fuhr in die Stadt, in der er nach seinem Studium ein paar Jahre in einer Unternehmensberatung gearbeitet hatte, parkte in einer Seitenstraße und ging zum Fluss. Das Wasser war kalt und klar, es kam aus den Bergen; weiter hinten sah man die dunkle Silhouette eines Museums. Er warf ein paar Kieselsteine in die Fluten und ging wieder.

Er hatte niemanden angerufen, den er von früher kannte, er hatte die Nummern auch nicht mehr, drei Mobiltelefone hatte er über die Jahre verloren und mit ihnen die gespeicherten Nummern, die Namen, die Erinnerungen.

Als er den Raum durch die hölzerne Schwenktür betrat, erkannte ihn der Barkeeper wieder.

»Jochen Berger. Lange nicht da gewesen?«

»Tja.«

»Umgezogen?«

»Ja. Ich musste. Beruflich.«

»Ah. Getränke wie immer?«

»Nein. Nur ein Bier. Und was zu essen, bitte.«

Er aß. Draußen wurde es dunkel, die Straßenbeleuchtung ging mit einem violetten Flackern an. Der Laden füllte sich, die Leute drängten an die Tische und an die Bar, warfen Mäntel über die dunklen Holzlehnen, bestellten Gin Tonic und Whisky. Es war wie damals, als er jeden Abend mit seinen Freunden hier gewesen war, nur dass er von denen, die jetzt ihre Rollen spielten, niemanden kannte.

»Kommt Block noch oft?«

»Nein. Sie haben ihn gefeuert, Stellenabbau. Ist jetzt in Hannover.«

»Um Gottes willen. Und Tomaselli?«

»Entzugsklinik. Hat es ein bisschen übertrieben.«

»Isabelle?«

»Lange nicht mehr gesehen. Funkelt irgendwo durch das Land.«

»Und der Jo von ...«

»Böse Geschichte. Hat sich bei Garmisch totgefahren, Glatteis in einer Kurve. Hatte gerade eine neue Freundin, viel jünger als er. Sie hat's überlebt.«

Sein Telefon klingelte. Es war ein Kollege. In New York sei das Chaos ausgebrochen, »totales Chaos«, schrie er mit sich überschlagender Stimme in den Hörer, gegen alle werde ermittelt, Wertpapierbetrug, weltweit seien die Kurse der Bankaktien abgestürzt, »wir haben dreizehn Prozent verloren, Morgan Stanley sechs, die Deutsche Bank, doch, ja, auch: sieben Prozent, der Dax runter ...«.

Berger, aufgeschreckt aus der melancholischen Stille eines frühen Abends an der Bar, rief dem Kollegen zu, er solle die Ruhe bewahren, »die Ruhe«, schrie Berger in den Hörer, aber der andere hatte schon aufgelegt.

Er schaute sich um. Alles sah aus wie damals, die dunkle Holztäfelung, die unleserliche Abendkarte, die mit Kreide auf eine Tafel neben dem Durchgang zur Toilette geschrieben war. In der Ecke saßen zwei, die er hier schon früher gesehen hatte, sie hatten jetzt weichere Bäuche und Haare in den Ohren und trugen breitere, buntere Krawatten aus zweilagiger Seide.

Damals, dachte er, war noch alles offen gewesen, und es schien so, als ob vorerst nichts entschieden werden müsste. Dann hatte sich alles entschieden, ohne dass er es so richtig mitbekommen hatte. Er bestellte zuerst ein Bier, dann wurden es viele.

Gegen halb elf war er im Hotel. Unten stand der Mercedes im Lichtkegel einer Laterne. War er noch gefahren? Unglaublich. Ein feiner Regen fiel. Er bückte sich, um seine Schnürsenkel aufzuknoten, verlor das Gleichgewicht, stürzte vom Stuhl und krachte mit dem Kopf gegen den Metallbügel der braunlackierten Minibar. Eine halbe Stunde später war die Minibar leer, er hatte alles ausgetrunken.

Er duschte, danach roch sein ganzer Körper nach einem billigen weißen Duschgel, das er aus einem weichen Beutelchen gedrückt hatte, und seine Haare fühlten sich strohig an. Der ungewohnte Geruch auf seiner Haut machte ihn nervös.

Er dachte kurz an Simone, an ihre prachtvolle Altbauwohnung und an das dunkelbraune Ledersofa, auf dem sie oft lagen, und geriet in eine weinerliche Stimmung. Er versuchte, sich ins Gedächtnis zu rufen, wie oft er sich auf diesem Sofa über sein ereignisloses Leben aufgeregt hatte, während Simone, ohne dass etwas vorgefallen wäre, einfach aus Gewohnheit, Desinteresse oder angeborener Leere, schwieg und den Abend damit verbrachte, *Gala*, die *Bunte* und *InStyle* zu lesen, sich die Nägel zu lackieren, ihre Handtasche aufzuräumen, mit Freundinnen zu telefonieren oder im Internet Wellnessangebote zu durchforsten. Jetzt, wo er nicht bei ihr war, sehnte er sich nach der muffigen Geborgenheit dieser Abende.

Er überlegte, ob er sie anrufen sollte, entschied sich aber dagegen und schaltete stattdessen den Fernseher an.

Das Programm war trostlos. Entweder sah man nackte Frauen über sechzig, die unter 0190-nochwas angerufen werden wollten, und großbusige Nackte, die sich auf Tennisplätzen mit Bällen massierten, oder man sah Hitler. Die Nationalsozialisten besetzten um diese Uhrzeit im deutschen Fernsehen fast alle Kanäle. Auf ntv hatte um 22.10 Uhr »Hitler – Jugend eines Diktators« begonnen, auf Arte eine halbe Stunde später der Film »Sonderauftrag Führermuseum«, danach tauchte Hitler im ZDF auf, wo er ab 23.25 Uhr in der Sendung »History – Hindenburg, der Mann, der Hitler an die Macht brachte« auftrat, die nahtlos in die Phoenix-Dokumentation »Flucht und Vertreibung« um Mitternacht überging.

Bergers Mobiltelefon meldete neun Anrufe in Abwesenheit, die meisten aus seinem Büro. Beim zehnten Anruf war er kurz versucht, das Gespräch anzunehmen, tat es auch, wollte etwas sagen, musste aber feststellen, dass er keine Vokale mehr formen konnte. Ein aufgebrachter Mensch schrie, er habe jetzt die Nummer herausbekommen; er werde auch den Rest herausbekommen; er wolle sein Geld, und zwar sofort. »Ihr sogenannter offener Immobilienfonds ist gar kein offener Fonds«, schrie der Mann, »das ist bei euch wie in der DDR – wir dürfen leider nicht ausreisen«, aber mit ihm mache man so etwas nicht, ob er verstanden habe, er werde ihn drankriegen, so oder so, und dann …

Berger versuchte, etwas zu sagen; er versuchte, die Worte »bloß temporäre Aussetzung« herauszubringen, stattdessen kam aus seinem Mund nur ein eigenartiges Gurgelgeräusch; gleichzeitig sah er im Spiegel hinter der Minibar sein Gesicht und legte erschrocken auf. Er dachte an den Kriegsveteranen William Foxton, der beim Zusammenbruch der Fonds Herald USA und Herald Luxembourg seine gesamten Ersparnisse – etwa eine Million Euro – verloren hatte; er hatte sich in einem Park in Southampton erschossen. Foxton tat ihm leid; jemand hatte ihn schlecht beraten, er hätte diversifizieren müssen, das hatte er nicht getan, jetzt war alles weg, und Foxton war nicht der einzige; Thierry Magon de la Villehuchet, Kogründer des Fonds Access International Advisors, war in seinem New Yorker Büro tot aufgefunden worden, sein Fonds hatte rund eine Milliarde Euro verloren, und in Los Angeles hatte sich Karthrik Rajaram umgebracht. Die Leute verkrafteten es nicht, Geld zu verlieren, sie vergaßen, dass alles nur ein großes Spiel war, ein Roulette, sie wollten Ernst machen; die Leute waren gefährlich.

Berger öffnete seinen Facebook-Account. Er sah sein eigenes Profil, die ständig wachsende Liste seiner Freunde, und dann sah er, dass jemand das Wort »Arschloch« an seine Pinnwand geschrieben hatte. Es war einer der Aktionäre, dessen Freundschaftsanfrage er, ohne nachzudenken, bejaht hatte. Er löschte den Eintrag, warf den Aktionär aus seiner Freundesliste, nachdem er das »defriend a person«-Programm studiert hatte, stellte dann fest, dass Mina es abgelehnt hatte, mit ihm befreundet zu sein, und gab wahllos Namen aus seiner Vergangenheit in das Suchfeld ein. Menschen, deren Adressen und Telefonnummern man aus gutem Grund verlegt hatte, tauchten wieder auf, rematerialisierten sich – Leute, von denen er nur zwanzig Jahre alte Aufnahmen besaß und die ihm vor seinem Eintritt in Facebook mit weichen, jugendlichen Zügen in Erinnerung waren, traten ihm hier mit Falten, dick, älter, unansehnlich, wie das lebende Bildnis des Dorian Gray entgegen.

Hinter ihm wanderten jetzt, unterlegt von Bruckner-Musik, Flüchtlingstrecks gen Westen. Er drehte sich um; Adolf Hitler schrie Schwarz-Weißes in den Raum.
Berger saß nur in Unterhose am Computer. Weil er kalte Füße hatte, zog er seine Loafer wieder an; jetzt war er ein halbnackter Mann mit sehr teuren Halbschuhen an den Füßen; er sah aus wie einer dieser Geschäftsleute, die sie in Lateinamerika für eine halbe Stunde kidnappen und denen sie dann am Automaten nicht nur das Geld, sondern auch die Kleidung abnehmen.
Er googelte sich durch die Börsenkurse. Die Schiffsfonds waren vollkommen im Eimer, die gehebelten Produkte verloren, die ganze Branche abgeschmiert – er selbst hatte Geld in einer Höhe verloren, dass ihm schwindelig wurde, dazu käme noch die Summe, die er in den verdammten Fonds würde einschießen müssen, um die Schiffe zu retten, die Crew, die Liegegebühren, all das kostete Geld, was sie von den Anlegern eintreiben müssten …
Er schaute sich auf Facebook die Freunde seiner Stieftochter an; sie hatte neunhundertzweiundfünfzig Freunde. Auch Jago war darunter. Jago war sein Freund. Jago, sechzehn, der aussah wie das Faultier aus *Ice Age II*, der kleine Junge mit der Iltisfrisur, hatte ihm eine Freundschaftsanfrage geschickt, die er, Berger, positiv beschieden hatte, obwohl ihm Jagos Gerede von Revolution und Aufstand ordentlich auf die Nerven ging, seine endlosen Monologe über den Kapitalismus, die von seinen Lehrern als rhetorisch genial gefeiert wurden, was dazu führte, dass Jago allen Ernstes eine Karriere als Politiker anstrebte. Jago hatte etwas gepostet. Er nannte es Manifest. Berger entdeckte noch ein letztes übersehenes Fläschchen Jägermeister im Kühlschrank, trank es mit einem Ruck aus und las:

Ich will nicht wissen, wie Ihr Euch fühlt. Eure Gemütlichkeit kotzt mich an. Ich will nichts wissen von den schönen Abenden vor dem Fernseher, wenn Ihr den Tatort schaut und dabei in einem Einrichtungsmagazin blättert. Ich erzähle Euch von etwas anderem: von dem Strahlen einer Revolte, dem Leuchten einer großen Liebe. Die Chinesen, deren Peinigern Ihr Städte und Autos verkauft, werden sich erheben gegen den Mittelstand, den Ihr dort gezüchtet habt. Dies sind die Orte, an denen der Aufruhr stattfindet, nicht Eure Welt, sie werden es sein, nicht Ihr, die Ihr zur Yogastunde geht und Euch Gesichtscremes kauft und die dumme, einlullende Musik von Pur hört und abends zuschaut, wie Heidi Klum die dünnen Beine der dummen Mädchen begutachtet, die ein Leben wie Ihr führen wollen. Wir verstehen Euer Elend; Ihr habt nicht die Kraft, es zu beenden, weil die Angst Eure Kraft auffrisst, weil Ihr alle Energie darauf verwendet, nicht berührt zu werden – weil Ihr in Euren klimatisierten Geländewagen versucht, dem Tod zu entgehen und für Eure kleinen, traurigen Seitensprünge im Büro Kondome benutzt, weil Ihr Angst vor Infektionen und um Eure Rente und vor einem islamistischen Anschlag am Hauptbahnhof habt. Wir werden anders sein. Wir werden nackt sein. Wir werden nichts zu verlieren haben; das wird unsere Freiheit sein, und diese Freiheit wird groß und strahlend sein.

Leuchten, Freiheit, Strahlen – was für ein Quatsch, sagte sich Berger und klickte in die wirren Kommentare; »Vierunddreißig Personen gefällt das«, stand unter dem Machwerk. Er wurde das Gefühl nicht los, dass all das hier gegen ihn geschrieben worden war. Der kleine Scheißer schrieb im Netz über ihn. Um diesen Kram zu verfassen, damit Mina und die anderen es lesen konnten, brauchten sie Laptops und Handys, dafür brauchten sie Koltan aus dem Kongo und Fabriken in China. »China wird sich erheben« – träum weiter, schöner kleiner Iltis, dachte Berger, wenn China sich erhebt, ist Schluss mit euren Laptops.

Im Fernseher hinter ihm vermeldete CNN die neuesten Kursabstürze. Danach lief eine Werbung für Lebensversicherungen; eine lachende Frau lag in den Armen eines Mannes, der ein Motorboot in den Sonnenuntergang steuerte.

Berger gab die Stichwörter »dream wife« und »find« ein.

Auf seinem Computer baute sich jetzt eine Seite mit dem Titel coincidencedesign.com auf.

Er sah eine attraktive Frau von hinten, die in einem Sommerkleid irgendwo durch New York lief. Daneben stand: »Sie ist die perfekte Frau. Überwältigend attraktiv. Ihr Lachen ist mitreißend, ihr Körper mehr als das. Sie ist eine intelligente Gesprächspartnerin. Vielleicht kann sie sogar Fallschirm springen. Wer ist sie?«

Wer war sie? Er klickte weiter.

»Sie ist deine Traumfrau«, erklärte die Webseite. »Du bist erfolgreich, du fährst ein teures Auto« (na ja, dachte Berger), »besitzt eine großzügige Villa und schwimmst im Geld« (das nun leider auch nicht mehr, dachte er).

»Du gehst ins Fitnessstudio und bist nicht auf den Mund gefallen. Trotzdem hast du deine Traumfrau noch nicht gefunden. Die Frauen, mit denen du dich verabredest, entsprechen nicht dem, wovon du träumst.«

Die kennen mich, dachte Berger, das bin ich.

»Also, was tun?«, fragte die Webseite.

»Du wirst deine Traumfrau nicht über die Partnervermittlung kennenlernen, weil eine Frau, wie du sie suchst, sich dort nicht herumtreibt. Du kannst, selbst wenn du sie triffst, nicht einfach zu ihr hinmarschieren und sie anmachen, denn wenn du das tust, wird sie dich verachten. Auch wenn du das Glück hast, sie bei einer Hochzeit oder einem Geschäftstermin zu treffen, wirst du enttäuscht feststellen müssen, dass sie schon mit jemand anders dort ist. Es wäre ohnehin sinnlos – solche Frauen werden die ganze Zeit von Männern angemacht. Was willst du also tun? Du kannst sie nicht verfolgen. Du bist kein Psycho-Stalker. Aber: Wir können das für dich tun.«

Berger las mit einer Erregung weiter, als wohnte er einer ungeheuerlichen Tat bei. Der Webseite von Coincidence Design zufolge gab es drei Phasen. In der ersten Phase entwarf ein Team von Psychologen mit dem Kunden das Bild der Traumfrau und begab sich auf die Suche nach ihr. Dem Kunden wurden mehrere Kandidatinnen vorgelegt. Die Favoritin wurde ausspioniert, auf Psychosen, kriminelle Vergangenheit, Anomalien durchleuchtet.

In der zweiten, der Investigationsphase wurde ein Dossier über ihre Interessen angelegt: Was interessiert sie, was hat sie im vergangenen Sommer getan, was macht ihr Angst, was hasst sie? »Wenn das Dossier erstellt ist«, erklärte die Webseite, »weißt du mehr über sie, als sie selbst. Bis zu zwölf Experten werden an diesem Dossier arbeiten.«

Dann kam die »Execution phase«: »Wir reden über den idealen Ort. Wäre es richtig, sie zuerst bei einer Party in Kalifornien zu treffen und dann, drei Monate später, in einem New Yorker Restaurant? Wir trainieren in dieser Phase mit dir auch, natürlich zu wirken, damit sie keinen Verdacht schöpft.«

Er würde ihr Lieblingsbuch gelesen haben, ihre Lieblingsgalerie kennen, ihren Lieblingsherrenduft aufgelegt haben, er würde das Rachmaninow-Stück, dass sie so liebte, auf seinem iPod haben und Autoren zitieren, die sie mochte, und dann würde sie sich in ihn verlieben müssen. Alles andere war ausgeschlossen.

Einen Moment lang dachte Berger daran, die geballte Analystenarmada von Coincidence Design in den dämlichen Vorort zu schicken, wo Solveig wohnte, ihr ganzes Scheißleben mit Hans Milbengang von oben bis unten ausspionieren zu lassen und sie dann im Triumphzug aus diesem Leben herauszureißen. Solveig plötzlich hemmungslos in ihn verliebt! Durch Coincidence Design! So etwas konnte es nur in Amerika geben, dachte er, die glauben noch daran, dass das Schicksal nur eine dumme Erfindung der Europäer ist.

Dann sah er die Preisliste. Phase eins war mit achttausend Dollar veranschlagt, Phase zwei mit fünfundvierzigtausend, Phase drei mit fünfundzwanzigtausend Dollar. Machte zusammen achtundsiebzigtausend Dollar.

Er wurde kurz wütend, dass Hans Milbengang, nur weil er drei Jahre älter war, Solveigs Herz achtundsiebzigtausend Dollar billiger bekommen hatte. Er war enttäuscht, aber auch wieder erleichtert, ein wenig später auf drei anderen Internetseiten zu lesen, dass Coincidence Design ein professionelles Betrugsmanöver sei, ein Scherz, eine Kunstaktion, auf die allerdings schon zahlreiche Leute hereingefallen seien. Andererseits, dachte er, auch wieder schade – so etwas wäre doch eine realistische Berufsperspektive für die ganzen arbeitslosen Stasi-Offiziere hier; erstaunlich, dass noch keiner auf die Idee gekommen war. Und wenn man einen Privatdetektiv engagierte?

Hinter ihm hatte Hitler kurzzeitig einem igelartig aussehenden Herrn Platz machen müssen, der mit Grabesmiene eine Sendung namens »ZDF History« moderierte. Berger schaltete mit einem leichten Druck auf die gummiweiche Fernbedienungstaste weiter, und eine Frau über sechzig tauchte in einem flackernden Telefonnummerngewitter auf. Berger schaltete erschrocken zurück, der Igel sagte jetzt etwas Grundsätzliches zum Dritten Reich und kündigte lächelnd einen Beitrag über Göring an. Berger schaltete den Fernseher ab.

Jetzt war er allein, nur das tiefblaue Fenster des Computers leuchtete in den Raum. Auf Interfriendship.com suchten Frauen aus Osteuropa einen Mann; von dort aus geriet er zu einer anderen Partnervermittlung in Russland. So wie man sich auf den Webseiten der Autohersteller im Konfigurator den idealen Wagen zusammenbauen konnte, indem man eine Liste von Fragen beantwortete (Diesel oder Benzin? Drei oder fünf Türen? Vier- oder Sechszylinder? Farbe? Leder?), konnte man sich hier einen Traumpartner (Alter, von bis? Größe, von bis? Gewicht, von bis? Haarfarbe? Stadt? Sternzeichen? Sprachen? Raucherin, ja, nein, egal? Kind, nur ohne, auch mit?) konfigurieren.

Er startete die Suchmaschine. Was sollte er bei Größe eingeben? Die Größe war ihm egal. Er gab »ab 1,70 Meter« ein, dachte aber einen Moment, ob es nicht sein könnte, dass seine Traumfrau nur 1,69 Meter groß wäre und er sie wegen dieses einen, völlig nebensächlichen Zufalls nicht kennenlernen und stattdessen seine Zeit mit einer kreuzlangweiligen 1,70 Meter großen Frau vergeuden würde. Alter? Tja. Bis vierzig? Und wenn jetzt eine irrsinnig attraktive, liebevolle Frau, die schon einundvierzig ... Er ließ das Kästchen offen. Haarfarbe? Egal.

Es baute sich eine Seite mit hundertsieben Angeboten auf.

Er sah Oksana, die den Kopf in den Nacken warf, in der Rubrik »Top-Prioritäten in der Partnerschaft« stand »Spaß, Gedankenaustausch, romantische Liebe, Erotik«. Er sah Katerina, Stier, braune Haare, erlernter Beruf »Designerin«. Wohnort Tyumen, Russland. Er gab Tyumen, Russia, bei Google Maps ein. Der Computer fauchte, als müsse er sich besonders anstrengen, dann baute sich eine Karte auf mit kleinen Seen und Straßen, die im Nichts verliefen, und Orten, die Tugulym und Vinzili hießen. Dazu erschien die Auskunft: »Wir konnten keine Route zwischen Moskau und Russland, Oblast Tjumen, Tjumen berechnen.« Tyumen lag irgendwo auf halbem Weg zwischen Moskau und Nowosibirsk. Was macht man als Designer in Tyumen, dachte Berger und klickte weiter zu Inna, hundertsechsundsiebzig Zentimeter, zweiundsechzig Kilo, Dolmetscherin in einer Stadt namens Krivoj Rog. Er hatte so viel getrunken, dass er nicht wusste, ob es das Werk seiner Phantasie war, was er da sah, oder die Realität ihm schien, als sehe er hier, endlich, die Frau, die ihn alle Solveigs der Welt vergessen lassen würde ...

Er berührte den Bildschirm mit der Hand, er klickte das Foto an, um es zu vergrößern, und in diesem Moment gab der Laptop ein pfeifendes Geräusch von sich, eine Sanduhr erschien zwischen Innas eisblauen Augen, wie ein böses Menetekel fiel das Wort »Error« auf ihren Mund, dann stürzte der Computer ab.

Er schlug auf die Tastatur, er drückte »Neustart«, das Bild baute sich quälend langsam wieder auf. Er ging ungeduldig in dem lächerlich kleinen Zimmer auf und ab, öffnete das Fenster, ein feuchtkalter Wind fegte in den Raum. Draußen trieb ein feiner Regen südwärts, und die Laterne warf ihr Licht auf das von langen Schneewintern geduckte Dach eines alten gelben Hauses und auf die Jalousie der Konditorei gegenüber. Ein Werbeschild für Illy-Kaffee leuchtete in die Nacht. Das Regenwasser gurgelte durch die Plastikfallrohre und sammelte sich in dem silbernen Aschenbecher, der neben der Tür des Cafés stand. Irgendwo rollte ein Auto über das Kopfsteinpflaster, es klang wie ein fernes Gewitter.

Die Frau war weg. Er stolperte zum Laptop, riss dabei das Stromkabel aus der Verteilerdose und mit ihm eine halbvolle Kaffeetasse in die Tiefe, der Bildschirm wurde schwarz, das Summen des Festplattenventilators erstarb; dann herrschte Nacht.

Später gab Berger verschiedene Stichwörter ein, »Partnervermittlung«, »Inna«, »Interfriendship«, »East Contact«, aber er fand Inna nicht mehr. Sie war so plötzlich in den Tiefen des Netzes verschwunden, wie sie aufgetaucht war. Schließlich gab er es auf.

Es war vier Uhr morgens, der Regen hatte aufgehört, und über den roten Dächern deutete sich ein beginnendes Tageslicht an. Er legte sich angezogen auf das Bett und fiel in einen tiefen, ratlosen Schlaf.

Als er ein paar Stunden später aufwachte, zuckten die Börsenkurse über sein iPhone, DAX, AAPL, GOOG, YHOO, DOW JONES – ihm war schlecht. Es war sieben Uhr, er beschloss, in ein Café am Fluss zu fahren.

Im Wagen drehte er das Radio laut und trat auf das Gaspedal, er schaute auf das Display seines iPhone und übersah die Verkehrsinsel – es gab also einen Knall, und ein Knirschen, der Mercedes entwurzelte ein blaues Schild und entblätterte ein Gebüsch, hob ab und setzte schräg auf einem Parkpoller auf: verbeultes Blech, gesplittertes Glas, Rauch aus dem Motorblock. Berger hatte eine Platzwunde an der Stirn. Jemand rief einen Krankenwagen. Ein Polizist, noch müde, sperrte den Unfallort ab.

Gegen Mittag kam ein Abschleppwagen und brachte den Mercedes in eine Werkstatt, wo man einen wirtschaftlichen Totalschaden feststellte. Ein paar Wochen später hatte die Versicherung den Fall abgewickelt. Der Wagen, mit dem Bellmann ans Meer und Comeneno nach Italien flüchteten, Radonovicz zu Thomyks Beerdigung fuhr, Berkenkamp in den Osten und auf seine Hochzeit, Marie Bergsson quer durch Frankreich – dieses Auto wurde ausgeweidet wie ein erlegtes Wild: Die Chromteile und der Tacho, die Rückleuchten und die Rückbank gingen in den Oldtimerhandel, die demolierte, von Rädern, Verdeck und

Sitzen entkleidete Karosserie in die Schrottpresse, Felgen, Lenkrad, Sitze, Armaturenbrett, hintere Stoßstange und die Außenspiegel landeten in einem Container bei anderen Altautoteilen.

Aber das Auto war doch ein Klassiker?
»Alles war viel zu heruntergekommen. So einen Motor braucht in Europa keiner mehr. Die Sitze kannst du vergessen. Und von diesen Lenkrädern gibt es zehntausend besser erhaltene.«

Eine Woche später wurde der Container nach Marokko verschifft.

**Epilog
Die Teile**

Yazid saß in seiner Werkstatt und wartete auf Kunden. Er hatte eine neue Lieferung aus Deutschland bekommen; einen Motorblock, Felgen, Sitze, Außenspiegel. Fast jedes Teil eines alten Mercedes passte an ein beliebiges anderes Modell, man konnte die Felgen eines Luxus-Cabrios ohne Probleme auf ein einfaches Dieseltaxi bauen; auf solche Reparaturen war er spezialisiert. Draußen fuhren Lastwagen in Richtung Essaouira. Ein Spatz pickte an einer Dattel herum; die faltige, dicke Haut war an mehreren Stellen durchstoßen, die klebrige Masse quoll wie Eingeweide aus der Frucht.

Die Sonne sank, und der Tag verdampfte in der Abendhitze; auf der anderen Straßenseite standen dürr und schwarz, als hätte sie jemand hinterrücks angezündet, die Palmen im verblassenden Licht. Die Temperaturen lagen noch immer bei dreiunddreißig Grad.

Yazid hieß genauso wie der französische Nationalspieler Mansouri Yazid oder wie Moulay Yazid, ein blutrünstiger Despot, der, so Yazid, missliebige Untertanen an ihre eigenen Türen habe nageln lassen und der ein verschwendungssüchtiger, größenwahnsinniger Herrscher gewesen sei, der überhaupt nichts Sinnvolles getan, sondern sich jeden Tag eine neue Brutalität ausgedacht habe, man sei sehr froh gewesen, als er endlich umgebracht wurde. Yazid war ganz anders, und die Taxifahrer mochten ihn gern.

Gegenüber, an der blauen Afriquia-Tankstelle, sprühte ein schwitzender Mann die Stoßstange seines Renault 5 Alpine mit schwarzer Farbe ein. Unverständlich, warum er das tat, der Wagen war völlig im Eimer, die schwarze Farbe machte nichts besser. Solche Autos wurden

Anfang der achtziger Jahre in Europa von gutverdienenden Grafikerinnen, Grundschullehrern und wohlhabenden Müttern gefahren – wer wusste, wie der Wagen hierherkam und was die Fahrerinnen von damals jetzt gerade machten?

Der erste Kunde war Hamid. Er kaufte den Fahrersitz und das Lenkrad, beides war an seinem alten 240er Diesel kaputt. Er war Taxifahrer wie die meisten von Yazids Kunden; die Taxis von Marrakesch waren wie Patchworkdecken aus Hunderten verendeter, zerlegter Mercedes-Wracks zusammengesetzt, aus zehn Autos wurde eins, das immer weiterfuhr und irgendwann in einem anderen aufging – so starben sie nie aus; und wie die meisten Taxis in Marrakesch kam auch Hamids Auto ursprünglich aus Deutschland; unter dem Nummernschild standen noch der Name und die Telefonnummer des deutschen Händlers – »Auto-Biber Adelsheim 06291–1323«. Hamid hatte den Wagen 1999 für sechzigtausend Dirham in Agadir gekauft, jetzt war er etwas mehr als eine Million Kilometer gelaufen und fuhr immer noch, nur der Fahrersitz war zerrissen und das Lenkrad gesplittert.

Hamid war nicht immer Taxifahrer gewesen; er hatte einen Handel für Zitrusfrüchte gehabt, den Mercedes und einen Lastwagen, mit dem er zweimal pro Woche nach Agadir fuhr, oft zweitausendfünfhundert Kilometer in sieben Tagen; er fuhr nach Dar-el-Beida und nach Rabat und Fes, er fuhr bis nach Meknes und bis nach Oujda an die algerische Grenze, um Geschäfte zu machen. Er lieferte Wassermelonen und Plastikbehälter quer durchs Land. Schon sein Großvater war Kaufmann gewesen; er hatte in den vierziger Jahren mit Kamelen im Süden von Marrakesch gehandelt. Mit dem Lastwagen fuhr Hamid bis nach Bamako, in Mali – aber dann bekam sein Vater Asthma. Er war nicht versichert, und Hamid begann, Schulden zu machen, um die Arztrechnungen zu bezahlen. Als sein Vater mit zweiundneunzig Jahren starb, war Hamid pleite. Er musste die Firma verkaufen und mit seiner Familie umziehen, die Medina war zu teuer; seit die Engländer dort alles aufkauften, hatten sich die Preise verfünffacht. Jetzt wohnte Hamid in einem halbfertigen Rohbau, seine Frau kümmerte sich um die Kinder und half bei den Nachbarn im Laden aus. Früher hatte sie jeden Abend Tajine und Couscous gemacht, heute reichte die Zeit nur für ein paar Fertigpizzen, die er vom Carrefour mitbrachte. Seine Tochter arbeitete an der Atlantikküste in einer Fabrik, die den Holländern gehörte, sie brachten ihre Nordseekrabben dorthin, weil das Pulen per Hand in Marokko billiger war als das maschinelle in Holland. Von seinem Unternehmen blieb nur der Mercedes übrig.

Den Motorblock kaufte ein Amerikaner. Er war mit seinem alten 350 SE auf der Straße nach Essaouira liegengeblieben und hatte den Wagen in Yazids Werkstatt schleppen lassen. Wenn es eine Möglichkeit gibt, einen Motor von Mercedes zu töten, dann ist es Ölmangel, ein paar Liter alle tausend Kilometer brauchen sie, aber der Amerikaner wusste das nicht; er hatte den weißen Wagen von irgendwo mitgebracht, fuhr ihn mit weißen Hosen in weiße Villenauffahrten und hatte im Leben nicht darüber nachgedacht, wie unten im Bauch seines Autos alles pumpte und schmierte und, glänzend schwarz, zähflüssig und hocherhitzt, die Explosionen begleitete, die ihn vorantrugen.

Als die Lieferung aus Deutschland gekommen war, hatte Yazid ihn angerufen, und der Amerikaner hatte ihm das Geld für den neuen Motor gebracht und war dann mit dem Taxi in die Palmeraie gefahren; er hatte dort ein Apartment, das er sich mit einem kroatischen Geschäftsmann teilte. Der Palmenhain am Stadtrand war angeblich entstanden, weil almohadische Soldaten bei der Belagerung von Marrakesch hier ihre Dattelkerne hingeworfen hatten. Jetzt war die Palmeraie ein teurer Vorort, in dem meist reiche Europäer wohnten, auch der Nikki Beach Club lag hier. Der Amerikaner verbrachte dort seine Abende.

In der Ferne rief der Muezzin zum Abendgebet, im Nikki Beach Club schrie der Discjockey ins Mikrofon; die Party hatte begonnen. Hinter der weißen Mauer trieben Frauen auf Luftmatratzen durchs leuchtend blaue Wasser. Auf der rechten Seite rollte ein Taxifahrer einen Gebetsteppich neben seinem Wagen aus.

Yazid verachtete den Amerikaner und auch die marokkanischen

Jungen, die durch das Tor des Nikki Beach gingen. Es war bekannt, dass Europas Dekadenz in Marokko traditionell ihre konzentrierteste Form annahm: dass die Woolworth-Erbin Barbara Hutton in dem Haus in Tanger ihre Gäste auf einem goldenen Thron sitzend empfing und dass Männer dort als Frauen und Frauen als Männer verkleidet auftreten mussten; und es war bekannt, was im Nikki Beach Club passierte.

Der Amerikaner saß bis zur Hüfte im Wasser und redete mit einem hübschen Pariser. Zwei Frauen stellten sich etwas abseits vom Eingang unter einen der weißen Baldachine und zündeten sich Zigaretten an. Eine Weile sagten sie nichts, dann strich die Größere der anderen über den Saum ihres Kleides.

»Marc Jacobs?«, fragte sie.

»Jasmine di Milo.«

Die Größere lächelte. Sie zog den Kopf leicht zwischen die Schultern, wie jemand, dem kalt ist, was angesichts der Temperaturen nicht möglich war. Ihre zigarettendünnen Finger rasten über die leuchtende Tastatur ihres iPhone.

Der Amerikaner bestellte eine Flasche Sidi-Ali-Wasser und einen Low-fat-Salad und küsste den Jungen auf die Schulter. Am Grund des Pools zitterten helle Muster. Einmal noch hörte man, wie ein seltsames Echo aus einer anderen Welt, den Ruf des Muezzins, dann wurde die Musik immer lauter.

Yazids dritter Kunde kam am nächsten Tag. Er hieß Mohammed, und sein Taxi war achtundzwanzig Jahre alt. Es war eigentlich gar kein Taxi, kein offizielles jedenfalls; Mohammed transportierte illegal Leute und nahm nur den halben Preis oder noch weniger. Er kaufte die Außenspiegel des SL.

Ein paar Tage später stand er mit seinem Wagen vor dem Hotel Oudaya und rauchte eine Fortuna, aber er wartete nicht auf Kunden. Er hatte auf der Rückbank seines Taxis ein Laptop gefunden, wusste nicht, wer es dort vergessen hatte, es musste einem seiner Fahrgäste aus der Tasche gerutscht sein. Es war flach und weiß, und als Mohammed es aufklappte, leuchtete ihm ein verwirrendes Menü entgegen, Fotos, Tabellen, Dokumente. Vielleicht, dachte Mohammed, würde sich der Fahrgast bei ihm melden, er war leicht zu finden, denn er stand immer an den gleichen Stellen, aber es meldete sich niemand. Wenn er das Laptop zur Polizeiwache brächte, dachte er, würden sie ihn fragen, wie er dazu gekommen sei, und die Wahrheit konnte er nicht sagen, denn er hatte keine Taxilizenz. Also nahm er es mit nach Hause. Er klappte es auf und verbrachte eine Nacht damit, sich die Fotos anzuschauen; er sah saftige Wiesen und Schneelandschaften, Menschen mit Skibrillen winkten, jemand hielt ein Bierglas gen Himmel.

Mitten in der Nacht wachte er auf, weil das Laptop ein Geräusch gemacht hatte. Sein Wohnzimmer leuchtete blau, wie vom Licht eines Aquariums erhellt; das Sofa, die Kommode, all die Dinge, die dort wie immer im Dunkel standen, wirkten merkwürdig und fremd in diesem Licht. Weil er nicht schlafen konnte, schaute er noch einmal die Fotos an. Dann legte er sich auf eine Bank draußen im Hof und sah den Möwen zu, die hoch über der Stadt im Scheinwerferlicht kreisten, und für einen Moment vergaß er das blaue Fenster.

Am nächsten Tag fuhr Mohammed zu einem Händler vor der Stadt. Störche hockten auf den Türmen der Porte d'Agnaou. Im hitzematten Himmel steckten Funkmasten und dürre Palmen. Er steuerte seinen Mercedes stadtauswärts auf die R 203, kurbelte die Seitenscheibe herunter, bekam Sand in die Augen geweht und kurbelte sie wieder hoch. Auf der Rückbank lag das Laptop; eine blaue Lampe blinkte rhythmisch; das Ding lebte noch.

Das verlassene jüdische Dorf Tahanaoute zog vorbei, die Ruinen der Häuser starrten mit schwarzen Fenstern ins Leere. Unten floss ein Bach. Berberfrauen trugen schwere Wassereimer zu ihrem Dorf hinauf, eine rief etwas in ihr Mobiltelefon hinein; sie hatten keine Kanalisation, aber ein Funknetz.

Auch um diese Jahreszeit lag Schnee auf dem Atlas, das Weiß der Gipfel glänzte wie ein Versprechen am Horizont. Hinter einem ausgetrockneten Bachlauf stapelten sich rote Steinquader, dahinter wuchsen Zedern. Auf dem Weg blühte der Mohn.

Mohammed dirigierte den Mercedes durch ein ausgetrocknetes Flussbett. Eine Herde Ziegen blockierte die Furt. Dann kam das Dorf; der Händler saß auf einem roten Plastikstuhl vor seinem Haus, offenbar einem Restaurant. Auf die Toilettentüren hatte jemand zwei Köpfe gemalt, einer war verhüllt.

Mohammed verkaufte dem Mann das Laptop und fuhr zurück in die Stadt.

Von dem Geld, das er für den Computer bekommen hatte, kaufte Mohammed seiner Frau ein Parfüm, das Magie Noire hieß, und für die Kinder – er hatte drei Kinder: Marua, acht, Mansour, fünf, Aya, zwei Jahre alt – ein aufblasbares Schwimmbecken; sie lebten bei seinen Schwiegereltern in Ouarzazate, dorthin wollte er das Geschenk bringen.

Er rauchte noch eine Fortuna und trank sein Bier aus. Das Flutlicht über dem alten Stade El Harti rieselte in die dunstige Luft, und vom Atlas wehte ein kälterer Wind. Es war nach Mitternacht, als er losfuhr. Er würde vier Stunden brauchen; am frühen Morgen wäre er da. Im Radio sagten sie, dass der Dow Jones sich erholt habe; Pjöngjang kritisierte die Seemanöver der südkoreanischen Marine scharf und drohte mit entschlossenen Gegenmaßnahmen; die Temperaturen lagen bei achtundzwanzig Grad. Die Außenspiegel glänzten im Licht.

»Ich muss los, zu den Kindern«, sagte Mohammed, dann startete er den Mercedes und verschwand in der Nacht.

Für Bali

Inhalt

Prolog 5

1971 Amerika 7
1980 Der Brief 59
1982 Das Eis 89
1986 Die Angst 103
1990 Der Osten 139
1993 Snob 173
1994 Die Russen 187
1999 Biskaya 221
2001 Die Mitte 251
2008 Die linke Spur 303

Epilog 359